dtv

»Wer sind die blinden Passagiere in dieser Geschichte? Vielleicht alle Passagiere der *Maria Reygersbergen*: Maurice, der Gemälderestaurator, der nach einer gescheiterten Liebe die Weite des Meeres sucht. Adriana, die ihren ›nicht standesgemäßen‹ Ehemann, den Rudergänger Wimpie, begleiten darf, und die beiden Polen mit ihren selbsterfundenen Namen Buick und Humphrey, die sich an Bord versteckt haben und nach Amerika wollen. Jeder befindet sich auf seine Weise auf der Suche nach dem Glück.« (Rob Schouten in ›Trouw‹) – Es wird eine abenteuerliche Fahrt, über Westafrika und Kuba in die Karibik bis nach Curaçao, mit Stürmen, Piratenschiffen und schwierigen Schiffspassagen. Für einen der Passagiere aber ist es vor allem eine Reise zu sich selbst und in die eigene Vergangenheit. Und als die *Maria Reygersbergen* mit ausgebranntem Maschinenraum im Zielhafen Valparaíso einläuft, geht nicht nur eine Epoche der Überseeschiffahrt zu Ende.

Jan Brokken, 1949 in Leiden geboren, studierte Journalistik in Utrecht und Politik in Bordeaux. Er war Journalist, bis er sich 1986 als freier Schriftsteller etablierte. Heute lebt er abwechselnd in Amsterdam und Curaçao. Mit dem Roman ›Die blinden Passagiere‹ gelang ihm 1995 der literarische Durchbruch.

Jan Brokken

Die blinden Passagiere

Roman

Deutsch von
Helga van Beuningen

Deutscher Taschenbuch Verlag

Ungekürzte Ausgabe
Juli 2000
Deutscher Taschenbuch Verlag GmbH & Co. KG,
München
www.dtv.de

Titel der niederländischen Originalausgabe:
›De blinde passagiers‹ (Uitgeverij Atlas, Amsterdam 1995)

Umschlagkonzept: Balk & Brumshagen
Umschlaggestaltung: Peter-Andreas Hassiepen, München, unter
Verwendung eines Plakates von Dalsgaard, Dänemark, um 1950
Gesamtherstellung: C. H. Beck'sche Buchdruckerei,
Nördlingen
Gedruckt auf säurefreiem, chlorfrei gebleichtem Papier
Printed in Germany · ISBN 3-423-12791-0

TEIL EINS

I

Im Bauch des Schiffes

In ihrem Land lag Schnee, als sie losfuhren. In den Güterwaggons und den LKWs mußten sie eng zusammenkriechen, um nicht zu erfrieren. Sie überquerten drei Grenzen, die erste unter Kartoffelbergen, die zweite versteckt zwischen Konservendosen. Erst hinter der letzten Grenze wurde es etwas wärmer. Kurz darauf begann es zu regnen; die Nässe zog in ihre Kleider. Das brachte sie zum Frösteln, und sie mußten sich gegenseitig immer wieder fest den Rücken reiben, um nicht völlig zu erstarren. Kein Zuckerschlecken, so eine Flucht, aber sie beklagten sich nicht. Sie glaubten, es sei die letzte richtige Kälte in ihrem Leben.

In Rotterdam liefen sie unter peitschenden Regengüssen zum Hafen. Am erstbesten Kai, in der Nähe einer Ölraffinerie, fragten sie einen Hafenarbeiter, welches Schiff nach Amerika fahre. Es dauerte lange, bis sein Finger auf einen Bug zeigte, ganz in der Ferne. Um seinen Argwohn zu zerstreuen, schlenderten sie in eine andere Richtung davon. Am nächsten Kai machten sie kehrt und gingen zögernd zu dem Schiff zurück.

Es kränkte sie, mit Mißtrauen bedacht zu werden. Ihre Sympathie hatte immer dem Westen gegolten, und als Gegenleistung hatten sie ein gewisses Wohlwollen erwartet. Sie waren enttäuscht, aber bevor sie sich das gegenseitig eingestehen konnten, sahen sie, wie ein paar Schauerleute aus einem Kleinbus kletterten. Eine bessere Chance würden sie nicht bekommen, das war ihnen sofort klar. Durch den Regen war die Gangway so glitschig wie eine

Rutschbahn; die Arbeiter griffen nach den Tauen, zogen sich daran hoch und achteten nicht darauf, wer hinter ihnen herlief. Auch sie gingen im übrigen wie auf Schmierseife.

Oben angekommen, wurden sie von zwei Männern angesprochen, die zum Kapitän wollten und in tadellosem Englisch erklärten, warum ... *pest control* ... Sie hatten Schiß, natürlich, und trotzdem deuteten sie gleichgültig nach oben, zum Deckshaus und zur Brücke. Nichts wie weg, hämmerte es in ihrem Kopf, keine Sekunde zögern, und sie hatten Glück: Das Schiff war bereits bis zum Rand des Laderaums voll, so daß es ziemlich einfach war, ein Versteck zu finden. Ohne sich groß umzusehen, machten sie, daß sie hinunterkamen, hinein in die Dunkelheit.

Die Finsternis gab ihnen anfangs ein Gefühl der Sicherheit. Trotzdem fuhren sie jedesmal hoch, wenn ein Container vom Kran abgesetzt wurde, denn das rumste derartig, daß sie wieder und wieder den Eindruck hatten, sie bekämen einen Schlag ins Genick verpaßt, genau auf die Wirbel. Kurz danach begann das Festlaschen. Wie das im einzelnen vor sich ging, konnten sie nur raten; jedenfalls knarrten die Stahlbehälter, als wären sie aus Holz.

Sie fanden einen Platz. Na ja, Platz; viel war es nicht, knapp vierzig Zentimeter breit. Sie streckten sich aus und stellten fest, daß sie nur auf der Seite liegen konnten, eine Hand unter dem Kopf. Nicht gerade eine bequeme Haltung; sobald sie die Knie anzogen, saßen sie fest. Der Boden war schmerzhaft unbequem, ein Boden aus geriffeltem Stahl, der außerdem noch durch die im Leerlauf tuckernden Antriebsmaschinen vibrierte. Sie räumten ihre Taschen leer und breiteten alle Kleidungsstücke auf dem Boden aus, eine Jacke, einen Pullover und eine Ersatzhose, zuwenig also, um die Illusion einer Matratze hervorzurufen. Mit einigen tüchtigen Schlucken Wodka spülten sie ihre Besorgnis hinunter.

Es dauerte lange, bis Bewegung in das Schiff kam. In der Ferne heulte ein Bohrer, vielleicht eine letzte, hastige Reparatur. Sie nahmen wieder ein paar Schlucke Wodka, und trotzdem blieben die Riffeln und die Vibrationen spürbar. Als sie die erste Flasche zur Hälfte geleert hatten, versuchten sie zu schlafen.

Stunden später begannen die Maschinen auf vollen Touren zu laufen. Die erste Tortur, wie sie feststellten. Sie waren zu nah am Maschinenraum, die Temperatur stieg sofort in tropische Höhen. Sie krochen in den vorderen Teil des Schiffs, was aber kaum eine Verbesserung bedeutete. Von der Mitte an kamen die Kühlcontainer, deren Aggregate die Kälte hinein- und die Hitze hinausjagten, wodurch in den vorderen Laderäumen ein konstanter trockener Wind blies. Um diesem Föhn zu entrinnen, krochen sie tiefer und tiefer, bis sie schließlich bei den gewöhnlichen Containern im untersten Laderaum, nahe der Schiffswand, landeten. Die Luft, die sie hier einatmeten, roch nach Heizöl, und das war so erfrischend wie ein Schwall Auspuffgase. Manchmal glaubten sie, ersticken zu müssen.

Eine Winde. Sie hörten eine Winde knirschen und quietschen. Im selben Moment spürten sie eine Bewegung. Das Schiff fuhr, ohne jeden Zweifel, endlich fuhr es. Sie stießen sich gegenseitig an, es schien geklappt zu haben, die Trossen waren losgeworfen, die Schrauben drehten, das Schiff fuhr, ihrem Traumland entgegen. Es fuhr immer schneller, das hörten sie an den Maschinen. Sie nahmen einen Schluck Wodka, rissen die nächste Bierdose auf. Sie grinsten, kicherten, eigentlich war es ein Kinderspiel, man schlüpfte unbemerkt in einen Laderaum und ließ sich auf die andere Seite des Ozeans befördern. Man hockte im Dunkeln, und ein paar Tage später stieg man wieder aus, in einer anderen Welt. Zwar mußte man kurze Zeit die Zähne zusammenbeißen, aber sie waren hart im Nehmen.

Kaum waren sie auf See, da wußten sie, was ihnen zum Verhängnis werden sollte. Als sie die schwere Dünung spürten und hörten, wie die Wogen an den Schiffsrumpf schlugen, da dachten sie zum ersten Mal an Wasser. Beim Schein eines Feuerzeugs sahen sie sich an. Sie befeuchteten ihre Lippen, fast gleichzeitig, als spürten sie den Schorf und die Schrunden schon jetzt. Kein Wort fiel, was gab es schon zu sagen? Ohne Wasser würden sie es niemals bis drüben schaffen.

Es war wie eine Halluzination; sie hatten keinen Tropfen bei sich, und wenn sie kurz den Atem anhielten, meinten sie, die Wellen berühren zu können. Das Meer, das Meer, wochenlang hatten sie Spekulationen über das Meer angestellt, aber sie hatten vergessen, Wasser mitzunehmen. Hätten sie das auch nur etwas früher entdeckt, so hätten sie ihr Versteck verlassen, um zum Kai zurückzukehren.

Das Idiotische war, daß sie durchaus ans Trinken gedacht hatten. Sie hatten sich mit ein paar Flaschen Cola eingedeckt sowie vierundzwanzig Dosen Bier und natürlich dem Wodka. Das war nicht genug. Ohne Wasser würden sie sich den Mund nicht ausspülen können, ohne Wasser würden sie den Schweißgeruch nicht mehr vom Körper kriegen, ohne Wasser würden sie mit der Zeit stinken wie Vieh, ohne Wasser würden sie schrecklichen Durst bekommen. Es brachte ihr ganzes Unternehmen ins Wanken, schlimmer noch, es ließ sie zweifeln, ob sie tatsächlich solche gerissenen Burschen waren, wie sie bisher ohne weiteres angenommen hatten. Sie hatten den Atlas studiert, die Entfernung gemessen und sich gefragt, wie sie dieses ganze Blau vergessen könnten. Indem sie Wodka mitnahmen und Bier und zwei Stangen Zigaretten.

Sie zündeten sich eine an. Es machte sie noch nervöser. Besser einen Joint. Sie drehten sich eine Zigarette und mischten das Hasch, das sie in Rotterdam gekauft hatten, unter den Tabak. Ihre Finger zitterten. Rollen, anlecken, im Dunkeln ein ziemliches Gefummel. Sie inhalierten den Rauch tief; nach wenigen Zügen löste sich das Papier, und sie hatten nur einen Gedanken: Wasser.

Die Pafferei löste Stuhldrang aus. Also ein paar Schritte weiter nach hinten, kein Problem. Gehen konnten sie nicht, die Brust an die Container gepreßt, mußten sie sich Schritt für Schritt voranschieben, wie Fensterputzer auf einem Sims. Erst in einem Quergang, der etwas breiter war, konnten sie die Hose hinunterlassen. Papier war auch so etwas, was sie erst vermißten, als sie es brauchten; sie benutzten ihr Taschentuch.

Sie schämten sich voreinander. Das dauerte nicht lange. Ein Lichtbündel glitt an den Containerrahmen und Stahltreppen entlang, sie mußten machen, daß sie hier wegkamen, hinein in einen schmalen Seitengang. Es waren zweifellos Crewmitglieder, die kontrollierten, ob die Container richtig festgelascht waren. Je weiter das Schiff die Küste hinter sich ließ, desto lauter knarrten die Container. Die See mußte unruhig sein.

Wieder an ihrem Platz, nahmen sie einen Schluck Bier, um die Schweinerei zu vergessen. Sie behielten sich gegenseitig scharf im Auge, der Verdacht, der andere könne einen größeren Schluck nehmen, wurde von Stunde zu Stunde größer. Sie vertrauten einander, wie sich Spieler in dem Moment vertrauen, in dem die Karten gemischt werden. Sie belauerten sich im Dunkeln fast ununterbrochen, und sobald der eine eine Bierdose oder die Wodkaflasche an die Lippen setzte, griff der andere zum Feuerzeug oder zur Taschenlampe. Manchmal mußten sie sich geradezu bezwingen, dem anderen die Flasche nicht aus der Hand zu reißen; jede Form von Uneigennützigkeit war ihnen fremd. Daß sie trotzdem Freunde geblieben waren, war das Ergebnis einer nüchternen Überlegung: Sie waren aufeinander angewiesen. Allein versteckt man sich nicht unter Hunderten von Containern; von ihnen beiden hätte sich jedenfalls keiner getraut. Zu zweit war es schon schwierig genug, und es wurde stündlich schlimmer.

Sie sprachen nicht viel. Über ihren Köpfen dröhnten die Schritte dermaßen laut, daß sie sich fragten, ob die vollzählige Besatzung im Anmarsch sei. Im Laderaum herrschte ein Echo wie in einer Fabrikhalle, auch ihre eigenen Stimmen hörten sich an, als kämen sie aus einem Lautsprecher, und wenn sie flüsterten, hallten die Zischlaute wider. Daher war es das beste, zu schweigen, bis die Geräusche verstummten und keine Lichtbündel mehr an den schwindelerregend hoch aufgetürmten Containern entlangglitten; dann war es offensichtlich Nacht. Und was sollten sie im übrigen schon sagen?

Sie aßen etwas. Ihre Ration bestand aus Keksen, Banane und Kiwi. Die Kiwis hatten den Vorteil, daß sie frisch schmeckten und trotz der Hitze hart blieben. Und trotzdem hörten sie, wie es nach jedem Bissen in ihren Mägen rumorte. Eine Woche war es jetzt her, seit sie ihre letzte ordentliche Mahlzeit zu sich genommen hatten, wenn man einmal von den in Rotterdam hinuntergeschlungenen Hamburgern absah.

Dann begann das Jucken. Es mußten Flöhe sein, die sich zwischen ihren Bartstoppeln und in ihren Socken eingenistet hatten. Das Etikett »gepflegt« hätten sie immer weit von sich gewiesen, aber wenn man den Drang, sich die Haut aufzukratzen, unterdrücken muß, nimmt das Wort »sauber« eine andere Bedeutung an. Daß jede auch noch so kleine Wunde sich in dieser Hitze sofort infizieren würde, war ihnen jedenfalls sehr schnell klar.

Sie bereuten, sich nie mit Yoga befaßt zu haben. Das Gehirn ausschalten, nicht mehr denken, nicht mehr fühlen, in ihrer Situation mußte das so etwas sein wie durch ein sternenübersätes All zu schweben, ein Zustand, den sie auch mit dem Haschisch nicht annähernd erreichten. Sie wurden von dem Zeug nicht einmal dösig, und Schlaf war so ungefähr das einzige, was gegen den Juckreiz half. Durch den Mangel an Bewegung verkrampften sich ihre Muskeln, die ausgedörrte Kehle schnürte sich zu, und mit den ersten Symptomen von Atemnot wurde ihnen allmählich klar, warum manche Menschen sich in keinen Lift oder in keine Höhle trauen. Bevor sie sich im Laderaum verkrochen hatten, hatten sie sich mit Astronauten verglichen, schließlich waren die auf ebenso engem Raum eingeschlossen. Aber Raumfahrer stehen in Kontakt mit der Erde. Eine Stimme in der Ferne, das beruhigt, und wenn sie jemandem laut hätten erzählen dürfen, wie beschissen sie sich fühlten, dann hätten sie die Wodkaflasche vielleicht stehenlassen.

Zum Glück waren sie zu Hause auf die Idee gekommen, einen Walkman mitzunehmen. Iri besaß so ein Ding, und das Schätzchen war bereit gewesen, ihn für ein paar Tage auszuleihen. Abwechselnd hörten sie sich die Kassetten an, die sie in den letzten Jahren auf dem Schwarzmarkt ergattert hatten. Diese Musik gab ihnen das Gefühl, noch gar nicht aufgebrochen zu sein, noch zu Hause auf dem Bett zu liegen, das Ohr dicht am Kassettenrecorder, und gleich ein Bier in der *Baracke* trinken zu gehen, wo sie dieselbe Musik zu hören bekämen, denn jedes Band wurde unzählige Male kopiert. Zwei anderer Kassetten wegen hatten sie kurz vor ihrem Aufbruch Krach gekriegt. Richtig ernste Musik, echt was für alte Säcke, und das Verrückte war, daß sie sich die bald öfter anhörten als die Stücke, die sie von der ersten bis zur letzten Note mitpfeifen konnten. Auf diesen Bändern hörten sie ein Klavier mit dumpfem Klang, und aus irgendeinem Grund ließ dieses Klavier sie die Zeit leichter vergessen.

Sie wußten weiß Gott, was Langeweile war, während der Wintermonate bot die Kleinstadt, in der sie lebten, die

Vergnügungen eines Dorfes, das durch den Schnee von der Welt abgeschlossen war, aber wenn einem alles stank, dann konnte man immer noch in die *Baracke*, wo Iri so sicher wie das Amen in der Kirche an der Bar saß. Hier im Laderaum dauerte jede Stunde eine Ewigkeit, und so oft sie auch nach einer Bierdose oder der Wodkaflasche griffen, die Uhrzeiger drehten sich deswegen nicht schneller. Nur dieses Klavier ließ sie die Zeit manchmal vergessen, obwohl sie nicht recht verstanden, woher das kam. Vielleicht durch die Kompliziertheit der Musik, wodurch man immer wieder etwas Neues hörte. Oder durch die Verlassenheit, die aus ihr sprach. Die richtige Musik für die Dunkelheit, im einen Augenblick bewegt und rhythmisch, im anderen reglos und melancholisch.

Sie erlaubten sich gegenseitig, jedesmal eine Kassette bis zum Ende zu hören. Als sie den Walkman schließlich in der Tasche verstauten, um die Batterien zu schonen, schauten sie zum x-ten Mal auf das beleuchtete Zifferblatt ihrer Uhr, und obwohl dann ein paar Stunden verstrichen waren, fragten sie sich, wie sie die nächste Stunde überleben sollten. Die Zeiger schienen auf See langsamer zu kreisen, und das hatte natürlich noch eine andere Ursache – es gab hier für sie keinen Unterschied zwischen Tag und Nacht.

Sie hatten keinen blassen Schimmer, wie lange die Überfahrt dauern würde. Sieben Tage vielleicht. Acht. Das Schiff hatte bestimmt einen halben Tag im Hafen gelegen, das brachte die Gesamtzahl auf neun. So lange würden sie es ohne Wasser nicht aushalten. Irgendwann würden sie nach oben schleichen müssen, am besten wohl mitten in der Nacht. Sie kannten weder den Namen des Schiffes noch seine Nationalität, noch den Zielhafen. Die kürzeste Route führte zur Ostküste, und trotzdem hofften sie, das Schiff würde einen Hafen im Süden anlaufen, zum Beispiel New Orleans oder Corpus Christi. Unter diesen Häfen stellten sie sich ziemliche Schluderläden vor, mit verrosteten Zäunen und dösenden Zöllnern. In New York würde bestimmt alles besser organisiert sein, mit mehr Polizei und höheren Zäunen und Stacheldrahtverhau. Darüber zerbrachen sie sich aber jetzt noch nicht den Kopf; je länger sie sich im Laderaum aufhielten, desto entfernter schien der Moment der Ankunft. Vorläufig war das wichtigste: am Leben zu bleiben und auf Schritte zu achten. Durch das Echo ließ sich die Entfernung nicht einmal annäherungsweise schätzen. Manchmal hatten sie den Eindruck, die Crewmitglieder stiegen immer tiefer in die Laderäume hinunter, manchmal meinten sie, eine der Maschinen stottern zu hören, und wenn es irgend etwas gibt, das gleichmäßig läuft, dann ist es ein Diesel. Der Hall verzerrte jedes Geräusch.

Langsam machte ihnen auch der Seegang zu schaffen. Es war, als erklimme das Schiff einen Hügel nach dem anderen und stürze sich danach wieder in die Tiefe. Alles drehte sich, bald folgte der Drang zu kotzen. Weil ihnen so schwindlig war, kamen sie nicht mehr hoch; sie krochen ein paar Meter zur Seite und entleerten ihren Magen. Kein Platz, um sich weit vorzubeugen; das Erbrochene blieb in der Kehle stecken, sie schnappten nach Luft. Während sie sich auf dem Fußboden wanden, sehnten sie den Moment herbei, in dem sie das Bewußtsein verlieren würden, aber statt dessen gingen ihre Augen weit auf und sahen etwas, das einer brennenden Fackel glich oder einem Kometen Langsam entfernte sich das Licht, und als es schließlich erlosch, konnten sie endlich wieder schlucken.

Sie kehrten zu ihren Taschen zurück, denn die markierten zumindest etwas, eine abgeschirmte Stelle, ein eigenes Plätzchen in einer Umgebung, die ansonsten aus Stahl bestand, aus nichts anderem als Stahl. Sie leuchteten sich gegenseitig mit der Taschenlampe ins Gesicht und erschraken: Sie sahen aus wie Halbidioten. Sie mußten sich beherrschen, um nicht nach oben zu rennen und den erstbesten Hahn aufzudrehen. Um den sauren Geschmack von der Zunge zu vertreiben, hätten sie Liter trinken mögen und, wenn sie gesättigt wären, den verklebten Kopf unter den plätschernden Strahl halten, minutenlang. Die lauwarme Cola reizte sie nicht mehr, vom Bier würde ihnen wieder schlecht werden, und vom Wodka schon gar. Ihnen wurde klar, daß sie etwas tun müßten, um diesem Verlangen nicht nachzugeben und den Schrei, der ihnen auf den Lippen lag, zu unterdrücken – Wasser, gebt uns um Himmels willen Wasser.

Sie lagen halb übereinander, schlapp, schwindlig, krank. Klar denken konnten sie nicht mehr, ein Gedanke stolperte über den anderen, ihr Kopf war ein einziges Durcheinander. Sie suchten fieberhaft nach einem Erlebnis, das ihnen im Gedächtnis geblieben war, nach einem Geruch, den sie wiedererkannten, nach einem vertrauten Klang. Sie waren entkommen, ja, und jetzt mußten sie auf andere Weise entkommen – den Wänden aus Stahl und den viel zu schmalen Gängen.

»Welche Farbe hatte die Weichsel?«

»Schlammig. Tiefbraun. Wie Iris Rücken.«

So war es, natürlich, so war es gewesen.

An warmen Sommertagen wanderte Iri kilometerweit nach Süden, leichtfüßig, als ließe sie sich vom Wind mitführen. Über ihrer Schulter hing eine Leinentasche. Sie ging meist denselben Weg aus der Stadt heraus, durch das Tal, über zwei Hügel, ins nächste Tal, wo die Weichsel dahinströmte. Mit ihren schmalen Hüften konnte sie sich mühelos durch das Gestrüpp winden. Sie blickte prüfend auf das Gras, rollte ihr Badehandtuch aus, streifte die Jeans hinunter und hockte sich hin. Vor ihren Augen zog sie sich oben aus, und bevor sie sich hinlegte, wischte sie sich mit ihrem Shirt den Schweiß von Schultern und Brüsten. Allein das lohnte schon die Mühe der langen Wanderung über die Hügel.

Sie stützte beide Ellbogen auf den Boden und schlug eine *Life* auf. Sie nahm immer ein paar Zeitschriften in ihrer Tasche mit, alte Ausgaben der *Life*, die sie bei einem Besuch in der Hauptstadt ergattert hatte, für viel Geld, genau wie die Jeans. Sie sah sich die Fotos an, Rita Hayworths Rundungen, Grace Kellys makellosen Rücken. Und sie legten sich neben sie und schauten auch. Die Stars. Ihre durchsichtigen Häuser auf Long Island oder irgendwo tief im Süden, an der warmen Ostküste. Die Motorhauben der Autos, auf denen sich die Schauspielerinnen aufreizend rekelten.

Währenddessen kratzte Iri an sich herum. Irgendwas piekste immer, ein Strohhalm, eine Mücke, eine rote Ameise. Sie richtete sich ein Stück weit auf, drehte sich um, zog den Slip etwas hinunter und inspizierte den Spalt zwischen ihren Beinen, während sie zuschauten. Es störte sie nicht. Sie fühlte sich wohl, wenn sie in ihrer Nähe waren.

Das war lange her. Jahrelang hatten sie nicht mehr daran gedacht, aber hier, zwischen den Containern, in der brütenden Hitze, kehrte die Erinnerung daran zurück. Das schnell dahinströmende Wasser der Weichsel, in dem man nicht baden konnte, weil es schlammig war und weil die Strudel einen in die Tiefe zogen. Die Schwalben am Himmel. Iris prüfender Blick. Und die bleigrauen Wolken am Horizont, die ein Gewitter ankündigten.

Später sollten sie mit Iri die Nächte durchmachen und sich bis zum Morgengrauen mit ihr darüber streiten, was schön und was häßlich war. Später sollten sie von ihr erfahren, daß Desire aus *A Streetcar named Desire* ein Viertel von New Orleans war, später sollte sie ihnen vorspielen, wie Faye Dunaway am Ende von *Chinatown* mit dem Kopf auf die Hupe fällt, obwohl sie den Film nie gesehen hatte. Iri behielt ihre Rätselhaftigkeit, obwohl sie jede Linie ihres Körpers mit geschlossenen Augen hätten zeichnen können. Sie war anders. Sie unterschied sich durch ihre

Haltung, ihre Art, ihre Kleidung von allen anderen. Niemand war frei in ihrer Kleinstadt, zumindest trug das niemand zur Schau, traute sich niemand, das zu zeigen. Sie schon.

Blödsinn, dachte Humphrey, als er sich mühsam aufrappelte. Es war blödsinnig, an Iri zurückzudenken. Mittlerweile waren sie auf einem Schiff, mittlerweile befanden sie sich Tausende von Kilometern von der Weichsel entfernt, mittlerweile müßten sie Iri vergessen haben.

Er lauschte. Irgend etwas hatte sich verändert, das hörte er sofort, wenngleich es einen Moment dauerte, bis er wußte, was es war. Er weckte Buick.

Sie hatten amerikanische Namen angenommen. An dem Tag, an dem sie abgehauen waren, hatten sie ihre richtigen Namen abgelegt. In den Güterwaggons hatten sie ihre neuen Namen bis zum Gehtnichtmehr wiederholt, und inzwischen redeten sie sich gegenseitig sogar in Gedanken damit an. Humphrey hatte gesagt, daß Buick ein komischer Name sei, und aus Ärger darüber hatte Buick Humphrey zu Hump abgekürzt, wogegen dieser wiederum protestiert hatte. Buick war trotzdem bei Hump geblieben, denn er fand, ein richtiger amerikanischer Name müsse einsilbig sein. Joe. Bill. Hump. Außerdem passe ein kurzer Name besser zu seiner kantigen Kieferpartie, und diesen Quadratschädel werde er ohnehin nie mehr los.

Auch Buick stellte fest, daß sich etwas verändert hatte.

»Was ist denn, Hump?«

»Spürst du's nicht? Es schaukelt nicht mehr.«

Mit dem Schaukeln war auch der Lärm verschwunden. Die Container knarrten nicht mehr, die Maschinen stampften nicht mehr. Ein Hafen, das Schiff war in einen Hafen eingelaufen.

Sie brauchten gar nicht erst lange zu rechnen, das Schiff war noch keine drei Tage auf offener See gewesen, also konnte der Hafen unmöglich in Amerika liegen. Sie sahen einander mit dem gleichen verzerrten Mund an wie ein paar Stunden zuvor. Sie griffen nach der Tasche. Trinken. Ein Schluck Wodka. Bier.

Da hatten sie noch neun Dosen.

2

Der Meester und die Maria

Niemand begibt sich ohne Grund auf See. Auch Maurice hatte zumindest *einen* guten Grund für seine Reise, wenngleich er sich selbst weismachte, er wolle nur zum Vergnügen eine Zeitlang auf einem Frachtschiff mitfahren, ganz ohne Ziel und Zweck. In Gegenwart seiner Freunde zitierte er gern Platon, der angeblich behauptet hatte, die Menschheit lasse sich in Männer, Frauen und Seefahrer aufteilen. Das klang gut, aber keiner verstand, weshalb er sich plötzlich zur letzten Kategorie zählte. Durch seinen Beruf gehörte er eindeutig zum Land, und dieser Beruf hatte ihn zu einem in sich gekehrten Mann gemacht, eben noch charmant und im nächsten Augenblick abwesend, fast schon scheu. Ihm fehlte jegliche Bravour.

Eines Morgens war er mit dem Traumbild eines purpurfarbenen Himmels über einem silbrigen Meer wach geworden. Dieses Bild strahlte eine derartige Ruhe aus, daß er es nicht hatte vergessen können. Unter diesem abendlichen Himmel war ein außergewöhnlich schlank und schnittig gebautes Frachtschiff aufgetaucht. Am liebsten hätte er an der Reling dieses eleganten Schiffes gestanden, unterwegs zu einem unbekannten Hafen.

Am nächsten Tag hatte er beschlossen, es nicht bei seinem unbestimmten Verlangen zu belassen, doch es war nicht leicht gewesen, ein Schiff zu finden, das bereit war, ihn mitzunehmen. In den Büros der Rotterdamer Reedereien drang er nie sehr viel weiter vor als bis zu irgendeiner Sekretärin, und wenn er sich dann nach einer Kajüte auf einem Frachter erkundigte, stieß er auf die Art von Mitleid, die für Leute reserviert wird, die nicht ganz mit der Zeit gegangen sind. Es sei schon etwa zwanzig Jahre her, seit die letzten Frachtschiffe mit Passagierkabinen abgewrackt worden seien, und seitdem bewege man sich durch die Luft fort, wie er vielleicht wisse.

Rein zufällig kam er schließlich an die Adresse eines Reeders, der in Rotterdamer Hafenkreisen als Meester Dirk bezeichnet wurde, und als er dessen Büro betrat, hatte er den Mut schon mehr oder weniger verloren. Meester Dirk van Rietschoten war jedoch dadurch groß geworden, daß er das Kleingeld zusammenhielt, und unter der Bedingung, daß Maurice den Fahrpreis bar bezahle, war er bereit, ihm zu helfen. Am nächsten Tag brachte Maurice ihm die Scheine, die Meester Dirk erst glattstrich, dann nachzählte und schließlich mit einem beifälligen Kopfnicken in seiner Brieftasche verstaute. Er hatte etwas von einem Lumpensammler.

Van Rietschoten saß in demselben Zimmer, in dem sein Vater vor dreiunddreißig Jahren den letzten Atemzug getan hatte. In dem düsteren Raum waren alle Wände getäfelt. Viel konnte er nicht daran verändert haben; die Möbel stammten aus der Zeit, in der Frachtschiffe auch noch Passagiere beförderten, oder sogar von noch früher, als die Paketschiffahrt noch allgemein üblich war. Hinter seinem Schreibtisch hing eine Weltkarte mit Stecknadeln, und nachdem Maurice die roten Köpfe gezählt hatte und auf elf gekommen war, sagte van Rietschoten: »Hier können Sie mit einem Blick sehen, wo sich meine Schiffe befinden.«

Bei einem Mann wie ihm lag die Betonung selbstverständlich auf *meine*. Er fügte sofort hinzu, daß es vor ungefähr fünf Jahren noch doppelt so viele Nadeln gewesen seien. Meester Dirk betrieb Ausverkauf, wie er es selbst ausdrückte; er könne den Bau neuer Schiffe nicht mehr bis zum letzten Cent aus der eigenen Tasche finanzieren und wolle sich um keinen Preis an eine Bank wenden. Wer die Hand aufhalte, habe seine Unabhängigkeit verspielt, und sein Vater habe ihn gelehrt, daß Zinsen eine tolle Erfindung seien – aber nur für denjenigen, der sie einstreiche.

Diese markigen Worte kamen aus dem Munde eines mickrigen Männchens. Maurice sah, wie van Rietschoten immer tiefer in seinem Sessel versank, und wartete auf den Moment, da er endgültig unter dem Schreibtisch verschwinden würde. Der Reeder trank lauwarmen Tee, und das paßte genausowenig zu den entschiedenen Ansichten, die er äußerte. Nach ein paar vorsichtigen Schlucken legte er sich nervös eine Magentablette auf die Zunge. Er mußte aufbrausend, unberechenbar, unangenehm sein und viel von seinen Mitarbeitern verlangen.

Er konnte absolut nicht verstehen, weshalb Maurice mitfahren wollte. »Die See«, sagte er, »das ist jede Menge Wind und jede Menge Wellen. Man muß schon verdammt ruhelos sein, um dort seine Bestimmung zu finden.« Er erzählte, was einem seiner Schiffe mitten im Winter im Nordpazifik passiert war: Es war mit dreihundert Containern an Bord aus Long Beach ausgelaufen und lief mit weniger als dreißig in den Hafen von Tokio ein. »Turmhohe Wellen. Und darauf sind Sie scharf? Ich würde so lange bitten und betteln, bis ich wieder ruhig an meinem Schreibtisch sitzen darf. Meine Kapitäne wissen das.«

Im günstigsten Fall bestehe der Ozean aus einer endlosen Leere. Man müsse einen starken Charakter haben, um das auszuhalten, mit nichts als einem verschwommenen Horizont vor Augen. Das erfordere ganz andere Qualitäten als der Handel, für den man im Grunde nur ein Händchen haben müsse. Er habe einmal ein Schiff mit spanischen Apfelsinen für Brasilien befrachtet. Und was habe das Schiff mit zurückgebracht? Brasilianische Apfelsinen für Santander. Handel sei ebenso sinnlos wie das Leben selbst, mehr Philosophie stecke nicht dahinter. Es sei natürlich ein netter Zeitvertreib, und wenn man Spaß daran habe, könne man auch ganz ordentlich dabei verdienen. Die Seefahrt dagegen sei ein Beruf, und wenn man den nicht beherrsche, gehe man vor die Hunde. Denn trotz aller modernen Technik bleibe eine Welle eine Welle, und auch wenn die so hoch sei wie ein Turm, müsse man mittendurch. »Ich übertreibe nicht, der Kapitän, der mir das berichtete, hatte immer noch wacklige Beine. Habe ich Sie schon umgestimmt? Anscheinend nicht. Warum, frage ich mich, warum lassen sich Menschen nie von heillosen Plänen abbringen? Wahrscheinlich aus Dickköpfigkeit oder aus Unzufriedenheit mit dem Alltäglichen. Na ja, das müssen Sie selbst wissen, ich brauche Ihnen unterwegs ja nicht das Händchen zu halten.«

Dann war van Rietschoten zum Geschäftlichen gekommen. Er hatte ihm vorgerechnet, wieviel es kosten würde, auf einem seiner Schiffe mitzufahren.

Nachdem sich Maurice mit dem Betrag einverstanden erklärt hatte, hatte Meester Dirk seine letzte Warnung ausgesprochen.

»Wenn Sie erst einmal auf einem Schiff sind, dann können Sie nicht so mir nichts, dir nichts wieder runter.«

Er könne auf der *Maria Reygersbergen* mitfahren. Hin, wohlgemerkt, nicht zurück. »Die gesamte Besatzung geht in Valparaíso von Bord und kehrt mit dem Flugzeug in die Niederlande zurück. Es ist eine ganz schön weite Reise, zuerst nach Westafrika, dann in die Karibik und schließlich über Belém und Buenos Aires nach Valparaíso – ein schöner Endpunkt, finde ich. Paradiesisches Tal. In Valparaíso kommt eine neue Besatzung an Bord, die hauptsächlich aus Filipinos besteht, und ich glaube, es wäre keine gute Idee, Sie zwischen all den Reisfressern zu haben. Valparaíso ist jedenfalls ein größerer Hafen, und Santiago de

Chile liegt nur um die Ecke, das heißt, da können Sie, wenn Sie wollen, ins nächste Flugzeug steigen.«

Bevor er sich aus seinem Schreibtischsessel hievte, gab er Maurice noch eine kurze Beschreibung der *Maria Reygersbergen*. Siebzehn Jahre in Fahrt, nicht mehr die Jüngste und weiß Gott nicht die Schönste. Gebaut in einer niederländischen Werft, das heißt gediegen, robust und ohne viel Firlefanz. Vor allen Dingen zuverlässig. Mijnheer – so nannte er Maurice immer: Menéér – müsse allerdings schnell packen, das Schiff habe den Hafen von Rotterdam bereits verlassen. In Le Verdon werde es die letzte Ladung an Bord nehmen, und Le Verdon liege *dort*. Er drehte sich um, und sein Finger suchte den Südwesten von Frankreich. Die Garonne-Mündung, auf der einen Seite Royan, auf der anderen Le Verdon; mit dem Zug zu erreichen. Nach Le Verdon werde das Schiff Kurs auf Lagos und Havanna nehmen, zwei wunderschöne Städte, wenn er seinen Kapitänen glauben dürfe. Letzteres sagte er mit einem sardonischen Lächeln um die Lippen, und bevor er ausgesprochen hatte, legte er sich schon die nächste Magentablette auf die Zunge.

Erst im Zug stellte Maurice sich die Frage, worauf er sich eigentlich eingelassen hatte. Dafür hatte er gut tausend Kilometer lang Zeit. Das letzte Stück ging durch das Médoc, wo das junge Grün der Weinreben ihn an die Monate erinnerte, als er durch Südfrankreich gezogen war, auf der Suche nach den Farben der Impressionisten. Es war krankhaft, in jeder Landschaft bestimmte Gemälde zu sehen, und vielleicht wollte er deshalb aufs Meer.

Es hatte etwas Endgültiges, aufs Meer hinauszufahren. So oft er in seinem Leben auch schon aufgebrochen war, noch nie hatte er so stark das Gefühl gehabt, Abschied von allem zu nehmen, was hinter ihm lag. Außerhalb des Hafens, hatte Meester Dirk gesagt, beginne eine andere Welt, und die habe so gut wie nichts gemein mit dem Land. Er gehe der Leere entgegen, die doch voller Bewegung sei, und er müsse eben sehen, ob er das Schaukeln ertrage.

Der Zug erreichte die Endstation, Soulac, ein paar Häuser in den Dünen. Er wollte zuerst etwas essen und ließ sich von einem Taxi zum Fähranleger nach Royan bringen, ungefähr fünf Kilometer weiter nördlich. Die Überfahrt zu dem weißen Städtchen am anderen Garonne-Ufer würde wohl eine halbe Stunde dauern. In der Flußmündung sah er zwei Schiffe, die wie gestrandete Lastkähne über eine riesige Sandbank hinausragten. Le Verdon war, wie der Rotterdamer Komplex Maasvlakte, ein aus der Stadt verbannter Hafen. Die Kais von Bordeaux, hatte er aus dem Zugfenster gesehen, waren inzwischen genauso leer wie die Kais von Rotterdam oder Antwerpen; Häfen mußten heutzutage direkt am Meer liegen, in einer Art Niemandsland, wo der Wind ständig tost und der Sand stiebt wie in der Wüste. Bedrückt stellte er fest, daß es am westlichen Rand von Europa allmählich überhaupt keine Häfen mehr gab, denn ohne Lagerhäuser und Kneipen besitzen sie keinerlei Reiz mehr. Das einzige Lokal, das in dieser Einöde ein diffuses Neonlicht verbreitete, war eine Cafeteria am Fähranleger. Er ging hinein und erkundigte sich beim Wirt, ob eines der beiden Schiffe, die er in der Ferne gesehen hatte, tatsächlich die *Maria Reygersbergen* sei. Der Wirt nickte und fragte, ob er der Ersatz für den toten Steuermann sei.

Es sollte ihm bald darauf klarwerden, daß sich der Wirt irrte; das andere Schiff, ein Norweger, war mit einem toten Steuermann im Kühlraum in den Hafen eingelaufen; der Offizier war mitten auf dem Atlantik einem Herzschlag erlegen. Daß der Kneipenbesitzer ihn für einen Seemann hielt, betrachtete er dagegen als Ermutigung. Zumindest war ihm nicht sofort anzusehen, daß er unbefahren war und Angst vor den Wellen hatte.

Der Wirt brachte ihm das Tagesmenü, ein Omelett mit Kartoffeln und Champignons, und setzte sich zu ihm an den Tisch. Er sei früher zur See gefahren, na klar, sonst wäre er nicht in diesem trübseligen Ort hängengeblieben. Manchmal vergingen Tage, bis wieder ein Frachter am Garonne-Ufer anlege, aber jedes Schiff halte die Erinnerung an sein früheres Leben wach. An die Jahre auf See denke er wie an seine Jugend zurück; fröhlich seien sie gewesen und frei. Man trage Verantwortung auf einem Schiff, man tue seine Arbeit, und was man in den Häfen treibe, gehe niemanden etwas an. Er zeigte Fotos ... Seine Schiffe lagen noch in richtigen Häfen, mit glänzenden Schienen und nassen Katzenköpfen, mit Kränen und verschwommenen Docks im Hintergrund. Zu jedem Foto gehörte ein anderer Name, Marseille, Casablanca, Pointe-Noire, Cayenne, Montevideo, und das gleiche galt für die Paßfotos, die er aus einer Zigarrenkiste hervorholte, »das war Tamara, und das war Joyce, und das hier Mimi One und Mimi Two, zwei Zwillingsschwestern«.

Er seufzte, als Maurice aufstand, gern würde er noch einmal eine Stimme hören, die ihm Lebewohl sagte. An der Garderobe griff er nach Maurice' Koffer und meinte: »Bei der ersten Reise nimmt man immer zuviel mit.« Mit so einer bleiernen Last sei es ein ganzes Stück bis zum Kai, er werde Maurice schnell hinbringen. Im Auto erzählte er von der Stahltrosse, die sich losgerissen habe und wie eine Sense durch die Luft gesaust sei. Die Wunde sei nie richtig verheilt, und wenn er morgens aufstehe, dann habe er das Gefühl, ein Stück der Trosse sei in seinem Bein steckengeblieben. Nach dem Unfall, der seinem Gefühl nach gestern passiert sei und in Wirklichkeit vor siebzehn Jahren, habe er abmustern müssen.

Der Wind pfiff, als Maurice am Fuß der Gangway aus dem Auto stieg, und er spürte die Dünung bereits, noch bevor er das Land verlassen hatte. Über den Kränen hingen bedrohliche Regenwolken, sie konnten noch ordentlich Wind bekommen. Aber der Wirt streckte den Daumen in die Höhe, woraus er schloß, es werde schon nicht so schlimm werden.

Das einzig Elegante an der *Maria Reygersbergen* war ihr Name. Der Anstrich des Schiffes war in Ordnung, daran gab es nichts auszusetzen, der Rumpf schwarz, der Rest weiß mit Ausnahme des Schornsteins, der bis auf zwei rote Buchstaben, V und R – die Initialen der Reederei –, wieder schwarz war. Das Deckshaus befand sich auf Dreiviertel der Gesamtlänge vom Bug, was dem Containerschiff eine gewisse Ähnlichkeit mit den Frachtern aus den fünfziger Jahren verlieh, obwohl diese drei oder vier Masten hatten sowie eine richtige Poop, einen Aufbau auf dem Achterdeck. Die *Maria Reygersbergen* besaß nur einen kurzen Mast auf dem Vordeck sowie mittschiffs ein Ladegeschirr, so daß sie in schlecht ausgestatteten Häfen die Lade- und Löscharbeiten aus eigener Kraft durchführen konnte. Als rank konnte man sie weiß Gott nicht bezeichnen, eher als klotzig. Vom Kai aus wirkte sie in erster Linie imposant, und mit ihrer Länge von einhundertvierzig Metern war sie wirklich eine stramme Deern, wie Maurice den Kapitän später sagen hörte.

Niemand kam ihm entgegen, als er das steile Fallreep hinaufstieg, und niemand hielt ihn oben an. Er marschierte einen langen Gang entlang, wo es nach Heizöl roch und wo er den Boden bis in die Knie hinauf vibrieren spürte. Ein leises Brummen begleitete seine Schritte. Am Ende des Gangs nahm ihm ein Mann im Overall den Koffer ab, als wolle er durch diese höfliche Geste die Plumpheit des Schiffes wettmachen. Seine Augen verbargen sich hinter unzähligen Falten, und auch seine Haut verriet, wie sehr die Sonne auf See stechen kann. Er begrüßte Maurice mit einem »Schotel, nicht wahr?« und ließ durch den Zusatz, er habe seinen Namen auf der Besatzungsliste gesehen, erst gar keine Verwunderung aufkommen. Er trat gegen die Aufzugtüren, die sich aber erst nach dem zweiten Tritt ruckelnd öffneten. Ein oller Pott, mehr sei die *Maria Reygersbergen* nicht, und das merke man erst richtig, wenn man die letzte Reise auf der *Peggy Dow* gemacht habe. Die *Peggy Dow* küsse die Wellen, echt wahr.

»Du kriegst 'ne gute Kammer«, prophezeite er Maurice. »Du kriegst die größte Kammer, jedenfalls, wenn du die vom Käpten nicht mitzählst. Der Alte, der pennt in 'nem Ballsaal.« Seine kernige Ausdrucksweise gefiel Maurice, und aus seinem Blick sprach kaum mehr als gutmütige Neugier. Möglicherweise kam es ihm komisch vor, daß ein Mann um die Vierzig auf einem Frachtschiff mitfahren wollte, aber jedenfalls störte es ihn nicht. Ein Schiff war groß genug, und Maurice trug keine Uniform, von ihm war nichts zu befürchten. Er lieferte Maurice beim Steward ab, der ihn zum sechsten Deck begleitete.

Der Steward war förmlicher. Als erstes sagte er, Maurice falle in seinen Zuständigkeitsbereich. Nachdem er ihm zwei Formulare überreicht hatte, ein weißes für die Grenzpolizei und ein grünes für den Zoll, schloß er ihm die Tür zu seiner Kajüte auf. Er zeigte auf das bezogene Bett und begann dann mit diversen Instruktionen.

Um sieben Uhr Frühstück, um zehn KP, um halb zwölf die Hauptmahlzeit, um drei wieder KP und um sechs das Abendessen – in den Tropen auch eine Stunde später. Maurice habe alle Mahlzeiten in der Offiziersmesse einzunehmen; ein Serviettenring mit seinem Namen werde ihm zeigen, wo er zu sitzen habe. »Und ansonsten: Sprechen Sie jeden mit ›Herr‹ an, auch die Decksleute und die Matrosen. Wie es aussieht, haben Sie Manieren, erhalten Sie sich die unbedingt. Rauh ist nur die See, vergessen Sie das nicht.« Nach einem kurzen Nicken fragte Maurice, was KP bedeute. »Na, ganz einfach: Kaffeepause.«

Der Steward überreichte ihm den Schlüssel und verschwand.

Die Kajüte hatte die Größe eines Zimmers in einem komfortablen Familienhotel. Sie lag genau unter der Brücke, so daß Maurice über die Container hinweg zum Bug und aufs Meer schauen konnte. Er drehte die Flügelschrauben der Bullaugen los, zwei quadratische Fenster, doppelverglast, und sog den salzigen Wind ein, der hereinwehte. An der einen Seitenwand stand ein geräumiges Bett, an der anderen ein Schreibtisch und ein Couchtisch. Unter den beiden Sesseln und unter dem Schreibtischstuhl baumelte ein Eisenstab, der bei schwerer See im Boden verschraubt werden konnte. Im Badezimmer hing ein starker Chlorgeruch. Die meisten Fliesen der Duschzelle waren gesprungen, am Waschbecken und an der Toilette waren kleine Stücke abgeplatzt, und der Spiegel wies eine große Macke auf. Maurice stellte sich den sterbenskranken Seemann vor, der während eines schweren Sturms mit dem Kopf dagegen geschlagen war. Das Badezimmer war also renovierungsbedürftig, aber das waren die Bäder in Familienhotels meist auch. Woran er sich erst würde gewöhnen müssen, war die geringe Höhe seiner Kajüte. Zwei Meter zwanzig, schätzte er, bestimmt nicht mehr, genauso niedrig wie die Gänge. Man hatte das Gefühl, sich ständig bücken zu müssen.

Er packte seinen Koffer aus. Es war drei Uhr nachmittags, um fünf Uhr sollten die Trossen losgeworfen werden, in der kommenden Nacht würde er wohl kaum ein Auge zutun, und so beschloß er, schon mal vorzuschlafen. Als er wieder aufwachte, stampften die Maschinen, und seine Bücher rutschten vom Schreibtisch. Er fand auf dem Couchtisch, direkt an der Wand, einen besseren Platz für sie, und hörte das Dröhnen, mit dem der letzte Container auf dem Vorschiff abgesetzt wurde. Die Kräne fuhren weg, und zehn Minuten später wurde die Gangway eingeholt.

Inzwischen hatte der Himmel aufgeklart. Es schien sogar eine wäßrige Sonne, deren mattes Licht die Dünen, die er durch das Bullauge in der Ferne sah, fahlgelb tönte. Er zog sich warm an, schloß seine Kammer ab und ging eine Treppe hinauf. Durch eine Schiebetür kam man zur Brükke, einem großen Raum voller Instrumente, der sich über die gesamte Breite des Schiffs erstreckte. Dort war es auffallend ruhig, trotz der Anwesenheit von vier oder fünf Offizieren. Maurice fühlte sich an den Lesesaal einer Bibliothek erinnert, in dem man die Konzentration förmlich hören kann.

An einem Mahagonitisch stand ein Mann, dessen Alter schwer zu schätzen war. Ganz in Gedanken versunken zog er eine der Schubladen auf und nahm eine lange Karte heraus, die er wie ein kostbares Dokument vorsichtig auf den Tisch legte. Auf dieser Karte war die Garonnemündung abgebildet. Danach griff er nach einem Zirkel, öffnete ihn über der Maßstabsangabe am Kartenrand und nahm Maß. »Was wir uns immer wieder fragen«, sagte er, ohne aufzuschauen, »ist, ob wir uns auf die Karten verlassen können. Erst vor kurzem ist die *Queen Elizabeth II* vor Boston auf ein Riff gelaufen, das auf der Karte nicht eingezeichnet war. Karten können gar nicht genau genug sein. Jede Woche werden uns Berichtigungen durchgegeben – eine neu gefundene Untiefe, ein eingezogenes Leuchtfeuer. Mir ist so, als hätte man vor kurzem in der Garonne-Mündung ein Schiffswrack gesichtet. Der Lotse müßte es wissen, aber ein Lotse ist ein Lotse, er erteilt nur Ratschläge, und ich bin der Kapitän, das heißt, wenn etwas schiefgeht, dann bin ich dran.« Mit diesen Worten wandte er sich vom Kartentisch ab und ging zur linken Brückennock.

Seine Uniform saß etwas zu stramm, und seine Beine beschrieben ein perfektes O. Er nuschelte ziemlich, verschluckte manchmal eine Silbe und schnarrte wie ein Rotterdamer. Seine Welt, das war die Navigation, alles andere war offensichtlich Nebensache. Erst nachdem er sich mit dem Lotsen beraten hatte, der sich auf einem Podest am äußersten Rand der Nock postiert hatte, und zur Brücke zurückgekehrt war, wo sich die meisten Offiziere der *Maria Reygersbergen* versammelt hatten, murmelte er seinen Namen, »Bruining Smit, angenehm«, versäumte es allerdings, Maurice seine Untergebenen vorzustellen, als spiele es keine Rolle, wie diese hießen.

Das Schiff löste sich mühsam vom Kai und lief langsam aus dem Hafen aus. Jede Tonne Wasser, die es verdrängte, schien ihm eine gigantische Anstrengung abzuverlangen. Nachdem es den Fluß erreicht hatte, bekam es Unterstützung von der Strömung, und als sie Royan passierten, machte es bereits zehn Knoten. Da gerade Niedrigwasser war, entschied sich der Lotse für die tiefste Fahrrinne, dicht an der Küste. Die letzten Häuser glitten vorüber. Die Villen strahlten mit ihren rauchenden Schornsteinen so viel Wärme aus, daß die Crewmitglieder halsstarrig zur anderen Seite schauten. An Backbord klatschten die Wellen an den Leuchtturm, der auf einem Felsen mitten in der Brandung stand; die Offiziere achteten in erster Linie auf die Instrumente und horchten schweigend auf das Maschinengeräusch. Zwischen Rotterdam und Le Verdon war das Schiff wegen eines Defekts an einer der Hauptmaschinen nur mit halber Kraft gefahren; der Fehler war im Hafen behoben worden, wie man hoffte, endgültig.

Nach ungefähr sechs Meilen drehte das Schiff von der Küste ab. Der Kapitän wiederholte den Kurs, den ihm der Lotse von der Nock aus zurief, und der Rudergänger drehte, nachdem er den Kurs zum Zeichen, daß er richtig verstanden hatte, ebenfalls wiederholt hatte, an dem Holzrad mit den blinkenden Knöpfen. Daraufhin teilte der Kapitän dem Lotsen mit, daß das Ruder tatsächlich in die gewünschte Position gebracht worden war. Links und rechts auf der Brücke leuchteten Computermonitore auf, aber das Steuerrad sah aus wie das Ruder eines Schoners, und die Wiederholung von soundso viel Grad Steuerbord und soundso viel Grad Backbord hörte sich für Maurice wie ein alter Kinderreim an.

Innerhalb einer Minute war das Land verschwunden. Graue Fetzen schoben sich vor die Küstenlinie, und von diesem Moment an war keine Düne und kein Turm mehr zu sehen. Der Lotse wurde von einem Hubschrauber von Bord geholt. Während er über dem Schiff baumelte, breitete er beide Arme aus und machte die Geste des Segnens. Daraufhin hielt der Kapitän die Zeit für gekommen, zu Tisch zu gehen.

Er war einer der wenigen Offiziere, der die Hände faltete und die Augen schloß. Maurice saß neben ihm und hörte ihn das Gebet murmeln, das er früher, zu Hause, zu Beginn jeder Mahlzeit laut hatte sprechen müssen. Die Suppe schwappte über den Tellerrand, Maurice hielt sich am Tisch fest und hörte den Kapitän sagen: »Wenn du jetzt nachgibst, Schotel, dann liegst du die nächsten drei Tage krank in deiner Koje.« Nach der darauffolgenden Woge – einer weniger hohen – war es vorbei. »Der Seegang macht dem einen zu schaffen und dem anderen nicht«, schwächte sein Tischnachbar die Behauptung des Kapitäns ab. »Mir zum Beispiel macht er zu schaffen, auch wenn das nur ein schwacher Trost sein dürfte.« Er war wenigstens ehrlich; nicht jeder Seemann wird mit Seebeinen geboren.

Maurice sah sich am Tisch um. Sie waren nicht gerade schlank, die Herren Offiziere, und sie schlugen zu, als ob sie seit zwei Tagen nichts gegessen hätten. Der Kaffee wurde im Salon serviert, einem Nebenraum der Offiziersmesse.

»Geschmökt wird oben«, sagte der Kapitän.

Maurice folgte ihm auf die Brücke. Bruining Smit drehte sich eine Zigarette, leckte behutsam am Papier, zündete sie an und gab eine Kursänderung an den Rudergänger durch. Nach ein paar hastigen Zügen suchte er den Horizont ab und reichte das Fernglas Maurice.

»Hier, nimm den Kieker.«

Der Zufall wollte es, daß das erste Schiff, das Maurice auf See sichtete, ein Dreimaster war. Die weißen Segel hoben sich so scharf gegen den klaren Abendhimmel ab, daß er an eine Federzeichnung dachte. Bruining Smit meinte in dem Segler das Ausbildungsschiff der argentinischen Marine zu erkennen, und während Maurice es langsam hinter der Kimm verschwinden sah, fragte der Kapitän, womit er eigentlich seinen Lebensunterhalt verdiene. Die Frage war so direkt, daß er sie wider Willen beantwortete. Er war noch nicht fertig, da stellte ihm Bruining Smit bereits die nächste Frage – warum er damit aufgehört habe, mit dem Restaurieren von Gemälden? –, und Maurice bekannte, was er für die Dauer der gesamten Reise hatte verschweigen wollen.

»Wenn man einen Pinsel in der Hand hält, dann dürfen die Finger nicht zittern.«

»Und das haben sie getan?«

Er legte das Fernglas hin und nickte.

»Läßt sich dagegen nichts machen?«

Zum erstenmal hörte Maurice eine gewisse Anteilnahme in seiner Stimme.

»Ruhe, sagen die Ärzte. Ein paar Monate Ruhe.«

Bruining Smit nickte verständnisvoll.

»Sie hatten keine Lust, monatelang zu Hause rumzusitzen, und haben sich für die See entschieden. Ein vernünftiger Entschluß. Nichts bietet mehr Ablenkung als die See, gerade weil so wenig zu sehen ist. Man fängt an, auf die kleinsten Dinge zu achten, und die schenken einem mit der Zeit die größte Befriedigung. Auf meinem Schiff werden Sie wieder ganz der alte werden.«

Es war freundlich gemeint, doch Maurice empfand die gleiche Unsicherheit wie an dem Tag, als er seine Sachen zusammengesucht und die Staffelei an die Wand geschoben hatte. Es war schwer zu erklären. Wer kannte schon die Geborgenheit eines Ateliers? Wer verstand, was für ein stiller Genuß es war, die Leinwand eines alten Meisters zu berühren? Bruining Smit erläuterte ihm umständlich, wie das Radargerät funktionierte, doch Maurice hatte keine Ohren mehr dafür. Anstatt Salz und Heizöl roch er den Geruch von Terpentin und sehnte sich, kaum daß er weg war, bereits wieder nach dem leisen Brummen der Abzugshaube in jenem hohen Saal, in den nie ein Geräusch von draußen hereindrang.

Er verließ die Brücke und streifte noch ein wenig umher. Das Schiff hatte viel Ähnlichkeit mit einem Labyrinth; er stieg Treppe um Treppe hinunter und landete schließlich auf dem dritten Deck. Dort fiel sein Blick auf eine kleine, unscheinbare Gestalt, die sich hinter einem Rettungsboot über die Reling beugte. Das letzte, was er erwartet hätte, ein Kleid, vom Wind hoch aufgebauscht, schlanke Beine und schimmernde Nylonstrümpfe. Die Frau drehte sich um, erschrak, als sie ihn schräg hinter dem Rettungsboot bemerkte, und schlug mit beiden Händen das Kleid hinunter.

3

Zwischen Ost und West

Sie rissen eine Bierdose auf. Das Schiff fuhr wieder, was sie erst glauben konnten, als sie nach einer unverhofften Schlingerbewegung aneinandergedonnert waren. Die letzten Bierdosen hatten sie sich für den Fall aufbewahrt, daß sie das Schaukeln wieder spürten. Als das auch nach zehn Stunden noch nicht der Fall war, hatten sie die Hoffnung aufgegeben. Sie hatten beschlossen, an Land zu gehen, zu trinken, zu essen, zu schlafen und sich ein neues Schiff zu suchen, diesmal ausgerüstet mit einem entsprechenden Wasservorrat. Sie hatten sich nach oben geschlichen. Als sie schon fast außerhalb des Laderaums waren, hatten sie Stimmen gehört. Sie waren in einen anderen Gang geschlüpft. Die Finsternis war gewichen. Im selben Moment hatten sie einen Container vom Himmel fallen sehen. Gleich nachdem sie sich blitzschnell verdrückt hatten, hatten sie den Paukenschlag vernommen, mit dem der Kasten auf einen anderen gestapelt wurde. Sich in einem Laderaum zu verstecken ist nicht schwer, viel schwerer ist es, wieder herauszukommen. Es hätte wenig gefehlt, und sie wären zwischen den beiden Dingern zerquetscht worden. Jedenfalls hatte dieser Container ihnen eines klargemacht: Das Schiff hatte nur deshalb an einem Kai festgemacht, um neue Ladung an Bord zu nehmen. Danach würde es die Fahrt nach Amerika fortsetzen.

Sie hatten sich einen anderen Platz gesucht; ihr bisheriger war mittlerweile zu stark verdreckt. Sie hatten ihre Taschen in einen breiteren Quergang im untersten Laderaum gestellt. Der Vorteil dieses Platzes war, daß sie auf dem Rücken schlafen konnten, der Nachteil, daß hier mehr Ungeziefer herumwuselte. Wenn Ratten vor ihrer Nase weghuschten, schrien sie wütend auf. Sie konnten noch so drohend mit ihrem Taschenmesser herumfuchteln, einen Moment später waren die Tierchen wieder da – angelockt von den Krümeln. Wenn man Hunger hat, läßt man sich nicht so schnell abschrecken, das konnten sie verstehen.

Sie hatten die letzten Kekse und die letzten Kiwis gegessen. Sie kamen sich wie Parias vor; Buick bekam den Kamm nicht mehr durch seine Haare, und Humphrey, der sich eine Woche vor ihrer Abreise den Schädel hatte kahlscheren lassen, vergaß, die Glatze mit etwas Spucke zu befeuchten. Ihre Stoppelbärte juckten, das Bier schmeckte nach lauwarmer Pisse. Sie tranken es, weil ihre Zungen körniger als Schmirgelpapier geworden waren und weil das Feuer in ihrem Rachen gelöscht werden mußte. Nach jedem Schluck hatten sie Visionen von einem schäumenden Pils oder von Kwaß, den sie früher im Sommer getrunken hatten und der den Durst wirklich löschte.

»Das ist ein *tramp steamer*«, sagte Buick. »Wetten, daß das ein *tramp steamer* ist?« Humphrey hatte keine Ahnung, was ein *tramp steamer* war, und es interessierte ihn auch nicht die Bohne; alle Laderäume waren sich letztlich ähnlich, stockduster, wie sie waren.

Er nahm den letzten Schluck aus einer Dose und rülpste. Er hatte keine Lust zu reden, und schon gar nicht in dem weinerlichen Ton, den Buick anschlug; außerdem war es eine brenzlige Sache, in so einem hallenden Raum zu reden.

Er ließ vor seinem geistigen Auge noch einmal die Peep-Show an sich vorüberziehen, die sie sich in Rotterdam angeschaut hatten, kurz bevor sie im strömenden Regen zum Kai gelaufen waren. Ein hübsches Mädchen, keine Frage. Sie war kaum in den rotbeleuchteten Guckkasten getreten, da knüpfte sie schon das seidene Tuch los, das sie sich wie ein Badetuch um den Körper gebunden hatte. Sein Blick war von dem Fisch angezogen worden, schräg über ihrer linken Pobacke, ein Mordstrumm von einem Karpfen. Wegen dieser Tätowierung dauerte es eine Weile, bevor er merkte, wie mager sie war. Ihre Hüften zuckten im Rhythmus der dröhnenden Musik. Sie ging in die Hocke, und während ihre Hüften rhythmisch weiterstießen, zog sie mit beiden Zeigefingern ihre Schamlippen auseinander. Dann rückte sie näher an die Scheibe heran, drehte sich um und zog ihre Gesäßbacken weit auseinander. Das konnte einen schwerlich kaltlassen, zumindest solange man sich nicht von der dunklen Nikotinschicht auf ihrem Zeigefinger ablenken ließ. Mit diesem braunen, etwas knochigen Finger fummelte sie an ihrem Kitzler herum, ohne auch nur im Ansatz den Eindruck zu erwecken, davon in Erregung zu geraten. Wie Buick hatte er darüber lachen müssen; vielleicht war der Westen tatsächlich eine einzige verkommene Show, wie man ihnen immer in belehrendem Ton vorgehalten hatte. Aber er hatte natürlich weiter zugeschaut. Er zündete sich eine Zigarette an, um sich besser konzentrieren zu können und um jedes Detail dieses sich windenden mageren Körpers noch einmal deutlich vor sich zu sehen. Dann fing Buick wieder an. Er höre einen Hubschrauber.

Buick, der hörte alles, das Quietschen der Rudermaschine, das Knirschen des Ruders, das Fieren einer Leine, das Klatschen, wenn sich die Bugwelle teilte, und jetzt also einen Hubschrauber. Was machte ein Hubschrauber auf See? Buick zählte sämtliche Möglichkeiten auf, Polizei, Zoll, Marine, und Humphrey sagte: »Halt doch endlich die Klappe.« Warum mußte er ihm haarklein auseinanderklamüsern, daß sie immer noch mit einem Hubschrauber vom Schiff runtergeholt werden konnten? Kurz darauf zog er schniefend die Nase hoch, die reinste Heulsuse. Da konnte Humphrey nicht länger an sich halten: »Du denkst doch wohl nicht etwa an deine Mutter, Buick?«

Härter hätte er ihn nicht treffen können, und es tat ihm auch sofort leid. Buicks Mutter war gestorben, als dieser kaum acht war, und ein Jahr später hatte sein Vater wieder geheiratet, womit er sich natürlich die Verachtung seines Sohnes einhandelte. Buick hatte ihm schon des öfteren ein Foto seiner Mutter gezeigt, und Humphrey konnte schon verstehen, warum er sie vermißte. Es war so eine Mutter, die einen vor dem Schlafengehen knuddelte und von der Stadt im Norden erzählte, in der sie geboren war. So eine Mutter war nie wirklich tot. Humphrey knipste die Taschenlampe an und merkte endlich, daß es etwas anderes war. Buick spuckte schon wieder.

Buick machte das Schaukeln zu schaffen; er hörte Humps Stimme, die dicht an seinem Ohr wieder und wieder sagte, er solle schlucken, um nicht kotzen zu müssen, »Schluck, Mensch, schluck, sonst verlierst du so viel Flüssigkeit, und wir haben keinen einzigen Tropfen mehr, bloß noch den Wodka«. Von dem Gedanken an den Wodka wurde es Buick noch schlechter, nie wieder dieses Gesöff, und sein Magen hatte offenbar auch keine Lust darauf, denn der gab auf einmal Ruhe. Oder hatte Humphrey ihn dadurch abgelenkt, daß er von seiner Mutter anfing, dem einzigen Thema, worüber er bereit war, ausführlich zu reden? Buick sah, wie sie müde den Sandweg hinter dem Holzhaus hinunterging, in dem sie die meisten Sommer verbracht hatten. Er hatte es Hump schon mal erzählt, sie machte lange Spaziergänge, ganz allein, als ob sie schon damals mit Abschiednehmen beschäftigt gewesen sei, und Hump hatte den Kopf geschüttelt, aufrichtig traurig. Sogar als er schon ungefähr siebzehn war, hatte Humphrey ihn noch regelmäßig nach dem Foto gefragt, und wenn er es eingehend betrachtet hatte, sagte er, daß sie so schick aussehe. Für Buick war das so ungefähr das letzte, was Hump beeindrucken konnte. Hump, der rülpste in der Öffentlichkeit, trug schmuddelige Jacketts, ließ sich den Kopf kahlrasieren, und trotzdem benutzte er, wenn es um seine Mutter ging, Wörter, die fast keiner mehr in den Mund nahm, weil sie in eine Zeit gehörten, die mehr oder weniger aus der Geschichte gestrichen war. Äußerst merkwürdig.

Hump gab ihm den Walkman, reichte ihm den Kopfhörer, sagte, er solle sich mal eine Zeitlang dieses Irrsinnsklavier anhören, und haute ihm eins hinter die Ohren – jetzt müsse, verdammt noch mal, endlich Schluß sein mit diesem Gejammer. Das war das Gute an ihm. Pech auf der ganzen Linie, ein böses Ende in Sicht, eine Hitze wie im Brutkasten und Ratten, die einem an den Schuhen rumschnüffelten – und trotzdem verlor er seinen Frohsinn nicht. In dieser Hinsicht war er keine schlechte Gesellschaft, hier unten, zwischen den Containern.

Humphrey legte sich einen Plan zurecht. Einer mußte ja Entscheidungen treffen, und da Buick sich von der Musik in den Schlaf hatte wiegen lassen, blieb nur einer mit wachem Geist übrig. In der kommenden Nacht würden sie sich nicht vom Fleck rühren, am nächsten Tag ebenfalls nicht. Sie würden bis zur darauffolgenden Nacht warten, um sich nach oben zu schleichen und nach Wasser zu suchen. Er wußte nicht viel von Schiffen, aber doch immerhin so viel, daß sie genauso wie Flugzeuge eine elektronische Schaltzentrale besaßen. Sie konnten sozusagen mit dem Autopiloten fahren, und der einzige Wachposten war dann der Mann vor den Monitoren. Nach Mitternacht würden sie keinem mehr begegnen, zumindest hoffte er das. Mit etwas Geschick würde es schon klappen. Im übrigen hatten sie auch keine andere Wahl; wenn sie dieses Wagnis nicht eingingen, würden sie verdursten.

Er blieb wach. Er blieb die ganze Nacht wach. Im Schlaf hatte Buick sich den Kopfhörer von den Ohren geschoben; er schnarchte mit weit offenem Mund. Keinen Funken Verstand besaß der, und außerdem konnte er Alkohol schlecht vertragen. Das war schon immer so gewesen, nach vier Bier schlief er am Tresen ein. Deswegen hatte Iri ihm auch den Laufpaß gegeben. Sie hatte mit der Zeit wirklich geglaubt, einschläfernd zu wirken, obwohl sie doch, wenn's langweilig zu werden drohte, immer eine witzige Story auf Lager hatte. Außerdem dachte sie in vielen Dingen ganz anders als alle anderen und verteidigte ihre Meinung leidenschaftlich, aber wenn Buick getrunken hatte, fielen ihm gegen Mitternacht unweigerlich die Augen zu, und dann bekam Iri kein Kontra mehr, was sie genauso blöd fand, wie recht zu bekommen.

Humphrey hörte Schritte über seinem Kopf. Ob das Hin- und Hergelaufe bedeutete, daß die Besatzung etwas Verdächtiges bemerkt hatte? Zum Beispiel ihren Kot. Er hatte Buick schon ein paarmal gesagt, daß sie ihre Ausscheidungen mit den Schuhen verschmieren müßten, sonst würde es auffallen, aber Buick wollte nicht an seine Kacke erinnert werden, der zog sich die Hose hoch und machte, daß er wegkam. Es konnte natürlich auch ein Container sein, der ins Rutschen geraten war; er hörte Knirschen, als ob Muttern angezogen würden. Auf jeden Fall hörte es sich gefährlich nah an.

Er griff sich die Wodkaflasche. Jetzt konnte er sich endlich mal in aller Ruhe einen zur Brust nehmen, ohne die neidischen Blicke von Buick. Alkohol machte ihn stärker. So gut er es auch vor anderen verbarg, ihn plagte öfter mal was. Vielleicht war's ja ganz harmlos, aber er hielt jedes kleine Zipperlein gleich für das erste Symptom einer schrecklichen Krankheit. Nach ein paar Schlucken fühlte er sich gut. Einfach gut. In dieser Hinsicht war er wie sein Vater. Ganze Sonntage lang hatten sie gemeinsam gesoffen, und vor allem an diesen Sonntagen hatten sie gewußt, was sie aneinander hatten.

Er nahm noch einen Schluck. Es war weit bis nach Amerika, verdammt weit. Mit jedem Tropfen Alkohol wurde ihm bewußter, wie groß die Entfernung war, die sie zurücklegen mußten. Ein ganzer Ozean, und dann noch weiter, viel weiter. Wie lange würde es dauern, bis sie in irgendeiner Stadt aus dem Fenster schauen konnten und alles ihnen bekannt vorkam? Bestimmt Jahre.

Die Idee war von Buick gekommen, und zwar an dem Tag, an dem er seinen Einberufungsbefehl erhalten hatte. Weg! Nach Amerika! Keine Sekunde hatten sie daran gedacht, irgendwo anders hinzugehen. Weg bedeutete automatisch Amerika. Das war das Land, dessen Musik ihnen gefiel, dessen Klamotten sie gern trugen, dessen Sprache sie als einzige westliche Sprache einigermaßen beherrschten. Es war ihnen vertraut durch *The Voice of America* und die Fotos in der *Life*, die sie sich von Iri geliehen hatten. Sie kannten es oder glaubten es zu kennen. Es war der absolute Gegenpol zu ihrer eigenen Umgebung, und gerade dadurch ging eine unglaubliche Anziehungskraft davon aus. Amerika, das klang verheißungsvoll.

Bei ihm löste eine Kaserne nicht unbedingt Horrorvorstellungen aus, darin unterschied er sich von Buick. Wovon er dagegen, wie Buick, die Nase wirklich voll hatte, das war, als Gebrandmarkter durchs Leben zu gehen. In der Schule, auf der Straße, überall hatte man ihn mit diesem Blick angesehen: Du gehörst hier nicht her. Also weg, aber Buick hatte nicht die leiseste Ahnung gehabt, wie das zu bewerkstelligen sein könnte.

Buick, der kam mit einer Idee nach der anderen, ohne je eine in die Tat umzusetzen. Sowie es an die Realisierung ging, schlug er die Augen nieder und seufzte: »Tja …« Den Rest mußte man sich dann selber denken. Und das hatte er getan. Er hatte vorgeschlagen, daß jeder seinen Vater um

Geld für eine Studienreise nach Berlin bitten sollte, und damit kämen sie dann schon ein ganzes Stück weit; schließlich war die Beförderung per Güterwaggon gratis, und auch als Anhalter zahlte man nichts. Er hatte auf der Karte auf Rotterdam getippt, hatte von einem Schiff gesprochen und hörte Buick noch sagen: »In einem Laderaum? Das halten wir nie durch.«

Einfach war es wirklich nicht. Auch nicht mit Wodka. Er nahm wieder ein paar Schlucke und verspürte eine beunruhigende Leichtigkeit im Kopf. Es war, als glitte er davon, aus dem Laderaum hinaus und hinein in die Tiefe. Er riß sich zusammen, kniff die Augen zu und sah Buicks Mutter, auf dem Foto.

Er hatte sie nie sprechen hören. Sie existierte für ihn nur durch dieses Foto. Ein Bild, zart wie die Musik, die Buick mitgenommen hatte. Er war auf einmal in den Bann dieses einsamen Klaviers geraten, genauso wie er vor fünf oder sechs oder sieben Jahren plötzlich in den Bann dieses Bildes geraten war. Die blonden Haare und die hellen Augen verliehen ihm eine eigenartige Leichtigkeit. Sie mußte eine sanfte Frau gewesen sein, und nicht etwa aus Charakterschwäche; was man von ihr hielt, berührte sie kaum noch, das war in ihrem abwesenden Blick zu lesen. Den kleinen Pickel über ihrem linken Mundwinkel fand er höchst reizvoll, er gab ihrem Mund einen spitzbübischen Ausdruck. Was ihm jedoch mehr als alles andere gefiel, das war ihr langer Hals. Durch diesen Schwanenhals war sie für ihn eine typische Frau aus dem Land, in dem er geboren war, dem Land, nach dem er sich immer noch auf eine äußerst vage und vielleicht sogar dubiose Weise sehnte. Kein Staat zu machen mit diesem Land, und trotzdem hatte es was. Es strahlte eine bestimmte Atmosphäre aus, eine Intensität und Heftigkeit, die er auch in sich selbst spürte. Er gehörte zu diesem Land, würde immer dazu gehören, egal wo er war, und wenn er an dieses Land dachte, dann sah er Buicks Mutter. Sie hatte mit der Wirklichkeit nichts zu tun, natürlich nicht, und doch gab es sie, für Buick, für ihn. Manchmal glaubte er sie berühren zu können, was ihm nicht nur einen Schauer über den Rücken jagte, sondern ihm auch das Gefühl vermittelte, nicht ganz von Gott und der Welt verlassen zu sein.

Buick wurde von der Flasche wach, die zwischen seinem Kopf und seiner Tasche hin und her rollte. Er richtete sich auf, rieb sich die Augen und zündete sich eine Zigarette an. Im Schein des Feuerzeugs sah er Hump auf dem Bauch liegen, den Mund auf den Handrücken gedrückt. Er stöhnte. Buick sog den Rauch tief ein und spürte, wie ein wohliges Prickeln durch seine Adern lief. Er mußte lange geschlafen haben, gut zwölf Stunden oder noch länger. Seine Uhr zeigte sieben, und er fragte sich, ob es sieben Uhr morgens oder abends war. Nie hätte er sich träumen lassen, wie wichtig es ist, zu wissen, in welchem Augenblick man sich befindet. Wenn der Unterschied zwischen Tag und Nacht aufgehoben ist und man nicht mehr weiß, ob es Montag ist oder Dienstag, dann fühlt man sich, als hätte man sich in einem Wald verirrt. Eine Vorahnung sagte ihm, daß es immer so bleiben werde, daß er die Finsternis des Laderaums nie mehr ganz würde abschütteln können. Er empfand das als gerechte Strafe, war er doch immer davon überzeugt gewesen, eine Sehnsucht müsse Sehnsucht bleiben. Wer hinter seiner Phantasie herrennt, landet früher oder später in einer Art Sibirien, wo eine Birke aussieht wie die andere.

Er hob die Flasche auf und schüttelte sie dicht an seinem Ohr. Hatte er sich's nicht gedacht – leer. Hump hatte die Flasche allein ausgesoffen. Er wollte ja gar keinen Tropfen mehr von diesem Zeugs, aber Hump hätte ihn wenigstens fragen können, ob er die letzte Flasche leer machen dürfe. Es machte ihn nicht einmal böse, es bedrückte ihn nur. Hier galt: jeder für sich, und das würde wohl auch so bleiben, heute, morgen und in Amerika.

Er rollte die Flasche in Humps Richtung. Der Gedanke, daß sie jetzt keinen einzigen Tropfen mehr hatten, machte ihn noch durstiger, als er schon war. Zwei oder drei Tassen Kaffee würde er jetzt am liebsten trinken, starken, aromatischen Kaffee, wie sie ihn in Rotterdam getrunken hatten, in demselben Shop, wo sie sich auch das Hasch besorgt hatten. Italienischer Kaffee… warum waren sie nicht nach Italien gegangen? Wäre ein ganzes Stück einfacher gewesen, zwei oder drei Tage per Anhalter, und schon wären sie jenseits der Alpen gewesen. Er hatte nach Amerika gewollt wegen der Gebäude. Wenn man in einer öden kleinen Industriestadt aufgewachsen ist, sehnt man sich in erster Linie nach ganz viel Klarheit. Aber vielleicht paßten diese kleinen toskanischen Städte ja besser zu ihm, verträumt, wie sie waren.

Hump drehte sich halb um und stöhnte wieder. Buick knipste die Taschenlampe an: Auf Humps Lippen hatte sich Schorf gebildet, dunkelbrauner Schorf. Er gab ihm einen Schubs, wodurch er auf den Rücken rollte, und betastete seinen Mund. Die ganze Oberlippe war aufgeplatzt, und aus den Rissen lief Feuchtigkeit. Er kroch näher zu Humphrey und zog ihn ein Stückchen hoch. Der rührte sich nicht, auch nicht, als er ihn halb aufrichtete und schüttelte. Er ließ ihn wieder zu Boden gleiten und schob ihm einen Pullover unter den Kopf. Wie ein ausgebildeter Krankenpfleger drückte er Zeige- und Mittelfinger auf seinen Puls und konstatierte, daß er noch schlug, wenn auch schwach. Natürlich hatte er viel zuviel gesoffen auf leeren Magen und hatte dadurch das Bewußtsein verloren.

Buick nahm den Walkman, schob sich den Kopfhörer über die Ohren und lauschte der zweiten Kassette mit dem Klavier. Er hörte sie sich bis zum Ende an. Genau die richtige Musik für diesen Moment, Musik, die einen tröstete. Er ließ das Band ein Stück zurücklaufen und lauschte noch einmal einem langsamen Vorspiel, ohne auf Hump zu achten. Er hatte ihm schon so oft gesagt, diese Saufereien würden ihn keinen Schritt weiterbringen. Saufen war kein Verdienst in einem Land, in dem jeder aus purem Elend soff. Es war noch ein Glück, daß sie nicht fünf Flaschen Wodka mitgenommen hatten, wie Hump es ursprünglich vorgehabt hatte. Der behauptete, sein Körper käme nicht ohne aus; wenn er ihm wegen des Alkohols nicht so in den Ohren gelegen wäre, dann hätten sie vielleicht an Wasser gedacht.

Er griff nach seiner Tasche, nahm alle Sachen heraus und stellte die vier leeren Colaflaschen hinein. Er nahm auch ein sauberes Shirt mit, einfach so, ohne dabei nachzudenken. Er stand auf und machte sich auf den Weg nach oben.

Seine Beine waren so schlapp, daß er sich mehrmals mit beiden Händen am Eisengeländer festklammern mußte. Als er nach vielen, vielen Treppen aufs Deck hinaustrat, spürte er den Wind. Er sog die salzige Luft ein und erschauerte; draußen war es gut und gern zwanzig Grad kühler als im Laderaum. Er lauschte und hörte nur das Knarren der Container, die in drei Lagen übereinander auf dem Deck aufragten. Über dem Wasser war es fast dunkel, obgleich das eine andere Dunkelheit war als unten, lichtgrau anstatt pechschwarz. Er mußte sich erst an dieses Grau gewöhnen und an das matte Licht, das die Lampen in dem Laufgang verbreiteten. Durch die stählerne Wand rechts und die Container über seinem Kopf gab dieser Gang ihm ein Gefühl der Geborgenheit. Er ging ungefähr zehn Meter und kam zu einem offenen Teil, ohne Container. Von hier aus konnte er das Deckshaus sehen und die Brücke. Dort machte er eine verschwommene Gestalt aus, einen Mann in Uniform, der sich ein Fernglas vor die

Augen hielt und folglich in erster Linie auf den Horizont achten mußte. Er machte sich so klein wie möglich und schlich behutsam weiter. Nach etwa fünf Metern schloß sich der Gang wieder, und er fühlte sich unter der Stahldecke ein ganzes Stück sicherer. Er beugte sich kurz über die Reling und sah das Wasser vorbeischießen. Ein leichtes Rauschen, das dumpfe Stampfen der Maschinen, sonst war nichts zu hören. Er blickte auf seine Armbanduhr; kurz nach zehn.

In dem Quergang am Deckshaus schob er sich an einem Raum vorbei, dessen Stahltür offenstand. Hier hingen ein paar Arbeitsanzüge. Also kamen Leute hierher, er mußte aufpassen. So dicht wie möglich an die Wand gedrückt, schlich er weiter, bis er zu einem Hahn kam, an dem ein Plastikschlauch hing. Wasser. Endlich. Er drehte den Hahn auf und füllte die vier Colaflaschen. Als er damit fertig war, zögerte er. Das beste war natürlich, blitzartig in den Laderaum zurückzukehren, doch er konnte der Verlockung nicht widerstehen. Er kauerte sich hin, nahm den Schlauch und ließ sich Wasser in den Mund laufen. Es war, als würde ihm erst jetzt bewußt, wie ausgetrocknet er war. Er trank und trank, bis sein Magen zu platzen drohte. Dann zog er sein Oberhemd aus. Er beugte sich vor und hielt sich den Schlauch über die Haare, den Nacken, die Schultern, den Rücken. Es war mit nichts zu vergleichen; man mußte erst tagelang gespürt haben, wie einen die Flöhe piesackten, um verstehen zu können, wie herrlich das war. Er wäre dort noch minutenlang stehengeblieben und hätte sich vielleicht auch Hose und Unterhose ausgezogen, wenn er nicht Schritte gehört hätte. Er drehte den Hahn zu und zog sich blitzschnell das saubere Shirt über. Bevor er sein schmutziges Oberhemd ganz in die Tasche gestopft hatte, bogen ein Mann und eine Frau in den Gang ein.

Der Mann gehörte nicht auf ein Schiff, das sah er sofort.

Er trug ein Hemd mit breitem Kragen, einen weißen Pullover mit V-Ausschnitt und eine dunkle Hose aus einem teuren Stoff. Dieser Mann sah aus, als wäre er einer vergilbten *Life* entstiegen, und schien auf dem Weg zum Tennisplatz zu sein. Die Frau wirkte moderner, sie trug eine enge schwarze Jeans und einen anthrazitgrauen Schlabberpullover, der ihr, wie er später fand, sehr gut stand. Später fragte er sich auch, was eine Frau an Bord eines Frachtschiffes machte, doch in diesem Moment gab es nur einen Gedanken: wie er sich verhalten sollte. Er drehte sich blitzschnell um, fummelte an dem Wasserhahn herum und zog mit aller Kraft an dem Schlauch. Die beiden gingen schneller, ohne ein Wort zu ihm zu sagen, und er hörte ihre Schritte mit einer Eile im Treppenhaus verschwinden, die ihm merkwürdig vorkam. Es war, als hätte er diesem Mann und dieser Frau einen Schrecken eingejagt anstatt sie ihm.

Er nahm einen letzten Schluck aus dem Hahn, in aller Ruhe, um das Schicksal herauszufordern. Das hatte er von Hump gelernt, immer dreist bleiben, immer va banque spielen. Erst als er die Treppen in den Laderaum hinunterrannte, spürte er, wie sein Herz schlug, und als er sich nach längerem Suchen neben Humphrey auf den Boden hockte, da zitterte er am ganzen Leib.

Er nahm eine der Flaschen und ließ etwas Wasser über Humphreys Gesicht laufen. Hump reagierte nicht. Buick knöpfte ihm das Oberhemd auf und sprenkelte etwas Wasser auf seine Brust. Auch das half nichts. Er zog ein Paar Socken aus Humps Tasche, goß einen ordentlichen Schuß darauf und benetzte ihm mit der nassen Baumwolle die Lippen. Hump schluckte ein paarmal, aber dabei blieb es; weder schlug er die Augen auf, noch rührte er sich. Der kratzt ab, dachte Buick, und als er das noch einmal für sich wiederholte – der kratzt ab, und keiner kann ihm helfen –, da fühlte er sich mit einem Mal sterbenselend.

Er schob Humphrey ein Stück zur Seite, rappelte sich auf, stolperte ein paar Schritte vor und spuckte das ganze Wasser aus, das er oben, auf dem Gang des Deckshauses, getrunken hatte.

4

Die Frau des Rudergängers

Am darauffolgenden Tag sah Maurice sie wieder am selben Platz, beim Rettungsboot auf dem dritten Deck. Da befand sich die *Maria Reygersbergen* auf der Höhe von Kap Finisterre.

Die Strecke durch den Golf von Biskaya hatte das Schiff im Zickzack zurückgelegt, um den spanischen Trawlern auszuweichen, die fast pausenlos mit ihren Lampen signalisiert hatten, der aus dem Morgennebel auftauchende Frachter komme ihren Netzen zu nahe. »Panikmacher«, hatte Maurice den Ersten Steuermann murmeln hören. Trotzdem hatte er den Kurs immer wieder geändert, denn das Containerschiff lief mit voller Kraft, und der Steuermann konnte sich schon vorstellen, daß die Fischer ein hastiges Ave-Maria zum Himmel schickten, wenn sie einen solchen Kasten mit einer Geschwindigkeit von gut siebzehn Knoten haarscharf an ihren Netzen vorbeirauschen sahen.

Am Horizont waren einige Tanker aufgetaucht mit Ziel Bilbao oder La Coruña. Auf den Wellen waren austernweiße Schaumköpfe stehengeblieben, die Windstärke hatte zwischen fünf und sechs auf der Beaufort-Skala geschwankt. Für eine Landratte war die See also schon ziemlich rauh gewesen, trotzdem hatte Maurice wie ein Murmeltier geschlafen, nicht zuletzt, weil ihm der Leitende Ingenieur kurz vor dem Schlafengehen im Salon einen Rum spendiert hatte. Der breitschultrige Mann hatte ihm nicht ein einziges Mal direkt in die Augen zu schauen gewagt, und sie hatten die Gläser schweigend leer getrunken.

Währenddessen hatte Maurice sich gefragt, wer die dunkelblonde Frau wohl gewesen war, die ihm zu Beginn des Abends mit abwesendem Lächeln zugenickt hatte. Der Chef der Maschine hätte ihm das wahrscheinlich erzählen können, doch Maurice hatte instinktiv gefühlt, daß an Bord eines Schiffes das Thema Frau tabu ist.

Am späten Nachmittag waren die letzten Tanker hinter dem Horizont verschwunden. Seitdem gab es kaum mehr auszumachen als grimmige Wolken an einem fahlgrauen Himmel. Maurice hatte lange dagestanden und geschaut und dabei die Männer immer besser verstanden, die dem Lockruf des Meeres nicht widerstehen können. Zusammen mit dem Land verschwinden vielleicht nicht alle Sorgen, aber immerhin rücken sie außer Sichtweite. Die See mußte einen ruhig und schweigsam machen; die Offiziere auf der Brücke kommentierten gelegentlich etwas, was sie wahrgenommen hatten, doch lieber mit zwei als mit drei Worten. Während der Mahlzeiten wurde fast ausschließlich über die See oder das Schiff gesprochen; alle anderen Themen gehörten an Land.

Die *Maria Reygersbergen* war am Samstag nachmittag aus dem Hafen von Le Verdon ausgelaufen. Am Morgen darauf war Maurice auf dem Vordeck dem Bootsmann begegnet, der ihm mit einem Zigarrenstummel zwischen den Lippen »Fröhliche Pfingsten« gewünscht hatte. Trotzdem hatte ihn kein sonntägliches Gefühl ergriffen; der Bootsmann hatte an einem Container herumhantiert, der auf dem Deck tanzte, und hatte Maurice, bevor er seinen Rundgang durch den Schiffsbauch begann, einen Blick in den obersten Laderaum werfen lassen.

Vor dem Abendessen hatte er an einem täglichen Ritual teilgenommen, dem Umtrunk der Offiziere. Er war in die Geheimnisse der Bar eingeweiht worden; jeder Offizier verfügte über seine eigene Flasche, die zollfrei beim Steward gekauft werden konnte, und obgleich er keine

Uniform trug, kam auch er jetzt in den Genuß dieser Ehre. Er hatte zwischen verschiedenen Whiskymarken wählen können, dem altvertrauten holländischen Genever, original russischem Wodka, zehn Jahre altem Rum aus Martinique, und hatte schließlich auf eine Flasche Tequila gezeigt, obwohl er im Grunde lieber ein Bier trank. Das könne er auch, hatte der Steward gesagt und ihm wie ein Zahlmeister von altem Schrot und Korn sorgfältig ein Glas eingeschenkt, so daß genau zwei Fingerbreit Schaum auf dem Bier standen. Bevor er den ersten Schluck genommen hatte, hatte der Kapitän einen Toast auf ihn ausgebracht. »Es kommt nicht mehr oft vor«, hatte er gesagt, »daß wir einen Passagier in unserer Mitte haben. Laßt uns also auf Schotel trinken, in der Hoffnung, daß ihm das Leben an Bord gefällt.« Für Maurice hatte sich das angenehm altmodisch angehört, und der Kapitän hatte ihm freundlich zugenickt, als wolle er sich für die ungehörige Ausfragerei vom Vorabend entschuldigen.

Nach dem Essen war er noch auf dem Schiff herumgestrolcht. Er hatte es mit einer Burg verglichen, die ja von außen auch meist unscheinbarer aussieht, als sie innen ist. Hinter jeder Tür hatte er einen Gang vermutet, der wiederum mit einem anderen Gang in Verbindung stand, und er hatte sich gefragt, ob es irgend jemanden auf dem Schiff gab, der dieses ausgeklügelte Labyrinth bis ins letzte kannte.

Auf dem Achterdeck hatte er sich eine Weile mit einem Reiniger unterhalten, der sich hier abkühlen wollte, nachdem er den ganzen Nachmittag lang im »Keller« Filter gesäubert hatte. Während dem Mann das Violett langsam aus den Wangen wich, hatte er von den Rängen und Positionen an Bord erzählt und von der scharfen Trennungslinie, die mitten durch das Schiff verlief. Die obersten drei Decks der *Maria* waren den zwölf Offizieren vorbehalten, die unteren drei den zwölf Matrosen, und so klein die Besatzung auch insgesamt war – es kam selten vor, daß man einen Schnaps miteinander trank, und es war eine große Ausnahme, wenn alle sich an *einen* Tisch setzten. Die Offiziere aßen in der Offiziersmesse, die unteren Chargen in der Mannschaftsmesse; die Offiziere entspannten sich im Salon, die Mannschaft in der Bar oder in einem kahlen Freizeitraum. Der Reiniger empörte sich nicht gegen diese fast schizophrene Situation; in der Mannschaftsmesse könne man wenigstens reden, wie einem der Schnabel gewachsen sei, während die Herren in der Offiziersmesse miteinander konversierten, als säßen sie bei der Königin zu Tisch.

Es war Abend geworden, mit viel Rot am Himmel. Der Reiniger hatte sich in seine Kammer getrollt, und Maurice war auf dem Achterdeck stehengeblieben, dicht beim Wasser, das noch immer aufgewühlt war. Er hatte an ein Gemälde von Mesdag denken müssen, das im Magazin des Rijksmuseums lagerte, ein Bild voller Wellen, das ihn seinerzeit ziemlich verwundert hatte, da Mesdag reichlich viel Braun zwischen das Grau und das Grün gesetzt hatte. Hier, im dämmrigen Licht, sah er denselben Farbton auf dem Ozean wieder. So, hatte er sich gesagt, und jetzt vergessen wir die Bilder wieder! Er war zum Deckshaus zurückgekehrt und hatte ohne ein bestimmtes Ziel vor Augen die Treppen zum dritten Deck erklommen. Er keuchte, als er oben angelangt war, und es dauerte einen Moment, bevor er auf die Warnung reagieren konnte, mit der sie ihn begrüßte.

»Paß auf!«

Sie stand an derselben Stelle, hinter dem weißen Rettungsboot unter der orangefarbenen Plane, halb verdeckt, obwohl sie sich nicht, wie am Abend zuvor, über die Reling beugte. Sie stand mit dem Rücken zum Wasser.

Er blieb stehen; sie deutete auf eine Ölpfütze, in der er böse hätte ausrutschen können.

»Es tropft aus dem Motor des Rettungsboots«, sagte sie. »Hier ist alles total versifft. Oder stört dich das nicht?«

»Für ein Frachtschiff finde ich es, ehrlich gesagt, halb so wild.«

»Stimmt, auf anderen Schiffen scheint es viel schlimmer zu sein.«

Er musterte sie ruhig. Sie hatte ein blasses Gesicht und einen breiten Mund, gerade wie ein Strich. Die dunkelblonden Haare hingen ihr in Strähnen seitlich an den Wangen herunter, in den Augen lag ein abschätziger Blick. Er fand sie so holländisch wie einen Deich, und dieser erste Eindruck wurde noch durch die selbstverständliche Geste verstärkt, mit der sie sich die Haare zurückstrich – sie war an viel Wind gewöhnt. Sie sah jünger aus als am Abend zuvor; anstelle eines Kleides trug sie eine enge schwarze Jeans und einen ausgefransten Pullover, der ihr bis weit über die Hüften hing.

Er ging vorsichtig um die Ölpfütze herum auf sie zu, und sie gestand ihm, daß sie gestern, als sie ihn zum erstenmal gesehen hatte, »Gott sei Dank« gedacht hatte, »noch einer, der fremd auf diesem Schiff ist«. Mit den Typen da unten könne man nicht reden, die sähen sie an, als ob sie soeben dem *Playboy*-Kalender entstiegen sei, der über ihrem Bett hing.

Er nickte, es sei wohl kein reines Vergnügen, als einzige Frau unter vierundzwanzig Männern.

»Fünfundzwanzig.«

Er hatte vergessen, sich selbst mitzuzählen.

»Schauen sie dich oben auch so an?«

»Nach oben gehe ich nicht.«

Ihre Kajüte befinde sich im zweiten Deck, und das sei der Unterschied zwischen ihnen; seine liege im sechsten, wenn sie richtig informiert sei. Einen Moment lang meinte er einen leicht provozierenden Unterton in ihrer Stimme zu hören, aber als sie lächelte, wurde ihr Gesicht traurig, und aller Spott verschwand daraus. Er fragte, ob ihr das etwas ausmache, und sie sagte: »Ja, eine ganze Menge, so viel, daß ich mich eben schon gefragt habe, ob ich dich überhaupt duzen darf.«

Sie hatte eine leise Stimme, die aber trotz des heulenden Windes und des unaufhörlichen Röhrens des Schornsteins deutlich zu verstehen war. Sie artikulierte sorgfältig; er sollte sich ein Beispiel an ihr nehmen, so wie er nuschelte.

Sie schlug vor, ganz nach vorne, zum Bug des Schiffes, zu gehen, dort kenne sie einen Platz, an dem sie von niemandem gesehen werden könnten.

»Ist das nötig?«

»Da fühle ich mich wohler.«

Dabei lächelte sie wieder mit ihrem traurigen Mund und den traurigen Augen, und er fragte sich, ob diese düstere Stimmung nur daher kam, weil sie mit der Crew in der Mannschaftsmesse essen mußte.

Sie gingen zu dem kurzen Mast auf dem Vordeck, verschwanden hinter den hoch aufgetürmten Containern und blieben, den Rücken an die Ankerwinde gedrückt, nebeneinander stehen. Der Bug tauchte manchmal so tief in die Wellen ein, daß sie sich gegen die Winde stemmen mußten. Ihre Schulter berührte immer wieder die seine.

»Na, wie findest du meinen Platz?«

»Unruhig.«

»Der Wind legt sich bald. Zumindest haben sie das vorhergesagt.«

Sie nannte ihren Namen, er nannte seinen. Adriana war die Frau des Rudergängers. Auf Schiffen gehe es mittlerweile etwas sozialer zu; auf jeder Reise dürfe einer von der Besatzung seine Frau oder ein anderes Familienmitglied mitnehmen; ein Privileg, von dem die Offiziere häufig Gebrauch machten und die Crew nur selten. Adriana hatte schon viel früher mal mitfahren wollen, doch der Rudergänger, der Willem hieß und Wimpie genannt wurde, hatte sich sehr überwinden müssen, bevor er sie mitnahm. Er hatte ihr vorgehalten, daß es ziemlich ruppig zugehe in der Mannschaftsmesse und daß sie eigentlich in die Offiziersmesse gehöre, die sie als Frau eines Matrosen aber nicht betreten dürfe. Er hatte auch schon mehrfach auf sein Recht, sie mitzunehmen, verzichtet, weil ihm die Route nicht gefiel. Da er wußte, daß sie den Norden mehr liebte als den Süden, hatte er ihr die Ostsee zeigen wollen, das schönste aller Meere, das wegen seines geringen Salzgehalts schnell zufriert, so daß sich das Licht in den Eisschollen bricht. Wimpie sei jedoch nie wieder auf der Ostsee gefahren seit jenem einen Mal, lange bevor er sie kennengelernt habe. »Dann eben in den Süden«, habe sie gesagt, und dann habe sie noch ein gutes halbes Jahr warten müssen, bis sie ihre zehn Wochen unbezahlten Urlaub habe nehmen können, um an Bord der *Maria Reygersbergen* zu gehen, Wimpie zufolge das schlechteste Schiff, das sie habe finden können.

Die Sätze flossen mit erstaunlicher Leichtigkeit aus ihrem Mund. Er machte eine Bemerkung darüber; wenn er ihr in einer anderen Umgebung begegnet wäre, hätte er sie nie für die Frau eines Seemanns gehalten.

»Ist das denn ein bestimmter Typ?« fragte sie.

Er zögerte, natürlich nicht, obwohl … man müsse schon einzelgängerisch veranlagt sein, um sein Leben mit einem Mann zu teilen, der monatelang nicht da sei, und sie komme ihm eher wie ein Mensch vor, der rasch Kontakt suche und gern rede, und zwar ganz offen.

»Du hast recht«, sagte sie. »Ich hocke nicht daheim rum und warte auf meinen Seefahrer.«

Adriana war Lehrerin. Sie unterrichtete Niederländisch an einer Schule für schwererziehbare Kinder in Delft.

Wimpie habe sie in einer Kneipe in Rotterdam kennengelernt, kurz nachdem sie ihre Beziehung zu einem wissenschaftlichen Mitarbeiter beendet hatte.

»Ich kannte ihn schon seit meinem letzten Studienjahr. Er war verheiratet, hatte eine kleine Tochter und hat mich jahrelang mit dem Versprechen hingehalten, sich von seiner Frau scheiden zu lassen.«

Wimpie war genau das Gegenteil. Er hätte sich lieber die Zunge abgebissen, als zu lügen. Sie hatte ihn mit nach Hause genommen, er war drei Tage geblieben, hatte gesagt, sie sei ein »nettes Mädel« und es könnte durchaus was werden mit ihnen beiden, wenn, ja wenn er nicht Seemann wäre auf großer Fahrt. Er sei mehr als die Hälfte des Jahres nicht zu Hause, und in fernen Häfen gehe er zu gewissen Damen, das wolle er gar nicht verschweigen. Sie fand ihn ehrlich und originell; er erzählte von Kollisionen bei dichtem Nebel, von Felsen und Klippen, die einem kalte Schauer über den Rücken jagten, und sie hatte sich die *Odyssee* vorgenommen. »Sage mir, Muse, die Taten des vielgewanderten Mannes, welcher so weit geirrt, nach der heiligen Troia Zerstörung, vieler Menschen Städte gesehn und Sitte gelernt hat, und auf dem Meere so viel unnennbare Leiden erduldet …« Das also war Wimpie. Die Rolle der Penelope schien ihr wie auf den Leib geschrieben, sie hing an ihrer Freiheit, und Odysseus mußte immer wieder feststellen, daß nicht eine der Frauen, die ihn während seiner Irrfahrten zu verführen versuchten, »so klug war wie Penelope«. Nach der nächsten Reise zog Wimpie bei ihr ein.

»Langweile ich dich?«

Sie mußte es loswerden. Guten Bekannten gegenüber ist man nicht so schnell derart freimütig, sie hören zu gerne zu. Er war ein Wildfremder, und er gehörte nicht zur See.

»Er war wirklich anders, weißt du. Rauh im Umgang,

große Klappe, und gleichzeitig … wie soll ich das sagen … rührend.«

Wimpie war der siebte Sohn eines Fischers aus Katwijk. Auf dem Schiff seines Vaters war kein Platz mehr vorhanden, für eine Ausbildung kein Geld. Also Seefahrt, Handelsmarine, das brachte ordentlich was ein, und was man wissen mußte, lernte man auf See schon von allein. Er war knapp sechzehn, als er zum erstenmal anheuerte. Elf Jahre später mußte er im Urlaub mit einem Wecker unter dem Kopfkissen schlafen, um das Stampfen der Maschine vorzutäuschen, und die Fenster weit öffnen, da ihm an Land immer fürchterlich heiß war. Er hatte sich mit Leib und Seele der See verschrieben, und das Land war eine schlechte Erinnerung geworden, ein viel zu kleines Haus mit viel zu vielen Kindern. Auch darin war er ihr gegenüber ehrlich gewesen: Es gab kein schöneres Leben, als zur See zu fahren, und gegen die See würde sie, sollte sie es darauf anlegen, immer den kürzeren ziehen.

Angefangen hatte er als Reiniger. Jeder neue Rang hatte ihn ein Stückchen höher hinaufgebracht. Er war im wahrsten Sinne des Wortes aufgestiegen, bis er als Matrose neben dem Kapitän oder dem Ersten Steuermann auf der Brücke stand. Während der Arbeit verkehrte er mit den Offizieren. Um auf der Brücke wenigstens ein bißchen mitreden zu können, hatte er begonnen, alles über das Meer und das Universum zu lesen, was er in die Finger bekam. In seiner Freizeit verschlang er Bücher, und auf manchen Gebieten kannte er sich besser aus als seine Vorgesetzten. Die Herren auf der Brücke respektierten ihn, doch nach der Arbeit stieg er die Treppen zum untersten Deck hinunter und fing mit seinen Kumpeln an zu saufen. Wenn es aufs Trinken ankam, schlug er jeden. Es war, sagte Adriana, als wolle er mit der Trinkerei beweisen, daß er nach wie vor zum Volk gehöre, auch wenn er nachts auf der Brücke mühelos einen Stern identifizieren konnte, dessen Namen der wachhabende Offizier nicht kannte.

Sie hatten geheiratet. Nach dem spurlosen Verschwinden der *Salem Abdoul* hatte er heiraten wollen, um ihr »Sicherheit« zu bieten. Meester Dirk sorgte gut für die Witwen umgekommener Besatzungsmitglieder, und obwohl Wimpie erst neunundzwanzig war, spukten makabre Gedanken in seinem Kopf herum. Wimpie verstand sich gut mit libanesischen Seeleuten. Einmal hatte er in einer Kneipe in Cristobál eine ganze Nacht mit der Crew eines libanesischen Bulkcarriers durchgezecht, und gegen Morgen hatten sie eine Wette abgeschlossen. Wimpie fuhr damals auf der *Vliegende Mercurius*, einem Bananenjäger mit starken Maschinen, und beide Schiffe sollten am Morgen darauf mit demselben Ziel, Sydney, auslaufen. Wimpie wettete um dreihundert Gulden, daß sein Schiff ein Etmal früher in Australien ankäme. Die Libanesen nahmen die Herausforderung in der festen Überzeugung an, Wimpie müsse für seine holländische Großmannssucht büßen. Der Schüttgutfrachter war zwar schon ziemlich alt, aber gut instand gehalten und prima in Schuß.

Die Überfahrt war ruhig verlaufen. Die *Vliegende Mercurius* legte in Sydney an, Wimpie wartete vierundzwanzig Stunden und ließ sich vollaufen; keine Frage, sein Bananenjäger hatte mit Pauken und Trompeten gewonnen. Als er wieder nüchtern war, begann er sich Sorgen zu machen. Warum dauerte es so lange? Wo blieb der Levantiner?

Die *Salem Abdoul* war nie wiederaufgetaucht. Er hatte noch monatelang Erkundigungen eingezogen, ohne Gewißheit über das Schicksal des Schiffes zu erlangen. Keine Küstenwache hatte einen SOS-Ruf aufgefangen, kein Schiff ein Notsignal bemerkt. Die *Salem Abdoul* hatte die Schleusen des Panamakanals passiert, soviel stand fest, und danach mußte sie irgendwo auf dem Stillen

Ozean verschwunden sein – bei klarer Sicht, mit Mann und Maus.

Als Wimpie aus Sydney zurückgekehrt war, hatte er darauf gedrängt, daß sie heirateten. Sie hatte sich das lange überlegen müssen, aber zum Schluß zugestimmt. Er legte Wert auf Tradition, hatte in Uniform heiraten wollen, mit seinem Ausbilder als Trauzeugen, dem alten Matrosen, der ihm auf seinem ersten Schiff beigebracht hatte, wie man morst und wie man Knoten macht, der ihm das Fell versohlt hatte, wenn er zu spät an Bord gekommen war oder wenn er heimlich Whisky oder Genever getrunken hatte, was einem Schiffsjungen unter achtzehn verboten war. Er hatte sie auch noch um etwas anderes gebeten. So verträumt Delft auch sein mochte, ihn beklemmten die vielen Häuser und Straßen. Er war an Raum gewöhnt und wollte draußen wohnen, unter einem weiten Himmel und mit freiem Blick auf Äcker, die vom Regen glommen und glänzten wie Kräuselungen auf dem Wasser. Sie waren auf einen Polder gezogen, in das Haus eines Gärtners, dessen Satteldach während der Herbststürme klapperte. Für Wimpie war das wie auf See, bei Windstärke acht fing der Wind in den Wanten zu pfeifen an.

Er lebte mit den Elementen. Wenn er vom Wind erzählte, der dermaßen tobte, daß man sich die Hand vor den Mund halten mußte, um Atem schöpfen zu können, oder von bestimmten Sternen, zu denen man nicht zu lange hochschauen durfte, weil man dann einen Koller bekam, dann lief es ihren Freundinnen merkwürdig kalt über den Rücken. Sie fanden ihn urig. Darüber hinaus war er bescheiden, bei Dingen, von denen er nichts verstand, hielt er in der Öffentlichkeit wohlweislich den Mund. Sogar ihr Vater, der entschieden gegen diese Heirat gewesen war, gestand ihr, nachdem er einen Abend lang mit Wimpie gebechert hatte, daß man an ihm schwerlich etwas auszusetzen finde.

An Geburtstagen und auf Feten führte er das große Wort; wenn sie zusammen in einer Kneipe oder daheim am Tisch saßen, wurde viel geschwiegen. An Bord war er an das gesellige Leben gewöhnt, und wenn er sich in seine Kammer zurückzog, dann um zu lesen oder einen Brief zu schreiben. Er hatte nie gelernt, was Intimität genau bedeutete; einfach mit seiner Frau zu sprechen empfand er als eine milde Form der Inquisition. Über ihren Beruf ließ er sich abfällig aus, für ihn unterrichtete sie Punker und anderes Gesocks, das man am besten im Hafen von Rotterdam versenken sollte. Wenn sie sich nach seiner Arbeit erkundigte, zuckte er mit den Achseln. Was hatte sie schon davon, wenn sie die Geheimnisse der Satellitennavigation ergründete. Er war stur geworden, und sie meinte zu verstehen, warum: Er fand seinen eigenen Beruf zu männlich, um mit Frauen darüber zu sprechen, und er hatte es nie ganz verwunden, daß er sowenig Schulbildung besaß. Mutwillig hatte er eine Barriere errichtet, die ihrer Meinung nach nur dadurch eingerissen werden konnte, daß sie mit ihm auf eine lange Reise ging. Auf See mußte er anders sein, ruhiger, selbstsicherer. Aber als sie an Bord der *Maria Reygersbergen* gegangen war, hatte er sie ausdrücklich aufgefordert, ihn nicht zu stören, wenn er seine Arbeit auf der Brücke tat.

Er hatte seine Angewohnheiten um keinen Deut geändert. Nach der Arbeit soff er mit seinen Kumpels, und wenn er eine halbe Kiste Bier intus hatte, torkelte er in seine Koje. Daß dort jemand lag und auf ihn wartete, schien er vergessen zu haben; er zog sich aus, duschte und schlief ein. Aus Widerwillen gegen diesen schnarchenden Suffkopp neben ihr war sie in der ersten Nacht aus dem Bett geschlüpft und hatte stundenlang auf dem Vordeck gestanden. Am Abend darauf hatte sie sich zum dritten Deck hinaufgeschlichen, wo sie ein geschütztes Plätzchen hinter dem Rettungsboot gefunden hatte, und dorthin war sie auch am dritten Abend gegangen. Seitdem hatte sie jeden Abend und einen Teil der Nacht an Deck verbracht. So machte es keinen Spaß; sie hatte getan, was in ihrer Macht stand, er hatte sich weiter hinter der Gleichgültigkeit verschanzt, mit der er seine Männlichkeit unter Beweis stellen wollte. Wie es ausgehen würde? Keine Ahnung. War ihr mittlerweile auch ziemlich egal. Eine erschreckende Feststellung, wie sie selbst fand.

Dann schwieg sie, und er hörte sie denken: Warum hab ich das bloß alles erzählt?

Maurice kannte den Rudergänger vom Sehen. Er hatte auf der Brücke gestanden, als das Schiff aus dem Hafen von Le Verdon ausgelaufen war. Auch am nächsten Morgen, als sich das Schiff zwischen den Fischerbooten hindurchlavieren mußte, hatte er dem Steuermann assistiert. Ein kräftiger Bursche mit hohen Wangenknochen und zurückgekämmtem Haar, das vor Brillantine glänzte. Bei Fragen bezüglich der Navigation, hatte er gesagt, müsse sich Maurice an den Ersten Offizier wenden, der könne ihm das besser erklären als er. Bescheiden, in der Tat, und trotz des launischen Tons, den er angeschlagen hatte, war er nicht unfreundlich gewesen. Später am selben Nachmittag hatte er Maurice das Ruder wie einen Talisman halten lassen, weil Seeleute glauben, daß man erst dann sein Herz an ein Schiff hängt, wenn man das Steuerrad in seinen Händen gespürt hat. »In puncto Aberglauben«, hatte er gesagt, »sind wir wie die alten Weiber.« Er hatte auf die beleuchtete Scheibe gedeutet, auf der der Kurs angezeigt war, und als der Zeiger von 237 Grad auf 236 gedreht war, hatte er ihm aufgetragen, das Ruder um fünf Grad nach rechts zu legen. Es hatte Maurice ein Gefühl von Macht gegeben, von absoluter Herrschaft über ein Schiff von einhundertvierzig Meter Länge und mit einer Tragfähigkeit von rund zwanzigtausend Tonnen. Er hatte es mit seiner eigenen Arbeit verglichen; so routinemäßig sie manchmal auch war, bedeutete es doch nach wie vor etwas Besonderes, ein Gemälde von Ambrosius Bosschaert dem Älteren berühren zu dürfen oder einen Roelandt Savery oder ein Blumenstück von Rachel Ruysch. In Italien war diese Empfindung noch stärker gewesen, als er auf wackligen Gerüsten in der gleichen verkrampften Haltung an den Fresken gearbeitet hatte wie die Maler der Frührenaissance und in der gleichen feuchten Kälte, die Michelangelo ein Muskelleiden und chronisches Rheuma eingetragen hatte.

»Und du?«

Durch ihre Offenherzigkeit fühlte er sich mehr oder weniger verpflichtet, seinerseits mit dem einen oder anderen herauszurücken, doch sobald er *ich* sagte, stockte seine Stimme. Er hatte absolut nichts dagegen, wenn andere von sich erzählten, es befriedigte seine Neugier. Es hatte große Vorteile, sich zu offenbaren, zum Beispiel verstand er jetzt, warum Adriana wie eine Verirrte auf dem Schiff umhergeisterte, doch was er auf See tat, konnte er nicht in ein paar Sätzen erklären. Er hatte Befriedigung in seiner Arbeit gefunden, er hatte das Vermächtnis produktiver Meister konserviert, deren Leistung er tausendmal höher einstufte als die Hervorbringungen seines eigenen Geistes. Er hatte keine hohe Meinung von sich selbst, und woher das kam, hatte er nie ergründen wollen. Er hatte oft gehört, daß er Talent habe, großes Talent sogar, daß er sozusagen mit dem Bleistift in der einen Hand und mit dem Pinsel in der anderen geboren sei. Es waren gutgemeinte Ermutigungen gewesen, die ihn jedoch nicht davon abgehalten hatten, mit zwanzig Jahren seine Zeichenmappen wegzuschließen und die Staffelei auf den Dachboden zu stellen. Er war nach Paris gereist, wo er in die Ecole du Louvre aufgenommen worden war, damals zusammen mit der von Florenz die beste Restauratorenschule. Dort hatte er Judy kennengelernt, mit der er später nach Italien gegangen war. Eines Tages, als sie gemeinsam ein Fresko mit Leim festigten, hatte er seine kalvinistische Jugend zur Sprache gebracht, woraufhin Judy geseufzt hatte, sie hätte schon genug damit zu tun, die einzelnen Strömungen des Judaismus auseinanderzuhalten. Für Judy bestanden die Niederlande aus Porträts, Landschaften und Stilleben, und dem hatte sie so wenig wie möglich hinzufügen wollen. Jedes Bekenntnis hätte die Unterschiede zwischen ihnen hervorgehoben, während sie doch gerade nach Übereinstimmungen gesucht hatte. Sie hatten beide ihre Jugend zu einem gut Teil unter den Teppich gekehrt, und gerade dadurch hatten sie es lange zusammen ausgehalten.

»Hast du eine feste Beziehung?«

»Nein, und das ist wesentlich einfacher.«

»Manchmal. Ich fühle mich unvollständig, wenn ich meine Erfahrungen mit niemandem teilen kann.«

Es dauerte einen Moment, bis ihm aufging, was sie genau meinte, aber dann gab er ihr insgeheim recht.

»Schau.«

Hinter Kap Finisterre war das Schiff nach Süden abgedreht, und obwohl es auf Mitternacht zuging, war die hermetische Dunkelheit einem frühmorgendlichen Grauton gewichen. Der Mond, fast voll, war hinter den Wolken aufgetaucht, und sowohl der Große wie der Kleine Bär standen klar am Firmament. Er zeigte auf eine Sternschnuppe, die eine phosphoreszierende Spur am Himmel hinterließ.

»Da. Da ...«

Es mußte sie ärgern. Aufrichtigkeit ist kein Gratisgeschenk, man erwartet eine Gegenleistung, Wertschätzung zum Beispiel oder Zustimmung, jedenfalls mehr als die Sprachlosigkeit über einen Lichtblitz, der bereits erloschen war, bevor sie ihn bemerkte. Er rechnete mit einem tiefen Seufzer oder einer spitzen Bemerkung, aber Adriana sagte: »Mir wird langsam kalt. Laß uns in meine Kajüte gehen.«

Sie bogen in den spärlich beleuchteten Laufgang ein, nacheinander. In dem offenen Teil behielt Adriana die Brücke im Auge. Er ging folgsam hinter ihr her, als habe er sich bereits damit abgefunden, daß sie in Zukunft die Initiative ergreifen würde. Sie bog nach rechts; auf dem breiten Quergang am Deckshaus holte er sie ein. Sie gingen nebeneinander, als sie an einem jungen Burschen vorbeikamen, der sich an einem Wasserhahn zu schaffen machte. Adriana ging schneller, auf der Treppe kam er kaum noch nach. Sie betraten ihre Kajüte, die schmaler war als seine. Mit einer resoluten Handbewegung verschloß sie die Tür. Sein Blick fiel auf ein kariertes Oberhemd, das ordentlich auf einem Bügel am Kleiderschrank hing; er war gewarnt. Adriana folgte seinem Blick und beruhigte ihn. »Wimpie geht die Hundewache. Er darf die Brücke nicht einmal dann verlassen, wenn er auf die Toilette muß.«

Da grinste er.

Sie hatte Mut. Oder hatte sie aus einem plötzlichen Impuls heraus gehandelt? Jetzt, in der Kajüte, wußte sie nicht recht, wie sie sich verhalten sollte. Sie setzte sich auf den Sessel neben dem Couchtisch, zog die Beine hoch, legte das Kinn auf die Knie. Kaffee? Musik? Solche Fragen hätte sie zu Hause gestellt, und dann hätte sie Wasser in die Kaffeemaschine gegossen und eine Zeitlang in dem Schrank mit den CDs herumgekramt. Hier war es kahl und still wie in einem Hotel. Sie stand auf, setzte sich auf den Bettrand, aber auch hier blieb sie nur kurz. Er trat ans Bullauge, hob den Vorhang hoch, nahm ein Buch vom Nachttisch, las den Titel und vergaß ihn sofort wieder.

»Vielleicht sollten wir besser in meine Kammer gehen.«

»Ein andermal.«

Sie wurde knallrot, und das war nicht verwunderlich,

sie hatte drei Stunden im Wind gestanden. Außerdem war es hier drinnen stickig, die Lüftung war defekt. In ihrer Kammer war es noch um einige Grad wärmer als in seiner, wo er an diesem Morgen mit einer belegten Zunge aufgewacht war und das Hemd ihm am Leibe klebte. Bevor sie die Kanarischen Inseln erreichten, mußte der Defekt behoben sein, sonst würden sie in der ersten subtropischen Sonne gargebraten.

Sie fing an zu erzählen, wieder von Wimpie, beendete die Geschichte aber nicht. Sie zögerte etwas, kehrte dann zum Bett zurück. Sie kreuzte die Beine im Schneidersitz, und er tat dasselbe, ungefähr einen Meter von ihr entfernt. Sie sah ihn an und sagte: »Ich möchte dich berühren.« Er rutschte ein Stück in ihre Richtung. Ihre Hand glitt vorsichtig über sein Gesicht, die Fingerspitzen betasteten Stirn, Augenbrauen, Schläfen, Wange und Lippen, als ob sie blind wäre und sich nur durch geduldiges Abtasten seines Gesichts ein Bild davon machen könnte.

Wie oft hatte er so etwas erlebt? Wahrscheinlich nicht oft genug. Zumindest hatte er sich nie daran gewöhnt; er bekam einen trockenen Mund und Herzklopfen und zittrige Finger und hatte den Eindruck, *ein* Wort oder *eine* zufällige Geste könne die Stimmung für immer verderben. Eigentlich wünschte er sich nur eines: daß es eine Stunde später wäre und dieses nervöse Herumgemache der Vergangenheit angehörte.

Sie mußte dasselbe denken, denn mit einem Mal zog sie die Hand zurück und sagte: »Was für ein albernes Getue.«

Hätte er spontaner reagieren müssen?

»Vergiß es«, sagte sie, nachdem sie vom Bett aufgesprungen war. »Ich bin ein bißchen durcheinander.«

Er wich ihrem Blick aus, um seine Enttäuschung zu verbergen.

Es kostete ihn sehr viel Mühe, die Schnürsenkel an seinen Schuhen zuzubinden, er brauchte ungefähr so lange dafür wie jemand, der all seinen Mut zusammennimmt. Er stand auf, und obwohl er lieber schnurstracks auf die Tür zugesteuert wäre, legte er ihr die Hand auf die Schulter. Er beugte seinen Kopf zu ihrem Ohr und sagte mit einer Ruhe und Selbstsicherheit, die ihn selbst erstaunten: »Mach dir keine Sorgen, Adriana, wird schon werden.«

5

Die Straße der Neuen Welt

Sie trug Turnschuhe, wie Lauren Bacall in einem ihrer ersten Filme. Oder war das Ingrid Bergman gewesen? Egal, sie hatte einen langen Hals, ihr weißes Kleid fiel ihr bis weit über die Knie, ihre Augen leuchteten. Sie zeigte auf ein kleines Waschbecken, und das war nett von ihr, endlich konnte er diesen sandigen Geschmack in seinem Mund loswerden.

Er schluckte. Wo war er eigentlich? In regelmäßigen Abständen fielen Tropfen auf seine Lippen. Lag er unter einem Wasserhahn? Er öffnete die Augen und sah nichts, aber die Tropfen fielen weiter. Er schluckte sie hinunter, sie schmeckten nach Eisen. Er wollte etwas sagen, das gelang ihm nicht, er mußte die ganze Zeit schlucken. Er drehte den Kopf ein wenig zur Seite und hustete. Eine Sekunde später blickte er in ein Lichtbündel. Er lag noch immer im untersten Laderaum.

Unter freiem Himmel hätte er aufwachen wollen, auf einem weiten Feld am Ufer eines Flusses oder hoch oben auf einem Hügel, wo der Wind einem übers Gesicht strich.

»Woher hast du das Wasser, Grigori?«

»Buick.«

»Wo hast du Wasser gefunden?«

Es war zu merken, daß er lange nicht gesprochen hatte, seine Zunge war schwer und gefühllos wie nach einem Zahnarztbesuch.

»Was glaubst du?«

»Ich glaube, du bist allein nach oben gegangen ... Das ist saublöd von dir. Du hättest auf mich warten müssen.«

»Hab ich ja, Hump, es hat mir nur ein bißchen zu lange gedauert.«

Er wollte sich aufrichten, aber sein Kopf fiel auf Buicks Oberschenkel zurück. Kater ist nicht gleich Kater; bei diesem fragte er sich, ob er wohl bis Amerika anhalten würde. Schnee auf die Stirn und ein rohes Ei in einem Glas Bier, das war das Rezept seines Vaters gegen Kater gewesen, aber Schnee würde er vielleicht nie wieder sehen, und auf ein Eigelb in lauwarmem Bier war er nicht gerade versessen.

»Versuch was zu trinken.«

Zwei Hände schoben ihn ein Stück weit hoch; die Plastikflasche mußte er selbst halten. Er nahm drei, vier Schlucke.

»Das reicht erst mal. Sonst mußt du spucken, genau wie ich. Ich hab bestimmt zwei Liter ausgekotzt.«

»Das ist das Meer. Du verträgst das Meer einfach nicht.«

»Ich war richtig in Panik, ich dachte, du stirbst gleich. Spürst du den Schorf auf deinen Lippen? Ich hab ein paar Socken genommen, und die hab ich naß gemacht, und dann habe ich deine Lippen beträufelt, die ganze Nacht über, den ganzen Morgen, und ich habe mit dir geredet, bis du endlich wach geworden bist.«

»Ganz schön mühsam, wieder zurückzukommen.«

Es hatte ihn erschöpft. Er fühlte sich noch immer müde, wenn auch auf eine andere Art. Jetzt traute er sich, die Augen zu schließen, und zwar, weil Buick ihm Schulter und Kopf stützte. Er hatte etwas in seiner Stimme gehört, das ihm gefallen hatte; war wirklich nicht der Übelste, Buick, er hatte Wasser geholt und war in den Laderaum zurückgekehrt; er hatte seine Lippen naß gemacht und seine Stirn … und das tat er jetzt wieder, mit einem Baumwolllumpen.

»Darf ich dich was fragen?«

»Du darfst erst noch was trinken.«

Buick richtete ihn auf und setzte sich dicht neben ihn, so daß er nicht umfallen konnte. Ihm wurde schwindlig, aber Buicks Schulter und die Stahlwand hinter ihm stützten ihn. Er nahm ein paar Schlucke aus der Flasche.

»Mensch, schmeckt das gut, das schmeckt ja nach geschmolzenem Schnee.«

»Du mußt mit dieser Sauferei aufhören, Wladimir Andrejewitsch. Das bringt dich nur ins Grab, und sonst gar nichts.«

Er hörte den gleichen besorgten Ton in seiner Stimme und dachte: Buick ist mein Bruder. Ein lästiger Bruder zwar, so sind Brüder nun mal, man kann sie sich nicht aussuchen, aber trotzdem einer, auf den man sich verlassen kann, wenn's drauf ankommt.

»Eine Frage, Buick.«

Hump quengelte. Hump quengelte immer rum, wenn er zuviel gesoffen hatte.

»Deine Mutter ... was für 'ne Musik hat deine Mutter gehört?«

Seine Mutter, schon wieder. Er wollte nicht mehr über sie sprechen.

»Gib mir mal die Kassetten.«

Buick griff nach dem Walkman.

In allem mußte man Hump sagen, wo's langging. Erst hatte der die Kassetten nicht mitnehmen wollen, dann hatte er sie sich aus Langeweile angehört, und jetzt waren es seine, weil er sich endlich etwas bei dieser Musik vorstellen konnte. Mit Iri war es genauso gewesen. Er hatte mit ihr ins Bett gewollt, mehr nicht; das Gerede über all die Filme war ihm erst auf den Geist gegangen, und er war manchmal drauf und dran gewesen, ihre Zeitschriften in den Fluß zu pfeffern, dann würde sie endlich von etwas anderem träumen als von Hochglanzbildern. Erst nachdem ihm klargemacht worden war – von ihm natürlich, von wem sonst? –, daß Iri damit eine perfekte Methode gefunden hatte, aus der Welt auszubrechen, hatte er es mit anderen Augen betrachtet, und von dem Moment an hatte er mitgemacht und Iri gerade deshalb so toll gefunden, weil sie immer wieder eine Methode fand, der Trostlosigkeit zu entrinnen.

»Die Batterien«, sagte er, »die Batterien sind fast alle.«

Hump murkste am Kopfhörer herum; Buick leuchtete ihm. Er sah noch immer erbärmlich aus. Schorf auf den Lippen, Krätze im Stoppelbart, tiefe Ringe unter den blutunterlaufenen Augen. Wie lange würden sie noch durchhalten? Seit das Schiff den letzten Hafen verlassen hatte, hatte er keine Peilung mehr. Wie viele Tage waren sie schon auf See? Er wußte es nicht mehr. Wenn sie keinen Bissen zu sich nähmen, würden sie rasch die letzten Kräfte verlieren. Hunger hatte er nicht, Hunger vergeht irgendwann. Er fühlte sich matt und apathisch.

»Leer.«

Er knipste die Taschenlampe an; Hump riß sich mit einer wütenden Bewegung den Kopfhörer von den Ohren.

»Die Batterien, Mann. Leer. Alle.«

Die nächste Pleite.

Langsam war alles aufgebraucht, und was blieb? Finsternis. Nichts würde sie mehr ablenken; von jetzt an stand die Zeit still.

Humphrey trank eine halbe Flasche Wasser und rappelte sich dann auf. Er bat um Licht, und als Buick die Lampe angeknipst hatte, torkelte er an den Containern entlang bis zum Ende des Ganges. Er schob die Hose hinunter und klagte über Krämpfe. Mit schmerzverzerrtem Gesicht kroch er zu seiner Tasche zurück. Er biß sich auf die Unterlippe, und Buick mußte ihn bitten, damit aufzuhören, sonst hätte er sich blutende Wunden zugefügt.

»Wieviel Wasser hast du eigentlich mitgebracht?«

»Vier Flaschen.«

»Hat dich niemand gesehen?«

»Nein, niemand.«

»Du bist niemand begegnet?«

»Keiner Menschenseele.«

»Wie ist das möglich? Ich höre ständig irgendwo Schritte.«

»Das ist ja die Höhe. Anstatt daß du mir dankbar bist, muß ich mich hier rechtfertigen. Wenn ich kein Wasser geholt hätte, dann wärst du schon hinüber.«

»Ich geb auf.«

Humphrey wollte nach oben. Er hielt die Wahnsinnshitze im Laderaum nicht mehr aus; er wollte Licht sehen und das Meer riechen, er wollte duschen und in einem Bett schlafen. Er wollte sich stellen.

»Und dann?«

»Mir egal.«

»Dann werden wir im nächsten Hafen der Polizei übergeben.«

Hump stöhnte. Er wollte wieder tief Luft holen können, er wollte etwas Eiskaltes trinken, er wollte essen, er wollte unter ein sauberes Laken kriechen, und er wollte nicht mehr denken.

»Ich werd noch verrückt von diesen ganzen Gedanken. Ich begegne mir selbst zu oft. Hast du das auch, Buick, daß du dich selbst ankotzt, wenn du zu lange nachdenkst? Es ist mir egal, was sie mit mir machen, und wenn sie mich schlagen.«

Ab einem bestimmten Moment wurde Humphrey vollkommen ehrlich. Dann hieß es aufgepaßt, dann war er imstande, sein Leben aufs Spiel zu setzen.

»Wart mal. Mach mal die Augen zu.«

Buick knipste die Taschenlampe an und sah, daß Humphrey tatsächlich die Augen geschlossen hatte.

»Was siehst du jetzt?«

»Nichts.«

»Gut so. Ich werd dir erzählen, was du siehst.«

Er legte die Taschenlampe neben sich und zündete sich eine Zigarette an.

»Du rauschst in einem Irrsinnsschlitten über den Highway. Du kommst aus Hollywood und fährst in Richtung Santa Monica. Du nimmst den Wilshire Boulevard und schaust auf die Uhr. Viel Verkehr, und du weißt, der Wilshire ist dreißig Kilometer lang.«

»Dreißig?«

»Du kommst am Biltmore vorbei, einem der größten Hotels der Welt, entworfen von denselben Architekten, die auch das Waldorf Astoria in New York entworfen haben. Hast du nie gehört, wenn Iri vom Biltmore erzählt hat? Hitchcock hat dort im Treppenhaus die Schlüsselszenen von *Vertigo* gedreht. Zwanziger-Jahre-Stil, außen nüchtern und geradlinig, aber innen haut es einen um. Es ist schon spät, du drückst auf die Tube. Du kommst an ein paar Kaufhäusern vorbei, die um 1930 erbaut worden sind, am Bullock's Wilshire und an der weißen Marmorfassade vom Robinson's, die auf einem Fundament aus schwarzem Granit ruht. Perfektes Art déco. Du bedauerst, daß die Villa von Gloria Swanson verschwunden ist; dort wurde *Sunset Boulevard* gedreht. Du fährst an ein paar Museen vorbei und kommst nach Beverly Hills. Schicke Läden und verrückte Häuser. Diese Pseudoschlösser können dir gestohlen bleiben. Du biegst links ab und fährst in Richtung Long Beach. Wieder ein langer Boulevard, und endlich bist du auf der Küstenstraße. Du seufzt erleichtert, ein Arbeitstag ist vorbei, und du bist fast zu Hause. Du drückst auf einen Knopf, das Tor öffnet sich. Du tippst noch einmal kurz aufs Gas und rollst in die Garage. Ein Haus aus Glas und Stahl. Dein Haus, Humphrey. Durch die Schiebetür siehst du eine Frau mit langen braunen Beinen am Rand eines Swimmingpools sitzen. Deine Frau, Hump. Du ziehst dich in aller Ruhe aus, gehst auf die Terrasse hinaus und tauchst in den Pool, der die runde Form eines Teiches hat. Deine Frau läßt sich ins Wasser gleiten und schwimmt auf dich zu. Du küßt sie auf den Hals und siehst über ihre Schulter hinweg das Haus, wie es im letzten Tageslicht erstrahlt. Ein Gedicht von einem Haus, direkt am Meer. Du kletterst aus dem Pool, nimmst ein Handtuch von einem Liegestuhl, trocknest dich ab, läßt den Blick über die Bucht gleiten. Am Horizont taucht ein Frachter auf, und du denkst: So hat alles angefangen, in einem Laderaum, unter Containern, in dieser Schweinehitze ... so hat alles angefangen.«

Buick fühlte, wie ihm der Schweiß in den Nacken tropfte; es war verdammt anstrengend, Hump auf andere Gedanken zu bringen. Aber es war ihm gelungen, wie er an den gleichmäßigen Atemzügen neben sich hörte; Humphrey hatte brav die Augen zugemacht und war eingedöst. Die Frage war nur, wie er reagieren würde, wenn er wieder aufwachte. Bei ihm konnte man nie wissen.

Stinkwütend war er, das vor allem. Buick hatte sich zum zweitenmal heimlich davongeschlichen, während er schlief. Er traute sich nicht mehr, die Augen zu schließen. Natürlich hätte er nach oben mitgewollt. Mit frischer Meeresluft in den Lungen mußte man es wieder eine Weile packen. Kein Wunder, daß Buick besser durchhielt als er; der konnte sich alle paar Stunden abkühlen. Buick wurde ihm viel zu selbständig. Man mußte wohl mal ein ernstes Wörtchen mit ihm reden, anscheinend hatte er vergessen, daß er sich gleich nach ihrem Aufbruch fast in die Hose gemacht hätte und jedes Hindernis als unüberwindlich betrachtet hatte. Ohne Hilfe wäre er nie viel weiter gekommen als bis nach Rotterdam.

Zugegeben, er hatte besser aufgepaßt. Er hatte nicht soviel getrunken, hatte nicht schlappgemacht. Das gab ihm aber noch lange nicht das Recht, hier plötzlich einen auf selbständig zu machen. Unausstehlich wurde er, und die Phantasiegeschichten, die er da erzählte – geschenkt! Er hätte ihm ja gern zugehört, aber als er von dem Haus angefangen hatte, mit dieser Schnepfe am Pool, da hatte er sich ausgeklinkt. Mein Gott, sah die Zukunft so aus für ihn? Dann hätte er sich die Mühe der Überfahrt sparen können. Buick wollte ein feiner Pinkel werden, mit einer Frau Gemahlin im trauten Heim. Die typischen Hirngespinste eines Strebers. Er kannte einen anderen Buick, einen, der damals noch Grigori hieß und auf dem Sofa lag und zur Decke hochstarrte und mit total abgeschlaffter Stimme fragte: »Wladimir Andrejewitsch, jetzt erzähl mir doch mal ganz genau, wie man eine Frau aufreißt.« Für so einen konnte man Sympathie aufbringen. Damals phantasierte er vielleicht auch schon vom Wilshire, aber mehr wie Iri, die den Boulevard den einzig wahren Nowyj-Swet nannte, die Straße der Neuen Welt, und aus ihrem Munde klang das so unwahrscheinlich schön, daß man auf der Stelle hinwollte.

Humphrey stand auf und machte ein paar Gymnastikübungen. Er überließ Buick zuviel; er mußte zusehen, daß sein Körper seine alte Kraft wiedergewann. Beim nächstenmal würde *er* Wasser holen. Er griff nach dem Rahmen eines Containers, zog sich ein Stückchen hoch und hatte sich gerade wieder auf den Boden fallen lassen, als Buick die Treppe heruntergerannt kam. Er tat ziemlich aufgeregt.

Außer den Colaflaschen hatte Buick diesmal auch die Wodkaflaschen mit Wasser gefüllt. Außerdem hatte er sechs belegte Brote mitgebracht, die in Pergamentpapier eingepackt waren.

»Ich kam an dem Raum vorbei, wo die Overalls hängen«, keuchte er, »und da sah ich die Butterbrote. Die hab ich mir schnell gegriffen.«

»Super, Buick, ich fing gerade an, Hunger zu kriegen.«

»Ich glaub, die waren für die Besatzungsmitglieder bestimmt, die heute nacht Wache gehen.«

»Laß dir deswegen keine grauen Haare wachsen, die Typen bekommen morgen wieder ein Frühstück, das dir und mir eine Woche reichen würde.«

Sie beschlossen, jeder ein Butterbrot zu essen und den Rest aufzuheben. Das Pergamentpapier erinnerte Humphrey an die Ferienkolonie, in der er die meisten Sommer seiner Jugend verbracht hatte. Mit so einem Picknickpaket hatte man sie damals losgeschickt. Während der Märsche durch den Kiefernwald mußten sie Kampflieder singen. Derweil lagen sich seine Eltern am Strand den Arsch platt. Da war ihm aufgegangen, was Ideologie ist: ein Glaube, den man seinen Kindern aufhalst. Eines Nachts hatte er seine Matratze angezündet, wodurch die gesamte Baracke abgebrannt war. Sein Vater hatte ihn von jeglicher Schuld freigesprochen, aber im Sommer darauf mußte er trotzdem wieder mit einem roten Halstuch durch diese verdammte Natur marschieren.

»Kannst du was verkraften?« fragte Buick, nachdem er den letzten Bissen mit Wasser hinuntergespült hatte.

»Was denn?«

»Ich habe den starken Eindruck, das Schiff fährt nach Süden anstatt nach Westen.«

»Woran hast du das gesehen?«

»An den Sternen.«

Humphrey rülpste den Käsegeschmack weg.

Süden.

»Und wo landen wir dann?«

»In Afrika.«

»Ach du Schande, bei den Negern. Was sollen wir denn da?«

»Meine Rede. Wenn du dich stellen willst – ich halt dich nicht zurück.«

»Und du?«

»Dann stell ich mich auch. Entweder gehen wir gemeinsam nach oben, oder wir bleiben gemeinsam hier unten. Du kannst entscheiden.«

Afrika! Der hatte sich also einen üblen Scherz mit ihnen erlaubt, dieser Hafenarbeiter in Rotterdam. Jungs aus dem Ostblock, ach, die schicken wir am besten gleich in den Urwald ... hahaha. Egal wo man war, man wurde überall beschissen. Er schlang die Arme um seine Beine und drückte das Kinn auf die Knie, damit sein Unterkiefer nicht so zitterte. Er konnte es nicht mehr ertragen, überall dieselbe Scheiße.

Sich stellen ... Buick überließ die Entscheidung ihm ... Reizend von ihm, und äußerst clever. Dann konnte er später immer sagen: Hör zu, Hump, *du* hattest doch die Hoffnung aufgegeben, *du* wolltest doch nach oben. Also unten bleiben, um Buick seine eigene Verantwortung vor Augen zu führen. Aber was für einen Sinn hatte es eigentlich, in einem Laderaum zu krepieren, wenn das Schiff zu einem Kontinent fuhr, auf dem sie es nicht einen Tag lang aushalten würden?

»Und?«

»Ich muß mich erst mal an die Idee gewöhnen, Buick. Das kannst du mir doch nicht verübeln, in Gedanken war ich noch auf der Nowyj-Swet.«

6

Judy, Lippi und Fra Angelico

Maurice kroch aus dem Bett und schraubte die Muttern an den Bullaugen los. Das tat er jeden Morgen. Nachts mußten sie geschlossen bleiben, genauso wie die Vorhänge; jede noch so kleine Lichtquelle auf dem Schiff reduzierte die Sicht auf den Horizont. Er kehrte ins Bett zurück und atmete tief ein. Gleich würde er Salz auf den Lippen schmecken.

Das Stampfen der Maschinen war ihm mittlerweile ins Blut übergegangen. Langsam hatte er sich auch an den Seegang gewöhnt, der aus einem Bett eine Hängematte machte. Es gab dem Leben einen anderen Rhythmus, wenn man gleich nach dem Aufwachen Bewegung spürte. Man war unverkennbar unterwegs, aber nicht in Eile; bevor man aufstand, ließ man sich noch eine Weile in der Koje wiegen – von Mutter See. Man fühlte sich umhegt und umsorgt.

Er schob die Hände unter den Hinterkopf und schloß die Augen.

»Wie bist du zu deinem Namen gekommen?«

»Meinem Vornamen oder meinem Nachnamen?«

»Deinem Vornamen natürlich. Schotel ist Schotel.«

»Denkste. Schotel kommt von Shuttle und Shuttle von Duchâtel.«

»Das mußt du mir erklären.«

Ihre Stimme war außergewöhnlich. Sanft und gleichzeitig aufreizend, unschuldig und auch ein bißchen boshaft. Es war schwer, ihre Fragen nicht zu beantworten.

Das Schiff schlingerte heftiger als im Golf von Biskaya; es mußte die zwischen Rotterdam und Le Verdon entstandene Verspätung aufholen. Jede gewonnene Stunde bedeutete Tausende von Gulden; wenn es nicht vor dem Wochenende in Nigeria eintraf, würde es erst am Montag in Lagos gelöscht werden. Nachdem er sich mit dem Kapitän beraten hatte, hatte Abraham Sorgdrager, der Erste Steuermann, die Stabilisatoren eingefahren, so daß das Schiff bei gleicher Motorleistung einen Knoten mehr Fahrt machte. Seitdem lag die *Maria* weniger stabil im Wasser. Das störte Maurice nicht; die See war relativ ruhig, und das einzige, was ihm zuwider war, war der Gedanke, je wieder an Land gehen zu müssen.

Am Nachmittag des Vortags hatte es aufgeklart. Das Schiff befand sich auf der Höhe von Casablanca, und Abraham Sorgdrager hatte zum Himmel hinaufgedeutet.

»Endlich lassen wir diese schmutzige Decke hinter uns. Merkst du nichts am Himmel? Er ist viel blauer als über Europa. Wenn man in die Gegenrichtung fährt, fällt es einem noch mehr auf. Tage bevor man sich Westeuropa nähert, sieht man schon die verschmutzte Luft über dem Meer. Ab hier wird es immer nur blauer. Den klarsten Himmel findet man südlich von Neuseeland. Ein Blau, wie wir es gar nicht mehr kennen.«

»Das sieht man auch auf Gemälden«, hatte Maurice gesagt. »Wenn man einen Salomon van Ruysdael reinigt, dann kommt ein Himmel zum Vorschein, der für uns unwirklich blau ist. Im siebzehnten Jahrhundert war der holländische Himmel um drei Schattierungen sauberer. Fast wie das Blau von Lapislazuli oder von Schmalte, das ist ganz ähnlich.«

Beim Abendessen hatte er neben Bruining Smit gesessen. Der Appetit des Kapitäns entsprach seiner Stimmung, und an diesem Abend hatte er sich dreimal auflegen lassen. Die Maschinen liefen wie geschmiert, das Schiff hatte bereits ein paar Stunden von seiner Verspätung aufgeholt; für ihn war der Tag gerettet.

»Du mußt gleich mal mit nach oben kommen, Schotel. Wir sind nicht mehr weit von Madeira entfernt.«

Er stand auf der Brücke, als Madeira vorbeiglitt, zusammen mit dem Kapitän und mit Wimpie, der den Autopiloten eingeschaltet hatte und sich mit den Ellbogen auf das Brückenfahrpult stützte. Von der Insel sahen sie kaum etwas, die Lufttemperatur war rasch gestiegen, so daß sich über dem kalten Meerwasser Nebel gebildet hatte.

Auf dem Weg in seine Kajüte hatte er einen Umweg gemacht. Er hatte es doch nicht lassen können, schnell einen Blick hinter das Rettungsboot auf dem dritten Deck zu werfen. Der Platz war leer gewesen, und das hatte ihn eher erleichtert, als daß er es bedauert hätte. Trotzdem hatte er seine Tür nicht abgesperrt. Er hatte eine Decke aus dem Schrank geholt, denn seit die Lüftung repariert war, wartete er auf den Augenblick, in dem sich Eisblumen auf den Bullaugen bildeten; er war fast auf der Stelle eingeschlafen, in einen tiefen, erholsamen Schlaf gesunken, wie ihn das Schaukeln der Wellen einem schenkt, und war hochgeschreckt von der Hand, die sein Gesicht betastet hatte.

»Ich bin's nur«, hatte sie gesagt.

Sie hatte ihre Schuhe abgestreift und war aufs Bett gerutscht.

Sie wußte so wenig von ihm, das ärgerte sie. Sie hatte geredet und geredet, und erst später war ihr bewußt geworden, daß er ein völlig Fremder für sie geblieben war. Nicht einmal sein Gesicht konnte sie sich mehr deutlich vorstellen, es war, als habe sie zu einer Wolke gesprochen.

»Halt ich dich vom Schlafen ab? Es ist erst zehn.«

Das war tatsächlich blödsinnig früh; bestimmt lag es an der Seeluft und am Bewegungsmangel, daß er sofort in die Falle gegangen war. Sie war wohl eher eine Nachteule;

tagsüber ließ sie sich nicht blicken, abends dagegen öffneten sich ihre Augen weit, und sie breitete die Flügel aus, während ihr Mann den zweiten Teil der Nachmittagswache von vier bis acht ging oder die der Hundewache vorangehende Abendwache.

»Wie bist du zu deinem Namen gekommen?«

Sie hatte die Beine untergeschlagen und die Hände auf die Knie gelegt, und er hatte sich ein Kissen in den Rücken geschoben.

»Schotel ist eine Verballhornung von Shuttle und Shuttle eine von Duchâtel.«

»Das mußt du mir erklären.«

»Hugenotten, die nach Schottland emigriert sind und durch den Nebel chronisch erkältet waren. Anfang des achtzehnten Jahrhunderts haben sie sich in Dordrecht niedergelassen, Gott sei Dank, denn ich hätte nicht gern mit einem Dudelsack die feuchte Kälte der Highlands besungen.«

»Aber einen französischen Vornamen hast du doch bekommen.«

»Reiner Zufall. Es wäre eher zu erwarten gewesen, daß es Ike oder Bruce oder Stanley werden würde.«

»Kapier ich wieder nicht.«

»Was machen Männer, die in einem Lager eingesperrt sind?«

»Keine Ahnung.«

»Sie träumen von später, um sich die Zeit zu vertreiben. Von der Befreiung. Von der Zeit nach dem Krieg. Mein Vater saß in einem Lager … im ehemaligen Niederländisch-Ostindien … in einem Japsenlager.«

Was war denn bloß in ihn gefahren? Warum erzählte er das?

»Und weiter?«

»Er träumte von später. Von der Befreiung durch die Amerikaner. Von dem Sohn, den er noch zu zeugen hoffte, wenn der Krieg erst mal vorbei war. Er nahm sich vor, dem Jungen den Namen des ersten amerikanischen Soldaten zu geben, dem er die Hand schütteln würde. Darauf hat er lange warten müssen, bis September 1945. Es war ein Leutnant aus Louisiana.«

»Ein Maurice.«

»Mein Vater fragte ihn, wie er zu diesem Vornamen gekommen sei, und der Leutnant sagte, da müsse er bis zur Pariser Bluthochzeit zurückgehen, um das zu erklären, bis zum Tag des heiligen Bartholomäus, als seine Vorfahren aus Frankreich geflüchtet waren. Er stammte wie mein Vater aus einer Hugenottenfamilie. Amerikaner sind stolz auf so was, in seiner Familie hatten die Kinder generationenlang französische Vornamen bekommen, um auf ihren europäischen Ursprung aufmerksam zu machen.«

»Und dann?«

»Vier Jahre später wurde ich geboren, und ich glaube, mein Vater hat ihm eine Karte geschickt, aber darauf ist nie eine Antwort gekommen. Vielleicht war dieser Maurice schon längst tot.«

»Da müßtest du mal nachforschen.«

»Um Himmels willen. Angenommen, er lebt noch. Dann muß ich einen halbsenilen Kriegsveteranen besuchen. Medaillen, Fotos und eine zittrige Stimme. Wenn der Krieg vorbei ist, werden Helden zu Jammergestalten.«

»Du kannst vielleicht ein finsteres Gesicht machen!«

»Ja?«

Er hatte versucht, zu lächeln.

Sie hatte sich neben ihn gelegt. Sie hatte ihren Kopf auf seine Schulter gebettet, und er hatte ihren Pullover ein Stückchen hochgezogen, aber noch bevor er ihre Haut berührt hatte, hatte sie gesagt: »Ich habe einen häßlichen Körper. Er ist knochig, fast schon abstoßend. Ich habe viel zu kleine Brüste und viel zu große Brustwarzen. Wie Klingelknöpfe. Einfach scheußlich.«

Diesen Selbsthaß hatte er nicht verstanden. Für ihn hatte sie einen schönen, schmalen Körper mit außergewöhnlich langen Beinen und einem wunderschönen langen Hals. Ihre Brüste waren tatsächlich nicht groß.

»Meine Haut fühlt sich hart an. Wie Hornhaut.«

Er hatte den Pullover ein Stück weiter hochgezogen, und seine Hand hatte sich vom Nabel aus nach oben bewegt.

»Straffe Haut. Das hat den Vorteil, daß sie erst viel später faltig wird. Wenn deine Haut ein Gemälde wäre, dann hätte ich gesagt: Braucht vorläufig nicht doubliert zu werden.«

»Es ist wirklich schwer, dir zu folgen.«

»Eine Leinwand verliert im Laufe der Jahrhunderte viel von ihrer Elastizität, genauso wie die Farbe viel von ihrer Bindekraft verliert. Es bilden sich Bläschen, Falten, Risse; die Farbe fängt an abzublättern. Wenn die Schäden zu groß werden und die Leinwand wie ein Lumpen im Rahmen hängt, kleben wir eine neue Leinwand dahinter. Das nennen wir doublieren.«

»Und das machst du.«

»Das habe ich gemacht, bevor ich dieses Schiff betrat.«

Seine Hand hatte mittlerweile ihre rechte Brust erreicht, deren kräftiger Nippel ihn ziemlich erregte. Er hatte sich zu ihr gedreht und sie, ohne die Brustwarze loszulassen, geküßt. Ihr Mund hatte sich weit geöffnet, die Zunge hatte sich um seine geschlungen, aber gleich darauf hatte sie ihn von sich gestoßen.

»Dürfen wir das?«

»Ja. Nein. Kommt drauf an.«

»Kommt vor allen Dingen auf mich an.«

Sie war vom Bett gesprungen und hatte sich den Pullover bis weit über den Po gezogen.

»Ich kann noch nicht. Vielleicht morgen abend. Oder übermorgen.«

Darauf hatte er nichts zu erwidern gewußt. Gerade bevor er sich hatte vorbeugen können, war ihm diese Brustwarze entglitten. Er hatte die halbe Nacht gebraucht, um die Enttäuschung zu verwinden.

Unter der Dusche hielt er sich am Wasserhahn fest, um nicht auf den Fliesen auszurutschen, die jeden Tag mit zuviel Chlor saubergemacht wurden. Auch das Rasieren war eine heikle Sache vor einem gesprungenen Spiegel, der den Bewegungen des Schiffes haargenau folgte und von Backbord nach Steuerbord kippte. Er rasierte sich noch immer mit dem Messer, obwohl ihm das in den letzten Wochen reichlich Schnitte eingetragen hatte. Durch das Schaukeln konnte er nicht richtig feststellen, ob seine Finger noch zitterten. Auf einem Schiff zitterte alles.

Er blickte in den lädierten Spiegel und dachte: Besser so. Früher oder später gibt es nur Ärger. Wenn Wimpie dahinterkommt, wird er sich bei seinen Kumpeln beklagen. Dann ist man bei der Besatzung unten durch und kann im nächsten Hafen die Koffer packen.

Es half nicht so recht. Er war nüchtern genug, Adriana nicht für die *Maja* von Goya zu halten, aber sie war verdammt attraktiv und genauso gierig wie Judy. In den vergangenen Jahren war sie viel zu kurz gekommen, er noch mehr; das machte sie beide außerordentlich hungrig.

Er kleidete sich an und ging in die Messe.

»Gut geschlafen, Schotel?«

Das Leben war einfach auf einem Schiff.

»Kaffee? Ein Spiegelei mit Speck? Dotter ganz lassen?«

»Vielen Dank, Mijnheer Mollema.«

Denn Mollema ließ sich gern mit »Sie« und »Mijnheer« ansprechen, genauso wie der Kapitän und der Chief. In solchen Dingen durfte man sich nicht täuschen. Arie Akersloot, der Leitende Ingenieur, hatte nichts dagegen, im Maschinenraum mit »Ai« angesprochen zu werden, aber wenn er das im Salon oder in der Messe hörte, dann murmelte er: »Ai der Daus.« Auf dem Schiff gab es viele ungeschriebene Gesetze, und Maurice ging davon aus, am wichtigsten sei es, keinen Anstoß zu erregen – wodurch auch immer.

Douwe Hanedoes, der Bootsmann, hatte ihm einen Stuhl auf das Brückendeck gestellt, das auf der *Maria Reygersbergen* ziemlich groß ausgefallen war und um den Funkraum herumlief.

»Da kannste dich sonnen.«

Bei allen Besatzungsmitgliedern stieß er auf die gleiche Gefälligkeit, die gleiche Freundlichkeit und den gleichen Respekt. Sie gingen ganz locker mit ihm um, und er fragte sich, ob Seeleute von Natur aus diese Zuvorkommenheit besaßen.

Er krempelte die Hemdsärmel auf. Der Nebel war verschwunden, am Horizont lagen die Kanarischen Inseln. Der Kapitän kam, um ihn zu begrüßen, und deutete auf das Buch in seinem Schoß. »Das würde ich auch gern tun: lesen.«

Bruining Smit benahm sich nach wie vor so, als habe er etwas bei ihm gutzumachen. Seit dieser Ausfragerei am ersten Abend, die Maurice wie ein Kreuzverhör in Erinnerung geblieben war, ging er dem Kapitän aus dem Weg, wohingegen Bruining Smit alles tat, um es ihm recht zu machen. Merkwürdigerweise kam er mit allen an Bord gut aus, mit Ausnahme des Alten. Das Eis wollte einfach nicht brechen, und Maurice war sich fast sicher, daß das auch nie geschehen würde. Bruining Smit kehrte ihm zu sehr den rechtschaffenen Familienvater heraus; nie kam ein ungehöriges Wort über seine Lippen, was ihn farblos und unausstehlich bieder machte. Seine Position, oder mehr noch, seine Eigenschaft als oberster Gott müßte ihn eigentlich mehr als zufrieden stimmen, auch wenn die Telexe und Faxe des Reeders ihm manchmal Kopfschmerzen bereiteten. Trotzdem tat er so, als schleppe er die Sorgen aller Besatzungsmitglieder mit sich herum. »Zu mir kann jeder mit seinem Kummer kommen«, sagte er oft, »dazu bin ich schließlich da.« Maurice klang das eine Spur zu salbungsvoll. Ein guter Ratgeber konnte Bruining Smit gar nicht sein, dafür war er viel zu engstirnig. Er würde Männern, die mit sich selbst nicht zu Rande kamen, bestimmt raten, die Bibel aufzuschlagen, wobei er dann sicherlich andere Bücher meinte als das erquickende Hohelied.

Sorgdrager zufolge war er ein fähiger Seemann, der die vier Streifen und den Kringel an seiner Uniform doppelt und dreifach verdiente. Das war ein großes Kompliment aus dem Munde des Ersten Steuermanns, denn Sorgdrager wartete bereits seit Jahren darauf, zum Kapitän befördert zu werden. Er litt darunter, noch nie das Kommando über ein Schiff geführt zu haben, neidete aber dem Alten diese Position nicht, und daraus schloß Maurice, daß Bruining Smit auch seine guten Seiten haben mußte. Was allerdings nicht hieß, daß er auch nur einen Funken Sympathie für ihn hätte aufbringen können, und das merkte der Kapitän sehr wohl.

Er las etwas über den Maler Torrentius aus dem siebzehnten Jahrhundert, einen Gotteslästerer und Weiberhelden, der wegen seiner ausschweifenden Lebensweise im Gefängnis landete. Der Holländer genoß zu seiner Zeit einen gewissen Ruhm und war ein gerngesehener Gast am englischen Hof. Auf Fürsprache des englischen Königs wurde er wieder auf freien Fuß gesetzt. Die letzten Jahre seines Lebens verbrachte er in London, zu verbittert, um noch einen Pinsel in die Hand zu nehmen. Von ihm ist lediglich ein einziges Gemälde erhalten, *Stilleben mit Kandare*, das erst 1912 entdeckt wurde und einen Platz im Amsterdamer Rijksmuseum erhielt.

Das Bild war ihm nie aufgefallen. Er müßte sich an Judy

wenden, wollte er Genaueres darüber erfahren; sie hatte ein Bombengedächtnis, jedenfalls soweit es Stilleben betraf. Er klappte das Buch zu, schaute aufs Meer und sah sie vom Stuhl aufs Bett springen, in dem kleinen Zimmer am linken Seine-Ufer, das sie gemeinsam bewohnt hatten. Es war lange her, seit er an diesen schmalen Schlauch in der Nähe des Jardin du Luxembourg zurückgedacht hatte und an den Pfiff, den Judy dem Raum gegeben hatte, indem sie grellbunte Stoffstücke aufhängte und den Fußboden weiß beizte.

Sie hatte bereits ein paar Monate in Paris verbracht, als er dort ankam; so konnte sie ihm mit Rat und Tat helfen. Das tat sie gern, denn seit ihrer Ankunft wußte sie nicht so recht etwas mit sich anzufangen. Sie beide waren die einzigen Ausländer in ihrer Klasse an der Ecole du Louvre, und es dauerte ein ganzes Schuljahr, bevor sie ernst genommen wurden. In den ersten Wochen konnten sie den Unterrichtsstunden kaum folgen und mußten sich gegenseitig fragen, wovon diese ihren Stoff mit rasender Geschwindigkeit herunterratternden Männekens an der Tafel um Himmels willen sprachen. Das schuf ein Band. Schüchtern war sie nicht, aber die Umgebung, der düstere Palast an der Seine und die langen staubigen Flure, auf denen Jagdszenen und marmorne Apolle einander abwechselten, machten sie unsicher. Diese klassischen Köpfe sahen sie ebenso unnahbar an wie die Studenten, die so taten, als hätten sie die Kultur erfunden. Nicht so angenehm, ihre Bekanntschaft mit Europa.

Judy war hübsch durch ihre Lebendigkeit. Sie war so präsent, so ganz und gar »da«, daß sie viel größer wirkte, als sie tatsächlich war. Wenn sie sich mit der Hand durch die Haare fuhr, wuchs sie um zehn Zentimeter. Ihr Gesicht wechselte den Ausdruck ständig, wodurch er mal auf ihre dunklen Augenbrauen achtete und mal auf ihre makellosen Zähne. Dabei entging ihm ganz, ob ihre Maße auch stimmten, plastisch gesprochen. Sie wäre das ideale Modell für Fantin-Latour gewesen. Die Frauen, die dieser malte, haben häufig einen zu breiten Mund oder ein zu ausgeprägtes Kinn, und trotzdem wünscht man sich, sie träten aus der Leinwand heraus und setzten sich neben einen. Judys Gesicht war vielleicht etwas zu schmal, aber es wurde breit, wenn sie lachte, und ihre üppige Haarpracht kaschierte das Kantige. Manchmal strich er ihr die Haare aus dem Gesicht und zog dann hastig die Hand zurück; am schrecklichsten schien ihm, auf Judys Gesellschaft verzichten zu müssen. So offen und herzlich sie auch war, wenn er weiterhin mit ihr über die Boulevards flanieren wollte, durfte er eine bestimmte Grenze nicht überschreiten, jedenfalls hatte er diesen Eindruck. Er gab sich alle Mühe, nicht allzu auffällig mit ihr zu flirten.

Für Judy war der Umgang mit ihm selbstverständlich. Er verstand sie, wenn sie englisch sprach, und anfangs war sein Französisch besser als ihres. Im Kino übersetzte er flüsternd die Kernworte der Dialoge, in den billigen Restaurants bestellte er das Tagesmenü, und er verhandelte auch mit ihrer Vermieterin, die idiotische Forderungen stellte. Außerdem hielt er ihr vor, daß das, was sie im Louvre sehe, nicht wirklich wiedergebe, was die Europäer im Alltag beschäftige. Das half, obwohl sie zu Recht bemerkte, der Louvre sei immerhin *ihre* Alltagsumgebung und dort könne man sich weiß Gott unbedeutend und völlig ungebildet vorkommen.

Wenn sie die hohen Säle durchwandert hatten, gingen sie über die Brücke zum anderen Seine-Ufer und setzten sich in ein Straßencafé. Tagsüber verloren sie einander kaum aus den Augen, und noch bevor der Winter begann, fragte sie ihn, ob er nicht bei ihr einziehen wolle – sein Zimmer hatte keine Heizung. Eine Woche darauf kauften sie auf dem Trödelmarkt ein Doppelbett, das gut ein Drittel des winzigen Zimmers füllte.

Um sich nicht ständig gegenseitig in die Quere zu kommen, verbrachten sie den größten Teil ihrer Freizeit außer Haus. Judy kam aus einer Metropole, für sie war es das Normalste von der Welt, mitten in der Nacht einen Happen essen zu gehen oder um elf Uhr abends in einer Buchhandlung einen Stapel Kataloge durchzublättern, das hatte sie in New York auch getan; er dagegen hatte seine gesamte Jugend in einem öden Dorf verbracht und wachte erst in Paris so richtig auf. Eine Stadt, die sich selbst keine Nachtruhe gönnte, die nur zwischen vier und fünf kurz die Augen schloß, und selbst dann konnte man irgendwo eine Bar finden, wo noch was los war, *Le Clown* beispielsweise, eines ihrer Lieblingslokale, in der Nähe des Cirque d'Hiver.

Sie richteten ihren Tagesablauf auf die Nacht aus. Die Farbe noch an den Fingern und den Geruch von Terpentin noch im Haar, verschwanden sie nach der letzten Unterrichtsstunde an der Ecole im Bett. Sie schmiegten sich eng aneinander, liebten sich, schliefen den halben Abend und brachen dann gegen zehn zu ihren nächtlichen Streifzügen auf. In den drei Jahren, die er in Paris verbracht hatte, war er nur einmal in die Niederlande zurückgekehrt, und jedesmal, wenn er zusammen mit Judy über den Boulevard Saint-Germain ging, hatte er das Gefühl, entronnen zu sein – ohne sich zu fragen, wem oder was. Erst viel später wurde ihm bewußt, daß er in erster Linie der Einsamkeit entronnen war; ohne Judy wäre das Leben in Paris das gleiche Trauerspiel gewesen wie überall sonst.

Sobald es Sommer wurde, taten sie, was alle Pariser taten; sie verließen die immerwache Stadt, in der die Jalousien auf einmal unten blieben. Es waren karge Monate mit wenig Vergnügungen; da ihnen das nötige Geld fehlte, mußten sie die Badeorte meiden, und so fuhren sie auf der Suche nach einem bestimmten Blau- oder Grünton in die Auvergne oder ins Gers. Nur im Sommer sehnte sich Judy manchmal nach New York zurück; sie erinnerte sich wehmütig daran, wie sich die Stadt zur heißesten Zeit des Jahres in einen einzigen großen Jahrmarkt verwandelt hatte. Es war ihre Stadt, keine Frage, so oft sie auch behauptete, die Staaten seien nicht mehr ihre Heimat, seit zwei Präsidenten nacheinander ihre früheren Freunde in einen Krieg geschickt hatten, der schon von vornherein verloren schien. Aus Abscheu dagegen, was in Vietnam passierte, nahm Judy die Allüren einer Pariserin an und schloß die Stadt mit einer Heftigkeit und Kritiklosigkeit ins Herz, die typisch amerikanisch waren. Das *Yankee go home*, das bei Demonstrationen durch die Straßen schallte, bezog sie auf sich persönlich, und sie bat ihn, nicht nur im Atelier des Louvre, sondern auch auf der Straße und überhaupt in der Öffentlichkeit französisch mit ihr zu sprechen. Wegen ihrer dunklen Haare, ihrer dunklen Augenbrauen und dunklen Augen wurde sie nicht sofort mit dem Land in Verbindung gebracht, das jeder rechtschaffene Mensch in jenen Jahren verachtete; nur ihres Akzentes wegen wurde sie für eine Ausländerin gehalten, meist eine Spanierin, und ausgerechnet aus Spanien stammten ihre Vorfahren.

Zurück in Paris, stürzten sie sich wieder voll ins Leben. Er stöhnte manchmal ganz schön, denn mit ihrer New Yorker Energie gab Judy einen anstrengenden Lebensrhythmus vor. Wenn er sich sträubte, wollte sie die Sache sofort ausdiskutieren; sie lebte in der Angst, sie könnten sich »auseinanderentwickeln«. Daraus schloß er, sie würde nie auf den Gedanken kommen, ihn zu verlassen.

Sogar als er sie schon mehrere Jahre kannte, fand er sie immer noch außergewöhnlich begehrenswert. Das sollte eigentlich auch immer so bleiben. Nach ihr kam eine Leere, und er hatte sich damit abgefunden, daß sie nur sporadisch gefüllt wurde. Im nachhinein bedauerte er es manchmal, daß diese Jahre in Paris nicht etwas weniger euphorisch verlaufen waren. Alles war zu ideal gewesen; eine Schule, die dem größten Museum der Welt angegliedert war, eine Stadt, für die er alle anderen Städte hergeben würde, immer noch, und eine Frau, die er bedingungslos liebte.

Nach ihrem Praktikumsjahr, das in seiner Erinnerung aus Zugfahrten bestand und aus zugigen Bahnsteigen, auf denen sie Abschied nahmen – er arbeitete in verschiedenen Museen im Süden, und sie hatte Nantes und Straßburg zugewiesen bekommen –, gingen sie nach Italien. In Florenz angekommen, hatten sie das Glück, daß ein alter Professor sie unter seine Fittiche nahm. Maurice vermutete, daß er ein Auge auf Judy geworfen hatte, ließ sich das aber bis auf ein gelegentliches Lächeln nicht anmerken.

Der Professor hatte einige Jahre zuvor seine Frau verloren. Er konnte sich einfach nicht an die ungeheure Leere in seinem Haus gewöhnen und ließ sie umsonst bei sich wohnen. Da er die Treppen nur noch mit Mühe hinaufkam und die Einsamkeit seines früheren Schlafzimmers ihn bedrückte, stellte er ihnen das gesamte obere Stockwerk zur Verfügung. Die Fußböden knarrten, auf den Schränken lag der Staub fingerdick, an den Lampenschirmen hingen Spinnweben von der Größe eines Schmetterlingsnetzes, doch das Haus lag hoch oben auf einem Hügel, und wenn sie die Fenster öffneten, sahen sie unter sich die Stadt am jenseitigen Flußufer blinken. Es stimmte völlig mit dem überein, was Judy sich als Siebzehnjährige erträumt hatte, als sie sich eine Vorstellung von Europa zu machen versuchte.

Am Ende des Sommers schrieb der Professor sie an der Restauratorenschule von Florenz ein, da sie eine Facette ihres Berufes noch nicht beherrschten: die Restaurierung von Fresken. Während der Ferien und auch später, als sie die Schule bereits beendet hatten, verhalf er ihnen zu Aufträgen, die sie unter seiner Aufsicht ausführten. Er wurde ihr Mentor oder, mehr noch: eine Art Großvater, der auf liebenswerte Weise über sie wachte. Denn trotz seiner Bildung und vierzigjährigen Erfahrung war er die Liebenswürdigkeit in Person und seufzte nach jeder kritischen Bemerkung lediglich: »Ich bin nur ein Italiener, und Italien besteht heutzutage bloß noch aus Schund.«

Während Professor Bertoli ihnen die letzten Kniffe ihres Berufes beibrachte, lenkte er ihre Aufmerksamkeit behutsam in eine andere Richtung. In Paris waren sie in der realistischen Tradition ausgebildet worden – Restaurieren besteht zu siebzig Prozent aus Chemie –, und wenn sie das Bertoli gegenüber erwähnten, dann zog er ein Gesicht, als verstünde ihn niemand mehr. Die Binde- und Lösungsmittel waren für den Professor lediglich Hilfsmittel, die Chemie war nichts wesentlich anderes als der Pinsel, und mochten alle diese Tests auch nachweisen, woran das Gemälde litt – gesund wurde es davon noch nicht. Es »genas« erst dann wieder, wenn man die Harmonie wiederherstellte, und das gelang nur, wenn man den Maler kannte und seine Zeit. Für Bertoli begann der Restaurierungsprozeß in der Bibliothek, und da in seinen Bücherregalen sogar noch über völlig unbekannte Maler ein Nachschlagewerk zu finden war, verbrachten sie viele Abende in seinem Arbeitszimmer.

Bertolis Leben bestand aus Gemälden. Jenseits davon erblickte er nur Häßlichkeit. Am Frühstückstisch sprach er über Piero della Francesca wie über einen alten Freund, den er einmal, in Arezzo, *Helena findet das heilige Kreuz* hatte malen sehen, und mit Maurice ging er die gesamte holländische Malerei durch, angefangen bei Jan van Eyck, der die Ölmalerei in Italien eingeführt hatte. »Wußtest du übrigens, daß Messina am Ende des fünfzehnten Jahrhunderts Flandern besucht hat?« Nach einer solchen Frage ließ er seinen Kaffee kalt werden.

Sie saßen neben ihm, als er im Kloster von Cortona die *Verkündigung* von Fra Angelico, die normalerweise im dortigen Museo Diocesano hängt, aus dem Rahmen nahm.

Das war einer jener Augenblicke, in denen die Zeit rückgängig gemacht wird. In der Ferne wurde zur Vesper geläutet, jeden Moment konnte der einfache Mönch, der Fra Angelico gewesen war, ins Zimmer treten, um nach einem demütigen Kopfnicken den Pinsel von dem alten Professor zu übernehmen. Für dieses Gemälde, das er in drei Monaten hätte restaurieren können, nahm Bertoli sich sechs Monate Zeit. Immer wieder legte er es unter die Woodsche Lampe, immer wieder bestimmte er mit ultraviolettem Licht den Zustand, und bevor er sich an den Firnis wagte, erstellte er einen umfangreichen Restaurierungsbericht, den er bis in die kleinsten Einzelheiten mit Kollegen durchsprach. Geduld, darauf kam es seiner Meinung nach an, Geduld, Hingabe, Verständnis; die gleichen Anforderungen, die Fra Angelico in seinem Streben nach höchster Reinheit an sich selbst gestellt hatte. Mit sicherer Hand gab Bertoli dem stumpf gewordenen Engel das Feenhafte wieder, und als er sechs Monate später einen letzten prüfenden Blick auf Maria warf, lief ihm eine Träne über die Wange. Judy konnte es nicht lassen, den kleinen gebeugten Professor zu küssen, und Maurice ergriff die Hand, die mit so viel Geduld zu Werke gegangen war.

Judy nahm zu in Italien; sie aß zuviel Pasta. Er vermißte Paris, sobald es Nacht wurde, sie vergaß New York. Die sanften toskanischen Hügel mit den ummauerten kleinen Städten am gelben Horizont waren etwas völlig Neues für sie, etwas, was sie noch nie gerochen hatte, Land. Wenn sie anläßlich des jüdischen Passahfestes zu ihrer Familie zurückkehrte, blieb sie nie länger als acht, neun Tage. In ihrem Fiat 500, laut Bertoli ein Ei auf Rädern, eine Erfindung von Hieronymus Bosch, fuhren sie von einem kleinen Städtchen zum anderen, und wenn sie sich zu weit von Florenz entfernt hatten, übernachteten sie in Gasthäusern oder Pensionen. Jede Saison bedeutete einen neuen Auftrag an einem anderen Ort, und schließlich gab es nur wenige Städte oder Dörfer in der Toskana und in Umbrien, die sie nicht besucht hatten. Für Bertoli waren sie das ideale Gespann; Judy besaß die Fingerfertigkeit, und er eignete sich Schritt für Schritt das historische Bewußtsein an, ohne das ein Restaurator in den Augen des Professors ein gefährlicher Pfuscher war. Sie würden sich einen Namen machen, prophezeite er, jedenfalls wenn sie zusammenblieben.

Eine kleine Stadt wie Siena bot im Winter wenig Unterhaltung, und auch Florenz sank in einen Schlummer, sobald die letzten Touristen abgereist waren. Manchmal verbrachten sie ganze Sonntage im Bett. Judy schmierte sich dann so viel Mascara auf die Augen, daß sie wie ein Animiermädchen aussah; sie zog schwarze Nylonstrümpfe an und Schuhe mit schaurig hohen Absätzen, und dann trippelte sie, eine Zigarette im rot angemalten Mund, über den rauhen Holzfußboden. Die Liza-Minnelli-Nummer, wie sie es selbst nannte. Die konnte sie Sonntag für Sonntag abziehen, sie schaltete das Transistorradio ein, reckte die Arme zur Decke, drehte ihm den Rücken zu und spielte hüftwackelnd mit den Schatten an der Wand.

Zu anderen Zeiten ging ihr nichts über Sex pur, ohne Attribute. Er wandte sich dann in erster Linie ihrem übermäßig behaarten Venushügel und den sorgfältig rasierten Seitenrändern zu, während sie ihm ins Ohr flüsterte, der wahre Genuß sei eine Frage des Hinauszögerns. Auf dem Dachboden fanden sie zwei mannshohe Spiegel, die sie an zwei gegenüberliegende Wände stellten, und dazwischen, auf den Fußboden, legten sie eine Matratze. Um die sonntägliche Stimmung nicht zu vernachlässigen, zündeten sie, sobald es zu dämmern begann, Kerzen an, die sie in leeren Weinflaschen rings um die mit einem weißen Laken bedeckte Matratze stellten. Wenn sie dann in die Spiegel schauten, nahmen ihre Körper eine orangegelbe Glut an, und ihre Haut verwandelte sich in saftiges Fruchtfleisch.

Es ging ganz schön hoch her, fanden sie selbst, und der Montag kam schneller als erwartet. Wenn sie am nächsten Morgen mit schmerzenden Gliedern aufstanden, erkundigte sich der Professor besorgt, ob sie etwa Gymnastik getrieben hätten; mit seinen halbtauben Ohren hatte er ein beunruhigendes Gepolter über seinem Kopf gehört. Das bestätigten sie, um in Form zu bleiben, machten sie tatsächlich Übungen, denn bei ihrer Arbeit werde der Rücken krumm, und sie wollten nicht wie Michelangelo enden. Dann lächelte Bertoli verständnisvoll; mochte er auch sichtlich älter werden, er war und blieb Italiener.

Judy ging das Leben fröhlich an, alles mußte immer frisch und neu bleiben. Ihr äußeres Erscheinungsbild veränderte sie im Laufe der Jahre ziemlich oft; die langen Haare gehörten zu Paris, in Italien wurden sie abgeschnitten. Während der Wintermonate schmierte sie sich eine dicke Schicht *fond de teint* ins Gesicht, während sie ohne eine Spur von Make-up aus Amerika gekommen war. Die Miniröcke wurden beiseite gelegt, jetzt trug Judy jeden Tag ein weitschwingendes Kleid. Dann plötzlich mochte sie das Formlose weiter Kleidungsstücke nicht mehr und hüllte sich fortan in enge Pullis. Maurice bewunderte ihre Chamäleoneigenschaften, bis sie sich einmal innerhalb von drei Tagen radikal verwandelte; von da an haßte er die Leichtigkeit, mit der sie ihr Äußeres änderte.

Sie zogen nach Spoleto um. Dank Professor Bertoli bekamen sie zusammen mit einigen Kollegen den Auftrag, im Dom des Städtchens *Mariä Himmelfahrt* von Fra Filippo di Tommaso Lippi zu restaurieren. Eine Gruppe von zehn Fresken, insgesamt eintausendsechshundert Quadratmeter, eine Arbeit für viele Jahre. Bertoli zufolge, der indirekt mit der Restaurierung zu tun hatte, würden sie einen solchen Auftrag nicht oft bekommen; sie würden Fresken gegenüberstehen, die relativ unverfälscht geblieben waren. Ein Gemälde muß alle fünfzig Jahre restauriert werden, ein Fresko alle hundert, doch die Fresken von Lippi waren erst dreimal restauriert worden, seit dieser sie zwischen 1466 und 1469 geschaffen hatte. Früher führten gescheiterte Maler die Restaurierungsarbeiten durch, wobei sie nicht gerade zartfühlend vorgingen; entsprechend dem jeweiligen Zeitgeschmack entfernten sie einiges aus dem Kunstwerk oder malten etwas dazu, was es für richtige Restauratoren – erst Mitte des zwanzigsten Jahrhunderts wurde das Restaurieren ein eigener Beruf – sehr schwer machte, das Gemälde beziehungsweise das Fresko in den ursprünglichen Zustand zurückzuversetzen. An Lippis Fresken war dagegen wenig herumgepfuscht worden; sie befanden sich lediglich in einem erbärmlichen Zustand.

Sie bezogen ein Zimmer in einer Pension. Viel brachte ihnen die Arbeit nicht ein, aber mittags bekamen sie eine Mahlzeit vorgesetzt, und am Wochenende wurden sie vom Bürgermeister oder vom Bischof zum Essen und Trinken eingeladen, eine alte Sitte in den ländlichen Gebieten Italiens. Mit ihren Bibeln, *La chimica nel restauro* und *Scienza e restauro*, in der Tasche kletterten sie jeden Morgen auf das Gerüst. Das Team war mal größer, mal kleiner; meist arbeiteten sie zu siebt. Gemeinsame Essenspause, gemeinsames Schwatzen; innerhalb kurzer Zeit lernten sie sämtliche italienischen Weine kennen und sämtliche anrüchigen Witze. Im Winter ruhte die Arbeit, dann übernahmen sie kleine Aufträge von Privatpersonen; sobald die erste Frühlingssonne die Temperatur in der Kirche erträglich machte, kletterten sie wieder auf die Gerüste. Dort standen sie bis spät in den Herbst hinein, und bis dahin hatte sich das Team ziemlich gelichtet. Gegen die feuchte Kälte half kein Pullover und keine Mütze, und obwohl sie den ganzen Tag über Vitamin-C-Tabletten lutschten, lagen sie oft mit Grippe im Bett. Eine Woche lang machte Judy ihm heiße Grogs, in der nächsten war es umgekehrt. Ihre Hochachtung vor Lippi wuchs mit jedem Tag; der Maler hatte in derselben Hundekälte eimerweise Wasser heranschleppen und auf ähnlich wackligen Gerüsten liegen müssen, den Kopf zur Decke gewandt. Verkrampfte Muskeln, bis ins Mark durchgefrorene Knochen; sie teilten sein Leid. Lippi hatte Spoleto nicht überlebt, er starb, als das Werk so gut wie vollendet war, im für das fünfzehnte Jahrhundert bemerkenswerten Alter von dreiundsechzig Jahren. *Mariä Himmelfahrt* war somit sein letztes Werk und laut Kennern, allen voran Professor Bertoli, sein Opus magnum.

Es entstand an der Wende zu einer neuen Epoche; da nimmt jedes Bemühen den Charakter eines Kampfes an. So entschlossen Lippi auch mit dem einen Bein ins Zeitalter der Renaissance trat, so fest blieb das andere im Morast des Mittelalters stecken, und er kam gegen den Sog nicht an. Er fing an, mit Licht und Perspektive zu arbeiten, doch wie eine Hand neben einem Gesicht perspektivisch zu malen war, stellte ihn vor unlösbare Probleme. Er gab den Gesichtern der Heiligen Ausdruck, was neu war, und trotzdem stilisierte er ihre Gestalten weiterhin in traditioneller Manier.

Fresken bringen einen beim Restaurieren näher an den Künstler heran als Gemälde. In dem Bienenwachs, mit dem Lippi die Sterne des Himmels an die Decke geklebt hatte, war sein Fingerabdruck noch deutlich zu erkennen. Der Maler schaute die ganze Zeit zu, denn Fra Filippo hatte sich zusammen mit seinen Gehilfen und mit seinem Sohn neben der toten Maria abgebildet. Für den Betrachter sind diese Bilder an den hohen Wänden so gut wie unzugänglich, wenn man dagegen jahrelang auf die Gerüste klettert, werden sie zu einem Teil des eigenen Lebens. Maurice identifizierte sich mit Lippi, der »sich die Freiheit erhalten wollte, seinen Begierden nachzujagen«, wie Vasari es ausdrückte, und der dankend verzichtete, als der

Papst ihm den Dispens erteilte, die Mutter seiner Kinder zu heiraten. Er hatte nichts Heiliges an sich, dieser Mönch.

Judy machte die Arbeit weniger Spaß. Sie seufzte abends im Bett, daß sie nach Zellulosegel stinke, und ohne diese Masse ließ sich die von den Kerzen verursachte Ruß- und Fettschicht nicht von den Wänden entfernen; es war die einzige adäquate Methode, das Ammoniumkarbonat zu lösen. Sie klagte über Blasen an den Händen; wie die meisten Kirchen war auch der Dom von Spoleto an einer feuchten Stelle erbaut worden, über einer Höhle und einem unterirdischen Bach; die Nässe war jahrhundertelang hochgestiegen, so daß sie die ganze Wand sanieren mußten – das Hantieren mit dem Meißel führte in der Tat zu so mancher Blase. Außerdem mußten sie wie die Freskenmaler rasch arbeiten, die wasserlösliche Farbe trocknet in dem gelöschten Kalk innerhalb von vierundzwanzig Stunden, und bei diesem Wettlauf mit der Zeit stöhnte Judy häufig: »Mir ist Ölfarbe lieber, die trocknet erst nach hundert Jahren.« Sie bekam Probleme mit ihrem Rücken, und durch das Schleppen von Wassereimern kam sie sich fast wie eine Bäuerin vor. Die Scherze ihrer Kollegen stimmten sie eher mißmutig als fröhlich, und die Blicke der Italiener bekam sie auch satt – »Kaum beuge ich mich vor, da fallen ihnen schon die Augen raus und kullern genau zwischen meine Brüste.« Sie war zu individualistisch für eine Gruppe und fand, diese spartanische Lebensweise passe nicht mehr zu ihrem Alter. Sie liebte Lippi, das machte viel wett, allerdings ging ihre Liebe nicht so weit, daß sie bereit gewesen wäre, ihr die letzten Jahre ihrer Jugend zu opfern.

Das zweite Jahr ging vorbei, das dritte. Im Sommer darauf löste sich plötzlich ein wohlgenährter Mann in den Dreißigern aus einer Touristengruppe. Einer von der schnellen Sorte. Während sie sich den Kalk von den Händen wischte, fragte er: »Bin ich dir nicht schon irgendwann mal in New York begegnet?« Das war er; drei Tage später packte sie ihre Koffer, vier Monate später heiratete sie ihn, in New York und in einer Synagoge.

Später verstand er es. Nach zehnjähriger Herumvagabundiererei hatte Judy sich ganz einfach in die Stadt ihrer früheren Freunde und Freundinnen, ihrer Onkel und Tanten, ihrer Eltern zurückgesehnt, und vielleicht hatte sie in der Barockkirche von Spoleto auch Heimweh nach der schlichten Synagoge ihrer Jugend bekommen. Sie hätte ihren Entschluß nicht so überstürzt gefaßt, wäre ein anderer auf sie zugegangen, doch mit Ted hatte sie so manche Fete in Manhattan gefeiert, und als sie ihm in die Augen blickte, war sie im Grunde schon zu Hause.

Ein paar Monate zuvor hatte sie eine Anzeige ausgeschnitten, in der zwei Restauratoren für ein amerikanisches Museum gesucht wurden. War es Washington gewesen? Oder Chicago? Er hatte mit den Achseln gezuckt. Damals mußte sie bereits an die Rückkehr gedacht haben und hatte wohl aus seiner Reaktion geschlossen, daß sie allein würde gehen müssen. Ungefähr zur selben Zeit hatte sie zögernd das Thema Kinder zur Sprache gebracht. Er hatte nur böse geschnaubt. Kinder ... er durfte gar nicht daran denken, das schien ihm das Schlimmste zu sein, was ihm passieren konnte, Vater zu werden, wo er selbst doch gerade erst seinem eigenen Vater entronnen war. »Eine Familie paßt nicht zu unserer Lebensweise«, hatte er gesagt, »nur Zigeuner setzen Kinder in die Welt, während sie weiter reisen und umherziehen.« Sie war klug genug gewesen, nicht auf das Thema zurückzukommen, und wahrscheinlich hatte sie da die Schlußfolgerung gezogen: Er gehörte zu ihrer Jugend, und die ging langsam zu Ende.

Zwei Monate später hatte er Spoleto mit einer Wut verlassen, die er an niemandem auslassen konnte. Die letzten Wochen in Italien waren die schlimmsten seines Lebens gewesen; jeder Handgriff hatte ihn an Judy erinnert, in ihrem Pensionszimmer hing noch immer ihr Duft. Im Dom hatte er wie ein Besessener den Putz von den Wänden geklopft, seine Kollegen fürchteten schon, eines Tages würde er der zentralen Figur des Freskos an die Gurgel springen – Maria. Er war nach Amsterdam gezogen, wo er für drei Tage in der Woche einen Job im Rijksmuseum gefunden hatte. Dort hatte er es zwei Jahre ausgehalten; dann war er zu einem umfangreichen Restaurierungsprojekt nach Leningrad eingeladen worden. Drei Jahre später war er aus Rußland in die Niederlande zurückgekehrt. Eine Stelle in Den Haag, diesmal eine ganze. Er hatte die Wohnung wieder bezogen, die er kurz vor seiner Abreise nach Leningrad gekauft hatte, schräg hinter dem Concertgebouw in Amsterdam. Mal war eine Vera in sein Leben getreten, mal eine Aleksandra und dann sogar eine Anneke, aber die waren genauso schnell wieder daraus verschwunden. Während all dieser Jahre hatte er Judy nicht aus seinem Kopf verbannen können. In ihm hatte sich der inständige Wunsch entwickelt, irgendwann wieder ohne Judy zu leben, und das wäre ihm vielleicht auch gelungen, hätte er nicht die Einladung nach Stuttgart angenommen.

Er aß schweigend. Nach dem Essen kehrte er auf das oberste Deck zurück. Er schob den Stuhl in den Schatten, die Sonne begann jetzt wirklich zu brennen; er schlug das Buch auf, ohne jedoch zu lesen.

Er hatte sie wiedergesehen, auf einem Kongreß in Stuttgart.

Nach der Geburt ihres zweiten Sohnes hatte Judy wieder angefangen zu arbeiten, halbtags, im Metropolitan. Sie restaurierte dort in erster Linie italienische und holländische Gemälde, wodurch sie noch fast täglich an ihn dachte. Letzteres sagte sie mit einem milden Lächeln.

Es war genau so gelaufen, wie er erwartet hatte: Für Judy gehörte er nach wie vor zu ihrer Jugend, und an die dachte sie mit einer Mischung aus Bedauern und Wehmut zurück. Das Ärmliche eines Zimmers in einer Pension ist vergessen, sobald man in eine geräumige, schöne Wohnung zieht, die Eimerschlepperei bekommt etwas Heroisches, wenn man es nie wieder zu tun braucht. Nirgends ist die Verklärung größer als im Rückblick; abhängig davon, wo und wann man den Kopf dreht.

»Lebt Professor Bertoli noch?«

Bevor er damals in den Zug nach Amsterdam gestiegen war, hatte er den Professor aufgesucht. Er hatte ihm erzählt, was passiert war, und Bertoli hatte ihn kopfschüttelnd angeschaut.

»Die schönen Augenblicke des Lebens, die reinen, die ehrlichen, sind ebenso selten wie ein Gemälde von Masaccio.«

Er hatte dem Professor eine Karte aus Leningrad geschickt, und nur das erzählte er Judy.

»Ich habe ihm nie mehr geschrieben. Was hätte ich ihm beichten sollen? Daß ich es herrlich fand, wieder in New York zu sein, bis der Rausch des Wiedersehens vorbei war und ich die Spinnweben in seinem Haus mit beiden Händen hätte berühren mögen?«

Das Restaurant war kühl, trotz des Kerzenlichts. Er sah sie zum erstenmal etwas länger an. Bis auf ein paar graue Haare war sie nicht viel älter geworden. Sie bemerkte seinen Blick und las Mißfallen darin.

»Soll ich sie färben?«

Weil jede Antwort falsch gewesen wäre, erzählte er ihr von seinem letzten Auftrag, drei Gemälde von Rachel Ruysch aus niederländischem Besitz, die er für eine Stillebenausstellung in Brüssel restaurieren sollte. Er werde nicht lange in Stuttgart bleiben, er wolle die Gelegenheit nutzen, sich ein paar andere Bilder von Ruysch anzusehen, die in Deutschland hingen, am nächsten Morgen werde er nach Karlsruhe weiterfahren.

Am nächsten Morgen saß sie in der Lounge seines Hotels.

»Ich komme mit.«

Da tat er, wogegen er sich mit allem, was in ihm war, hätte wehren müssen: er nickte.

Im Taxi legte sie den Kopf an seine Schulter.

»Ist Rachel deine neue Liebe?«

»Meine letzte große Liebe war der Engel von Fra Angelico in Cortona. Seitdem habe ich viele Gemälde gesehen, aber keins hat mich je wieder so beeindruckt, daß ich nicht mehr schlafen konnte – wie in Cortona.«

Sie küßte ihn dicht neben das Ohr.

»Erzähl von Rachel.«

»Sie hat sehr lange gelebt, von 1664 bis 1750, hat bis zu ihrem achtzigsten Lebensjahr gemalt und ungefähr zweihundertdreißig Bilder hinterlassen, eine stattliche Produktion. Zwischendurch brachte sie zehn Kinder auf die Welt. Du solltest dir ein Beispiel nehmen.«

»Zwei reichen mir.«

»Ich hätte dir drei zugetraut.«

»Du wolltest gar keins, Maurice. Null Komma null. Oder hast du das vergessen?«

Nein, das hatte er nicht, aber wie damals wollte er nicht darüber sprechen.

Sie besuchten die Staatliche Kunsthalle in Karlsruhe, fuhren mit dem Zug nach Frankfurt, gingen durch das Kurpfälzische Museum in Heidelberg und durch das Kunstmuseum in Basel. Innerhalb von drei Tagen sahen sie sieben Bilder von Ruysch.

»Tadellose Pinselführung«, meinte Judy. »Ein unübertroffenes Chiaroscuro und ein verblüffend schönes Sfumato. Aber keine Spur von Phantasie. Alle Bilder sind in exakt der gleichen Weise aufgebaut. Beeindruckend und gleichzeitig ein bißchen langweilig.«

Es war, als wolle sie mit diesem harten Urteil jede andere Frau heruntermachen, die er hochschätzte.

Gleich am ersten Abend hatte sie an der Rezeption nach einem Doppelzimmer gefragt. Sie hatte ein klassisches Kostüm getragen; was sie darunter trug, hatte ihn an die Liza-Minnelli-Nummer zurückdenken lassen. Sie hatte ihre Schuhe abgestreift; ansonsten hatte es wenig Unterschied zu jenen Sonntagen in Florenz gegeben. Keine Musik, hatte sie festgestellt, und er hatte gekichert. Es schien alles noch längst nicht so lange herzusein wie diese sieben oder acht Jahre.

Sie waren nett zueinander gewesen. Jeden Morgen nahm er sich vor, Judy die Fragen zu stellen, mit denen sie ihn hatte sitzenlassen, doch sobald er ihren Hintern an seinem Bauch spürte, schluckte er alle Vorwürfe hinunter. Was hatte es schon für einen Sinn, im nachhinein recht zu bekommen oder unrecht? Ihr Ted kam nie zur Sprache, und wenn er eine Anspielung auf den Vater ihrer Kinder machte, wechselte sie abrupt das Thema. Ted gehörte zu Amerika, und sie war endlich wieder in Europa; so einfach war es offenbar für sie. Judy kramte nur gute Erinnerungen aus, und selbst als sie am letzten Abend in einer dunklen Bar, nach vielen Gläsern Wein, kurz auf die Ursache ihrer überstürzten Abreise zu sprechen kam, blieb Ted unerwähnt.

»Wir haben zehn Jahre lang versucht, unsere Vergangenheit zu vergessen. Das geht nicht, dann landest du nämlich im luftleeren Raum. Egal wie ambivalent deine Haltung dazu auch sein mag, du hast einen Hintergrund, und den wirst du nur schwer wieder los. Irgendwie mußt du lernen, damit zu Rande zu kommen, und das haben wir nie versucht. Okay, in Paris wollten wir in erster Linie unsere Jugend genießen, aber später hätten wir darüber sprechen können; in Spoleto waren wir schließlich keine Teenager mehr. Zwischen uns blieb eine Distanz, und damit konnte ich auf die Dauer nicht leben. Ich wollte zurück, weil ich immer stärker das Gefühl hatte, daß ich irgendwo herkam. Du wolltest alles schön vage halten, um deiner eigenen Vergangenheit zu entrinnen. Ich werfe dir das nicht vor, ich habe meine auch lange Zeit unter den Teppich kehren wollen. Es ist mir nicht gelungen, und ich frage mich, ob es dir je gelingen wird. Ich glaube nicht, obwohl du anscheinend überall Fuß fassen kannst, jedenfalls überall außerhalb der Umgebung, in der du aufgewachsen bist. Ich finde es mutig, was du getan hast, nach Rußland zu gehen und so.«

Dann sah sie ihn an wie früher, mit einem leichten Kopfschütteln, als hätte er besser nicht ihren Weg kreuzen sollen. Zuviel hatte zwischen ihnen gestanden, an Geschichte, an verdrängtem Kummer. Er hatte es nicht anrühren wollen, und sie genausowenig. Eines Abends war sie nicht nach Hause gekommen, und am nächsten Morgen hatte sie ihm auf dem Gerüst in Spoleto einen Zettel zugesteckt. Auch da hatte sie nicht reden wollen.

»Ich fand es schön«, sagte er, »im luftleeren Raum. Es hat mich leicht gemacht. Es hätte ein leeres Leben sein können ... aber das war es nicht dank unseres Berufes.«

»Au ja, wir sollten wieder zusammenarbeiten. Das habe ich am meisten vermißt, zu zweit in einem Atelier. In Amerika ist man so klinisch; sehr fachmännisch zwar, aber man geht an ein Gemälde wie an ein Objekt heran. Wie ist das in Rußland?«

»Ambivalent. Das Regime hält Cézanne für dekadent, und nirgendwo erlebt man so viel Ehrfurcht vor Cézanne wie in Rußland. Das eine impliziert das andere. Wir können sofort loslegen, es gibt Hunderte von Gemälden, die nach einer Aufarbeitung schreien. Wenn nichts passiert, dann gehen sie verloren, und dekadent hin oder her, das wäre Sünde, denn in Geld ausgedrückt sind sie viel wert. Das ist natürlich scheinheilig, aber der Kommunismus ist wie ein Glaube.«

Nach dem nächsten Glas Wein hatte sie sich nach ihren Chancen in den Niederlanden erkundigt.

»Ein Gemälde von Vermeer, das ist doch genau so etwas wie ein Fresko von Lippi?«

Er hätte die Rechnung verlangen sollen; der Rausch hatte lange genug gedauert. Aber sie hatten weiter über künftige Aufträge spekuliert, und im Nachtzug nach Frankfurt hatte sie ihren Terminkalender hervorgezogen; Mitte Mai müsse sie nach London, und dann könne sie ohne Probleme nach Amsterdam weiterfliegen. Okay? Abgemacht? Sie mußte ihre Versprechungen bereits im Kennedy Airport vergessen haben, und trotzdem hatte er, wider besseres Wissen, weiter gewartet.

Nach zwei lustlosen Jahren hatten seine Finger angefangen zu zittern. Er glaubte nicht, daß es einen Zusammenhang zwischen seinem geheimnisvollen Leiden und Judy gab, eher glaubte er, daß das eine zum anderen gekommen war; die Ursache mußte vielschichtiger sein. Er hatte begonnen, an sich selbst zu zweifeln, an seiner Art zu leben, an seiner Natur, seinem Charakter. Er war mitten in der Nacht wach geworden, und wenn er ein paar Stunden später mit Ringen unter den Augen das Atelier betrat, machte der Geruch von Lösungsmitteln ihn schwindlig. Die Aufträge, die folgten, hatten ihm widerstrebt, vor allem der letzte, ein Gerrit van Honthorst, ein holländischer Caravaggist, und schließlich hatte er nur noch einen Ausweg gesehen – weg.

Jetzt saß er auf einem Schiff. Jetzt hatte er es mit Bruining Smit zu tun und mit Sorgdrager und mit einem Bootsmann, der wie der Erste Steuermann von Terschelling kam und Douwe Hanedoes hieß. Jetzt lebte er nach dem Rhythmus der Wellen, und das einzige, was er noch lernen mußte, war, das Land auch wirklich loszulassen.

Inzwischen stand die Sonne tief am Himmel. Er stand auf, wollte den Stuhl hochheben und hörte Bruining Smit von der Brücke aus rufen: »Laß den Stuhl doch stehen, Schotel, für morgen.« Aber er trug ihn doch nach unten.

Er wollte nicht mehr faul herumsitzen, er wollte auf die Brücke gehen und durchs Fernglas auf den Ozean starren, der sich hinter Madeira und den Azoren erstreckt, ein endloser Ozean, den die Italiener im Mittelalter die Grüne See der Finsternis genannt hatten, weil er ins Unbekannte führte.

7
Die kahle Insel

Er hätte die Entscheidung nicht Humphrey überlassen dürfen. Jede Veränderung war eine zuviel für dessen trägen Geist. Der krepierte lieber im Laderaum, weil er sich mittlerweile ganz heimisch fühlte in diesem Labyrinth aus Gängen und Schneisen; einen anderen Grund gab es nicht. Buick hätte sich das an den fünf Fingern abzählen können.

Nach langem Grübeln hatte Hump seinen Entschluß erläutert. Erstens hätten sie keinen blassen Schimmer, auf was für einem Schiff sie hockten, das müßten sie erst einmal herausbekommen, bevor sie irgendeine Dummheit begingen. Angenommen, es war ein griechisches, dann stünden sie ganz schön blöd da. Er habe einmal von einem griechischen Kapitän gelesen, der dermaßen wütend geworden war, als auf seinem Schiff blinde Passagiere entdeckt wurden, daß er sie am Schlafittchen gepackt und über Bord geworfen hatte. Auf einem griechischen Schiff täten sie gut daran, sich bis zum nächsten Hafen nicht zu mucksen. Zweitens müßten sie versuchen herauszubekommen, wohin das Schiff fahre – vielleicht stehe der Zielhafen ja auf einem der Container. Womöglich dampfe es auf dem Weg über die afrikanische Westküste Richtung Brasilien, na ja, das sei ein riesiges Land mit tausend Möglichkeiten. Drittens – und dieses Argument sei für ihn ausschlaggebend – könnten sie sich immer noch stellen. Sie hätten jetzt Wasser und sie hätten Brot; vor ein paar Tagen hätten sie wesentlich schlechter dagestanden.

Buick hatte die Situation pessimistischer eingeschätzt.

Seine Haut war mittlerweile von einer Dreckkruste überzogen, in seinen Haaren wimmelte es von Flöhen, und von den Brotkrümeln war jetzt auch noch vierbeiniges Pack angelockt worden. Er rechnete jeden Moment damit, gebissen zu werden, und traute sich kaum noch zu schlafen. Er war am Ende seines Lateins; mochte Humphrey sich auch noch so tapfer geben, *seine* Därme waren dermaßen durcheinander, daß er sich von Zeit zu Zeit in Krämpfen auf dem Boden wand. Er hatte so viel Flüssigkeit verloren, daß Füße und Knie geschwollen waren, wodurch er kaum noch hochkam. Es war damit zu rechnen, daß Humphrey ein zweites Mal das Bewußtsein verlieren würde, und er bezweifelte, ob er ihn noch einmal würde durchbringen können.

Er hatte es verkehrt angepackt. Wenn er Hump vor vollendete Tatsachen gestellt hätte, so hätte der seine Sachen zusammengesucht und wäre mit ihm nach oben gegangen. Wir schaffen's nicht, hätte er sagen müssen, wir schaffen's nicht, ich geb auf, und dann hätte Humphrey seine Argumente sofort fallenlassen. Es hatte keinen Sinn mehr, weshalb sollten sie hier im Finstern weiter gegen den Tod kämpfen, wenn ihnen am Ende dieser Tortur doch kein Wilshire Boulevard winkte? Es bedeutet etwas, sein Glück in Amerika zu suchen, es bedeutet, daß man an sich selbst glaubt. Nirgendwo sonst kann man es aus eigener Kraft schaffen, überall sonst muß man tricksen. Sogar Humphrey würde es keine Woche lang in einem Land wie Brasilien aushalten.

Was wollte der jetzt eigentlich? Er hatte Humphrey gefragt, und Humphrey hatte sich mit beiden Händen an einem Container hochgezogen; er hatte an Deck gewollt. Buick hatte ihn nicht zurückgehalten, an Deck würden sie geschnappt werden, und dann hätte sich das Dilemma, vor dem sie standen, von selbst gelöst.

Sie waren nach oben gegangen. Der dunkelste Teil der

Nacht war vorbei. Sie hatten sich über die Reling gebeugt und das schäumende Wasser in einem Wahnsinnstempo vorbeischießen sehen. Humphrey hatte tief Luft geholt; zum erstenmal, seit sie fuhren, roch er das Meer; zum erstenmal sah er, beim schwachen Schein der Taschenlampe, weiter als den halben Meter bis zur nächsten Stahlwand. Es hatte ihn schlagartig verwandelt. »Wo fahren wir hin, Buick?« hatte er gefragt. »Wo werden wir landen?« Er hatte den Kopf geschüttelt. »So viel Wasser ... wenn ich reinspring, springst du mir dann nach?« Buick hatte ihn angeschaut und einen Schrecken bekommen, Hump hatte wie ein Geist ausgesehen.

Wenn man es neun oder zehn Tage in einem Schiffsbauch ausgehalten hat, geht man davon aus, daß man auch den elften oder zwölften Tag noch durchstehen wird. So ist es aber nicht. Plötzlich macht es knacks in deinem Kopf. Als Buick dieses Gespenst neben sich sah, hatte er die Hände an den Mund gelegt. Und gebrüllt. Ihm war nur *ein* Wort eingefallen. *Wolnosc.* Noch nie in seinem Leben hatte er so laut geschrien, und selbst das hatte nichts genützt. Der Wind hatte seinen Schrei sofort verweht. Er hatte sich die Hände auf die Augen gelegt, hatte gespürt, wie ihm der Rotz aus der Nase lief. Er hatte ein Wort gerufen, das ihm wichtig war. Alle auf dem Schiff hätten es hören müssen, alle hätten es verstehen müssen, doch der Wind hatte es mitgenommen, genauso wie er an Land halbvermoderte Blätter mit sich führt oder sonstigen Abfall aus dem Rinnstein. Dieses Wort hatte er einmal aus dem Munde seiner Mutter gehört. Sie waren an einem ehemaligen Kino in der Hauptstadt vorbeigekommen, und seine Mutter hatte über den Namen lächeln müssen. *Wolnosc.* Es war der falsche Moment gewesen, daran zurückzudenken; ihm waren die Tränen gekommen, und Humphrey hatte gesagt: »Hör auf, Buick, ich hab's noch nie geschafft, jemand zu trösten.«

Sie waren zum Vordeck gegangen, und Humphrey hatte nach seiner Schulter gegriffen, um nicht zu fallen. Sie hatten sich so hingestellt, daß sie nicht entdeckt werden konnten; wenn sie sich umdrehten, erblickten sie Container, sonst nichts. Der Mond warf eine breite milchigweiße Bahn vom Bug bis zum Horizont. Sie sah aus, als könnte man auf ihr gehen. Er hatte geschnieft und sich die Augen trockengewischt und gesehen, daß in der Ferne eine schwarze Wolke über dem Wasser lag. Humphrey hatte in dieselbe Richtung geschaut, wobei seine eingefallenen Wangen sich zu einem Grinsen verzogen. Er hatte seine Schuhe ausgezogen und die Hose, hatte an den Knöpfen seines Oberhemdes gezerrt und »Verdammte Scheiße« gemurmelt, als er sich die Unterhose über die Knie gestreift hatte. Gleich darauf hatte er die Arme in den Himmel gereckt.

Er hatte es als ein Zeichen der Vorsehung betrachtet, daß Regen im Anzug war. Buick war seinem Beispiel gefolgt und hatte sich ebenfalls seiner Kleider entledigt. Die dunkle Wolke war rasch näher gerückt, der Himmel hatte sich schwarz gefärbt, und noch bevor sie sich den eigenen Körper genauer hatten ansehen können, war eine lauwarme Dusche auf sie heruntergeprasselt. Buick hatte sich die Kopfhaut massiert und gespürt, wie die Flöhe weghüpften, Humphrey hatte sich die Gesäßbacken weit auseinandergezogen. Der peitschende tropische Regen hatte höchstens drei Minuten gedauert, und trotzdem hatten sie unter dieser Windhose einen Hauch von Kühle gespürt.

Um wieder trocken zu werden, waren sie eine Weile in der kräftigen Brise auf dem Vordeck stehengeblieben. Humphrey hatte Buick von Kopf bis Fuß gemustert. Sein Grinsen war erstarrt, die Lippen hatten zu zittern begonnen. Er hatte es leise gesagt, fast flüsternd.

»Mein Gott, von dir ist nicht mehr viel übrig.«

Manchmal machte Buick ihn entsetzlich sentimental. Das kam daher, daß er unter bestimmten Umständen genau das richtige Wort fand. Endlich hatte er das Meer gesehen, Leere pur. Er hatte unter dem Mond und den Sternen zehn Kilometer weit schauen können, oder zwanzig, oder dreißig. Nirgends hatte er einen Lichtpunkt entdeckt und nirgends die vagen Umrisse einer Küste. Aus einem Impuls heraus hatte er gedacht, daß er diesen Raum mit niemandem zu teilen brauche, und genau in diesem Moment hatte Buick *Freiheit* gebrüllt.

Einen Augenblick hatte er Angst gehabt, Buick würde jetzt völlig durchdrehen; es war ihm an den Augen anzusehen, als er die frische Luft in sich einsog; seine Pupillen hatten sich geweitet. Als er gesagt hatte, daß er ins Wasser springen wolle, weil er auf einmal das ganze Meer umarmen wolle, war Buicks Bestürzung noch größer geworden. Er hatte geheult, Buick, aber nicht wie ein Kind.

Er hatte ihm leid getan, wie er da im Regen, mit krummem Rücken, neben ihm gestanden hatte. Der Regen hätte keine Sekunde später fallen dürfen, sonst hätte Buick noch lauter gebrüllt, bis irgend jemand ihn gehört hätte.

Sie waren in den Laderaum zurückgekehrt. Die Hitze hatte sie von neuem überfallen, und wieder hatte Buick gejammert. Es half nichts, wenn man sich draußen abkühlte, behauptete er, sobald man sich wieder zwischen den Containern verkroch, tropfte einem der Schweiß von neuem aus den Achseln, und man stank wie zuvor. Da hatte er begriffen, daß er sich von seiner nettesten Seite zeigen mußte, um der auf der Lauer liegenden Hysterie vorzubauen, und er hatte gesagt: »Menschenskind, wir schaffen's schon. Wetten?«

Wieder hatte er Schritte gehört. Ein neuer Tag war angebrochen, das Schiff war wieder zum Leben erwacht. Nachts schien es von Geräten gesteuert zu werden, tagsüber liefen Männer auf ihm herum, die inspizierten, was die Computer nicht wahrnehmen konnten. In einen Laderaum gehört keine Scheiße. Endlich hatte er Buick davon überzeugen können, daß sie ihre Notdurft ein ganzes Stück weit entfernt verrichten mußten, um es den Besatzungsmitgliedern beim Spurensuchen nicht zu leicht zu machen. In den letzten Tagen hatten sie die Hose fünf oder sechs Gänge weiter fallen lassen und drei oder vier Decks höher. Seitdem waren die Krämpfe sein größtes Problem gewesen. Mit solchen im Aufruhr befindlichen Därmen im Leib war es eine Tortur, erst einmal an die hundert Meter durch den Laderaum robben zu müssen. Einmal hatte er sich dabei in die Hose gemacht. Buick durfte eigentlich nicht klagen; der hatte keinerlei Probleme mehr, seit sich sein Körper an das Schaukeln gewöhnt hatte.

Mit der Dunkelheit ließ es sich leben, es war die Hitze, die er nicht länger ertrug. In den ersten Tagen war es entsetzlich stickig gewesen, in den letzten fürchterlich heiß. Der Äquator konnte nicht mehr weit sein; der Maschinenraum hatte sich in einen brüllenden Backofen verwandelt, die Ventilatoren der Kühlcontainer drehten sich wie die Propeller eines Flugzeugs, das sich für den Start bereitmacht. Er schätzte, daß es gut und gerne zwanzig Grad wärmer geworden war. Eine derartige Hitze, die einem Kehle und Nase und Lungen versengte, hatte er noch nie zuvor erlebt.

Er hatte den starken Eindruck, daß der Sauerstoffgehalt in der Luft rapide sank, seit sie durch tropische Gewässer fuhren. Das war alarmierend. Er merkte es an verschiedenen Dingen. Er atmete viel schneller, während gleichzeitig der Druck auf seiner Brust zunahm. Sobald er aufstand, wurde ihm schwindlig, und wenn er sich eine Zigarette anzündete, pfiff es in seinen Lungen. Nur gut, daß ihre letzte Schachtel fast leer war, dann konnten sie wenigstens nicht mehr in die Versuchung geraten, die Langeweile wegzupaffen. Nach wenigen Zügen schon bellten sie wie

Schwindsüchtige. Gleich darauf folgte ein Zustand, den er mittlerweile schon kannte, man versank in einer Art Koma und merkte nur noch, daß man zuwenig Luft bekam.

Er hatte ein paar Stunden geschlummert. Als er die Augen aufschlug, zeigte seine Armbanduhr vier. Er war klatschnaß vom Schweiß, und seine Bronchien produzierten eine erstickende Menge an Schleim. Es war keine Anstellerei gewesen, er hatte nach oben gemußt, schlichtweg aus Mangel an Sauerstoff. Buick lag auf dem Bauch, das Gesicht in einen Pullover gedrückt; er hatte es nicht für nötig befunden, ihn zu wecken, der Schlaf würde ihn ruhiger machen. Mit der Schnelligkeit eines Menschen, der für den Bruchteil einer Sekunde einen Ausweg sieht, war er die Treppen hochgeklettert. Erst oben, an dem schmalen Einstieg zum Deck, hatte er gehorcht, ob sich keine Schritte näherten.

Draußen war er minutenlang mit dem Rücken an der Wand des Laufgangs stehengeblieben. Er hatte ein paarmal tief Luft geholt und den Schleim ausgespuckt. Mit neuer Kraft hatte er sich seitlich Stück für Stück vorwärts geschoben. Eine brenzlige Sache, im Licht des Spätnachmittags würde er viel schneller gesehen werden als mitten in der Nacht, und eines wollte er um jeden Preis vermeiden: wie ein Dieb geschnappt zu werden. Nach ungefähr fünfzehn Metern hatte er eine freie Fläche erreicht, von wo aus er zur Brücke hatte schauen können. Um sich so klein wie möglich zu machen, war er in die Knie gegangen und hatte in dieser demütigen Haltung auf der Plattform neben der Brücke einen Mann sitzen sehen. Die blonden Haare flatterten im Wind. Er trug keine Uniform und starrte, die Hände über einem aufgeschlagenen Buch gefaltet, aufs Meer.

Er hätte irgendeinen Metallgegenstand auf diesen Mann schleudern mögen. Er hätte auf die Brücke rennen und ihn mit beiden Händen würgen mögen. Er hätte sich, so verdreckt er war, auf ihn werfen und ihm ins Gesicht spucken mögen. Er hätte sein glattgebügeltes Hemd in Stücke reißen und sich damit den Arsch abwischen mögen.

Buick hatte gerade eine Ratte totgeschlagen. Er war von Geschnupper dicht an seinem Gesicht wach geworden. Mit äußerster Behutsamkeit hatte er sich umgedreht und nach der Taschenlampe gegriffen. Das Lichtbündel hatte das Tier geblendet. Bevor er sich auf dem Boden ausgestreckt hatte, hatte er seine Schuhe ausgezogen, das war sein Glück gewesen. In einem Reflex hatte er zugeschlagen. Er hatte immer noch drauflosgeschlagen, als das Tier schon längst auf dem Boden lag und alle viere in die Luft streckte. Danach hatte er zu schwitzen begonnen wie ein Boxer.

»So ein Kerl, so ein Kerl … den man am liebsten mit einem gut gezielten Schuß umlegen würde.«

Humphrey fehlten die Worte.

Blond, mein Gott, über eines brauchten sie sich jedenfalls keine Sorgen zu machen: Sie waren auf keinem griechischen Schiff. Humphrey trank eine halbe Flasche Wasser, schlang ein Butterbrot hinunter, während Buick die letzte Zigarette aus der Schachtel zog und mit zitternden Fingern das Feuerzeug anknipste.

Eine Ratte, dicht an seinem Gesicht; sie hockten wirklich in der Scheiße, und es wurde mit jedem Tag schlimmer.

An diesen Mann hatte Buick nicht mehr gedacht, wohl aber an die Frau. Es hatte ihn beruhigt, daß sich eine Frau an Bord befand – wenn eine Frau in der Nähe ist, verhalten sich Männer korrekter. Wenn sie sich stellten, würden sie nicht mit einem Tampen zu Mus geschlagen werden; diese Frau war der einzige Lichtblick auf diesem gräßlichen Schiff.

Sollte er Hump von ihr erzählen? Vielleicht später. Hump war schon jetzt überdreht, und wenn er ihm gegenüber das Wort »Frau« fallenließe, dann würde er sie natürlich sofort sehen wollen. Er keuchte; das kam davon, wenn man sich aufregte; er ächzte, er stellte sich an.

Bevor der nächste Tag angebrochen war, wollte er wieder nach oben.

»Sehen«, phantasierte er. »Sehen.«

Sie sahen Land.

Unter gewaltigen Passatwolken nahmen sie Land wahr, das in flachen Terrassen anstieg, dazwischen einzelne Berge in Form von Kegelstümpfen und am Horizont eine unregelmäßige höhere Bergkette. Eine Insel, eine Vulkaninsel, kahl. Feine Staubpartikel sanken auf das Deck herab, die vom gleichen rötlichen Braun waren wie das Vulkangestein in der Ferne.

Das gab Buick den Rest. Daß sie nach Süden fuhren, hatte er schon vor Tagen an den Sternen gemerkt; jetzt wurde ihm der zweite Beweis geliefert – sie passierten eine kahle, unbewohnte Insel, die zigtausend Seemeilen von Amerika entfernt liegen mußte. Ein einziger Blick auf diese verlassenen stumpfen Steinkegel sagte ihm, daß alle Mühe umsonst gewesen war. Er wandte sich von der Reling ab, gab sich einen Ruck und marschierte auf das Deckshaus zu.

Humphrey holte ihn ein.

»Stopp, mein Freund. Überleg dir das erst noch mal gut. Ich hab nichts dagegen, wenn du dich stellst, aber nicht aus einer plötzlichen Anwandlung heraus.«

Er schlang seinen Arm um Buicks Hals und schleifte ihn mit in den Laderaum. Unten, im untersten Quergang, sprenkelte er ihm Wasser über den Kopf. Er knipste die Taschenlampe an, trat voller Wut gegen die tote Ratte und wollte zur nächsten Flasche greifen. Da sagte Buick: »Wir haben nicht mehr viel, laß uns sparsam damit umgehen.«

Manchmal, wenn die Situation beschissen war oder brenzlig, griff Humphrey ein. Dann brauchte man auf keinerlei Verständnis bei ihm zu hoffen, er tat, was er für richtig hielt, und zwar auf eine brutale, gnadenlose Manier. Man hörte ihn förmlich denken, daß jetzt aber Schluß sein mußte mit diesem Theater, und wenn es nötig war, ging er durch geschlossene Türen. Dann wurde er grob, und geistig merkwürdig klar. Nur in solchen Momenten konnte man sich wirklich auf ihn verlassen.

Es war tatsächlich falsch, aus einer Anwandlung heraus zu handeln. Sie standen vor einer endgültigen Entscheidung, und die trifft man gemeinsam. Wenn sie den Laderaum verließen, gaben sie ihre Freiheit preis. Dann führte kein Weg mehr zurück, und sie opferten ausgerechnet das, wonach sie sich seit Jahren sehnten. Es kam einer totalen Kapitulation gleich, oder, schlimmer noch, dann gaben sie zu, das Unmögliche gewollt zu haben.

Er setzte sich, nahm einen Schluck Wasser, teilte das letzte Butterbrot mit Humphrey und starrte in ein schwarzes Loch. Als Kind hatte er einmal eine ganze Nacht lang über eine Kerze gewacht, die immer wieder im Zugwind zu erlöschen drohte. Er hatte das Flämmchen mit beiden Händen geschirmt, und die Kerze hatte gebrannt, bis es draußen allmählich hell geworden war. Da war er mit einem Gefühl der Befriedigung unter die Decken gekrochen, so als hätte er die Welt gerettet. Hier jedoch, im Laderaum, flackerte nicht das kleinste Flämmchen, das er hätte behüten können. Stundenlang starrte er dumpf vor sich hin, ohne ein Gesicht oder eine Straße oder ein Gebäude vor sich zu sehen. Er konnte es nicht mehr, im Geiste ausbrechen.

Humphrey stieß ihn an, sie hörten Schritte, die rasch näher kamen. Es waren nicht sechs oder acht Füße, sondern mindestens sechzehn oder achtzehn. Die Schuhe trampelten sehr schnell über das Deck, die komplette Besatzung eilte nach vorne zum Bug. Über den Grund konnten sie nur spekulieren. Eine Kollision, eine plötzlich auftauchende Klippe, Mann über Bord; dies war ihr Schicksal – was um sie herum geschah, blieb im dunkeln. Kurz darauf hörten sie die Schritte wieder, viel langsamer; die Gefahr war gebannt. Dann hörten sie nur noch die Maschinen in der Ferne und ab und an das Knarren der Stahlbehälter, und dann fing alles wieder von vorne an, das Sitzen, das Herumhängen, das Liegen, mit dem Unbekannten als Ziel und der Erschöpfung als einziger Gewißheit.

»Paß auf«, sagte er zu Humphrey. »Wir haben noch etwas Wasser. Wenn das alle ist, melden wir uns beim Kapitän. Ich halt's nicht mehr aus. Und du?«

»Nein«, seufzte Humphrey, »ich auch nicht.«

Buick murmelte konfuses Zeug. Er keuchte im Schlaf, als litte er an Malaria und würde vom Fieber verzehrt. Humphrey fühlte sich ebenso hundeelend. Seine Füße quollen aus den Schuhen, die Knie wollten sich nicht mehr beugen lassen. Er wollte sich einen runterholen, nicht, weil ihm danach war, sondern einzig und allein, um an etwas anderes zu denken als an den Schmerz und die Hitze. Er berührte Iri, spürte ihre Hüften, roch ihre Haare, aber sosehr er auch zog und zerrte, sein Schwanz richtete sich nicht auf. Da kniff er so fest in das jämmerliche Ding, daß ihm Tränen in die Augen schossen.

Das Spiel war aus, Buick hatte recht, das einzige, wogegen sie noch ankämpften, war der Tod. Sie mußten akzeptieren, daß sie zuviel gewollt hatten oder daß sie zu blöd waren, um ihre hochfliegenden Pläne zu verwirklichen. Es entsprach nicht seinem Charakter, eine Niederlage zu akzeptieren, aber es gab keine andere Wahl – außer der, zu sterben. Er zog den Reißverschluß seiner Hose hoch und knurrte.

Er knurrte wieder, als er einen Wind ließ, der einen scheußlichen Krampf beendete. Möglicherweise hatte er einen ganzen Tag geschlafen, das spürte er an seinen bleischweren Lidern. Und noch etwas anderes spürte er: Das Schiff lag still.

Er mußte Buick auf die Wangen und auf die Brust schlagen, und trotzdem dauerte es beängstigend lang, bis er stöhnte. Er schleppte ihn die Treppen hoch. Vom Deck aus sahen sie einen Streifen Land und Palmen, die unter einem flirrenden Himmel dampften. Die See war glatt, das Schiff schaukelte kaum mehr. Wenig später setzte es sich in Bewegung, um in den Hafen einzulaufen.

»Ein Hafen, Buick.«

Die Sonne stand tief am Himmel. Sie befanden sich unverkennbar in den Tropen, in ungefähr drei Stunden würde es völlig dunkel sein. Buick sagte, er habe sich in die Hose gepinkelt und wolle sich waschen.

»Gleich«, sagte Humphrey. »An Land.«

»Land?«

Nichts drang mehr zu ihm durch.

»Wir warten, bis es dunkel ist, Buick, dann gehen wir an Land. Wir haben ein paar hundert Dollar in der Tasche, wir schlüpfen in einem billigen Hotel unter, lassen uns Essen aufs Zimmer kommen und sämtliche Drinks, die du nur willst, wir waschen uns, rasieren uns, kaufen neue Klamotten, und wenn wir wieder fit sind, suchen wir uns ein anderes Schiff.«

»Ich darf nicht dran denken.«

»Wohin wolltest du, Buick? Auf die andere Seite des Ozeans! Dort kommen wir auch hin, egal wie. Wir hätten es da unten keinen Tag länger ausgehalten, aber das hier ist unsere Rettung. Heute nacht schläfst du in einem Bett, und morgen bist du deine letzten Flöhe los.«

Ein kleines Boot lief auf das Schiff zu. Es bestätigte seine Vermutungen, seitlich stand mit weißen Buchstaben

PILOT darauf geschrieben. Ein letztes Mal stiegen sie in den Laderaum hinunter. Sie mußten noch ein paar Stunden warten, bis es Nacht wurde, denn auf eines waren sie angewiesen, um das Schiff ungesehen verlassen zu können: die Dunkelheit, die sie so lange gequält hatte.

8

Der Regen von Lagos

Der Lotse hielt sich an der Strickleiter fest und kletterte an Bord. Der Bootsmann begleitete ihn zur Brücke. Er streckte dem Kapitän die Hand entgegen. Ein hochgewachsener Mann mit grauem Kraushaar.

»Welcome to Nigeria, captain. Where are my presents?«

Bruining Smit war nicht überrascht. Er überreichte ihm zwei Plastiktüten mit zwölf Stangen Zigaretten und deutete auf die vierzehn Flaschen Whisky, die in einer Doppelreihe auf dem Kartentisch bereitstanden. Der Lotse nickte wohlwollend. Eine freundliche Geste erforderte eine freundliche Antwort; das Schiff konnte sofort in den Hafen dampfen.

Es war Freitag nachmittag, halb vier. Die *Maria Reygersbergen* hatte, etwa drei Meilen von der Lotsenstation entfernt, nur ganz kurz warten müssen. Schon beim ersten Kontakt mit der Küste hatte der Funkoffizier durchblicken lassen, daß der Lotse das Schiff nicht mit leeren Händen verlassen würde. »Wenn ich ihm diese Geschenke nicht gegeben hätte«, sagte der Kapitän zu Maurice, »dann hätten wir bis morgen warten müssen. Afrika … der Dschungel beginnt bereits auf See.«

Das Schiff lief in den Hafen von Lagos ein und legte an einem Kran an. Sofort wurde mit dem Löschen begonnen. Niemand durfte von Bord gehen. An der Gangway hielten zwei Matrosen Wache. Bruining Smit holte seine Dienstpistole aus dem Safe und gab sie dem Nautischen Offiziersanwärter. »Du bleibst die gesamte Wache bis zwanzig Uhr auf dem Vordeck stehen«, sagte er, »an der rechten Ankerklüse.« Die Erfahrung hatte gelehrt, daß Räuber an den Leinen nach oben kletterten und durch die für das Durchlassen der Ankerkette bestimmte runde Öffnung im Vorsteven an Deck robbten.

Drei Stunden später wurden die Trossen wieder losgeworfen, und kurz vor Einbruch der Dunkelheit verließ das Schiff den Hafen. Das sei auch nötig, sagte Bruining Smit, anderenfalls würden Räuber an Bord kommen mit einem Strumpf über dem Gesicht und mit Maschinenpistolen. Das hatte er einmal erlebt, in Asien, vor Singapur, auf Reede; das passierte ihm kein zweites Mal mehr. In Lagos war es genauso gefährlich, abends und nachts wurde nicht gelöscht, und dann mußte ein Schiff zusehen, daß es wegkam. Die *Maria* flüchtete aufs Meer hinaus und drehte erst gute vierzig Meilen vor der Küste bei. Dort ließ sie sich bis zum nächsten Morgen treiben.

»Wenn wir nur ungefähr zehn Meilen vor der Küste geblieben wären, dann hätten sich Fischerboote ans Schiff gehängt. Die klassische Entermethode, Schotel, dagegen kann kein Computer etwas ausrichten. Die Romantik ist aus der Seefahrt verschwunden, heißt es. Wäre es nur so! Bevor man weiß, wie einem geschieht, rennen sieben oder acht Piraten über dein Schiff; sie stürmen in die Kapitänskajüte, schießen den Tresor kurz und klein, nehmen alles Geld mit, immer ein ganz nettes Sümmchen, weil sämtliche Kosten unterwegs in bar beglichen werden müssen; sie stellen ein paar Offiziere an die Wand, nehmen sich ihre Sachen, und nach diesem Vorspiel stürzen sie sich auf die Container im Laderaum. Man könnte meinen, sie hätten einen siebten Sinn dafür, sie brechen ausgerechnet die Container auf, in denen Fernseher sind oder Videogeräte oder Transistorradios. Da kann man die Küstenwache lange anfunken, alles abgekartetes Spiel, Schotel, die bekommt einen Teil der Beute, die läßt sich nicht blicken. Man kann zu der einzigen Waffe an Bord greifen, der

Dienstpistole, aber was macht man gegen sechs oder sieben Maschinengewehre mit abgesägtem Lauf? Hier kommt es einmal pro Woche vor und in der Straße von Singapur fast täglich, da kann man dem Herrgott auf bloßen Knien danken, wenn man nicht mit erhobenen Händen dastehen mußte. Bald fahren die Handelsschiffe wieder im Konvoi, eskortiert von Marinefregatten, und damit sind wir dann wieder im achtzehnten Jahrhundert.«

Er übertrieb bestimmt, schließlich war er Seemann, aber eines stand fest: Von allen Häfen war Lagos der unsicherste. Als die Dunkelheit gewichen war, fuhr das Schiff zur Lotsenstation zurück, und dort wiederholte sich der Ablauf vom vorigen Nachmittag, als wäre er in einem Drehbuch festgelegt. Ein anderer Lotse, die gleichen Worte. *»Welcome to Nigeria. Where are my presents?«*

Diesmal durfte Maurice von Bord, nachdem Militärangehörige seine Papiere kontrolliert hatten. Bruining Smit hatte ihm geraten, einen Zwanzigdollarschein in den Paß zu legen, dann würde es wesentlich schneller gehen. Der Kapitän war in seinem Element, er leitete die Operationen wie ein Konteradmiral.

»Ich warne dich aber, Schotel, laß alle Wertsachen in deiner Kammer und halt die Augen auf, in jeder Sekunde, in jeder Minute. Wir werfen um drei Uhr die Trossen los. Wenn du bis dahin nicht an Bord bist, dann kannst du den restlichen Teil der Reise per Flugzeug machen. Wir warten nicht, das Schiff läuft um drei Uhr wieder aus, egal ob du da bist oder nicht. Wir sind jetzt endlich wieder im Zeitplan, und ich habe keine Lust, auch aus der nächsten Strecke eine Regatta zu machen. Davon bekomme ich nur Kopfschmerzen. Verstanden?«

Er sprach wie zu einem Untergebenen, in einem Ton, wie man ihn gegenüber einem begriffsstutzigen Kind anschlägt.

Auf dem Kai stellte sich Maurice breitbeinig hin, als ob

der Boden jeden Augenblick hochkommen könnte. Das Geschaukel wollte nicht aufhören; er wartete auf die nächste Welle. Wenn man die See erst einmal kennengelernt hat, fühlt sich das Land starr und widernatürlich an. Es erinnerte ihn an Wimpies Theorie, wonach der menschliche Körper zu achtzig Prozent aus Wasser besteht und dadurch mehr mit der See harmoniert als mit dem Land. Dem Rudergänger zufolge war Seekrankheit eine Form von Angst; Leere schreckt ab, und nichts ist leerer als das Meer. Letzteres zumindest stimmte; seit sie den Wendekreis des Krebses überquert hatten, waren sie keinem Schiff mehr begegnet.

Am Tor des Hafengeländes hatte er die Wahl zwischen drei Taxis, die auf ihn zugerast kamen. Er stieg in das am wenigsten verbeulte ein. Gerade wollte er die Tür zuziehen, da hörte er eine Frauenstimme seinen Namen rufen.

»Mau-riess.«

Sie schoß zwischen den Containern am Kai durch. Er bedeutete ihr, langsam zu machen, aber sie rannte weiter. Das Taxi fuhr los, und Adriana brauchte mehrere Kilometer, bis sie wieder zu Atem gekommen war.

Nach dem Abend in seiner Kammer war sie vom Schiff verschwunden. Zumindest schien es so. Ihre Stammplätze hatte sie gemieden; er hatte sie oft genug gesucht, bei der Ankerwinde oder hinter dem Rettungsboot. Selbst als ein Delphinschwarm vor dem Bug aufgetaucht war, war sie nicht an Deck erschienen. Das war während der KP. Auf ein Zeichen von der Brücke hin hatten sogar die ältesten Crewmitglieder ihren Kaffee kalt werden lassen und waren auf krummen Seemannsbeinen nach vorne geeilt. Maurice war hinter ihnen hergelaufen und hatte durch die Ankerklüse die Delphine ganz genau beobachten können.

Sie sprangen aus den Wellen heraus und scheuerten sich

an der Bugwölbung. So rubbelten sie sich die Muscheln und Algen vom Rücken. Mit dieser Morgentoilette waren sie minutenlang beschäftigt gewesen. Als ihre Rücken wieder glänzten, waren sie mit der Gelassenheit zufriedener Lebewesen weggeschwommen.

Danach waren die Geschichten gekommen, von Delphinen. Einer der Erzähler war der Rudergänger gewesen, aber seiner Frau hatte er nicht Bescheid gesagt. Oder hatte sie ihre Kajüte nicht verlassen wollen? Die Mythologie des Meeres konnte ihr gestohlen bleiben; sie mußte geschlafen oder gedöst haben.

»Gut ausgeruht?«

Adriana streifte ihre Schuhe ab, drehte sich zu ihm, streckte sich auf der Rückbank des Taxis aus und stützte sich mit dem Ellbogen auf seinen Oberschenkel.

»Ich habe an dich gedacht. Ich verstehe nichts von Gemälden. Ich liebe van Gogh, aber das findest du bestimmt läppisch.«

Läppisch? Van Gogh? Er hatte minderwertiges Material verwendet, war zu arm gewesen, um gute Farben zu kaufen. Es würde noch ein mühsames Stück Arbeit werden, seine Bilder für kommende Generationen zu konservieren. Im Augenblick spielte es keine Rolle. Er sah dunkle Frauen in flamboyanten Gewändern im Schatten gehen, einen Korb oder eine Wasserschale auf dem Kopf; er sah ein Autoknäuel im Kreisverkehr, ihm wurde fast schlecht vom Benzingestank und von dem ameisenhaften Gewimmel auf der Straße; er mußte sich erst an das Land gewöhnen.

»Wir sind in Nigeria«, sagte er und glaubte es selbst noch nicht ganz, es brauchte Zeit, das Meer hinter sich zu lassen. Für sie war das anders, sie hatte sich in keinerlei Weise mit der See vertraut machen wollen; für sie bedeutete das Land das vorläufige Ende einer gräßlichen Seefahrt.

»Ich habe mir überlegt, wie du wohl dazu gekommen bist. So etwas interessiert mich, warum beschließt jemand, Gemälde zu restaurieren.«

Sie betastete sein Gesicht, wie sie es am ersten Abend getan hatte, wie eine Blinde, nur daß sich ihre Finger jetzt schwitzig anfühlten.

»Ich war sechzehn. Eines Nachmittags ging ich ins Museum Boymans-van Beuningen in Rotterdam. Ich sah eine nackte Frau an der Wand hängen, einen späten Rubens, *Diana beim Bade*. Eine mollige Dame, Wabbelfalten an den Schenkeln, am Hintern, die mit so viel Wollust gemalt waren, daß ich mir genau vorstellen konnte, wie es sich anfühlen würde, wenn ich diese Haut berühren würde. Das hat großen Eindruck auf den kalvinistischen Knaben gemacht, der ich damals war. Ich glaube, so hat es angefangen.«

»Daraufhin wolltest du Restaurator werden.«

»Maler. Ich bin jede Woche ins Museum zurückgekehrt und habe die Diana nachgezeichnet. Das war nicht einfach. Sie sitzt unter einem Springbrunnen, ein Unsichtbarer belauert sie, wir dürfen annehmen, daß es Aktäon ist, ihre Dienerinnen eilen herbei, um ihre Nacktheit mit Gewändern zu bedecken, und Diana dreht sich halb um, wodurch viel Spannung in ihren Körper kommt. Um diese Drehung hinzukriegen oder, mehr noch, um diesen Umschlag ins Schamhafte zu suggerieren, muß man Hunderte von Studien gemacht haben, von Armen, Beinen, Gesäßbacken, Brüsten, von Hautfalten, von Haltungen, die etwas Bestimmtes ausdrücken. Als es Monate später endlich nach etwas aussah, habe ich andere Bilder nachgezeichnet; ich wagte mich an Aquarelle, kaufte eine Staffelei, schmierte mit Ölfarbe herum und nahm Unterricht. Ich wurde ermutigt, glaubte allmählich auch selbst, daß ich Talent hätte, und nach der Oberschule schrieb ich mich an der Kunstakademie ein. Ich malte von sechs Uhr morgens, bis es draußen dunkel wurde, ich ließ keinen Tag aus, aber nach anderthalb Jahren gelang mir nichts mehr. Ich bekam Angst.«

»Wieso Angst?«

»Ich fing an, an allem zu zweifeln. ›Man weiß nie genau‹, zitierte ich Chagall, ›ob es genial ist, was man macht, oder nur total verrückt.‹ So eine Frage darf man sich mit Vierzig stellen, aber nicht mit Zwanzig. In den ersten Jahren darf man nicht argumentieren, in den ersten Jahren, da muß man schaffen ... Dann fiel mir der Restaurator wieder ein.«

Das Taxi war mittlerweile auf eine vierspurige Straße eingebogen, die noch verstopfter war als die Hafengegend. Durch rhythmisches Hupen versuchten die Autofahrer, ein paar Meter voranzukommen oder andere Autofahrer daran zu hindern, sich in den Verkehr auf der Schnellstraße einzufädeln. An dieser Jam Session beteiligte sich auch ihr Fahrer eifrig, so daß Maurice den Eindruck hatte, seine Worte gingen in dieser ohrenbetäubenden Kakophonie unter. Das machte ihn offener.

»Es war ein braves kleines Bild. Es hing im Arbeitszimmer meines Vaters, über dem Schreibtisch. Es war braun von Nikotin, er hatte es jahrelang angequalmt, rauchte wie ein Schlot. Er sah selten hin. Sein Urgroßvater hatte es gemalt, und der hatte zu Beginn des neunzehnten Jahrhunderts einen gewissen Ruf genossen. Gleich nach seinem Tod ist er in Vergessenheit geraten, was seine Bewunderer derart bedauerten, daß sie ihm in der Grote Kerk in Dordrecht einen Gedenkstein errichtet haben, auf dem er als ›unsterblicher Marinemaler‹ bezeichnet wird. Mein Vater wußte es besser, der Maler war dem Mann nachgefolgt, und der war ja sehr wohl gestorben. Trotzdem hing er an dem kleinen Bild, weil es die rasche Anpassung seiner Vorfahren bewies. Ein Segelschiff auf einem Fluß, das zeugte von einer großen Liebe zur holländischen Landschaft. Mein Vater beschloß, es restaurieren zu lassen. Ein Mann kam zu uns nach Hause, der die Autorität des Kenners ausstrahlte. Trotz des Belags fiel ihm sofort auf, daß J. C. Schotel zwei Pigmente benutzt hatte, die erst 1820 in den Handel gekommen waren, Kobaltblau und Chromgelb. Das deutete auf eine verfeinerte Materialwahl hin. Unter der zart gemalten Takelage bemerkte er Bleistiftlinien und murmelte: ›Besser gezeichnet als bei Ludolf Backhuysen.‹ Ein Künstler aus einer Übergangszeit, lautete sein Urteil, von der Konzeption her sei das Bild französisch, deutlich beeinflußt von Gudin, also arkadisch, während der bedrohliche Himmel den Maler in die Nähe der Romantiker rücke. Das Wasser dagegen schwappe noch wie in der Perückenzeit. Es bleibe in dem Versuch stecken, daraus auszubrechen; höchst respektabel im übrigen, aber jedem Wandel gingen nun mal eine Menge Fehlschläge voraus. Das alles sah der Mann mit einem Blick durch den Firnis hindurch, und als er sich an die Arbeit machte, sah er noch zehnmal mehr, wobei er sich völlig mit dem Künstler identifizierte. Er trat in eine andere Zeit und zog die Tür hinter sich zu. Das war für mich das gleiche, wie in ein fernes Land zu reisen.«

»Sorry sir.«

Hinter einer Kreuzung war Bewegung in die Autoschlange gekommen, und der Chauffeur wollte wissen, wohin die Fahrt eigentlich ging.

»In ein Hotel«, sagte Adriana. »Ein kleines Hotel am Stadtrand.«

Der Fahrer dachte kurz nach und nickte; er kenne ein nettes *guesthouse*.

»Gute Idee?« fragte sie, während sie sich ihm wieder zuwandte.

Maurice richtete sich ein Stück weit auf. Vier Tage lang hatte sie sich versteckt, und jetzt wollte sie in ein Hotel.

Nicht zu fassen. Unberechenbar, dachte er, wie Judy, und er erschrak über diese Parallele.

»Das ist eine schlechte Idee. So schlecht, daß es mir schon ganz warm wird.«

Da küßte sie ihn. Sie tastete nach seiner Taille und küßte ihn mit weit geöffnetem Mund. Sie kroch näher an ihn heran und knetete sein Geschlecht; der Blick des Taxifahrers im Rückspiegel störte sie absolut nicht; sie wollte ihn, jetzt sofort.

In einem Vorort legte sie ihren Kopf an seine Brust. Er sah Kokospalmen und dachte: Meine Brüder wollten nicht zurück in die Tropen. Im selben Moment spürte er ihre knetende Hand wieder. Er roch das feuchte Afrika, roch ihr Parfüm, roch ihre Haare und ihre Haut und wollte dasselbe wie sie: ein Bett, und zwar sofort.

Aber man darf es nicht eilig haben in den Tropen.

Eine gute Stunde später hielt das Taxi vor einem Hotel, und der Fahrer nahm ein Stück Papier, um erst einmal in aller Ruhe auszurechnen, wieviel sie ihm schuldeten. Sie warteten das Ergebnis nicht ab, zwanzig Dollar zauberten ein säuerliches Lächeln auf sein Gesicht, dreißig ein breites Grinsen; sie stürmten in die Lounge. Dort mußten sie sich mit einem Formular mit so vielen Fragen befassen, daß sie überlegten, was sie verbrochen haben könnten. Maurice wollten nicht alle Vornamen seines Vaters einfallen, und Adriana grübelte über den Geburtsort ihrer Mutter nach. »Die wollen's aber genau wissen«, sagte sie, und er sagte: »Dafür sind es Afrikaner.«

Obwohl sie im voraus bezahlten, mußte eine Fotokopie von ihren Pässen gemacht werden und ein Print von ihrer Kreditkarte. Erst die fünfte Kopie war leserlich. Sie vergingen fast vor Ungeduld, und als sie endlich vor der Tür ihres Zimmers standen, stellte sich heraus, daß sie den Schlüssel an der Rezeption hatten liegenlassen. Da platzten sie schier vor Lachen.

»Äußerst geschmackvoll«, kicherte Adriana angesichts des Zimmers, und er sagte: »Cornelis, das war der dritte Vorname meines Vaters, jetzt weiß ich's wieder.« Vor die Fenster war Gaze gespannt, aus dem Garten wehten süße Düfte herein. »Jasmin«, sagte Adriana und schnupperte, »oder wächst der hier nicht?«

Sie ging ins Bad, er hörte das Gurgeln eines halbverstopften Wasserhahns. Während er sein T-Shirt auszog, das ihm am Rücken klebte, und sich fragte, ob er erst duschen solle, hörte er Judys Stimme. »Nicht vor der Liebe, das macht die Haut stumpf.« Die Badezimmertür flog auf, sie trug nur noch ihren Slip, weiß mit einem Kirschenmuster.

»Hübsch? Oder zu kleinmädchenhaft?«

»Wenn man christlich erzogen worden ist, erregt jede Frucht deine Phantasie.«

Sie hatte sich das Gesicht mit Wasser benetzt. »Es war so irrsinnig heiß im Taxi.« Er leckte ihr die Tropfen von den Wangen. Sie schloß die Augen; seine Zunge glitt an ihrem Hals abwärts, fand eine nasse Spur auf ihrer Schulter und eilte zu ihren Brustwarzen. Er mußte sich beherrschen, um nicht gleich zuzubeißen. Sie öffnete die Augen, erhob sich und ging ins Badezimmer zurück; sie fand, daß sie unter den Achseln stank.

Maurice folgte ihr ins Bad. Während sie am Waschbecken ihre Achseln mit Wasser und Seife bearbeitete, streifte er ihr den Slip von den Hüften. Die Kirschen fielen zu Boden. Er schlang seine Arme um ihre Taille; sie fragte, ob er ihren Po nicht zu knochig finde. Sie verabscheute ihren Körper wirklich, und das wunderte ihn wieder. Jede Frau mußte sie um ihre langen, schlanken Beine, die straffe Taille und den kerzengeraden Rücken beneiden.

Wieder im Zimmer, auf dem knarrenden Bambusbett, verschwand der besorgte Ausdruck von ihrem Gesicht. Er blickte auf ihre sanft geschwungenen Hüften, auf das

Grübchen ihres Nabels, auf ihren flachen Bauch und den fast unbehaarten Schamhügel. Aus Angst, sie könnte es falsch verstehen, traute er sich nicht, ihr zu sagen, daß fast jede Linie ihres Körpers in Längsrichtung verlief, was ihn zu etwas ganz Besonderem machte.

Sie spreizte die Beine und zog ihn an sich. Im Bereich ihrer Schamlippen sickerte so viel Feuchtigkeit heraus, daß sowohl seine Oberschenkel als auch sein Bauch naß wurden. Er wollte es kosten, aber sie hielt ihn davon ab. Ihre Zähne gruben sich in sein Ohrläppchen, und als sie über seinen Hals geleckt hatte, sagte sie sanft und ergeben und zugleich gebieterisch: »Komm.« Ihre Hand grabschte zwischen seine Beine, und jetzt klang ihre Stimme in erster Linie entschieden: »Hierher.«

Es hatte eine Zeit gegeben, da wollte er jede Frau erobern. Als er die Kunstakademie besuchte, war das sein Hauptvergnügen gewesen. Die Zeit war günstig; er erlebte Feten mit, bei denen es keine Rolle spielte, wen man in den Armen hielt, solange man sich ungeniert entblätterte. Trotzdem hatte er damals nie gespürt, was er jetzt spürte. Wie viele Muskeln besaß Adriana hinter ihren Leisten?

Er stöhnte, als hätte er noch nie zuvor Genuß empfunden, und sie stöhnte ebenfalls, doch als er tiefer in sie glitt, kam kein Laut mehr aus ihrer Kehle, und ihre Mundwinkel bewegten sich abwärts. Ihre Erklärung klang ebenso nüchtern wie verbittert.

»So ist es immer bei mir. Wenn ich so richtig in Fahrt bin, dann tropft's aus meiner Möse, und alles ist ein einziger Schmierkram. Himmel noch mal, ich finde mich wirklich zum Kotzen.«

Er sah nach unten und bemerkte Blut.

»Nicht drum kümmern«, sagte er. »Einfach weitermachen.«

Er machte einfach weiter. Nichts konnte ihn mehr

bremsen, doch er spürte, wie ihre Muskeln schlaff wurden; er war noch nicht gekommen, da stieß sie ihn bereits von sich und glitt vom Bett. Mit Seife und einem nassen Handtuch kehrte sie aus dem Badezimmer zurück; sie wischte seine Hoden ab, seinen Bauch, die Eichel und ging dabei so gründlich vor, daß er sich fragte, ob sie vielleicht versuche, ihre Sünden auszumerzen.

»Die Laken sind auch so verschmiert. Was machen wir damit?«

»Die gehen nachher gleich in die Wäsche. Reg dich nicht auf, ich seh Persischrot drin oder Karmin oder gebrannte Siena oder Chinesischrot oder zur Not auch Zinnober.«

»Deine Finger zittern ja.«

»Das tun sie öfter, und das hat nichts mit dir zu tun.«

Er zog sie an sich, sah das Erschrecken in ihren Augen und küßte sie auf die Stirn.

»Ich möchte mich erst duschen. Ich komm mir so dreckig vor.«

Nach dem Duschen legte sie sich endlich neben ihn, auf den Bauch und mit dem Kopf am Fußende, so daß sie in den Garten und den sich verdunkelnden Himmel schauen konnte. Wind kam auf, und er fühlte die laue Kühle über seine Brust streichen.

»Woran denkst du?«

»An Raffael, der mit siebenunddreißig Jahren der Liebe erlag.«

»Kann man daran sterben?«

»Er hatte sich nach einem Besuch bei seiner Mätresse erkältet.«

Sie schüttelte den Kopf, als ob sie mit einem Verrückten im Bett läge, und im Grunde war es auch so. Ewig diese albernen Anekdoten, warum sagte er denn nicht ehrlich, daß er von ihr hingerissen war? Es lag ihm auf der Zunge und wollte doch nicht über seine Lippen kommen.

Er ging davon aus, sie werde es nicht glauben, unternahm aber auch keinen Versuch, sie zu überzeugen.

»Hörst du den Regen?« fragte sie.

Das leise Rauschen schwoll zu einem Prasseln an. Der Himmel entlud sich, und durch die Gaze in den Fenstern sahen sie den Regen senkrecht herabfallen. Es wurde dämmrig im Zimmer; ihr Gesicht verwandelte sich in einen Schatten.

»Meine Brüder wollten nicht zurück in die Tropen. Seit heute morgen geht mir dieser Satz im Kopf herum. Meine Brüder wollten nicht zurück in die Tropen.«

»Und du?«

»Ich bin in den Niederlanden geboren, ich kann also kein Heimweh haben. Bei mir ist es eher eine Art Sehnsucht; ich fühle mich wohl in den Tropen – ordentlich schwitzen und in den Regen hinausschauen; ich wäre gern da geboren.«

Er atmete tief ein und nahm die verschiedensten Gerüche wahr. Auch das gehörte zu den Tropen, ein Duft, so schwer, daß er einen schläfrig machte. Oder war es die Liebe, die einen so unendlich matt zurückläßt? Sie schloß die Augen, er tat das gleiche; der Regen prasselte auf die Palmen, und endlich gelang es ihm, etwas Nettes zu sagen.

»Bei manchen Augenblicken weiß man sofort, daß man sich immer an sie erinnern wird.«

»An den Regen, meinst du.«

»Ja, den Regen von Lagos.«

Er erhob sich, legte seine Armbanduhr an, weil er sicher war, daß er sie sonst auf dem Nachttisch vergessen würde, und ging ins Bad, um sich etwas Wasser ins Gesicht zu werfen. Als er das Handtuch an sein Gesicht drücken wollte, sah er, daß es fünf nach zwei war.

»Wie schnell kannst du dich anziehen?« fragte er Adriana.

Zehn Minuten später gaben sie den Schlüssel an der Rezeption ab; eine Viertelstunde später saßen sie in einem Taxi.

»Das schaffen wir nie im Leben«, sagte er. »Und der Alte hat mich noch so gewarnt – das Schiff wartet nicht *eine* Minute.«

Er drängte den Chauffeur, schneller zu fahren, was der Arme ja gern getan hätte, wenn sich die Hauptstraßen nicht in Flüsse verwandelt hätten.

»Drei Uhr. Hörst du? Um drei müssen wir am Kai sein.«

An manchen Stellen schoß das Wasser aus den Gullys.

Adriana hatte das Kinn auf die Faust gestützt und schaute wie versteinert aus dem Fenster.

»Es hat keinen Sinn«, sagte sie, als er wieder einmal »drei Uhr« gerufen hatte. »Er kann einfach nicht schneller fahren.«

Ihm lief der Schweiß den Rücken hinunter, nach jeder Verkehrsampel schaute er auf die Uhr. Viertel vor drei. Zehn vor drei. Fünf vor drei.

Es wurde Viertel nach drei, halb vier. Um zwanzig vor vier bog das Taxi in das Hafengelände ein. Maurice spähte den Kai entlang und suchte den schwarzen Rumpf und das weiße Deckshaus der *Maria*. Hinter einer Biegung sah er das Schiff.

»Schade«, sagte Adriana tonlos.

Er ließ sich in den Sitz zurückfallen und sah sie an.

»Wieso? Was hättest du getan, wenn das Schiff weg gewesen wäre?«

»Zurück ins Hotel. Ein paar Tage Lagos. Eine lange Tour durch Afrika.«

Er stellte sie sich in Khakihose und -hemd vor. Khaki paßt gut zu Blond.

Er bezahlte den Taxifahrer und öffnete die Tür.

»Laß mich nicht wieder vier Tage warten. Komm jeden Abend an Deck. Auch wenn ich dich nicht berühren darf, ich will dich sehen.«

Sie blieb sitzen und starrte vor sich hin; sie hatte keine Eile.

»Versprochen?«

Sie nickte lustlos.

Erst dann stieg sie aus.

Auf der Gangway ließ sie den Abstand zwischen ihnen größer werden, im Gang am Deckshaus sagte sie: »Fahr du mit dem Lift, dann nehme ich die Treppe.«

Sie wich seinem Blick aus und ging langsam nach oben.

Sein Bedauern verwandelte sich in Reue, als Douwe Hanedoes in den Lift trat.

»Wir haben Verspätung«, sagte der Bootsmann. »Einer der Kräne ist defekt. In Afrika geht immer alles kaputt. Die Wartung wird hier den Geistern überlassen, und die wissen nicht, was Schmieröl ist. Aber in zehn Minuten laufen wir aus.«

Zehn Minuten. Wenn er den Taxifahrer nicht angetrieben hätte, wäre er zusammen mit Adriana in die Savanne gefahren.

Das Schiff lief aus dem Hafen aus. Er lehnte sich über die Reling und sah, wie sich die Küste Afrikas allmählich in Dunstschleiern über dem Horizont auflöste. Jeder Aufbruch hat etwas Unwiderrufliches, und dieser Abschied kam ihm endgültig vor; eine Chance, die hinter dem Horizont verschwand. Er konnte sich schwer damit abfinden – zehn Minuten, und sein Leben hätte eine andere Wende genommen. Der Duft von Jasmin. Der Duft von Geißblatt. Und Adriana, in Khaki.

Ein orangefarbener Mond stieg aus dem Wasser auf. Saturn leuchtete. Oder war es Venus? Mußte er oben, auf der Brücke, mal fragen. Trotz dieses Gefühls des Bedauerns fand er es schön, wieder auf See zu sein. Sehr widersprüchlich. Oder sehnte er sich vor allem nach Leere?

Am nächsten Morgen brachte ihm der Steward einen Zettel.

Schotel,
muß Dich dringend sprechen. In meiner Kammer.
Bruining Smit

Da hatte er die Bescherung. Zu spät an Bord gekommen und dazu noch in Gesellschaft der Frau des Rudergängers. Der Inhalt der Predigt ließ sich erraten.

Er knöpfte sein Hemd zu und suchte nach einer Schachtel Zigaretten. Er würde vernünftig bleiben und seinen Abscheu gegen diese Einmischung mit viel Rauch wegpusten müssen.

Bruining Smit saß am Schreibtisch in seinem Büro, unter dem Prunkgemälde der Königin. Hinter diesem Raum erstreckte sich der Salon, und dahinter mußte der Schlafraum liegen. Der Kapitän machte ein sorgenvolles Gesicht; auch die Vaterrolle ist lästig. Die Tür zum Büro stand offen, Maurice hüstelte, und der Kapitän erhob sich.

»Komm rein, Schotel. Mach es dir bequem. Nimm diesen Sessel, er ist mein ganzer Stolz. Ein echter Chesterfield.«

Quasi-gemütlich, so fängt jede Predigt an. Einem Pfarrerssohn brauchte man nicht zu sagen, wie sie unweigerlich endet: mit dröhnender Redegewalt.

Bruining Smit nahm ihm gegenüber Platz und drehte sich eine Zigarette. Seit Beginn der Reise hatte Maurice Mühe gehabt, das Rauchen von Selbstgedrehten mit diesem Doppelnamen in Einklang zu bringen. Ein Kapitän, der Bruining Smit hieß, mußte sich eine Havanna anstecken oder eine Pfeife.

Bruining Smit leckte über das Zigarettenpapier und sah Maurice an.

»Ich muß dir etwas gestehen, Schotel. Ich bin einer von

den Seeleuten, die durch die Ankerklüse an Bord gekommen sind und vor dem Mast angefangen haben.«

Das war das reinste Kauderwelsch in Maurice' Ohren; er verstand die einzelnen Wörter, aber nicht ihren Sinn.

»Eine Ankerklüse ist so eng, daß nur ein schmales Hemd durchkriechen kann, und vor dem Mast muß häufig geschrubbt werden, Arbeit für den Decksjungen. Ich war ein ziemlicher Taugenichts. Ich kam aus gutem Hause, obwohl mein Vater das gleiche Problem hatte wie ich: Zwischen vier Wänden bekam er Zustände. Nach langem Gequengel meinerseits hat er mich schließlich zur See gehen lassen. Da war ich sechzehn. Ich habe als Decksjunge angefangen, und ein Jahr später war ich Leichtmatrose. Meine praktische Ausbildung habe ich vom Bootsmann erhalten, der hat mir beigebracht, wie man mit einer Taschenlampe morst und auf einem Brett Knoten knüpft. Verdammt kompliziert, diese ganzen Steks. Als ich sie im Schlaf konnte, durfte ich hinters ›Pferd‹. Das ›Pferd‹ ist die Steuersäule, an der das Steuerrad befestigt ist. Ich wurde Rudergänger und bekam theoretischen Unterricht vom Ersten Steuermann. Einen Stern schießen, mit dem Sextanten die Position bestimmen, die Karte lesen, den Kurs absetzen. Ich habe also keine Schmalspurausbildung gehabt, das meiste habe ich auf See gelernt. Um Offizier zu werden, mußte ich wieder an Land. Zwei Jahre Höhere Seefahrtsschule, und dann wieder fahren, für die Patente. Offiziersanwärter, Dritter Steuermann, Zweiter. Zum Schluß bin ich Erster geworden.«

Worauf wollte er hinaus? Daß er als Leichtmatrose auch gelegentlich etwas ausgefressen hatte, das zu weit ging? Daß er gar nicht so übel war, aber als Verantwortlicher nicht alles durchgehen lassen konnte?

Er sog an seiner Selbstgedrehten.

»Kein Bootsmann, Schotel, kann mir was vormachen.

Ich habe als Schiffsjunge so viele Farbpötte vermalt, daß ich die Mennige nie mehr ganz unter den Fingernägeln rausgekriegt habe. Wenn ein Leichtmatrose sich dämlich anstellt, dann zeig ich ihm, wie er eine Leine handhaben muß, das mach ich mit links. Ich bin ein unbequemer Patron, Schotel, ich verlange viel von meinen Leuten, aber wenn sie eine besondere Leistung vollbringen, dann drükke ich mich nicht davor, einen auszugeben, diese Tradition halte ich in Ehren. Dann bekommen sie vor dem Mittagessen ihren Schnaps, und ich gehe eigenhändig mit der Flasche herum. Verstehst du?

Ich komme mit meinen Leuten gut zurecht. Wenn ich auf der Brücke stehe, dann spüre ich, ob tief unter mir der ›Brotwagen‹ einwandfrei funktioniert. Das wissen sie auch. Alles, was zur See und zum Schiff gehört, ist mir vertraut. Der ›Brotwagen‹, das ist übrigens die Rudermaschine. Anders wird es, wenn ich mit Leuten konfrontiert werde, die nicht meine Sprache sprechen, dann gelingt es mir nicht, den richtigen Ton zu finden, dann verliere ich die Geduld. In bestimmten Situationen kann das ein gewaltiges Handicap sein. Als Kapitän hat man nicht nur mit der Seefahrt zu tun, auf einem Schiff passiert alles mögliche, und was jetzt passiert ist, das habe ich während meiner langen Laufbahn in der Handelsschiffahrt noch nie erlebt.«

Ein Passagier, der was mit der Frau meines Rudergängers anfängt – es war beinahe heraus. Maurice stellte seinen Blick auf unendlich und spielte den Ahnungslosen, als verstünde er wirklich nicht, worauf Bruining Smit hinauswollte – sie hat sich nicht allein in die Stadt getraut, Herr Kapitän, Sie wissen, wie gefährlich Lagos ist, da gibt es doch hoffentlich keine Mißverständnisse?

»Du hast Gesellschaft bekommen, Schotel. Zwei blinde Passagiere. Heute morgen haben wir zwei Kerle gefunden, die sich im Laderaum versteckt hatten.«

Blinde Passagiere? Was um Himmels willen hatte das damit zu tun?

»Wirklich überrascht hat es uns nicht. Wir hatten schon so eine Vermutung. Der Bootsmann hatte während seiner täglichen Runde durch die Laderäume an mehreren Stellen menschliche Ausscheidungen gefunden. Zweimal habe ich vier Leute hinuntergeschickt, die die Laderäume systematisch durchsuchen sollten. Das heißt, die oberen fünf. Tiefer zu suchen schien mir nicht nötig, da hält es kein Mensch aus. Aber sie hatten sich noch tiefer versteckt, im alleruntersten Laderaum.«

Er sprach jetzt leiser und seufzte nach jedem Satz.

»Gestern abend, als wir aus dem Hafen von Lagos ausgelaufen waren, meinte der Dritte Steuermann, der vom Vordeck aus darauf achtete, daß uns keine verdächtigen Fischerboote zu nahe kamen, einen jungen Mann weghuschen gesehen zu haben, und zwar bei den Treppen zu den Laderäumen. Heute morgen haben wir in aller Frühe eine Suchaktion gestartet. Um zehn nach sieben wurden mir die beiden blinden Passagiere auf der Brücke vorgeführt.«

Es kostete Maurice Mühe, ihm weiter zuzuhören. Blinde Passagiere gehörten für ihn in die Zeit, in der die Schoten dichtgeholt werden mußten und die Matrosen in die Wanten kletterten. Außerdem schien ihm dieses Thema den Rahmen ihres Gesprächs zu sprengen.

»Meine erste Reaktion war: zuschlagen. Eine ordentliche Ohrfeige war wohl das mindeste, was sie verdienten. Wer sich ohne Erlaubnis auf mein Schiff wagt, der bekommt es mit mir zu tun, das wollte ich ihnen gleich mal klarmachen. Aber als ich mir die Burschen mal richtig anschaute, da mußte ich schlucken. Ich habe einen Sohn im selben Alter. Wenn der in ähnlicher Verfassung vor mir gestanden hätte, dann hätte ich ihm das schlimmste Verbrechen verziehen. Das sind keine Menschen mehr, Schotel, die sind nur noch ein Häufchen Elend. Nichts als Haut und Knochen, und die Haut von Flöhen völlig zerbissen. Die Wangen sehen aus, als würden sie jeden Augenblick aufreißen, die Backenknochen stehen raus, die Lippen sind verschorft und geschwollen; es wird einem ganz anders, wenn man diese ausgemergelten Körper sieht. Sie können in Rotterdam an Bord gekommen sein oder in Le Verdon; dann haben sie sechzehn beziehungsweise zwölf Tage zwischen den Containern gehockt. Du mußt dir das da unten mal ansehen, eng wie in einer Sardinenbüchse. Ich habe ihnen eine Dusche verpassen lassen, ich habe sie vom Bootsmann desinfizieren lassen, ich habe ihnen sauberes Zeug zum Anziehen gegeben, ich habe sie auf einen Stuhl gesetzt. Und dann habe ich sie eine Stunde lang verhört. Nicht *ein* Wort, Schotel. Ich weiß nicht, wie sie heißen, ich weiß nicht, woher sie kommen, und ich weiß nicht, was sie auf dem Kerbholz haben. Ich muß es dem Reeder melden, so lautet die Vorschrift, und daran halte ich mich. Ich muß etwas tun, aber bevor ich das tue, will ich wissen, wer diese Burschen sind.«

Mit einer Unterwürfigkeit, die nicht zu ihm paßte, schlug er die Augen nieder.

»Du kannst mit Menschen umgehen, Schotel, jedenfalls vermute ich das. Meine Leute mögen keine Topfgucker, da mach ich kein Hehl draus, und trotzdem hast du dir innerhalb weniger Tage einen Platz auf diesem Schiff erobert. Du hast viel von der Welt gesehen. Du weißt, wie es in anderen Ländern zugeht, und du trägst keine Uniform; das ist in diesem Fall schon mal ein Vorteil. Meine Bitte an dich ist ganz einfach: Würdest du mal mit den Burschen reden? Du brauchst es nicht zu tun, ich weiß, daß du diese Fahrt angetreten hast, um zur Ruhe zu kommen. Wenn du dich weigerst, dann nehme ich dir das weiß Gott nicht krumm, aber wenn du mit den beiden redest, dann würdest du mir einen großen Gefallen tun.«

Reden, dagegen war nichts einzuwenden.

»Gut, wenn es beim Reden bleibt, Käpt'n. Weiter will ich mich nicht damit befassen, ich möchte in dieser Sache nicht Partei ergreifen. Und eines möchte ich Ihnen jetzt schon sagen: Ich kann viel weniger gut mit Leuten umgehen, als Sie annehmen.«

Der Mann, der ihm da gegenübersaß, hatte sich von seiner nettesten Seite gezeigt, ein Junge, der nichts taugte und der es vom Leichtmatrosen bis zum Kapitän gebracht hatte. Klang sehr einnehmend, und trotzdem hatte er den Eindruck, daß Bruining Smit ihn in eine unerfreuliche Geschichte hineinzog.

»Es wird eine Weile dauern. Man darf nichts überstürzen. Die beiden haben bestimmt eine Wahnsinnsangst. Ich ...«

Maurice zögerte, stotterte. Wäre der Vorfall in Lagos nicht gewesen, dann hätte er die Bitte glatt abgelehnt. Natürlich war es Bruining Smit nicht entgangen, daß er fast eine Stunde zu spät an Bord gekommen war; wenn er sich weigerte, würde der Kapitän das bestimmt noch aufs Tapet bringen, da war er sich so gut wie sicher. Reden, das klang harmlos, aber das meinte Bruining Smit natürlich nicht; er wollte wissen, mit wem er es da zu tun hatte. Waren es Ganoven? Hatten sie etwas auf dem Gewissen? Je länger er darüber nachdachte, desto mehr widerstrebte ihm die Sache.

»Wann kann ich die beiden sehen?« fragte er schließlich, leicht gereizt.

»Morgen. Dann haben sie einmal rund um die Uhr geschlafen, und dann haben sie hoffentlich auch etwas zu sich genommen. Gut möglich, daß sie trotzdem nicht durchkommen. Wenn wir näher an der Küste gewesen wären, dann hätte ich einen Hubschrauber angefordert, und ab ins Krankenhaus auf die Intensivstation, aber mittlerweile liegt Afrika schon wieder fünfhundert Meilen hinter uns. Man muß ja schon von allen guten Geistern verlassen sein, um sich in einem Laderaum zu verstecken.«

»Oder jung.«

»Das ist in diesem Fall dasselbe. Laß uns essen gehen, Schotel, wir sind schon spät dran.«

Die Messinguhr an der Wand zeigte zehn vor zwölf.

Sie standen auf und eilten in die Messe, zum sonntäglichen Mahl.

9

Die Magie eines Namens

Von nun an hieß es also: jeder für sich. Der eine in einer Kammer auf der linken Seite des Schiffes, der andere in einer Kammer auf der rechten Seite. Gemeinsam zu beratschlagen war nicht mehr möglich. Am anderen rummotzen? Vorbei. Die Tür war verschlossen, und plötzlich trennten sie Dutzende von Metern.

Sie hatten es gleich kapiert, als sie weggeführt wurden. Jeder in eine andere Richtung. Für einen Moment hatte ihr Herz stillgestanden. Ost oder West, das war ihnen egal. An Land oder auf See, auch das machte ihnen nichts aus. Die Obrigkeit greift überall zu den gleichen Tricks. Um ihren letzten Widerstand zu brechen, hatten die Schufte gleich das härteste Mittel angewandt: Isolation. Selbst in ihren düstersten Momenten hatten sie nicht ahnen können, daß sie so enden würden: gefesselt mit Handschellen.

Als man sie beim Schlafittchen gepackt hatte, hatten sie das als das Ende ihrer Qualen betrachtet. Endlich würden sie zu trinken bekommen, endlich würden sie auf einer Matratze schlafen können. Als sie jedoch oben im grellen Licht standen, hatte man ihnen kneifende Fesseln angelegt, und da wollten sie wieder nach unten.

Während ihrer letzten Stunden im Laderaum hatte sich das Schiff in ein Geisterschiff verwandelt. Es hatte stillgelegen. Dann hatte es sich wieder stampfend und vibrierend durch die Wogen gewühlt. Es war in den Hafen zurückgekehrt. Nicht für lange, ein paar Stunden später schaukelte es wieder.

Nicht weniger als zweimal hatten sie sich kurz vor Einbruch der Dunkelheit bereitgemacht, das Schiff zu verlassen. Nicht weniger als zweimal waren sie vom plötzlichen Stampfen der Maschinen überrascht worden. Sie hatten nichts mehr verstanden und waren zu erschöpft gewesen, um nach der Ursache zu forschen.

Sie hatten sich im untersten Laderaum auf den Boden gelegt. Irgendwo gab es da ein Loch im Stahl, und sie hatten die Luft eingesogen, die von dort, direkt über dem Kiel, kam. Es war die einzige Luft gewesen, in der noch eine Spur von Sauerstoff war. Die übrige Luft war wie Gas gewesen; sie hatten gekeucht wie die Hunde, während sie die schrecklichsten Stiche in der Brust spürten.

Stunden hatten sie da gelegen. Dann kamen sie wirklich um vor Durst. Einmal noch hatten sie sich die Treppen hinaufgequält, und als sie oben anlangten, hatten sie auf dem Laufgang, etwa zehn Meter von ihnen entfernt, einen Mann in Uniform stehen sehen, mit einer Pistole in der Hand. Sie hatten blitzschnell kehrtgemacht. In ihren letzten Halluzinationen hatten sie sich von Gangstern umzingelt gesehen.

Vier Lampen hatten sie schließlich aus diesem nicht enden wollenden Alptraum erlöst. Vier Lampen und eine Art Indianergeheul. Im selben Moment hatte man sich auf sie gestürzt. Selbst wenn sie die Kraft dazu besessen hätten, hätten sie sich nicht wehren können. Sie waren hochgeschossen und sofort auf den Stahlboden gedrückt worden.

Sie hatten genau gewußt, was der andere in diesem Moment dachte. *Ein* flüchtiger Blick hatte gereicht. Keine Schuld, das war auf ihren Gesichtern zu lesen. Sie waren nicht durch irgendeine Dummheit geschnappt worden, sondern das Schicksal hatte zugeschlagen, und keiner von ihnen hatte daran etwas ändern können. Wovor sie die ganze Zeit Angst gehabt hatten und was ihnen über die schlimmsten Momente hinweggeholfen hatte, war nicht passiert. Sie würden nie zueinander sagen müssen: Es war deine Schuld, nicht meine. Das war eine Riesenerleichterung gewesen.

Sie waren durchsucht worden. Befehle waren erteilt worden, die sie nicht verstanden. Nach jedem Befehl waren sie geschlagen worden. Die Männer benahmen sich, als sei es eine Sache auf Leben und Tod. Wahnsinnig nervös waren sie, und das hatte so lange gedauert, bis man ihnen oben, auf dem Laufgang, Handschellen angelegt hatte. Sie hatten die Treppen zum Deckshaus hinaufgehen müssen, und auf jedem Deck hatten andere Besatzungsmitglieder sie angestarrt. Sie waren sich wie etwas Besonderes vorgekommen, doch damit war es schnell vorbei.

Ein Mann in weißer Uniform. *»I'm the commander of the ship …«* Man hatte sie auf einen Stuhl gesetzt, von dem sie sofort heruntergefallen waren. Das kam vom Licht. Es war, als wäre ein Scheinwerfer auf ihre Augen gerichtet. Sie hatten das Gesicht in den Händen verbergen wollen, aber wegen der Handschellen ging das nicht gut.

Man hatte sie unter die Dusche gestellt. Ein baumlanger Kerl hatte eine Flasche Chlor über ihrem Kopf ausgekippt. Im selben Moment hatten alle Poren zu jucken begonnen, sie hätten sich die Haut vom Leibe reißen mögen. Sie hatten gewimmert und waren daraufhin wieder geschlagen worden.

Mit ungelenken Bewegungen hatten sie sich eingeseift. Je mehr Seife und Shampoo sie benützt hatten, um so stärker war der Gestank geworden, den ihr Körper verströmte. Sie hatten den Dreck nicht herunterbekommen, er war an ihrer Haut angebacken. Von den Muskeln war kaum mehr etwas übrig; sie hatten sich mehrmals an der Seifenschale festhalten müssen.

Sie hatten Unterwäsche bekommen und einen übergroßen Overall. Dann hatte man ihnen wieder die Eisenklammern um die Handgelenke gelegt. Gefesselt waren sie auf die Brücke zurückgeführt worden. Dort hatte ein Becher für sie bereitgestanden und daneben ein Teller. Sie hatten sowohl den Brei als auch den Kaffee wieder ausgespuckt. Ihr Magen wollte nichts mehr aufnehmen; sie hatten Pillen schlucken müssen, Vitamine, die erfrischend schmeckten, nach Zitronen.

An das Licht hatten sie sich noch immer nicht gewöhnen können. Wer ihnen gegenübergesessen hatte, hatten sie nicht erkennen können. Der Kapitän, ja klar, aber wie sah der aus? Weiße Uniform, weiße Schuhe; ihr Blick blieb getrübt. Sie hatten den Kopf von den Fenstern abgewandt und hatten andere Fenster gesehen. Auf der Brücke waren ringsum Fenster.

Ihre Namen, vor allem die wollte er wissen. *Your name.* Sie hatten den Mund gehalten. Buick. Humphrey. Wer würde das glauben? Und wer würde verstehen, daß sie mittlerweile an ihrem Namen hingen? Einen anderen konnten sie sich nicht geben.

Sie hatten liegen wollen, nur das. Lang ausgestreckt in einem Bett liegen. Man hatte sie weggeführt, jeden in eine andere Richtung. Nur in diesem Moment hatten sie Wut empfunden. Geschnappt zu werden war noch nicht mal das schlimmste. Aber allein weitermachen? Unmöglich. Allein waren sie niemand. Allein existierten sie nicht.

Eine schmale Kajüte, ein schmales Bett. Die Vorhänge waren zugezogen. Overall aus und hingelegt. Die Handschelle wurde am Heizungsrohr eingeklinkt. Umdrehen? Unmöglich. Die einzige Haltung, die sie einnehmen konnten, war flach auf dem Rücken, den linken Arm hochgestreckt.

Von Zeit zu Zeit waren sie hochgeschreckt. Dann hatten sie sich gefragt, woran der andere jetzt wohl dachte. An Amerika, vermutlich. Es hatte so schön geklungen. Sie würden den Kontinent nie zu Gesicht bekommen, aber der Name hatte seine Magie behalten. Sie konnten nicht mehr schlucken, ihre Zunge war dick, die Lippen waren geschwollen, aber wenn sie sich nicht im Laderaum versteckt hätten, dann hätten sie nie gehört, wie dieser Name in ihrem Kopf sang. Amerika, das war ihr Ziel gewesen. Amerika, das hatte ihnen geholfen. Amerika, das war so ein Name, den man gerade noch über die Lippen bekam, wenn man zum soundsovieltenmal dachte, jetzt gehst du hops.

TEIL ZWEI

10

Gegen zwei Ströme

Adriana wollte in Havanna von Bord oder spätestens in Curaçao. Das ließ sie Maurice auf einer unwirklich ruhigen See wissen. Hinter dem Golf von Guinea flaute der Wind zu einem Lüftchen ab, und die Wellen verloren ihre weißen Schaumköpfe. Die letzten Kräuselungen verzogen sich, und der Ozean verwandelte sich in einen Spiegel, in den das Schiff geduldig einen Kratzer ritzte.

Bei einer Fahrt von sechzehn Knoten dröhnten die Maschinen nicht länger. Nach der Kraftanstrengung, die der *Maria Reygersbergen* zwischen Europa und Afrika abverlangt worden war, wurde ihr jetzt Ruhe gegönnt. Die ausgefahrenen Flossen zu beiden Seiten des Rumpfs hielten das Schiff genau im Gleichgewicht; dank dieser Stabilisatoren gehörte das Geschaukel der Vergangenheit an. Alles deutete darauf hin, daß die Fahrt über den großen Teich ruhig verlaufen würde.

Seeleute nennen die Mittelatlantik-Route die Schönwetterstrecke. Wenig Wind, eine glatte See und so wenig Schiffe, daß das Radargerät ausgeschaltet werden kann, solange ein Offizier auf der Brücke steht, der das Meer mit dem bloßen Auge beobachtet. Nirgends auf der Erde ist es ruhiger, nirgends ist die See leerer. Trotzdem spürte Maurice eine gewisse Spannung, als ob eine Veränderung bevorstehe.

Adriana sah er am Abend wieder, auf dem Vordeck. Sie trug eine dünne Bluse und einen kurzen Rock; nicht nur ihre Kleidung war locker und luftig, vielmehr strahlte ihre gesamte Haltung Lässigkeit aus.

Mit der gleichen Lässigkeit erzählte sie, daß sie mit Wimpie endgültig Schluß gemacht habe. Er sei böse gewesen, weil sie in Lagos zu spät an Bord gekommen sei, und sie habe entgegnet, er könne von Glück sagen, daß sie nicht auf der Stelle ins nächste Flugzeug gestiegen sei. Das habe ihn noch wütender gemacht, woraufhin sie den Entschluß gefaßt habe, im nächsten Hafen ihre Koffer zu packen. »Es steht mir bis hier«, hatte sie gesagt und dabei auf ihre Kehle gedeutet, und Wimpie hatte auf seine übliche Manier darauf reagiert – er war mit rotem Kopf nach unten gegangen und hatte sich mit seinen Kumpels volllaufen lassen.

Auf der anderen Seite des Ozeans würde sie das Schiff also verlassen, und obwohl sie ihn nicht ausdrücklich darum bat, ließ sie doch ihre Hoffnung durchblicken, daß er mit ihr gehe. Er mußte sich entscheiden, und für einen Zauderer ist das ein mulmiger Moment. Er konnte sich keine schönere Umgebung vorstellen als die See, und genau dieser ruhigen, wohltuenden See müßte er adieu sagen, wenn er Adriana folgte. Er hatte sich darauf eingestellt, erst in Valparaíso von Bord zu gehen, wohingegen ihr Havanna schon fast zu weit war und sie höchstens bereit war, bis Willemstad zu warten. Immer gab es etwas, das einem die Pläne durchkreuzte; er hatte länger in Italien bleiben wollen, da verließ ihn Judy, und jetzt passierte etwas Ähnliches, nur mit dem Unterschied, daß er Adriana folgen könnte, falls er das wollte. Er brauchte ihr seine verzwickte Lage gar nicht erst umständlich zu erklären, sie begriff, daß er noch unentschlossen war, und sagte daher: »Wir hätten in Afrika bleiben sollen, dann hätte sich alles von allein gelöst.«

Sie legte ihre Hand auf seine und drückte sie sanft. So blieben sie lange stehen, zu dicht beieinander. Mit Wimpie waren alle Seeleute für sie unten durch, es war ihr egal, wie man an Bord über sie dachte.

Adriana deutete auf die Venus, die dicht über dem Horizont stand. Nur auf dem Meer könne man die Venus deutlich sehen. Nach der Sonne sei sie einer der ersten Planeten, die im Laufe des Abends untergingen. Das wisse sie von Wimpie. Sie redete weiter von ihm; die bevorstehende Trennung schien sie kaltzulassen, und trotzdem brauchte sie nur kurz zu den Sternen hochzuschauen, um wieder an den Rudergänger zu denken. Sie führte ihn als Autorität an, ohne den geringsten Sarkasmus.

Mit der Spitze ihres Zeigefingers wischte sie sich kleine Schweißtröpfchen von der Oberlippe.

»Havanna ...« sagte sie. »Was meinst du? Lohnt es sich?«

»Vergangene Pracht, fürchte ich. Aber so was liebe ich.«

»Das kann doch nicht dein Ernst sein! Durch deinen Beruf weigerst du dich doch gerade, die Vergangenheit Vergangenheit sein zu lassen.«

Das genau war der springende Punkt. Mußte man die Prachtstücke der Vergangenheit bis in alle Ewigkeit konservieren? Einige seiner Kollegen stellten das in Frage, er nicht. Jedenfalls nicht in seiner Arbeit; im täglichen Leben dagegen kehrte er der Vergangenheit lieber den Rücken zu, und wenn er ein verfallenes Gebäude sah, so tröstete ihn das in gewisser Weise; alles ging vorbei, das meiste verging. Diese Widersprüchlichkeit war ihr sofort aufgefallen. Aus ihrem Interesse sprach Zuneigung, vielleicht noch mehr.

Havanna. Willemstad. Warum sollte er sich diese Chance entgehen lassen?

»Ich muß mich erst an die Idee gewöhnen«, sagte er. »Havanna.«

»Oder Curaçao ...«

Er legte ihr den Arm um die Taille. Er erinnerte sich an ein Grübchen, direkt über ihrer rechten Pobacke, die einzige Unebenheit, die er in Lagos vor den Fliegengitterfenstern bemerkt hatte. Er betastete ihre Hüfte, wollte es fühlen, ganz kurz, nur zwei Sekunden.

Sie schob seine Hand weg.

»Ein andermal.«

Reden, das konnte sie, das bereitete ihr ein fast physisches Vergnügen. Flirten kostete sie ebenfalls keinerlei Mühe, doch wenn es ernst wurde, war sie plötzlich die Vernunft in Person. Das machte ihn unsicher. Sie wollte Wimpie verlassen und sprach doch dauernd von ihm; ihn bat sie mitzukommen und hielt ihn gleichzeitig auf Distanz. Und bei alldem blieb sie die Ruhe selbst; sie war wie der Ozean, ohne die kleinste Kräuselung, ohne eine Welle, unwirklich ruhig.

In dieser Nacht verließ er um vier sein Bett. Trotz der lärmenden Klimaanlage kochte er innerlich; er wollte etwas frische Luft schnappen und ging zur Brücke.

Gut getroffen, der Erste Offizier hatte Wache. Abraham Sorgdrager kam wie gerufen.

»Ich habe richtig gegen den Schlaf gekämpft. Dies ist die schwerste Wache, von vier bis acht. Früher durfte man die im Schlafanzug gehen, aber auch im Schlafanzug vermißt man sein Bett. Starker Kaffee, Traubenzucker, Zigaretten – vergiß es. Sich beschäftigen und mit sich selbst reden ist das einzige, was hilft.«

Auf der Brücke brannte keine einzige Lampe. Vor die Instrumententafeln waren Vorhänge vorgezogen, da sogar der blasse Schein der Monitoren die Sicht beeinträchtigt. Maurice stellte sich neben den Steuermann an eines der Fenster, auf dem die See ihre salzigen Spuren hinterlassen hatte. In der ersten Viertelstunde sah er nichts; dann gewöhnten sich seine Augen langsam an die Dunkelheit.

Das Bugwasser leuchtete wie Phosphor. Unter den Sternen und dem fast vollen Mond sah das Meer aus wie

Milch. Weiß schafft Weite; er hatte den Eindruck, daß er ins All aufgenommen wurde.

Der Alarm des Radargeräts schrillte, wie immer alle dreizehn Minuten. Wenn der wachhabende Offizier ihn nicht ausschaltete, weil er eingeschlafen war oder weil ihm schlecht geworden war, dann schrillte er in der Kapitänskajüte. Wenn auch der Kapitän nicht reagierte, dann gellte es auf dem ganzen Schiff. Alles war auf das Unvermeidliche eingestellt; alle vier Tage wurde eine Brandschutzübung abgehalten, an der die gesamte Besatzung teilnehmen mußte, und alle vier Tage wurden die Rettungsboote inspiziert. Es verging keine Stunde, ohne daß irgendwo auf der Brücke oder im Maschinenraum ein rotes Lämpchen aufglühte, und gleichzeitig ertönte dann zum soundsovieltenmal ein Piep- oder Summton. Selbst wenn einen das ungerührt ließ, wurde einem durch all diese Alarmvorrichtungen doch klar, daß jeden Moment irgendeine Katastrophe eintreten konnte. Nachts kam einem alles doppelt so gefährlich vor – ein einziger Mensch, der alles im Auge behalten mußte, man fragte sich, wie das möglich war.

Nachdem Abraham Sorgdrager einen Blick auf den Radarschirm geworfen hatte, griff er zum Fernglas. Der kleine weiße Punkt, den er auf dem Schirm gesehen hatte, konnte ebensogut eine Segeljacht wie eine Woge mit ordentlicher Schaumkrone sein, und auf dieser Strecke begegnete man auch gelegentlich einem Idioten, der mutterseelenallein den Ozean überquerte.

Sorgdrager war auf der Insel Terschelling geboren, er hatte den salzigen Wind eingesogen, seit er seinen ersten Schritt aus dem Haus getan hatte, er hatte sich der See mit Haut und Haaren verschrieben und kannte auch ihre Launenhaftigkeit. Was macht eine Welle, die genau auf das Schiff zuläuft? Das weiß man nie genau. Das Meer steckt voller Bewegungen, und mögen die Geräte sie auch registrieren, so können sie doch nicht viel mehr, als vor ihnen zu warnen. Die heutigen Schiffe sind stark, sie durchpflügen die schwerste See, und trotzdem hängt es manchmal von einem seidenen Faden ab, ob sie weiterschwimmen oder untergehen. Sorgdrager liebte die See, will heißen, er liebte das Leben auf See, die Weite, die Farben, den Geruch, und gleichzeitig fragte er sich oft, was die See mit ihm vorhabe; wahre Liebe war es also nicht. Liebe besteht zwar zum Teil aus Respekt, zum Teil aber auch aus Vertrauen, und er traute der See nicht, nie, auch nicht, wenn sie spiegelglatt dalag, denn welche tückischen Strömungen konnten sich nicht unter der scheinbaren Ruhe verbergen? Die See war in erster Linie eine Unbekannte für ihn, und gerade deswegen faszinierte sie ihn; sie war nie dieselbe, wechselte in einem fort ihre Gestalt, die See, der man wiederbegegnete, unterschied sich jedesmal von neuem von der See, die man erst vor wenigen Monaten befahren hatte, und das konnte beunruhigende Formen annehmen: Wo man das tiefste Blau gesehen hatte, tauchte plötzlich eine Sandbank auf, die sich bei näherer Betrachtung als Plastikgebilde entpuppte, ein synthetischer Brei, den irgendeine Metropole ausgespuckt hatte und den das Wasser unmöglich abbauen konnte.

Niemand konnte mitreißender vom Meer erzählen als Abraham Sorgdrager. Vor allem deswegen wurde er respektiert. Es verlieh ihm einen unangreifbaren Status, und obwohl er zu jung war für erzväterliche Neigungen, sprach jeder ihn mit seinem vollen Namen an. Er strahlte eine ungeheure Überlegenheit aus, sogar gegenüber dem Kapitän, und das Bemerkenswerte daran war, daß er sie selten ausspielte. Aus allem Gezänk hielt er sich heraus, die See war für ihn die See, und sie war groß genug, den Rest vergessen zu lassen.

Obwohl der Kurs abgesetzt war, ging Abraham Sorgdrager in regelmäßigen Abständen zu dem Tisch hinter dem Vorhang, um einen Blick auf die Karte zu werfen. Das half gegen die Müdigkeit und verschaffte ihm außerdem immer wieder die Genugtuung, den Finger exakt auf den Punkt zu legen, an dem er sich gerade befand; das bot Halt in der Leere. Maurice ging mit ihm, und der Steuermann nannte die früheren Namen der Küsten im oberen Teil der Karte. Palmölküste. Sklavenküste. Goldküste. Elfenbeinküste. Pfefferküste. Dies war der Einflußbereich der Westindischen Kompanie gewesen, das gesamte siebzehnte Jahrhundert hindurch hatten ständig an die zweitausend holländische Schiffe im Golf von Guinea gelegen.

»Eine schöne Zeit«, sagte er. »Zumindest für uns, nicht für die Sklaven.«

Sein Großvater war zu Anfang dieses Jahrhunderts auf einem Shelterdecker gefahren, einem schonergetakelten Dampfer mit schlanken Masten, mit Stengen und Rahen und mit längsschiffs gefahrenen Schratsegeln wie Klüver, Fock, Flieger und Jager. Dann und wann begegnete er diesem Schoner wieder auf dem Meer, wenn er Hundewache hatte und den Horizont zu leer fand. Er hatte nie ein Foto oder eine Zeichnung des Schiffes gesehen, konnte es sich aber anhand der Erzählungen seines Großvaters bis ins kleinste Detail vorstellen.

»War man erst einmal auf hoher See, so wurde die Maschine abgestellt, und die Segel wurden gehißt, das war billiger. Ein Dampfschiff fuhr dreimal so schnell, aber der Wind kostete nichts. Daher ist man in den Niederlanden auch erst Ende des neunzehnten Jahrhunderts zur Dampfschiffahrt übergegangen – für Kohle mußte man zahlen.«

Er ging zur Nock und beugte sich über die Reling.

»Weißt du, wie man das nennt, was ich jetzt tue? Gissen. Außenbords gissen – anhand der Beobachtung des Schaums, der am fahrenden Schiff vorbeischwimmt, annäherungsweise die Geschwindigkeit bestimmen. Die Engländer haben dieses Wort übernommen und *guess* daraus gemacht. Unsere gegißte Fahrt liegt momentan zwischen fünfzehn und sechzehn Knoten.«

»Warum fahren wir so langsam?«

»Weil wir hier starken Gegenstrom haben. Wir befinden uns knapp oberhalb des Äquators und fahren gegen zwei Ströme. Der eine kommt von Norden, der andere von Süden, und beide drehen kurz vor dem Äquator nach Osten ab. Im Segelzeitalter mußte der Wind schon ziemlich stark blasen, damit die Schiffe gegen diese Strömung Weg gutmachen konnten.«

Es wurde hell. Am Himmel türmten sich die Wolken. Jede Wolke bekam ihre eigene Farbe, Himmel und Meer glänzten wie neu.

»Früher«, sagte Sorgdrager, »gingen wir nachts zu zweit oder dritt Wache. Dann verstrich die Zeit wie im Flug. Jetzt leisten uns nur die Computer Gesellschaft. Die sind eine enorme Hilfe, aber sie reden nicht. Ich frage mich, ob die Menschen in hundert Jahren noch sprechen können. Ich glaube, nicht; dann sitzen sie den lieben langen Tag schweigend vor einem Bildschirm.«

»Oder vielleicht wollen sie dann gerade reden. Vielleicht wird Reden etwas ganz Kostbares.«

»Unsere blinden Passagiere jedenfalls wollen nicht reden. Mit denen hast du dir was eingebrockt.«

Er hatte darauf gewartet, daß der Steuermann das Thema anschneiden würde. Es war ihm unbegreiflich, daß Bruining Smit nicht seinem Ersten Offizier aufgetragen hatte, sich die Burschen vorzuknöpfen; er strahlte Autorität aus und war gleichzeitig die Liebenswürdigkeit in Person.

»Das gehört natürlich zu den Aufgaben des Alten. Aber tja, wir haben für nichts mehr Zeit. Um acht Uhr löst der Alte mich hier ab, und dann steht er bis zwölf auf der Brücke. Früher ging ein Kapitän nie Wache. Er stopfte sich die Pfeife und arbeitete sich durch den Zeitungsstapel, den er im letzten Hafen vom Agenten der Reederei bekommen hatte. Es war ein ruhiger Job.«

»Hast du sie gesehen?«

»Die Jungs? Ganz kurz.«

»Was meinst du? Wie soll ich die Sache anpacken?«

»Keine Ahnung. Ein Glück, daß sie mir nicht in die Finger gekommen sind. Jedenfalls können es keine Schlappschwänze sein. Du und ich, wir würden es keinen Tag im untersten Laderaum aushalten.«

Die Sonne kroch über den Horizont, und das Meer antwortete darauf mit einem solchen Strahlen, daß das Blau sich in Silber verwandelte. Da sahen sie Adriana auf dem Achterdeck. Sie ging mit einem Buch in der Hand am Heck auf und ab.

»Die hat auch 'ne kleine Meise, findest du nicht?«

»Warum? Weil sie ein Buch liest?«

»Das kann sie in ihrer Kammer tun. Oder auf einem Stuhl an Deck. Wenn du mich fragst, will sie nur Aufmerksamkeit auf sich lenken. Dann ist sie hier aber an der falschen Adresse. Für uns gibt es keine Frauen auf See, selbst wenn welche da sind. Verstehst du?«

Er verstand es und hielt den Mund; jede Verteidigung würde Argwohn erregen.

Maurice frühstückte zusammen mit dem Ersten Steuermann. Nach den Spiegeleiern mit Speck kroch er ins Bett. Der Schlaf wollte nicht gleich kommen; seine Gedanken wurden so klar wie das Tageslicht, das in seine Kammer fiel.

Die hat 'ne kleine Meise, lautete das Urteil eines nüchternen Seemanns. Würde er seine Meinung ändern, wenn er wüßte, daß Adriana sich vom Rudergänger getrennt hatte? Sie mußte die Kajüte weiter mit Wimpie teilen, bis sie auf der anderen Seite des Ozeans waren; ihn überraschte es keineswegs, daß sie schon im Morgengrauen an

Deck umherwanderte, obwohl er sich fragte, ob sie das unbedingt so demonstrativ machen mußte, mit einem Buch vor der Nase. Die hat 'ne kleine Meise – diese Worte hatten ihn peinlich getroffen, weil Adrianas Verhalten auch ihm Rätsel aufgab. War das Urteil des Steuermanns auch vielleicht zu hart, so fiel seines möglicherweise zu mild aus. Vielleicht dachte er zu oft an ihre fragenden Augen und an die Muskeln hinter ihren Leisten; er mußte sich seinen klaren Blick bewahren. Oder war er bereits in den Bann der geheimnisvollen Kräfte geraten, die einen Anflug von Verliebtheit bewirkten? Ihm graute bei der Vorstellung, allein weiterfahren zu müssen. Er war sich keineswegs sicher, ob er die bisherige Seereise genauso genossen hätte, wenn Adriana ihm nicht ab und an Gesellschaft geleistet hätte, was aber noch nicht hieß, daß er es kaum erwarten konnte, zusammen mit ihr das Schiff zu verlassen, sobald es in Havanna anlegte.

Er saß an seinem Schreibtisch und schrieb einen Brief, als sie abends seine Kajüte betrat. Die Luft sei rein, sagte sie, Wimpie habe Wache. Sie streifte ihre Schuhe ab und legte sich längelang aufs Bett. Sie trug wieder einen kurzen Rock.

»Stürz dich aber nicht gleich auf mich, ja?«

Es kostete ihn Mühe, sitzen zu bleiben.

»Was machen die blinden Passagiere?«

»Die schlafen. Sie sind noch zu schwach, um stehen zu können. Die erste Begegnung ist auf morgen nachmittag verschoben worden.«

»Graulst du dich davor?«

»Wenn der Kapitän dich gebeten hätte – wie würdest du dann reagieren?«

»Keine Ahnung. Neugierig, glaube ich. Und vielleicht etwas besorgt. Wenn sie reden wollen, dann ist's ja kein Problem, dann läuft's von allein.«

»Das ist es ja gerade – sie wollen nicht. Das einzige, worum sie heute nachmittag gebeten haben, war, ob sie ohne Handschellen schlafen dürfen. Der Kapitän hat es ihnen erlaubt. Viel können sie ja nicht anstellen, die Tür ist verschlossen.«

»Jeder an Bord spricht von ihnen.«

»Und keiner will was dazu sagen. Ich habe heute nacht mit Abraham Sorgdrager auf der Brücke gestanden, und der hat nur ganz beiläufig was gemurmelt. Auch bei Tisch wird kaum darüber gesprochen. Das Thema ist tabu. Die Jungs sind unbemerkt an Bord gekommen, wie Einbrecher. Das gibt einem nicht gerade ein Gefühl der Sicherheit, oder? Ein Schiff kann man nicht abschließen im Hafen.«

»Was hast du auf der Brücke gemacht? Konntest du nicht schlafen?«

»Nein.«

»Warum?«

»Rat mal.«

»Wegen mir.«

Er zuckte mit den Achseln. Sie fragte, ob er sich nicht zu ihr legen wolle, er sagte, dann könne er nicht für die Folgen garantieren.

»Mecker nicht rum. Wir sind noch nicht verheiratet, also wird nicht gemeckert.«

Er rutschte neben sie.

»Da unten mögen sie dich. Sogar Wimpie ist gut auf dich zu sprechen. Sie fragen sich nur, warum sich Bruining Smit nicht mit den blinden Passagieren befaßt, sondern dich beauftragt hat.«

»Beauftragt ist genau das richtige Wort. Laß uns über was anderes reden.«

»Über Havanna zum Beispiel.«

»Über das Buch, das du heute morgen gelesen hast. Ich hab dich von der Brücke aus gesehen.«

»Couperus, finde ich toll. *Oostwaarts.* Schien mir als Lektüre passend, während wir westwärts fahren.«

»Über dich. Wie warst du mit zwanzig?«

»Strebsam. Ernsthaft. Fleißige Studentin. Ich wollte es schaffen, alle Männer sollten zu mir aufschauen. Mein Vater hatte nicht studiert. Ein kluger Kopf, eine super Karriere, eine Persönlichkeit. Aber kein akademischer Titel. Ich wollte so 'ne Abkürzung vor meinem Namen.«

Sie erzählte von dem Villenort, in dem sie aufgewachsen war, von ihrem Vater, von dem großen Garten, der ideal war für Feste, von ihren Freunden, mit denen sie stundenlang in ihrem Zimmer vor dem Fernseher herumlungerte, und er hörte mit leichtem Neid zu. Seine eigene Kindheit und Jugend war soviel strenger gewesen, mit einem Glauben und einer von ihm diktierten Lebensweise, mit einem Vater, der ein besoldeter Helfer des Himmlischen Vaters war, mit den Tropen als verlorenem Paradies und mit so vielem mehr, das er verdrängt hatte. Er nahm es Adriana nicht übel, nur hätte er auch gern so eine Jugend gehabt, dann wüßte er, was Heimweh ist, und dann würde Adriana nicht seufzen: »Du hast etwas von einem Vagabunden. Ich verstehe solche Menschen nicht. Jeder braucht doch einen festen Platz, oder? Fühlst du dich denn nirgends zu Hause? Und woher kommt das?«

Er konnte es ihr nicht sagen.

Auch am nächsten Nachmittag suchte sie wieder seine Gesellschaft. Sie deutete auf die schimmernden Schalentiere, die auf dem völlig glatten Meer schwammen, vorwärtsgetrieben von dem kleinen bißchen Wind, den sie in ihren ungefähr sechzig Zentimeter hohen dreieckigen Segeln einfingen.

»Ich glaube, die heißen Argonauten. Das hat mir Wimpie mal erzählt. Sie tauchen in einer bestimmten Jahreszeit in warmen Gewässern auf. Wenn du's genau wissen willst, dann frag ich ihn.«

»Im Namen von Maurice. Er wird begeistert sein.«

»Er ist nicht mißtrauisch, das ist eine seiner guten Eigenschaften. Ich hab ihm gesagt, daß ich gut mit dir reden kann. Über Malerei und so. Er ist keiner von denen, die dann gleich die Augenbrauen hochziehen.«

»Ich mag ihn.«

»Ich mochte ihn auch, bis ich entdeckte, daß wir nicht zueinander passen.«

»Das hättest du schon vorher sehen können.«

»Ach wo. In einer Beziehung ist nichts vorhersehbar. Was man vorher einschätzen kann, ist minimal. Menschen sind schlau, sie schaffen es prima, ihre weniger guten Seiten zu verbergen. Die entdeckt man erst, wenn man mit jemandem zusammenlebt. Man muß es erleben. Außerdem entwickelt sich jede Beziehung ganz enorm. Wimpie hat das mal mit der Trampschiffahrt verglichen; man weiß nie genau, wo man landet. Da hatte er recht.«

»Du sprichst viel von ihm.«

»Ja, damit muß ich aufhören. Ich spreche überhaupt zuviel. Es gibt Leute, denen gehe ich ein bißchen auf den Geist.«

Das konnte er sich vorstellen. Ihre Offenherzigkeit war eine Art Schutz. Sie sprach viel, über sich selbst, über Wimpie, und anderen Themen wich sie geschickt aus. Er wurde nicht schlau aus ihr. Manchmal vermutete er, daß sie Menschen als Marionetten betrachtete, mit denen sich schön spielen ließ. Bisher hatte er sie lediglich im Bett ehrlich gefunden – nur dort zeigte sie auch etwas von ihren Ängsten.

Er schaute auf seine Armbanduhr und entschuldigte sich.

»Ach ja«, sagte sie, »der große Moment ist gekommen.«

Endlich würde er die blinden Passagiere zu Gesicht bekommen. In seiner eigenen Kajüte, wie er mit Bruining Smit abgesprochen hatte. Das schien ihm eine bessere

Umgebung zu sein als die Brücke oder das nüchterne Büro des Kapitäns.

Douwe Hanedoes brachte sie herein. Der Bootsmann schloß die Handschellen auf.

»Wenn's dir reicht, dann baller an die Tür.«

Dann sperrte er die Kajüte von außen ab.

Die blinden Passagiere setzten sich in die Sessel neben dem Couchtisch; er selbst nahm den Schreibtischstuhl. Er musterte sie vorsichtig und empfand Schmerz. Als ob ihn jemand schlüge. Als ob ihm jemand den Arm verdrehte. Langsam. Geduldig.

Wie Teile eines Puzzles fuhren ihm Sätze durch den Sinn. »Noch Wochen danach konnte ich mich nicht rasieren.« »Ich hätte mir das ganze Gesicht aufgerissen.« »Unter dem Bart hatte ich Krätze.«

Auch diese Burschen hatten sich noch nicht rasieren können. Man hatte sie ein paarmal unter die Dusche gestellt, endlich waren sie halbwegs sauber. Sie hatten sich die Haare geschnitten, der eine sehr kurz, der andere normal lang. Aber den Bart hatten sie stehenlassen müssen.

Ihre Wangenknochen standen heraus, die Augen waren tief in den Schädel eingesunken. Sein schwieriges Verhältnis zum Kapitän, seine Zweifel in bezug auf Adriana, die Frage, wo er von Bord gehen sollte – alles war mit einem Schlag vergessen. Was er vor sich sah, waren zwei Totenschädel.

Und wieder schossen ihm Sätze durch den Kopf.

»Deine Brüder haben mich nicht erkannt. Während des ganzen Krieges hatte deine Mutter ihnen ein Paßfoto von mir gezeigt. Der Mann auf dem Foto war ihr Vater, nicht der Mann, der vor ihnen stand. Sie fragten ihre Mutter: ›Wer ist der Herr mit dem ekligen Bart?‹ Ich mußte mich beherrschen, um nicht auf dem Absatz kehrtzumachen und zu gehen.«

Er hatte die gleiche Reaktion beim Anblick der beiden Jungs. Zweimal stand er auf und ging in Richtung Tür, aber die war verschlossen, und er traute sich nicht, schon jetzt zu klopfen.

11

Slawische Präludien

Er drehte die Flügelschrauben los und stieß die Bullaugen auf. Mit der ersten Brise seit Tagen wehte der Geruch eines dampfenden Waldes herein. Die blinden Passagiere sogen ihn ein, als trauten sie ihrem Geruchssinn nicht mehr. Ansonsten sah er keinerlei Reaktion auf ihren Gesichtern.

»Tropisches Hartholz«, sagte er. »Ist in Lagos an Bord gekommen, in elf offenen Containern, die genau vor dem Deckshaus stehen. Vermischt mit dem Salz, riecht es wie ein Wald in den Dünen.«

Er bot den jungen Männern eine Zigarette an, die sie mit einem kurzen Nicken annahmen. Ihn selbst verlangte es heftig nach einer. Er hatte den Schock noch nicht ganz verarbeitet. Krätze unter dem Bart; daß ausgerechnet er damit konfrontiert werden mußte. Er bedauerte, nicht einen der beiden auf den Schreibtischstuhl gesetzt zu haben; auf diesem hohen, geraden Stuhl wußte er sich keine Haltung zu geben. Er hätte sich gern zurückgelehnt und zur Decke hinaufgestarrt, während er seine Zigarette rauchte. Das taten die Jungs jetzt; sie inhalierten tief und wichen seinem Blick aus.

Von Zeit zu Zeit massierten sie sich die Handgelenke, von Zeit zu Zeit wandten sie mit einem schmerzlichen Zug um die Augen den Kopf vom Licht ab. Das war alles. An den Büchern und Zeitschriften, die in der Kabine verstreut herumlagen, zeigten sie keinerlei Interesse, so sorgfältig er die *Art News*-Hefte auf dem niedrigen Tisch auch ausgelegt hatte. Sie schauten nicht hin. Nichts erregte ihre Aufmerksamkeit, nichts vertrieb die Apathie aus ihren Augen. War Arroganz der Grund dafür? Oder befanden sie sich noch in einem Zustand der Betäubung, so daß gar nicht zu ihnen durchdrang, wo sie sich befanden? Letzteres kam ihm am wahrscheinlichsten vor; nach dem klaustrophobischen Erlebnis des Laderaums waren sie noch nicht wieder ganz von dieser Welt. Sie atmeten kühle Luft ein, sahen wieder Licht, vor ihnen saß jemand, der das Wort an sie richtete; der Übergang war zu kraß.

Er erzählte von sich selbst. Das hatte ihm Adriana geraten; nicht gleich Fragen stellen, sonst reagieren sie wie auf einer Polizeiwache. Er erzählte, daß er als Passagier mitfuhr, daß er in Frankreich an Bord gekommen war, daß die See ihn schon immer gereizt hatte, daß es eine alte Sehnsucht war, der er endlich nachgegeben hatte. Es lag ihm auf den Lippen, von seinem Beruf zu erzählen, aber das kam ihm plötzlich zu affig vor. Er sagte aber, daß er keine offizielle Funktion auf dem Schiff habe und daß er nur deshalb mit ihnen spreche, weil er sich Sorgen über ihr Schicksal mache. Nach dieser Bemerkung dachte er: Ach herrje, der Herr Pfarrer.

Sie reagierten nicht.

Ihm wurde warm. Er hatte nicht erwartet, daß sie gleich loslegen würden, hatte aber doch gehofft, daß sie ihn wenigstens ansehen würden und daß sich allmählich ein gewisser Kontakt entwickeln würde. Er sprach Englisch in Diktiergeschwindigkeit, wiederholte manchmal einen Satz und fragte schließlich, ob sie ihn verstünden. Eine Antwort blieben sie ihm schuldig, woraufhin er sich fast sicher war, daß sie ihm gar nicht zuhörten. Wer oder was er war, spielte für sie keine Rolle, er gehörte zum feindlichen Lager.

Bevor sie in den Laderaum hinuntergestiegen waren, mußte der blonde Junge ein auffallend hübsches Gesicht gehabt haben, mit blauen, fast durchscheinenden Augen, einer kräftigen, geraden Nase, einer hohen Stirn und breiten Lippen. Durch sein üppiges Haar fiel es nicht gleich auf, daß er ziemlich abstehende Ohren hatte. Der Junge mit dem Millimeterschnitt hatte ein kantigeres Gesicht, das außerdem von etlichen Pickeln verunziert wurde. Seine Augen waren von einem harten Blau, und die eckige Kieferpartie erweckte den Eindruck von Unbeugsamkeit. Ein unangenehmes Bürschchen, vielleicht kein richtiger Schlägertyp, aber doch jemand, der die Konfrontation suchte und die Aufregung genoß, die er verursachte. Er wirkte gleichgültig, während der blonde Junge mehr mit sich selbst beschäftigt schien, wodurch er einen abwesenden Eindruck machte. In bezug auf die Körpergröße unterschieden sie sich kaum.

In ihren grünen Arbeitsanzügen, die ihnen um den ausgemergelten Leib schlotterten, erinnerten sie an Häftlinge, die in einem Straflager Zwangsarbeit zu leisten haben. Auch nach wiederholtem Waschen waren ihre eigenen Klamotten stinkende Lumpen geblieben, und daher hatte der Bootsmann sie in diese Overalls gesteckt. Ihre Schuhe waren nicht zugebunden; infolge des langen Wasser- und Nahrungsmangels waren ihre Füße und Knie geschwollen. Alles erinnerte an die Entbehrungen, die sie erlitten hatten, und Maurice fragte sich, wie lange es gedauert hatte, bis sein Vater wieder bei Kräften war. Für die beiden würde es auch noch ein schönes Stück Arbeit sein, bis sie wieder ganz die alten waren.

Er räusperte sich. Der Besatzung, sagte er, sei es nach wie vor ein Rätsel, wie sie es so lange im Laderaum ausgehalten hätten. Wenn sie wieder bei Kräften wären, müßten sie ihm mal erzählen, wie sie das geschafft hätten. Eine unglaubliche Leistung, physisch wie psychisch. Es komme häufiger vor, daß sich Flüchtlinge im Laderaum eines Frachtschiffs versteckten, vor allem in Afrika, doch in der

Regel meldeten sie sich nach zwei Tagen beim Kapitän. Im übrigen befänden sie sich auf einem niederländischen Schiff mit niederländischer Besatzung. Oder wüßten sie das schon?

Wieder keine Reaktion.

Er gab die Hoffnung auf. Diese Burschen mußten auf Wasser und Brot gesetzt oder ordentlich durchgewalkt werden, vorher würden sie den Mund nicht auftun. Freundlichkeit half nichts; es war ihnen scheißegal, wen sie vor sich hatten. Einen anderen Ton anzuschlagen war genauso sinnlos; der Kahle würde schadenfroh konstatieren, daß er seine Geduld verloren hatte, und der Blonde, der ohnehin nur vor sich hin döste, würde die Augen schließen.

Er schwieg.

Sie schwiegen.

Daß der Kahle die Stille durchbrach, betrachtete Maurice als ersten Sieg. Gerade er, der Unversöhnliche, deutete nach etwa zehn Minuten auf die Zigarettenschachtel, die auf dem Tisch lag.

»Möchtest du eine?«

»Yes. Please.«

»Hast du Feuer?«

»No… no.«

Mit vier Worten ließ er sich in die Karten schauen. Er sprach Englisch mit einem Akzent, den Maurice zu erkennen glaubte. Das s in *please* klang wie ein stimmhaftes z. Wenn es stimmte, was er vermutete, dann würde er gleich mit einer Überraschung aufwarten können.

Weitaus selbstsicherer gab er ihnen Feuer. Dann öffnete er die Tür seines Kleiderschranks. Während er nach den Taschen griff, drehte er den Kopf ein Stück weit um und sah, daß der blonde Junge erschrak. Es waren ihre Taschen.

Am Tag zuvor hatte er sie zusammen mit dem Kapitän,

dem Bootsmann und dem Ersten Offizier auf ihren Inhalt hin untersucht. Es waren keine Pässe zum Vorschein gekommen oder andere Papiere, die ihnen einen Hinweis hätten geben können, nur schmutzige Klamotten, ein Walkman und sechs Kassetten. Die Batterien des Walkmans waren leer; auf Anraten von Sorgdrager hatte er den Funkoffizier um neue gebeten. Er hatte sich alle Bänder angehört, das erste mit geschlossenen Augen. *Riders on the storm*, dazu hatte Judy oft getanzt, vor dem Spiegel, in Florenz. Es war immer noch ein atemberaubendes Stück ... *there is a killer on the road* ... an dieser Stelle legte Judy sich beide Hände auf den Bauch.

Er zog den Reißverschluß an einer der beiden Taschen auf und reichte dem blonden Jungen den Walkman.

»Da sind neue Batterien drin. Die Tonköpfe waren verschmutzt, der Funker hat sie für dich gesäubert. Jetzt kannst du dir wieder The Doors anhören.«

Dem Jungen fiel der Unterkiefer herunter, und Maurice dachte: weiter so, er beißt an.

»Was die Kassetten anbelangt ...«

Er gab dem Jungen vier und behielt zwei in der Hand.

»Diese möchte ich mir selbst noch ein paarmal anhören. Die haben mich, ehrlich gesagt, überrascht. Nicht die Art von Musik, die einem schnell ins Ohr geht. Wer ist der Pianist?«

»Tatjana Nikolaewa.«

Als ob sie zur Familie gehörte. Genauso klang es. Tante Tatjana.

»Ich kenne nur die Zugaben. Was für eine Musik ist das?«

»Schostakowitsch. Die Präludien und die Fugen.«

Präludien und Fugen.

»Ähnlich wie Bach.«

»Er hat sie 1950 und 1951 komponiert, nach einem

Deutschlandbesuch, genau zweihundert Jahre nach Bachs Tod.«

»Daher diese Zugaben.«

»*Das wohltemperierte Klavier*, Band eins, die beiden letzten Präludien und Fugen.«

Merkwürdiger Junge. Versteckte sich mit Schostakowitsch im Laderaum.

»Sehr fließend gespielt. Fast soft.«

»Das ist die Leningrader Schule. Die Moskauer Schule ist etwas kraftvoller, mit weniger Legatos.«

»Spielst du selbst?«

Er schüttelte den Kopf.

»Woher weißt du das dann?«

Er zuckte mit den Achseln.

»Die Moskauer Schule ...«

Diese Linie mußte er weiterverfolgen.

»Ihr seid also Russen.«

Letzteres sagte er auf russisch.

Daraufhin sah ihn auch der kahlköpfige Junge mit halboffenem Mund an.

Maurice hatte die Sprache nie systematisch gelernt, sondern lediglich während seines Aufenthalts in Rußland ein paar einzelne Wörter und kurze Sätze aufgeschnappt. Nach seinem Weggang hatte er sie genauso schnell wieder vergessen, obwohl er das eben noch auf russisch sagen konnte.

»Geboren in Rußland«, verbesserte der blonde Junge. »Hump in Odessa, ich in Leningrad. Mitte der siebziger Jahre hat man unsere Väter nach Polen geschickt, in eine kleine Stadt im Südosten. Da haben sie die Leitung einer Traktorenfabrik übernommen, die nicht gut lief. Dort wurden ...«

Den Rest konnte Maurice nicht verstehen.

Durch das prononcierte z in *please* hatte er bereits vermutet, daß sie slawischer Herkunft waren. Von dem Moment an hatte er sie mit anderen Augen betrachtet. Er hatte eine Schwäche für Russen. Nirgendwo auf der Welt hatte er sich so geärgert wie in der Sowjetunion, und nirgendwo war er herzlicher aufgenommen worden als in Leningrad, so mittellos seine russischen Kollegen auch waren und so beengt sie auch wohnten. Von dem, was sich wirklich im Westen abspielte, hatten sie keine blasse Ahnung. Wie hatte sich abstrakte Kunst entwickelt? Darüber sprachen sie in leisem Ton, was Mondrian doppelt so spannend machte.

Der blonde Junge war verstummt, und Maurice fuhr auf englisch fort.

»Ihr seid also in Polen aufgewachsen.«

»Ja. Ich war sieben, als ich nach Polen kam, und Humphrey acht.«

»Er heißt also Humphrey. Und du?«

»Buick.«

»Wie die Automarke?«

»Das sind die schönsten Autos. Stromlinienförmig. Kein überflüssiger Schnickschnack. Clean.«

Ideen haben die Leute.

Er war stolz, dieser Junge, darum konnte er den Mund nicht halten. Stolz auf die Musik, die er hörte, stolz auf den Namen, den er sich selbst gegeben hatte. Nur ein Zwanzigjähriger traut sich, so viel Stolz zu bekunden; er identifizierte sich mit »cleanen«, eleganten Schlitten, genauso wie der Kahlköpfige sich mit dem einsamen Helden aus *Tote schlafen fest* identifizierte, ohne das auch nur im mindesten anmaßend zu finden. Humphrey.

»Ihr heißt natürlich anders. Der Kapitän muß eure richtigen Namen wissen, um nachforschen lassen zu können, ob ihr etwas Strafbares angestellt habt.«

Das verstanden sie nicht.

»Diebstahl. Irgendeine Straftat.«

»Wir wollten aus Polen weg. Ist das eine Straftat?«

»Wo wolltet ihr hin?«

»Nach Amerika.«

»Dieses Schiff fährt nach Amerika.«

Der kahle Junge umklammerte beide Armlehnen. Der Sessel knarrte.

»Nach Amerika?«

Es war das erste Mal, daß er etwas sagte nach seinem *please*.

»Nach Mittelamerika, nach Havanna und Curaçao, und dann nach Südamerika.«

»Havanna? Das liegt direkt südlich von Miami.«

»Südlich von Florida, ja.«

Das gab dem kahlen Humphrey den Rest. Er sank in sich zusammen, biß sich auf die schorfige Unterlippe und verdrehte die Augen auf eine seltsame Manier.

Maurice stand auf und hämmerte an die Tür.

Der Bootsmann erschien.

»Für heute sind wir fertig. Und stütz den Kahlen hier, der kann sich nicht mehr auf den Beinen halten.«

Der Bootsmann half Humphrey hoch und vergaß, ihm die Handschellen anzulegen.

Als Maurice den Jungen davonwanken sah, fragte er sich, in welch üble Rolle er sich hatte drängen lassen. Die armen Teufel waren aus ihrem Land geflüchtet, nicht anders als er, der mit zwanzig auf bloßen Knien in den Süden gerutscht wäre. Und jetzt mußte er sie befragen – im Namen der Obrigkeit.

Wir wollten aus Polen weg. Ist das eine Straftat?

Nein, natürlich nicht. Der Eiserne Vorhang hing noch da, vielleicht nicht mehr lange, aber noch hing er. Sie waren unter ihm hindurchgeschlüpft. Amerika war ihr Ziel gewesen, bis sie während der Fahrt über den großen Teich geschnappt wurden. Von dem Moment an konnten sie nur noch mit Ablehnung rechnen, und auch er beteiligte sich daran. Er horchte sie wie ein geschulter Vernehmer aus, während er ihnen doch mit Rat und Tat beistehen müßte.

Er war sich selbst zuwider.

Die Suppe war bereits serviert. Er setzte sich neben Bruining Smit an den Tisch.

»Und?«

»Sie sind ganz schön durcheinander. Ich werde noch nicht schlau aus ihnen.«

»Woher kommen sie?«

»Keine Ahnung.«

»Gesocks?«

»Glaub ich nicht. Oder ich müßte mich schwer täuschen. Hört Gesocks Bach und Schostakowitsch?«

»Frag mich nicht. Ich verstehe nichts von Musik.«

»Sie sprechen gut Englisch. Sogar erstaunlich gut. Sie müssen mindestens die Oberschule absolviert haben.«

»Heißt noch nicht viel.«

»Nein. Das einzige, was ich sagen kann, ist, daß ich vorankomme. Ich mußte zuerst ihr Mißtrauen ausräumen, und das war gar nicht so einfach. Morgen weiß ich vielleicht schon mehr.«

»Du siehst müde aus.«

»So fühle ich mich auch.«

»Nimm's nicht so schwer. Geh getrost davon aus, daß die Typen nichts taugen. Sonst hätten sie sich nicht an Bord eines Schiffes gewagt.«

»Erst mal gehe ich von gar nichts aus.«

Der Kapitän fragte nicht weiter, und die anderen Offiziere schwiegen. Die Mahlzeit dauerte Maurice viel zu lang. Gleich nach dem Kaffee kehrte er in seine Kabine zurück. Dort fand er Adriana vor, in demselben Sessel, in dem der blonde Junge gesessen hatte. Buick.

»Ich dachte, du könntest ein bißchen Ablenkung gebrauchen.«

»Lieb von dir.«

»Ging's einigermaßen?«

Er zögerte. Sollte er mit offenen Karten spielen? Oder war es besser, wenn er sich auch ihr gegenüber bedeckt hielt? Er brauchte mehr Zeit, er mußte länger mit den beiden reden. »Geh getrost davon aus, daß sie nichts taugen«, hatte der Kapitän gesagt. Dummes Geschwätz, und trotzdem hatte es ihm zu denken gegeben. Vielleicht hatten dieser Buick und dieser Humphrey ja tatsächlich etwas auf dem Kerbholz.

»Kannst du den Mund halten?«

»Natürlich.«

»Auch Wimpie gegenüber?«

»Er ist der letzte, mit dem ich darüber sprechen würde.«

»Ich war einerseits angenehm und andererseits unangenehm überrascht. Ich habe Kontakt zu ihnen bekommen, das hat mich angenehm überrascht. Unangenehm war, daß ich mich voll und ganz in ihre Lage versetzen konnte.«

»Um so besser, würde ich sagen.«

»Ich fing an, sie zu mögen. Sogar diesen kahlen Typen, der die ganze Welt haßt. Ich habe selten jemand so giftig schauen sehen, und ich verstehe es. In seinem Fall hätte ich auch so geschaut.«

»Und?«

»Wie kann man zwei Jungen wie den letzten Dreck behandeln, denen man voll und ganz recht gibt?«

Er schloß die Bullaugen und zog die Vorhänge zu.

Als er sich umdrehte, stand Adriana vor ihm.

Seine Hände suchten Halt an ihren Hüften. Er spürte ihren Bauch und ihren Schamhügel.

»Werd nicht sentimental. Diese Typen wußten schon vorher, daß sie etwas Strafbares taten. Sie sind das Risiko eingegangen, und es ist schiefgegangen. Pech für sie; du hast damit nichts zu tun. Ob du die Fragen stellst oder ob der Kapitän das tut, bleibt sich gleich. Sie sind geschnappt worden. Betrachte dich als ihren Anwalt, verteidige sie notfalls, aber stell dich nicht so an; du bist nicht dafür verantwortlich, daß ihre Pläne gescheitert sind.«

Er küßte sie. Er küßte sie auf den Hals, auf die Wangen, die Stirn, den Mund, und er schob sie aufs Bett. Sie streichelten und küßten sich, bis Adriana sich daran erinnerte, daß sie noch immer ihre Tage hatte.

»Später«, sagte sie.

Er zog seine Hände zurück, und Adriana rutschte ein Stück von ihm weg. Sie wollte alles über diese Jungen wissen.

»Den Blonden hast du schon gesehen. Am ersten Abend, als wir zu deiner Kammer gingen. An dem Wasserhahn auf dem Gang des Deckshauses wandte er sich von uns ab. Bis heute nachmittag habe ich mich gefragt, wer dieser Kerl war und warum er so heimlich tat. Wir hätten ihn als ersten schnappen können.«

»Ich wollte dich berühren, das ist das einzige, woran ich mich erinnere.«

»Und jetzt willst du das nicht mehr.«

Sie lächelte überlegen.

»Später, Maurice.«

»Du meinst, wir müssen bis Havanna warten.«

»Das scheint mir eine ziemliche Aufgabe zu sein. Wie weit ist es noch bis nach Havanna?«

»Von hier? Ungefähr sieben Tage.«

»Großer Gott. Sieben Tage auf See. Ich verstehe nicht, warum die Leute so davon schwärmen. Blauer Himmel, blaues Wasser, das ist alles. Manchmal sieht man ein paar fliegende Fische. Flitzen zehn Meter übers Wasser, leuchten auf, bevor sie untertauchen, und dann kannst du wieder 'ne Stunde warten, bis die nächste Ablenkung kommt. Ich glaube, ich bin wie die Arkadier, die hatten Homer zufolge ›mit Schiffen nichts im Sinn‹. Sieben Tage auf See. Hast du noch nicht die Nase voll?«

Sie vergaß, daß das Wasser seine Farbe in einem fort änderte, von Azur- zu Kobaltblau, von Schmalte zu Aquamarin. Sie vergaß, wie es am Bug sprudeln konnte, wie eine Quelle. Sie vergaß die Sonnenuntergänge, ein Kampf zwischen sämtlichen Rottönen. Sie vergaß, wie viele Gedanken ein leerer Horizont in Gang setzte. Im größten Raum der Erde schloß sie die Augen. Für Adriana gehörte die See der Vergangenheit an. Sie stellte sich auf die Zukunft ein; sobald sie wieder in den Niederlanden war, würde sie in die Stadt ziehen, nach Amsterdam, denn das war ihrer Meinung nach eine richtige Stadt.

»Wo wohnst du eigentlich?«

»In dieser richtigen Stadt. Hinter dem Concertgebouw.«

»Na also, dann ziehe ich bei dir ein. Oder hast du keinen Platz?«

»Ich kann nicht klagen.«

Das langgestreckte Wohnzimmer im Erdgeschoß mit der Flügeltür. Die beiden Schlafzimmer im ersten Stock, die durch die spärliche Möblierung doppelt so groß wirkten. Das Arbeitszimmer im dritten Stock – ein halbes Atelier. Seit er weggefahren war, hatte er nicht mehr an das große, leere Haus zurückgedacht, aber sosehr er es auch versuchte – jetzt, wo er es sich endlich wieder vorstellen konnte: Adriana sah er darin nicht herumgehen.

Die blinden Passagiere hatten sich den Bart geschnitten. Ihre Augen lagen weniger tief in den Höhlen. Sie hatten keine Probleme mehr mit dem grellen Licht, und auch in ihren Köpfen mußte es klarer geworden sein. Als sie am darauffolgenden Nachmittag in seine Kajüte kamen, sprachen sie miteinander. Nachdem der Bootsmann gegangen war, beratschlagten sie weiter in einer Sprache, von der er kein einziges Wort verstand. Es mußte Polnisch sein.

Er ließ sie miteinander reden. Sie waren noch immer beängstigend mager. Nur Haut und Knochen, und ein Brustkorb, durch den man pusten konnte. Selbst wenn er sie jetzt zum erstenmal gesehen hätte, wäre er über ihr erbärmliches Aussehen erschrocken. Wie ein Christus am Kreuz, gemalt von Rogier van der Weyden.

Buick versank in Grübeleien. Humphrey sah nach ungefähr zehn Minuten auf. Seine Finger zitterten, und das erinnerte Maurice an seine eigenen Probleme. Dennoch fühlte er sich wesentlich ruhiger als am Tag zuvor, und daran waren zweifellos Adrianas nüchterne Bemerkungen schuld. Er konnte beim Kapitän ein gutes Wort für sie einlegen, mehr nicht.

Humphrey sagte mißmutig auf englisch: »Wir wollen reden. Sofern uns erst ein paar Fragen beantwortet werden.«

»Kein Problem. Ich höre.«

»Was passiert mit uns?«

Dieselbe Frage hatte er Bruining Smit gestellt. Er wiederholte dessen Antwort. Sobald ihre Identität festgestellt war, würde der Kapitän Kontakt zum Reeder aufnehmen. Der würde Interpol um Auskunft bitten. Wenn sie keine Straftaten begangen hatten, würden sie für die restliche Dauer der Überfahrt auf dem Schiff beschäftigt. Im nächsten Hafen würden sie dann den dortigen Behörden übergeben.

»Und dann?«

Ins Flugzeug, zurück nach Polen. Ein paar Tage Zelle, oder ein paar Wochen, falls ihre Familien das Geld für die entstandenen Kosten nicht aufbringen konnten.

»In Havanna werden wir also der Polizei übergeben.«

»Nach dem üblichen Verfahren, ja.«

»Und der darauffolgende Hafen ist?«

»Curaçao. Niederländische Antillen.«

Der Bursche wandte sich an seinen Kumpel und legte von neuem auf polnisch los. Wie klar zu erkennen war, hatte Humphrey das Heft in die Hand genommen. Buick erhob keine Einwände. Er nickte zu allem, was Humphrey vortrug, und unterbrach ihn nur zweimal.

Dann sah Humphrey Maurice wieder an.

»Wir sind bereit, unsere Namen zu nennen. Unter drei Bedingungen: daß wir in *einer* Kammer untergebracht werden, daß wir keine Handschellen mehr zu tragen brauchen und daß wir der Polizei in Curaçao übergeben werden und nicht in Havanna.«

Maurice nickte verständnisvoll.

»Ich werde das mit dem Kapitän besprechen. Vorher möchte ich aber etwas wissen, nur für mich selber, ich werde nichts davon weitergeben. Habt ihr in den letzten Jahren etwas Strafbares getan?«

»Nein«, sagte Buick.

Mit völlig hilflosem Blick sah er Humphrey an. Erst nachdem dieser keinerlei Protest erhoben hatte, fuhr er mit seiner Antwort fort.

»Wir durften wählen, ob wir unseren Militärdienst in Rußland oder in Polen ableisten wollten. Wir haben uns für Polen entschieden. Es war uns ziemlich egal, es schien uns genauso schlimm wie in Rußland.«

»Ihr seid Wehrdienstverweigerer?«

»Nicht so richtig. Ich bin schon gemustert worden, und Humphrey hat den Musterungsbescheid erhalten. Wir haben noch keinen Einberufungsbefehl erhalten.«

»Der sollte aber kommen.«

»In ein paar Wochen. In ein paar Monaten.«

»Und sonst?«

»Nichts.«

»In euren Kleidern hat man Dollar gefunden. Zwölfhundert Dollar, das ist ziemlich viel Geld.«

»Getauscht auf dem Schwarzmarkt. Das Geld haben wir von unseren Vätern für eine Studienreise nach Berlin bekommen.«

»Eure Väter sind reich?«

»Nicht reich. Gutsituiert. Hohe Tiere in der Partei.«

Hohe Tiere in der Partei, während die Kommunisten schon fast verloren hatten. Langsam begann es Maurice zu dämmern.

Abends unterhielt er sich mit dem Kapitän. Bruining Smit gab sich äußerst kulant.

»Gut gemacht, Schotel. Hut ab. Hätte ich innerhalb von zwei Tagen nie geschafft. Russen aus Polen. Das macht die Sache um einiges begreiflicher. Die wollten nach Amerika und haben Angst vor den kubanischen Behörden. Klar, den Burschen wird man's dort weiß Gott nicht leicht machen.«

Er wirkte ausgesprochen erleichtert. Sein Schiff blieb vor Gesindel bewahrt, mit politischen Flüchtlingen ließ sich verhandeln. Wenn er auch kein Psychologe war, so konnte er sich doch vorstellen, welche Schwierigkeiten die russisch-polnischen Passagiere in Havanna erwarteten.

»Worauf haben die sich bloß eingelassen? Wir haben gut reden, wir kommen aus einem Land, an dem nichts auszusetzen ist, außer daß es da immer regnet.«

Hatte er sich in Bruining Smit getäuscht? Der Kapitän streckte die Beine aus, drehte sich eine Zigarette und nickte Maurice wohlwollend zu.

»Ich werde das mit dem Reeder besprechen. Wenn Meester Dirk einverstanden ist, können sie von mir aus bis Willemstad an Bord bleiben. Das entspricht dann zwar nicht ganz den Vorschriften, aber ich habe meine Kompetenzen sowieso schon überschritten, ich habe im Logbuch noch nichts von den blinden Passagieren erwähnt. Das tu ich dann nach Havanna.«

Jetzt wurde er sich des vollen Gewichts seiner Funktion wieder bewußt.

»Ich brauche ihre vollständigen Personalien. Schließlich könnten sie ja den Namen ihres Bruders angeben. Oder eines Freundes. Den Familiennamen. Sämtliche Vornamen. Wo sie geboren sind, wann, die vollständigen Namen ihres Vaters und ihrer Mutter, ihre Adresse, die Schule, die sie besucht haben. Möglichst viele Informationen, und wenn dabei auch nur ein einziger kleiner Fehler auftaucht, dann sind sie dran; dann bekommen sie von mir einen Tritt in den Hintern und können sich bei Fidel ausweinen. Außerdem müssen sie arbeiten, erst eine Stunde, am nächsten Tag zwei, dann drei. Müßiggang ist aller Laster Anfang. Drittens – ich komme ebenfalls auf drei Bedingungen – sperre ich sie ein, sobald wir uns Havanna nähern. Das brauche ich ja wohl kaum näher zu erläutern. Ich bekäme ganz schöne Scherereien, wenn man sie dort bemerken würde.«

Maurice schaute zu dem Foto auf dem Schreibtisch. Das Foto eines Schiffes, des ersten, auf dem Bruining Smit gefahren war. Andere hätten dort ein Bild ihrer Frau oder ihrer Kinder hingestellt. Er konnte wieder auf solche Details achten; er hatte dem Kapitän einen Gefallen getan, und der Alte war sichtlich zufrieden, daß es so rasch zu einer Einigung gekommen war.

Auch die blinden Passagiere zeigten sich weiterhin kooperativ. Am nächsten Morgen überreichten sie Maurice ihre Führerscheine. Wo sie die versteckt hatten, würde er wohl nie erfahren; sofort, nachdem sie geschnappt worden waren, hatte der Bootsmann sie gründlich durchsucht, aber sie waren so unbeschreiblich dreckig gewesen, daß er möglicherweise eine Stelle ausgelassen hatte. Jedenfalls kamen sie mit ihren Führerscheinen an, und das räumte den letzten Rest an Mißtrauen bei Bruining Smit aus.

Am selben Tag noch wurden ihre Personalien nach Rotterdam durchgegeben. Am nächsten Morgen war die Nachricht des Reeders da. Die in Rußland geborenen Polen waren offenbar tatsächlich nicht vorbestraft. Meester Dirk war mit der Lösung einverstanden, die der Kapitän vorgeschlagen hatte, sah er doch jede Menge Scherereien voraus, falls Bruining Smit in Havanna zur Polizei ginge, und das würde die Reederei mehrere Tage Aufenthalt kosten. Tolerant, dachte Maurice, als der Kapitän ihm die Nachricht vorlas, tolerant vor allem, um keinen Cent zu verlieren. Pragmatische Menschen, seine Landsleute.

»Gütliche Einigung«, sagte er zu Adriana, die er genauestens auf dem laufenden hielt.

Mit ähnlichen Worten ließ er sich gegenüber den blinden Passagieren aus.

»Die denkbar beste Lösung unter den gegebenen Umständen. Vernünftig von euch, daß ihr einen Kompromiß angepeilt habt. Die nächsten Tage könnt ihr euch frei auf dem Schiff bewegen. Ihr hattet euch natürlich mehr erhofft, aber mehr war einfach nicht drin. Versucht es zu vergessen und seid froh, daß ihr noch lebt.«

Buick nickte, Humphrey stand auf und ging zum Bullauge. Minutenlang blieb er da stehen, während sein Blick zu den vorderen Laderäumen und den Containern wanderte.

»Noch eins«, sagte er, und zum erstenmal hörte Maurice eine gewisse Emotion in seiner Stimme.

»Wir möchten, daß man uns weiterhin mit Buick und Humphrey anspricht.«

Maurice folgte seinem Blick zum Bug des Schiffes.

»Du gibst nicht auf, was?«

»Versteh ich nicht.«

»Du weigerst dich, dich mit den Tatsachen abzufinden.«

Daraufhin lächelte Humphrey derart maliziös, daß

Maurice sich fragte, ob er nicht doch etwas im Schilde führe. Diese Frage beschäftigte ihn immer noch, als er Humphrey, dicht neben Buick, ohne Handschellen in Richtung der Kajüte davongehen sah, die sie in Zukunft teilen würden, eine Kajüte auf dem zweiten Deck, schräg gegenüber von Adrianas Kabine.

12

Das schwarze Schiff

An einem diesigen Nachmittag, zu Beginn des ersten Teils der 4-8-Wache, kam ein Schiff auf die *Maria Reygersbergen* zugefahren. Es erschien um 16.39 Uhr auf dem Radarschirm und kreuzte den Weg des niederländischen Frachtschiffs im Schneckentempo von 10,7 Knoten. Dreiundzwanzig Minuten später lag es genau vor der *Maria*, viereinhalb Meilen voraus. Von diesem Moment an waren die blinden Passagiere vergessen.

Die hatten sich dank des Kochs, eines Arubaners, ganz gut erholt. Er hatte ihnen viel Obst und Gemüse zu essen gegeben. Pedro war ein ruhiger Mann; wegen der Rachenlaute stolperte er häufig über niederländische Wörter. Er hatte seinen ganzen Stolz darein gesetzt, die *pavos* wieder aufzupäppeln, wovon schon nach wenigen Tagen erste Erfolge zu sehen waren. Da sie den ganzen Tag auf dem Schiff umherstreiften, verschwand die kränkliche Blässe von ihren Gesichtern. Rasieren konnten sie sich noch nicht, aber mit ihren gebräunten Stirnen erinnerten sie Maurice nicht länger an Häftlinge aus einem Internierungslager und auch nicht an einen Rogier van der Weyden.

Er sah sie an der Reling beim Schmirgeln oder Streichen oder auf dem halboffenen Laufgang, der auf beiden Seiten des Schiffs vom Deckshaus zum Vordeck lief. Sie erledigten ihre Arbeit ohne Eile und ohne Widerstreben. Da sie den größten Teil des Tages an der frischen Luft verbringen konnten, empfanden sie die Arbeit nicht als Strafe. Von Zeit zu Zeit schauten sie aufs Meer, als könnten sie es noch nicht glauben, daß sie sich tatsächlich auf dem Ozean befanden, der Europa von Amerika trennt.

Manchmal hielten sie einen kleinen Klönschnack mit einem der Crewmitglieder ab. Sie bettelten um Zigaretten oder Bier. Alkohol war ihnen verboten, und damit hatte Humphrey Probleme. Wenn er von dem Durst im Laderaum erzählte, bekam er schnell mal eine Dose zugesteckt, obwohl den Seeleuten durchaus bewußt war, daß die Kondition der beiden noch lange nicht so war, wie sie sein sollte. Daher blieb es bei *einer* Dose ab und zu, von der Buick einen vorsichtigen Schluck nahm und Humphrey den Rest hastig in sich hineinschüttete, aus Angst, der Bootsmann könnte ihn erwischen. Daß Douwe Hanedoes harte Fäuste hatte, wußte er inzwischen.

Die *pavos*, so wurden sie bald von allen genannt. Es klang gut, wie *desperados*. Jeder an Bord mußte mindestens zwei Worte mit ihnen gewechselt haben. Sie hätten für den Rest der Überfahrt zweifellos mit dem anhaltenden Interesse der Besatzung rechnen können, wäre an diesem Nachmittag nicht ein Schiff aus dem Dunst aufgetaucht.

Ein schwarzes Schiff. Völlig schwarz. Schwarzer Rumpf, schwarzes Deckshaus. Ohne Flagge am höheren Mast, ohne Flagge am Heck. Der Name am Bug war weggerostet, die Schornsteinmarke unter einer dicken Rußschicht verschwunden.

Das Schiff fuhr in gerader Richtung voraus. Als die *Maria Reygersbergen* einige Minuten später auf gleicher Höhe angelangt war, schlug es einen Haken von genau neunzig Grad. Abraham Sorgdrager las vom Radarschirm ab, daß es seine Fahrt auf 14,2 Knoten erhöhte. Das kam dem Steuermann verdächtig vor. Er trug dem Funkoffizier auf, Kontakt zu dem Schiff aufzunehmen. Dessen Kollege vom schwarzen Schiff reagierte nicht, was ein Verstoß gegen die auf See geltenden Vorschriften war. Ein Schiff, das von einem anderen Schiff gerufen wird, hat seinen Namen zu nennen, seine Nationalität, sein Ziel, die exakte Position und seine Absichten.

Sorgdrager alarmierte den Kapitän. Bruining Smit zog zusätzlich den Zweiten Steuermann und den Rudergänger hinzu. Auch der Leitende Ingenieur kam auf die Brücke, um zu sehen, was los war. Sie standen vor einem Rätsel. Warum hatte das Schiff plötzlich abgedreht, als es die *Maria* bemerkte? Ein schwarzes Frachtschiff ohne Schornsteinmarke. Nicht schwer beladen, möglicherweise sogar leer, lediglich die Ballasttanks mit Wasser gefüllt.

Das Schiff nahm noch mehr Fahrt auf. Es qualmte heftig, holte etwa drei Meilen gegenüber der *Maria Reygersbergen* auf. Es fuhr fast parallel zu dem niederländischen Schiff und schlug um 18.12 Uhr einen Haken von neunzig Grad. Um 19.35 Uhr verschwand es vom Radarschirm.

Darauf wurde im Salon getrunken. Nur Bruining Smit und Sorgdrager weigerten sich, das Glas zu erheben. Sie waren beide so abergläubisch, daß sie den Tag ihrer Heimkehr verschwiegen, wenn sie sich von ihrer Frau verabschiedeten; dieses Datum zu nennen brachte Unglück. Der Kapitän und der Steuermann bekamen recht, man soll das Schicksal nicht herausfordern: Am nächsten Morgen tauchte das Schiff erneut am Horizont auf.

Bruining Smit notierte die Uhrzeit. Neun Uhr zwölf. Das Schiff qualmte noch heftiger als am Tag zuvor; es lief offenbar mit voller Kraft. Ein alter Kahn, mit einem Deckshaus mittschiffs und Ladegeschirren an beiden Masten. Es erinnerte den Kapitän an die Liberty-Schiffe. Starke, schnelle Schiffe mit leistungsstarken Motoren, wie der Chief feststellte, nachdem das Schiff erneut die Verfolgung aufgenommen hatte und sich, eine Rußwolke nach der anderen ausstoßend, der *Maria Reygersbergen* bis auf etwa fünf Meilen genähert hatte.

Das Schiff blieb schräg hinter der *Maria*. Durch das

Fernglas konnte der Rudergänger lediglich eine undeutliche Gestalt auf der Nock ausmachen; der Rest der Besatzung ließ sich nicht blicken. Ein erneuter Versuch, Funkkontakt aufzunehmen, blieb erfolglos.

Bruining Smit wies den Funker an, eine Nachricht an andere Schiffe in der Gegend zu senden. Das nächste, ein venezolanischer Tanker, war sechshundert Meilen von ihnen entfernt. Es würde dreißig Stunden benötigen, um zur *Maria Reygersbergen* zu gelangen. Die nächstgelegene Küstenstation befand sich neunhundert Meilen weiter südlich, auf den kleinen brasilianischen Inseln São Juan und São Paulo, mitten im Ozean. Erst gut tausend Meilen weiter könnte die *Maria* Hilfe von seiten eines Aufklärungsflugzeugs anfordern. Auf dem schwarzen Schiff wußten sie wohl, daß sie freies Spiel hatten.

Kurz vor Mittag rief der Kapitän seine wichtigsten Offiziere auf der Brücke zusammen. Es wurde Kriegsrat gehalten.

Um in erster Linie nüchtern und sachlich zu bleiben, gingen die Offiziere anfänglich davon aus, daß das schwarze Schiff vom Kurs abgekommen war. War das möglich? In korrupten Zeiten ist alles möglich. Wer schnell Kapitän oder Steuermann werden will, kauft sich in Manila seine Patente für etwa dreitausend Dollar. Dubiose Reedereien in Afrika oder Asien nehmen solche Offiziere gern in Dienst, da diese nur halb soviel Heuer verlangen wie ein Bruining Smit oder ein Abraham Sorgdrager, die jahrelang für ihre Dienstgrade fahren mußten. Sie landen auf alten Pötten, die in der Regel nicht mit dem überaus praktischen *Global Positioning System* ausgerüstet sind. Daß sie mitten auf dem Ozean gelegentlich vom Kurs abkommen, bereitet ihren Reedern keine schlaflosen Nächte. Übung macht den Meister, und wenn sie einem anderen Schiff folgen, dann landen sie irgendwann schon in der Karibik beziehungsweise dort, wo sie hinwollten. Diese Dilettanten der Meere vermeiden jeden Funkkontakt, denn es ist nicht nur eine Blamage, wenn ein Kapitän seine genaue Position nicht angeben kann, sondern kann ihn obendrein seine Lizenz kosten. Bruining Smit wäre verpflichtet, die Sache den Behörden im nächsten Hafen zu melden, und dann würde sofort eine Untersuchung eingeleitet. Der umherirrende Kapitän tat also besser daran, eine Funkstörung zu fingieren.

Eine beruhigende Erklärung, die Abraham Sorgdrager jedoch verwarf. »Das Schiff hat uns heute nacht in Frieden gelassen.« Es sei vom Radar verschwunden, und trotzdem sei es ihm gelungen, die *Maria Reygersbergen* wieder ausfindig zu machen. Das wäre einem unerfahrenen Kapitän nie gelungen; das Schiff müsse andere Absichten verfolgen.

»Kaperei«, sagte Maurice, der die Diskussion aus einiger Entfernung verfolgt hatte. »Was kann es sonst schon sein außer einem Kaperschiff?«

Unsinn. Die Landratte verwechsele Kapern mit Rauben und Plündern. Kapern, das tue seit einhundertfünfzig Jahren keiner mehr auf See. Für die Kaperfahrt habe ein Schiffsführer früher die Genehmigung seiner Regierung, den Kaperbrief, benötigt, und den habe er nur in Kriegszeiten erhalten. Die erbeuteten Güter seien vor das sogenannte Prisengericht gebracht worden; aus den Erlösen der Versteigerung seien neue Militärexpeditionen bezahlt worden. Kapern sei eine anständige Art der Kriegsführung gewesen, die allerdings ein für allemal der Vergangenheit angehöre.

»Du meinst, es sind Piraten«, verbesserte ihn Sorgdrager. »Oder ganz ordinäre Seeräuber.«

»Wer weiß«, kicherte Maurice, der die »Kaperei« nur als Frotzelei in die Runde geworfen hatte.

»Ehrlich gesagt, das glaube ich auch.«

Sheltercecker, dachte Maurice. Wenn Sorgdrager die

Hundewache schob, begegnete er dem schonergetakelten Dampfschiff seines Großvaters, und wenn er die 4-8-Wache ging, tauchten Piraten vor seinen Augen auf.

»Das kann doch nicht dein Ernst sein. Du scherzt wohl. Wir befinden uns mittlerweile im zwanzigsten Jahrhundert.«

»Genau«, sagte Bruining Smit. »Ende des zwanzigsten Jahrhunderts kommt Piraterei in ganz Asien und dicht vor der afrikanischen Küste vor. Schiffe werden gezwungen, eine Insel anzulaufen, wo die wertvollsten Sachen an Land gebracht oder auf kleine Schiffe umgeladen werden. Mir ist nicht bekannt, ob es auch auf dieser Route vorkommt, jedenfalls liegen hier keine Inseln in der Nähe.«

»Also bleibt das Entern auf hoher See als einzige Möglichkeit übrig«, sagte Sorgdrager. »Ein riskantes Unterfangen, obwohl das Wetter für sie günstig ist. Auf glatter See können sie die Sache ohne nennenswerte Havarie über die Bühne bringen.«

Maurice weigerte sich, das zu glauben. Entern auf hoher See, das gehörte in finstere Zeiten. Oder sahen die Offiziere durch das ständige Gestarre auf Computerbildschirme allmählich Gespenster? Wahrscheinlich; es war wohl kein Zuckerschlecken, die Arbeit eines Roboters zu verrichten, dann sehnte man sich mit der Zeit nach dem offenen Kampf mit den Elementen – oder nach Seeräubern mit einer schwarzen Augenklappe.

Der Chief erkundigte sich nach der Ladung der *Maria*. Die bestand laut dem Ersten Offizier aus Lebensmitteln, Bier und sonstigen Getränken sowie einer Partie Holz. Auf dem Vorschiff stünden zehn Container mit Elektronikgeräten, bestimmt für Valparaíso.

»Aha«, sagte Akersloot. »Können sie das wissen?«

»Wenn sie in Lagos tief genug ins Portemonnaie gegriffen haben, ja. Der nigerianische Zoll hat die Ladelisten durchgesehen.«

Daraufhin mußte auch Maurice zugeben, daß von dem schwarzen Schiff eine reale Bedrohung ausging.

Die nächste Frage lautete, ob die *Maria* in der Lage sei, dem Verfolger zu entkommen. Hier sah der Chief schwarz. Zwar waren die Maschinen der *Maria* moderner, aber sie war schwer beladen und das schwarze Schiff so gut wie leer. Außerdem wagte Akersloot es nicht, die Maschinen, die zu Beginn der Reise große Probleme gemacht hatten, allzusehr zu belasten; allmählich sei sein Vorrat an Kolbenringen aufgebraucht.

Sorgdrager nahm an, daß die Piraten in der kommenden Nacht zuschlagen würden; auch Bruining Smit rechnete damit.

Die Beratung endete, ohne daß irgendwelche Beschlüsse gefaßt worden wären.

»Erst blinde Passagiere«, seufzte Maurice, als er mit dem Kapitän und dem Zweiten Steuermann auf der Brücke zurückgeblieben war, »und dann Piraten.«

»Auf den meisten Reisen läuft alles glatt«, brummelte Bruining Smit, während er das Fernglas gegen die Augenbrauen drückte, um das schwarze Schiff noch einmal richtig ins Visier zu nehmen. »Und auf manchen Reisen läuft alles schief. Und wenn es schiefläuft, dann meistens gründlich. Du wirst sehen, wir bekommen jetzt auch noch einen kleinen Sturm.«

»Haben sie das vorausgesagt?«

»Nein, aber ich spüre, daß der Wind aufbrist.«

Diese Bemerkung schien ihn auf eine Idee zu bringen. Er ließ das Fernglas sinken und ging zum Kartentisch. Er griff zu Zirkel und Bleistift, beugte sich über die Seekarten und nahm aus der freien Hand ein paar Distanzen. Seine Berechnungen kritzelte er auf ein Stück Papier.

Nach der nächsten Beratung der wichtigsten Offiziere, die in der Kapitänskajüte hinter verschlossenen Türen abgehalten wurde, ließ Bruining Smit über die Sprechanlage ausrufen, daß alle an Bord sich auf der Brücke einzufinden hätten. Zum erstenmal sah Maurice die vollzählige Besatzung beisammen. Einige Schmierer, die den lieben langen Tag im Maschinenraum verbrachten und sofort nach der Arbeit in der Bar verschwanden, kamen zu ihm und stellten sich vor.

Auch Adriana war zusammen mit Wimpie auf dem obersten Deck erschienen. Sie stellte sich meterweit von ihm entfernt hin und ebenso viele Meter von Maurice. Nach einem kurzen Nicken in seine Richtung sah sie gelangweilt vor sich hin.

Der Erste Offizier zählte die Anwesenden. Dann ergriff der Kapitän das Wort.

Er stellte keine Spekulationen über die Absichten des schwarzen Schiffs an, sondern konstatierte lediglich, daß es, alt und schmutzig, wie es war, viel zuviel Interesse an der *Maria* zeige. Er wolle es abhängen.

»Das Schiff hat bewiesen, daß es ungefähr genausoviel Fahrt machen kann wie wir. Möglicherweise sogar etwas mehr, denn es ist leer. Unsere Ladung wirkt sich also nachteilig für uns aus. Aber wir sind nicht nur schwer beladen, sondern auch hoch, und das wiederum kann uns zum Vorteil gereichen. Im Augenblick haben wir nur schwachen Wind. Den letzten Angaben zufolge wird er gegen Abend zu einer mäßigen Brise auffrischen. Der Wind kommt aus südöstlicher Richtung, das bedeutet Seitenwind für uns. Wir müssen zusehen, daß wir ihn genau achterlich haben.«

Sein Plan war einfach.

»Wir ändern unseren Kurs. Um 16.30 Uhr drehen wir nach Norden ab. Dann haben wir den Wind im Rücken. Mit drei Lagen Containern auf dem Oberdeck kann das ein oder zwei Knoten bringen. Wenn wir volle Kraft laufen, kommen wir dann auf ungefähr neunzehn Knoten. Wir fahren die ganze Nacht in nördlicher Richtung weiter. Wenn wir den Bogen zu klein machen, laufen wir Gefahr, daß das schwarze Schiff uns den Weg abschneidet. Erst wenn wir einen ordentlichen Vorsprung haben, drehen wir wieder nach Westen ab.«

Bei den blinden Passagieren hatte er sich keinen Rat gewußt, jetzt aber ging es um die Kunst des Navigierens, und die beherrschte er wie kein zweiter. Er blieb außerdem merkwürdig ruhig in dieser Situation, und das hatte einen heilsamen Effekt auf die Besatzung. Die Leute murmelten zustimmend, von diesem Alten akzeptierten sie viel. Ob sein Plan gelingen würde, war eine andere Frage, jedenfalls konnte er sich darauf verlassen, daß seine Untergebenen mitzogen.

»Jeder geht an seinen Platz zurück. Sowohl in der Maschine als auch auf der Brücke wird die Wache heute nachmittag und heute nacht doppelt besetzt. Die Offiziere bleiben die nächsten vier Wachen in den Kleidern und ich selbst natürlich auch. Noch Fragen?«

Nur Adriana hatte eine, aber die stellte sie nicht dem Kapitän, sondern fünf Minuten später Maurice, nachdem sie ihm in seine Kajüte gefolgt war.

»Wenn wir nach Norden abdrehen«, sagte sie, nachdem sie die Tür zugeschlossen hatte, »dann machen wir ja einen Umweg.«

»Stimmt.«

»Dann kommen wir später in Havanna an.«

»Ein, zwei Tage.«

Das entlockte ihr eine ganze Serie von Flüchen.

Sie halte es nicht länger aus mit Wimpie. Er saufe wie ein Loch und werde mit jedem Tag unausstehlicher. Er habe Angst. Ihrer Meinung nach habe er wahnsinnige Angst. Sie habe schon immer vermutet, daß sich hinter seiner rauhen Fassade ein ängstliches Wesen verberge. Daheim hebe er sich Zeitungsberichte über gesunkene oder verschwundene Schiffe auf. Eine ganze Sammlung besitze er davon. Kollisionen. Katastrophen. Er behaupte, er tue das aus reinem Interesse. Erst jetzt werde ihr bewußt, daß er auf See wirklich Angst habe.

»Darum wollte er natürlich nicht, daß ich mitfahre. Er stellt sich fürchterlich an. Kommt von der ganzen Sauferei, glaube ich. Das muß einen ja paranoid machen.«

Paranoid? Das könne er nicht glauben. Wimpie mache sich Sorgen, wie alle Männer auf dem Schiff; das nächstgelegene Land sei immerhin dreitausend Kilometer entfernt.

Das hielt Adriana für Unsinn. Wimpie fahre schon ungefähr zwölf Jahre. Nie sei ihm etwas passiert. Er habe ein libanesisches Schiff aus den Augen verloren, gut, das habe ihn mitgenommen. Aber, wie gesagt, das sei ein Libanese gewesen. Vielleicht habe das Schiff Waffen geschmuggelt. Vielleicht sei es zu einem geheimen Ziel unterwegs gewesen, vielleicht sei es verschwunden, um unter neuem Namen zurückzukehren; das alles müsse man ganz nüchtern betrachten.

»Hast du Angst?«

»Wenn ich schon ein paar Jahre gefahren wäre, könnte ich durchaus manchmal Angst haben, ja. Es passiert soviel auf See, wovon wir keine Ahnung haben. Hundert Tage hintereinander starren sie auf einen leeren Horizont, und dann taucht plötzlich etwas auf; das vergessen sie nicht.«

»Ach du liebe Güte! Männer! Müssen immer imponieren. Schau nur, wie schwer wir's haben. Piraten sind uns auf den Fersen. Was für eine Wichtigtuerei.«

Sie ging ins Badezimmer. Als sie in die Kammer zurückkam, war ihr Gesicht naß.

»Ich bin ein bißchen überdreht, nicht wahr?«

Er nickte vorsichtig.

»Versetz dich doch mal in meine Lage. Wir sprechen kein Wort mehr miteinander. Mitten in der Nacht kommt er rein, mit einer Fahne wie sonstwas. Er zieht mir das Laken weg und kneift mich in den Hintern. Ich will ihn nicht mehr, ich kann ihn nicht mehr riechen. Der einzige, bei dem ich mich beklagen kann, bist du, und du ergreifst allmählich immer offener Partei für ihn.«

»Also hat es keinen Sinn mehr, dich bei mir zu beklagen.«

»Wie meinst du das?«

»Wimpie ist dein Problem, das mußt du selber lösen. Ich möchte da nicht hineingezogen werden.«

Sie sah ihn an, als hätte er sie geschlagen.

»Ich hatte dich anders eingeschätzt.«

»Wie?«

»Ruhiger. Vernünftiger. Nicht so grob.«

Sie brachte ihre Haare in Ordnung und wischte sich die letzten Tropfen vom Gesicht. Dann machte sie Anstalten, die Kabine zu verlassen, und ging in Richtung Tür. Dafür nahm sie sich sehr viel Zeit, aber er hielt sie nicht zurück. Er war nicht in der Stimmung für eine Versöhnung.

Was um sie herum passierte, interessierte Adriana wenig, sie blieb ausschließlich mit sich selbst beschäftigt. Das ärgerte ihn. Sein Leben lang war er herumvagabundiert, doch wo auch immer er war, identifizierte er sich mit seiner Umgebung.

An diesem Nachmittag schaute er oft auf seine Armbanduhr; er war genauso angespannt wie die meisten Besatzungsmitglieder und aus demselben Grund wie sie – weniger aus Angst als vielmehr wegen der Ungewißheit, was passieren würde.

Er konnte nicht ruhig in seiner Kajüte sitzen und warten; um Viertel nach vier ging er auf die Brücke. An fast jedem Fenster stand ein Offizier, mit oder ohne Fernglas. Niemand sprach ein Wort.

Das schwarze Schiff hatte ziemlich viel Abstand. Der Dunst half ihm nicht länger, die Sicht war gut. Auch an einem dunklen Kahn läßt sich die eine oder andere Besonderheit entdecken; es mußte auf Abstand bleiben, wollte es seine Schemenhaftigkeit bewahren. Sorgdragers Vermutung schien richtig; das Schiff wartete die Nacht ab, um näher zu kommen.

Um halb fünf gab Bruining Smit Order, den Kurs zu ändern. Wimpie legte das Ruder, die *Maria* drehte nach Norden ab.

Das schwarze Schiff drehte nicht sofort mit. Es dauerte etwa zwanzig Minuten, bis es ebenfalls den Kurs änderte. Es schob sich hinter die *Maria* und qualmte heftig.

Der Wind war stärker aufgefrischt als erwartet; es wehte eine steife Brise. Darüber hinaus geriet die *Maria* in den Südäquatorialstrom, was ebenfalls das schwerer beladene Schiff bevorteilte. Die Maschinen stampften mit voller Kraft und ließen die Fußböden und Wände noch stärker vibrieren. Aller Augen waren auf das Log gerichtet, das die Geschwindigkeit des Schiffes anzeigte. Nach einstündiger Fahrt kroch die *Maria* auf die neunzehn Knoten zu.

So viel Leistung brachte das schwarze Schiff nicht auf. Bei Einbruch des Abends war es nur noch ein Fleck am Horizont.

Der Kapitän und der Erste Offizier blieben auf der Brücke, während sich die übrigen Nautiker zu Tisch setzten. Da die meisten in der kommenden Nacht mehrere Stunden Wache gehen mußten, gab es weder Wein noch Bier. Über den Ausgang des Wettrennens wagte keiner Spekulationen anzustellen.

Gegen Mitternacht verschwand das Schiff, das lediglich *ein* Licht führte, hinter dem Horizont. Auf dem Radarschirm war es dagegen noch deutlich zu erkennen. Beim geringsten Mißgeschick könnte es die *Maria* wieder mühelos einholen. Der Abstand zwischen den beiden Schiffen wuchs mit jeder Stunde um zwei bis drei Meilen, aber es fragte sich, ob die Maschinen der *Maria* der schweren Belastung gewachsen waren.

Kurz bevor der Verfolger vom Radar verschwand, drehte er nach Westen ab. Er bog um exakt neunzig Grad ab und fuhr in Richtung Afrika zurück. Bruining Smit ging lieber auf Nummer Sicher und behielt seinen Kurs bei.

Den ganzen nächsten Tag lief die *Maria Reygersbergen* weiter nach Norden und drehte erst ab, als sie Funkkontakt zu einem Bananendampfer bekommen hatte, der sich hundert Meilen weiter nördlich befand und auf dem Weg nach Costa Rica war. Mit diesem Schiff in der Nähe nahm die *Maria* wieder Kurs auf das Karibische Meer.

Maurice war auf der Brücke stehengeblieben, bis das schwarze Schiff vom Radarschirm verschwunden war. Die Gefahr schien ihm gebannt; den Verfolger hatte der Mut verlassen. Um vier Uhr war er ins Bett gekrochen. Er schlief den ganzen Vormittag und wurde gegen Mittag von anhaltendem Klopfen an seiner Tür wach.

Er vermutete, daß es Adriana war. Während er aus dem Bett kroch, nahm er sich vor, alle gereizten Bemerkungen runterzuschlucken, auch wenn sie wieder von Wimpie anfangen sollte.

Aber es war Humphrey.

»Nicht bei der Arbeit?«

Der Junge schüttelte den Kopf.

»Wie kommt's?«

»Ich konnte die ganze Nacht nicht schlafen. Ich fühle mich beschissen.«

»Nervös?«

»Noch nervöser als im Laderaum.«

Er ließ sich auf einen Sessel fallen; er sah überreizt aus.

Maurice schlüpfte in Hemd und Hose und zog die Vorhänge auf. Die Wellen hatten Schaumkronen, und am Himmel hingen ein paar graue Wolken. Man braucht nur kurz in Richtung Norden zu fahren, und schon rückt das Grau wieder näher.

»Womit kann ich dir helfen?«

Humphrey druckste erst eine Weile herum. Zigaretten, sagte er. Als Maurice ihm eine Schachtel gegeben hatte, bat er um Alkohol. Hier mußte Maurice ihn enttäuschen, er hatte keinen einzigen Tropfen in seiner Kammer. Humphrey fragte noch ein paarmal nach.

Dann begann er vorsichtig von »bestimmten Mitteln«. Langsam ging Maurice auf, was er damit meinte.

»Weißt du, Humphrey«, sagte er, »ich bin ein schrecklich langweiliger Mensch. Ich nehme nichts. Egal ob es was zu sniffen oder zu schlucken ist, mein Körper wehrt sich dagegen. Bei Alkohol ist es genauso, nach ein paar Gläsern Wein oder Bier kommt Widerwille in mir auf. Physischer Widerwille. Dann bekomme ich keinen einzigen Tropfen mehr runter. Brauchst du es wirklich?«

Der Junge nickte.

»Es tut dir nicht gut. Deine Widerstandskraft ist gleich Null, du mußt deinem Körper Zeit lassen, wieder zu Kräften zu kommen.«

Humphrey zuckte mit den Achseln und deutete auf seinen Kopf. Das Problem sitze da, im Gehirn, im Nervensystem.

»Zuerst war ich erleichtert. Endlich was zu essen, endlich was zu trinken, endlich ein Bett. Nach ein paar Tagen war die Misere wieder da. Und da bekam ich mehr Angst als im Laderaum.«

»Erzähl, wie's im Laderaum war.«

Das tat er widerstrebend. Er erzählte von dem Wasser, das sie vergessen hatten mitzunehmen, vom Durst, von der Finsternis, der Hitze, von Erinnerungen, die plötzlich hochgekommen waren, guten, schlechten, in erster Linie schlechten. Es war verworren, was er da erzählte, über das, was sich im Laderaum abgespielt hatte, sollte sich Maurice erst einigermaßen eine Vorstellung machen können, nachdem er ausführlich mit Buick gesprochen hatte, doch das

Verzweifelte ihres Unternehmens brachte Humphrey mit seinem Gestotter besser zum Ausdruck.

Nach einem tiefen Seufzer bat er noch einmal um »Mittel«.

Maurice blickte eine Weile auf die Kumuluswolken hinter dem Bullauge.

Dann sagte er: »Hier an Bord ist eine Frau. Hast du sie schon gesehen? Ihre Kajüte liegt schräg gegenüber von eurer. Sie heißt Adriana. Versuch's bei ihr. Sei aber vorsichtig. Nenn meinen Namen nicht. An Bord sind Drogen strengstens verboten.«

Wie kam er darauf, daß Adriana etwas nahm? Weil sie am Tag zuvor so aufgedreht gewesen war? Vielleicht gar nicht mal das. Er wollte Humphrey etwas Hoffnung machen, er wollte ihn nicht enttäuschen. Humphrey würde sich nicht gleich trauen, Adriana zu fragen, er würde die Möglichkeit im Hinterkopf behalten.

Humphrey fand jedenfalls, Adriana sei ein schöner Name. Einer, der mit dem ersten Buchstaben des Alphabets begann und endete. Ein Kreis, rund wie die Welt.

Er stand auf. An der Tür fragte er, was eigentlich los sei auf dem Schiff.

»Wir werden von einem schwarzen Pott mit finsteren Absichten verfolgt.«

»Und?«

»Wir haben ihn abgehängt. Es wird ein paar Tage länger dauern, bis wir in Havanna sind. Das gibt euch mehr Zeit, wieder zu Kräften zu kommen.«

»Gut für uns.«

»Ja.«

Dann lächelte er, wie Maurice es allmählich schon von ihm kannte. Bitter. Herzlos. Mitleidslos.

13

Außenseiter unter sich

Einer von den Burschen hat mich angesprochen«, sagte Adriana.

Sie lag ausgestreckt auf dem Bett, die Hände unter dem Kopf.

»Der kahle. Gestern abend. An Deck.«

Maurice stand am Bullauge und beobachtete die Veränderungen am Abendhimmel. Diese Blautöne, diese Rottöne!

»Er konnte nicht schlafen, wegen eines Mädchens.«

Das ewige Paradies der Farben. Auf See werden sie doppelt so schön, weil das Wasser sie reflektiert und der weite Horizont ihnen reichlich Raum gibt.

»Ein Mädchen aus ihrer Stadt in Polen. Sie trug einen Filzhut, wie Indiana Jones.«

Maurice zog den Vorhang zu und setzte sich neben sie auf den Bettrand. Über ihrem Kopf kreiste eine Mücke, die in Lagos an Bord gekommen sein mußte. Es schien lange her, das Hotel, der Regen, wie es auch schon wieder lange herzusein schien, seit das schwarze Schiff am Horizont aufgetaucht war.

»Sie hieß Iri.«

Er stellte es geschickt an, dieser Humphrey, versuchte ihre Sympathie zu gewinnen, indem er ihr etwas von einem Mädchen vorweinte, von dem er Abschied hatte nehmen müssen.

»Ihr Vater arbeitete als Schweißer in einer Fabrik, ihre Mutter war Kassiererin in irgendeinem Laden. Gehorsame Leute, brav, folgsam. Iri war das genaue Gegenteil ... immer auf Widerstand gebürstet. Aus lauter Querköpfigkeit faßte sie Zuneigung zum größten Pickelgesicht der ganzen Klasse. Oder zu Jungs mit einem Stigma. Unsere beiden waren Russen und wurden von allen verachtet. Dieses Mädchen nahm sie mit in ihre Stammkneipe, und dort bestimmte *sie*, wer dazugehörte und wer nicht. Sie erlöste die beiden aus ihrer Isolation.«

»Und?«

»Das mußt du erst mal bringen. Dich gegen den Rest der Welt zu stellen. Ich weiß nicht, ob ich das gekonnt hätte.«

Zum erstenmal seit Tagen hatte Adriana gute Laune. Der Wettlauf gegen das schwarze Schiff hatte die Strecke nach Havanna zwar um zwei Tage verlängert, doch wenn sie erst in Kuba angekommen waren, würde sie von Wimpie erlöst sein. Der Rudergänger hatte heute morgen verschlafen und war eine Stunde zu spät auf der Brücke erschienen. Da er außerdem noch nicht ganz ausgenüchtert war, hatte der Kapitän ihm mitgeteilt, er brauche in Havanna nicht mit Urlaub zu rechnen – zur Strafe dürfe er nicht an Land. Um so besser, fand Adriana, sonst hätte sie mindestens einen Tag mit ihm losziehen müssen. Auf einmal sah die nahe Zukunft viel sorgloser für sie aus, und das hatte Adriana zu dem Entschluß gebracht, bis Curaçao an Bord zu bleiben. Diese Neuigkeit hatte sie ihm bereits mittags erzählt, und gegen Einbruch der Dunkelheit war sie in Maurice' Kajüte zurückgekehrt.

»Wollte er sonst noch was?«

»Humphrey? Alkohol vielleicht. Oder einen Kuß. Den hab ich ihm gegeben. Auf die Stirn.«

Er sah es vor sich, den grobschlächtigen Hump, der verzweifelt nach Mitteln suchte, um sich zu betäuben, und der wie ein artiger Junge mit einem Kuß auf die Stirn weggeschickt wurde.

»Komisch angeguckt hat er mich ja. Er hat etwas Trübes im Blick.«

»Enttäuschung.«

»Meinst du?«

Maurice knipste die Lampe an und legte sich neben sie.

»Es wird wieder warm, nicht wahr«, seufzte sie.

»Zu warm für all die Kleider.«

»Ja, aber ich kann nicht so lange bleiben. Acht Uhr ... Ende der zweiten Plattfußwache.«

Sie kicherte, als sie ihren engen Pulli auszog.

»Diese albernen Seemannsausdrücke.«

Maurice beugte sich über sie – die Form ihrer Brustwarzen hatte er schon fast vergessen. Er spürte, wie sie zwischen seinen Lippen anschwollen. Sie schlang die Arme um ihn und sagte, daß er beim letztenmal, hier in seiner Kajüte, nicht nett zu ihr gewesen sei, aber dann schlang sie auch die Beine um ihn und preßte sich fest an ihn. Es dauerte nicht lange; sie ließ den Wecker auf dem Nachttisch nicht aus den Augen.

»Weißt du, was dieser Humphrey vor allem wollte?« sagte sie, als sie vor dem Spiegel im Bad ihre Haare in Ordnung brachte.

»Keine Ahnung.«

»Reden.«

»Dann«, grinste er, »war er bei dir ja an der richtigen Adresse.«

Sie wurde nicht böse; der Friede war wiederhergestellt, und Havanna rückte näher.

»Reden tut gut«, sagte sie, bevor sie ging. »Das ist eines der Dinge, die ich dir beibringen werde.«

Sie war guten Mutes.

Auch Buick wollte reden.

Am nächsten Morgen klopfte er bei Maurice an. Ob er die beiden Kassetten wiederhaben könne. Maurice hatte sie sich im Funkraum anhören wollen, aber mit dem schwarzen Schiff im Kielwasser hatte der Funker andere

Sorgen gehabt. Buick bot ihm seinen Walkman an. Er müsse erst noch eine Reling streichen, und wenn er damit fertig sei, würde er den Walkman und die Kassetten abholen.

Das tat er. »Zu jeder Tonart gehört ein bestimmter Begriff«, sagte er über die Präludien. »Das hat sich historisch so entwickelt. E-Moll wird mit der Kreuzigung assoziiert, D-Dur erzählt von Macht und Sieg, h-Moll von Angst und Leiden, und A-Dur steht sowohl bei Schostakowitsch als auch bei Bach und Mozart für Jugend und Unschuld.«

»Wenn man so etwas weiß, verkriecht man sich doch nicht zwischen Containern.«

Buick lächelte matt.

»Meine Mutter hat oft Radio gehört, und mein Vater hat das auch nach ihrem Tod weiter getan. Radio Leningrad, auf Kurzwelle.«

»Gute Musik.«

»Vor allem spätabends. Hast du mal in Leningrad gewohnt?«

»Ungefähr drei Jahre. Kam mir damals lang vor. Die Stadt war vollständig von der Welt isoliert.«

»Was hast du da gemacht?«

»Holländische Gemälde restauriert. Und ein paar französische Impressionisten.«

»Ich hab mir schon gedacht, daß du einen richtigen Beruf ausgeübt hast.«

»Was ist für dich ein richtiger Beruf?«

»Etwas machen. Was weißt du noch von Leningrad?«

Maurice nannte die Namen der Straßen, die zur Eremitage führten, und der Parks, in denen er die Frauen beobachtet hatte, deren blasse Wangen sich zu Beginn des Sommers immer mit einer eigenartigen bronzenen Röte überzogen. Buick nickte, die Namen weckten vage Erinnerungen in ihm, obwohl er nur zweimal in der Stadt gewesen war, zu Besuch bei seinem Großvater.

Er wisse nicht genau, was er sei, Russe oder Pole oder keins von beiden. Humphrey gehe es genauso. Erst durften sie nicht dazugehören, später wollten sie nicht mehr. Der Haß gegen die Russen war nie erloschen, seit in der kleinen Stadt, in der er aufgewachsen war, Dutzende von Widerstandskämpfern von den Befreiern ermordet worden waren – 1944, von der Roten Armee. In ganz Polen waren es Hunderttausende gewesen. Und dann die Deportationen; außerhalb von Polen lagen die meisten Galizier und Schlesier in Sibirien begraben. Keiner seiner Klassenkameraden wollte einen Russen zum Freund.

Es war alles so zweischneidig. Aufgrund ihrer Herkunft wurden sie gemieden, und gleichzeitig waren sie privilegiert. In der Schule bekamen sie individuellen Russischunterricht und schon bald zusätzlich Englisch und Mathematik, das hatten ihre Väter erwirkt. Das bedeutete, länger in der Schule zu bleiben, während die anderen Jungs draußen Fußball spielten. Vor allem Humphrey empfand das als Strafe, aber auf dem Schulhof sprachen sie rasch Englisch miteinander, so daß niemand sie verstand. Sie hatten so etwas wie einen Pakt geschlossen: sie gegen den Rest.

Dann lernten sie Iri kennen. Sie war lieb, nett, witzig, und sie war Polin. Iris wegen konnten sie nicht länger sagen, daß die Polen nichts taugten, dank Iri bekamen die langen düsteren Winterabende das Pralle eines Sommertags. Dank Iri fingen sie an, ein wenig dazuzugehören, und vielleicht hatten sie sie deshalb im Stich gelassen, denn sie wußten, daß sie nie wirklich dazugehören würden, und wenn sie noch so schallend lachte. Ihre Zukunft lag woanders, das stand seit ihrer frühesten Jugend fest.

»Verstehst du?«

Maurice dachte an das Haus mit der Galerie im Marosweg, an den Garten mit den Oleandern und der Bougainvillea, an den schmalen Strand jenseits von Fort Rotterdam. Er hatte sich diese Bilder angeeignet, wie Fotos, die er aus dem Album eines anderen gelöst hatte.

Er war erst nach dem Krieg geboren, in den Niederlanden, in dem Jahr, in dem aus Niederländisch-Indien Indonesien wurde. Er hatte nur in gedämpftem Ton von den königsblauen Masten der buginesischen Schoner erzählen hören, die sich hinter den Palmen wiegten, er hatte den Duft von Sandelholz und Muskat, der von den Kais in die Stadt wehte, nie selbst gerochen, er wußte nicht, wie Makassaröl roch. Mit einem Wort, er gehörte nicht dazu.

Denn seine Brüder *waren* dort geboren, in jener Hafenstadt auf halber Strecke zwischen Sumatra und Ternate, und seine Brüder sagten, er habe ja keinen blassen Schimmer vom Leben in den Tropen. Er spreche kein Wort Malaiisch, habe seine Schuhe nie ausgezogen, weil die braunen Kinder auch immer barfuß spielten, sei nie von einer Babu geküßt worden. Und er habe nie einen Krieg miterlebt. *Einen* Löffel Reis als Mahlzeit und mit knurrendem Magen ins Bett, was das bedeute, davon habe er keine Ahnung. Hitze? Sonne? Dabei denke *er* an etwas Behagliches.

Zuhause war zu einem dubiosen Begriff für ihn geworden. Er wuchs in einem Dorf auf, als jüngster Sohn eines Pfarrers, der eigentlich kein Pfarrer sein wollte, eines weltfremden Kosmopoliten, der auf der Kanzel das typisch Östliche der Bibel heraushob. Merkwürdiger Mann, hieß es über seinen Vater. Merkwürdiger Vater, merkwürdige Mutter, merkwürdige Brüder. Merkwürdig, das war ein vertrauter Begriff für ihn geworden.

Buick war zwanzig Jahre jünger als er und kam aus einer anderen Welt. Aber er verstand ihn.

Das Schiff fuhr am südlichen Rand der Sargassosee entlang. Der Abend nahte, Maurice stand am Heck. Er brauchte frische Luft. Am Nachmittag war er mit Buick in den Laderaum hinuntergestiegen, und zwischen den Containern hatte er gehört, was zwischen Humphrey und Buick in den Tagen und Nächten vorgefallen war, in denen sie einander auf Gedeih und Verderb ausgeliefert gewesen waren. Maurice hatte sich wie Jonas im Walfisch gefühlt, und ihm war übel von der Hitze geworden. Buick hatte ihm die Treppe hinaufhelfen müssen.

Adriana gesellte sich zu ihm. Sie hatte sich in den letzten Tagen besser unter Kontrolle und lief nicht länger andachtheischend mit einem aufgeschlagenen Buch über die Decks. Er fand sie sogar ein wenig träge; wenn sie sich über die Reling beugte, fiel es ihr schwer, die Augen offenzuhalten. Sie schlief wohl zu häufig und zu lange.

»Das Wasser sieht blauer aus«, sagte sie.

»Kommt vom Licht. Im Übergang zum Schatten verstärken Blau und Grün ihre Farbe. Der erste, der das entdeckte, war Leonardo da Vinci.«

Der Wind war nach und nach abgeflaut. Trotzdem war noch viel Bewegung im Meer, breite, sirupartige Wellen hoben das Schiff ... ja, mit einer gewissen Feierlichkeit empor.

»Ist das nicht das Meer, in dem sich die Aale paaren?«

Er nickte.

»Wundert mich nicht, diese träge Wellenbewegung bringt einen ganz schön in Stimmung.«

Er sah sie an, bei ihr wußte man nie, ob sie auch meinte, was sie sagte, oder ob sie nur eine Reaktion hervorlocken wollte. Man konnte es nur an ihrem Lächeln ablesen, und das war diesmal ermutigend.

»Es heißt übrigens laichen. Aale paaren sich nicht, sie laichen. Schönes Wort. Wie wär's damit?«

Er legte seine Hand auf ihren nackten Oberarm. Es war ein Bild, wie man es bewahren möchte: Adriana auf dem Achterdeck der *Maria Reygersbergen*, im Hintergrund die tiefblaue Sargassosee. Das Rot am Himmel vervollständigte das Bild.

»Ich kann genau eine Stunde wegbleiben. Ich meine, zöger nicht zu lang.«

Sie ging in Richtung Deckshaus. Er folgte ihr mit einigen Schritten Abstand und fragte sich, ob sie immer so mit den Hüften kreise.

In seiner Kammer zog sie sich mit trägen Bewegungen aus.

»Wir müssen es doch wenigstens einmal an Bord gemacht haben, im Rhythmus der Wellen.«

Es klang selbstsicher, und die Art und Weise, wie sie ihn aufs Bett zog, zeugte von einem ebenso großen Selbstvertrauen. Sie wollte nicht länger warten; nichts würde sie diesmal ablenken.

»Seit Lagos bist du ein ganzes Stück blonder geworden. Blonder und brauner. Das Meer tut dir gut.«

Das einzige, was ihn wunderte, war ihre Stimme. Er hatte sie noch nie so schleppend sprechen hören.

Sie schloß die Augen und öffnete sie erst wieder, als sie sich umdrehten und dabei fast über den Rand der Koje rollten.

»Das gibt einen blauen Fleck.«

Mache aber nichts, fügte sie gleich hinzu, mache gar nichts.

Es war eine andere Adriana, die er in seinen Armen hielt, eine Adriana, für die nichts anderes mehr zählte – nur er.

An diesem Abend schlief er mit dem festen Vorsatz ein, vor allem daran zurückzudenken: wie sich die Muskeln ihrer Oberarme anspannten, wie sie ihren gestreckten Körper langsam hochdrückte und wie sie mit völlig ruhiger Stimme sagte: »Ich spüre das Meer unter deinem Hintern.«

Doch mitten in der Nacht wurde er wach und hörte sich

selbst vom Marosweg erzählen und von dem Garten mit den Oleandern und der Bougainvillea und von dem schmalen Strand jenseits des Forts.

Humphrey war auf die Winde geklettert. Von weitem sah er noch abgerissener aus als aus der Nähe. Buick hatte sich inzwischen den Bart abrasiert, Humphrey nicht. Buick zog jeden Tag einen sauberen Arbeitsanzug an, Humphrey lief die ganze Zeit in demselben schmierigen Overall herum. Buick zufolge vernachlässigte er sich bewußt.

»Seine Mutter, das war ein Biest. Ich glaube, das ist der Grund.«

Wie ein Akrobat auf dem Seil streckte Humphrey die Arme aus. Er sprang vom Windenhaus und verschwand aus dem Blickfeld. Kurz darauf tauchte er in der Nähe der rechten Ankerklüse wieder auf. Erneut hatte Maurice den Eindruck, er führe etwas im Schilde. Er lief da nicht ziellos herum, sondern heckte etwas aus.

Der Kapitän hatte sich beim Frühstück über ihn beklagt. Er hatte sich zu Maurice gesetzt und ihm erzählt, an Bord werde geklaut. Alkohol. Geld. Dreihundert Gulden aus der Kammer des Zweiten Steuermanns. Es gehe nicht um ein paar Scheine mehr oder weniger, sondern es komme Mißtrauen auf. Man fange an, sich gegenseitig zu verdächtigen, und das verderbe die Atmosphäre.

»Mit dem Blonden haben wir nicht die geringsten Probleme. Streicht wie ein Weltmeister. Benimmt sich, als würde er auf der Musterrolle stehen. Aber den anderen müssen wir im Auge behalten.«

Er wollte keinen Ärger wegen Geld, die Reise war so schon schwierig genug. Der Kapitän befürchtete weitere Scherereien. Eine Reise, die mit Problemen beginnt, endet selten problemlos. Im Gegensatz zu seinen Untergebenen hatte Bruining Smit das schwarze Schiff nicht vergessen;

was immer die Absichten des Verfolgers gewesen sein mochten, er faßte es als Zeichen auf.

»Wir sind in Kürze in Kuba, wo wir eigentlich gar nicht hindürfen. Und dann Curaçao, wo ich diese beiden Polen abliefern muß. Mißtrauen unter den Leuten, das ist das letzte, was ich gebrauchen kann.«

Maurice ging zu Humphrey, um ihn zu warnen.

»Man verdächtigt dich.«

»Weswegen?«

»Das weißt du ganz genau.«

Hump zuckte mit den Achseln.

»Mann, du brauchst dich wirklich nicht mehr um mich zu kümmern. Ich komm schon zurecht.«

Buick war mit einer Idee von zu Hause losgezogen. Jeden Nachmittag, wenn er mit dem Streichen fertig war, suchte er Maurice auf, und dann brauchte er nur eine Zigarette, um loszulegen. »Kennst du Chéreau? Ist in New York gestorben, arm wie eine Kirchenmaus. Der hat in den dreißiger Jahren ein Glashaus entworfen. Offen. Hell. Durchsichtig. Schlicht. So was würde ich gern machen.« Humphrey fehlte diese Begeisterungsfähigkeit. Er handelte aus Querköpfigkeit. Kontakt vermied er, es sei denn, er brauchte Alkohol oder sonst irgendeine Hilfe. Er war der wahre Außenseiter, er nährte einen Groll, der zu groß war für Worte und der sich nur in bestimmten Taten ausdrücken ließ oder in Gleichgültigkeit.

Am späten Nachmittag traf Maurice Adriana an derselben Stelle an, an der er Humphrey angesprochen hatte, unter dem Mast auf dem Vordeck.

»Nimm dich vor dem Burschen in acht«, sagte er.

Er empfand leichte Gewissensbisse, schließlich hatte er Humphrey zu ihr geschickt.

»Wieso?«

»Der kennt kein Pardon. Der reißt jeden im Fall mit.«

Das beeindruckte sie nicht.

Das Meer, sagte sie, es komme vom Meer.

»Wenn man lange auf dem Meer ist, sieht man überall Gespenster.«

Und vielleicht hatte sie recht. In dieser Nacht träumte er wieder von dem Garten mit den Oleandern und der Bougainvillea, er sah sich als kleinen Jungen darin herumlaufen und verzweifelt nach seinem Vater rufen, und am nächsten Morgen dachte er: Es wird Zeit, daß mal wieder eine Küste auftaucht.

14

Lamento cubano

Das erste, was er von Kuba sah, war ein De Soto. Maurice stand auf der Brücke der *Maria*, als er im Frühdunst das Ungetüm mit dem hohen Rücken über den breiten Seeboulevard von Havanna gleiten sah. Schräg dahinter zuckelte ein Dodge daher, während ein Stück weiter ein rosa Studebaker in die Avenida Malecón einbog.

Der Rudergänger begann spontan eine Melodie von Doris Day zu pfeifen, der Kapitän ortete einen Chevrolet – in genau so einem Modell hatte er neben seinem Vater auf der Vorderbank gesessen.

Hohe Stoßstangen, Flossen über den Rücklichtern; es waren schöne Zeiten, die sie durch das Fernglas ins Visier bekamen, und wenn Buick und Humphrey einen kurzen Blick darauf hätten werfen dürfen, dann hätten sie sich für einen Augenblick in die Welt versetzt geglaubt, von der sie ihre halbe Jugend lang geträumt hatten. Sie waren jedoch am Abend zuvor in ihrer Kammer, mit Handschellen gefesselt, eingeschlossen worden.

Ein Schlepper drehte vor dem Schiff. Als die Trosse straff stand, rief der Lotse durch das Walkie-talkie dem Schlepperkapitän zu: *»Steady as she goes.«*

Die Stunde des Einlaufens war mit Bedacht gewählt. Die *Maria Reygersbergen* blieb einer alten westindischen Tradition treu; sie tat etwas, was sie eigentlich nicht durfte. Sie schmuggelte nicht im eigentlichen Sinne des Wortes, durchbrach aber das amerikanische Handelsembargo gegen Kuba. Daher erschien sie im Frühdunst auf der Reede von Havanna, ohne eine einzige Flagge im Topp.

Die Schiffe der Reederei van Rietschoten liefen Havanna regelmäßig an. Die Reederei beförderte in erster Linie Lebensmittel, und dabei vertrat Meester Dirk die Meinung, jedes Volk habe ein Recht darauf, etwas in den Bauch zu bekommen. Das Tricksen steckte ihm im Blut, und wenn er in irgend etwas Meister war, so im Umschiffen aller möglichen Vorschriften und Verbote. Für Meester Dirk galt nur ein Gesetz: daß er als Zwerg unter den Reedern zusehen müsse, wie er den Kopf über Wasser behielt.

In Havanna sollten vierzig Container mit Cola von Bord gehen und zwanzig Container mit Bier. Die Kubaner trinken gern Cuba Libre, Rum mit Eis und Cola, und die Coca-Cola, die in Kuba ausgeschenkt wird, stammt aus den Niederlanden. Die Amerikaner machen kein allzu großes Problem daraus, schließlich verdienen sie nicht schlecht an dem in Lizenz abgefüllten Getränk. Im Handel gibt es keine Prinzipien – wo denn überhaupt? Es ist schick, sich in Havanna ein Heineken zu bestellen – nicht anders als in Miami im übrigen –, und die Kubaner sind so auf die Vereinigten Staaten fixiert, daß sie viele Gewohnheiten von ihrem Erzfeind übernommen haben.

Sorgdrager schüttelte den Kopf. Er war es, der von der Ladung erzählte, er war es, der auf die komplette Fischereiflotte im Hafen deutete, auf die fünfzig Trawler, die dort Seite an Seite vor sich hin rosteten. Es war Kuba gut gegangen, solange es Rohstoffe zum Freundschaftspreis bekam, aber seit die Russen harte Dollar für ihr Öl verlangten, konnten die Fischerboote nicht mehr auslaufen. Und nicht nur im Hafen sah Maurice eine Menge Rost, vor den Lagerhallen standen Dutzende von LKWs, die die Farbe von Schrott angenommen hatten und mit gebrochenen Achsen dastanden. *No hay marcha atrás* war auf eine dieser Hallen gepinselt, und das betonte die Trostlosigkeit der Situation. Für Kuba gab es keinen Weg zurück.

Das Schiff sollte drei Tage im Hafen bleiben. Das war ungewöhnlich lang. Der Kran funktionierte nicht mehr, so daß die Container mit dem Ladegeschirr der *Maria* an Land gesetzt werden mußten. Schauerleute sollten sie löschen; auch die Gabelstapler waren beiseite gestellt worden, um Benzin zu sparen. In denselben Containern sollte eine Ladung Zucker mitgenommen werden; das Schiff würde erst am Freitag abend wieder auslaufen können.

»Nutz es ordentlich aus«, sagte der Kapitän am frühen Mittwochmorgen. »Im nächsten Hafen wirst du nicht so viel Zeit haben.«

Maurice warf ein paar Kleidungsstücke in seinen Koffer und ließ sich ins Hotel Nacional bringen. So hatte er es mit Adriana abgemacht; sie würden unabhängig voneinander das Schiff verlassen, sie als erste und er ungefähr eine Stunde später.

Als er das Hotel hinter einer Reihe Königspalmen aufragen sah, wußte er, daß Adriana die richtige Wahl getroffen hatte. Sie hatte das Nacional vorgeschlagen. Die Vorderseite lag am Seeboulevard und erinnerte Maurice mit dem hellbraunen Stein und den beiden Türmen an eine Sandburg. Ein Schloß vom Anfang der dreißiger Jahre, entworfen, um rauschende Feste zu geben, mit Lucky Luciano als Gastgeber und Frank Sinatra als Entertainer. Es wirkte nicht echt, sondern wie eine grandiose Kulisse; in der Lounge hätte ein komplettes Orchester Platz gefunden. Hohe Fenster, Marmorfußboden, bemalte Balken unter der Holzdecke und Sessel, in denen man fast augenblicklich außer Sicht verschwand, sobald man sich zurücklehnte.

Es dauerte einen Moment, bevor er Adriana entdeckte. Als er auf sie zuging, fragte er sich, ob sie es wirklich war. Sie hatte das eine Bein leicht über das andere geschlagen und war in ein lebhaftes Gespräch mit einem zerbrechlichen alten Herrn verwickelt, der in jede Geste die Heftigkeit einer Beschwörung legte. Das können nur Lateinamerikaner. Mit entspanntem Lächeln fiel sie ihm ins Wort, und ob es an ihrem betagten Gesprächspartner lag oder an ihrer luftigen Kleidung – jedenfalls fand Maurice, daß sie viel jünger aussah als auf dem Schiff. Er blieb stehen. Es war, als sähe er sie zum erstenmal, und im selben Moment spürte er ein angenehmes Kribbeln im Blut. Sie wartete dort auf *ihn*, und um in die richtige Stimmung zu kommen, ließ sie sich von einem Herrn aus Caracas oder Cartagena de Indias bewundern. Wenn die Liebe ein Spiel ist, dann spielte sie es mit einem Mal sehr versiert; leicht eifersüchtig trat Maurice auf sie zu und küßte sie nachdrücklich auf den Mund, was er selbst eine Spur übertrieben fand.

»Sie haben Platz«, sagte sie munter. »Ich habe an der Rezeption gefragt. Wir können sofort ein Zimmer bekommen.«

Der alte Herr seufzte; es ist schmerzhaft, die Liebe den nachfolgenden Generationen überlassen zu müssen.

Im Fahrstuhl, einem Käfig aus Schmiedeeisen und Teakholz, schlang sie die Arme um seinen Hals.

»Ein charmanter Herr«, sagte sie. »Wie mein Vater. Er ist schon in den fünfziger Jahren geschäftlich hierhergekommen.«

Ein Page in graublauer Uniform trug ihnen die Koffer ins Zimmer.

»Wieder dieses Scheißmeer«, sagte sie, als er die Gardinen aufgezogen hatte.

Von hier aus konnte man aber auch einen Teil des Seeboulevards überschauen sowie das Fort am Hafeneingang und das Viertel hinter dem Leuchtturm.

»Gar nicht so übel«, mußte auch sie zugeben; sie befanden sich unverkennbar in einer Stadt, und in einer Stadt würde Wimpie in den Hintergrund treten; zumindest hoffte er das.

Auf dem Flur waren die Stimmen der Zimmermädchen zu hören.

Adriana hängte das Schild *Don't disturb* an den Türknopf und verriegelte das Schloß. Dann zog sie ihre Turnschuhe aus, die weiße Hose und das weite blaue Hemd. Sie zog die Überdecke vom Bett, schlug das obere Laken zurück, öffnete ihren BH und stieg aus dem Slip.

Um letzteres genau mitverfolgen zu können, drehte er sich halb um. Sie machte es in zwei Etappen; erst beugte sie sich vor, um ihn bis über die Knie hinunterstreifen zu können, und dann sprang sie geschickt heraus.

»Was schaust du denn so?«

Er war noch nicht weiter gekommen als bis zu den Schnürsenkeln.

»Tolle Höhe«, lautete ihr Urteil über das Zimmer. »Auf dem Schiff ist alles so niedrig. In der Kabine kann man die Decke mit der Hand berühren.«

Sie streckte sich auf dem Bett aus und ließ die Matratze federn.

»Es knarrt nicht. Wieder ein Pluspunkt. Wenn ein Bett knarrt, dann höre ich nur darauf. Das lenkt ab.«

Während er sein Hemd auszog, suchte er nach einer Erklärung. Er hatte sie als eine Frau kennengelernt, die sich selbst, ihren Körper, ihre Haltung verabscheute. Das war plötzlich wie weggewischt. Woher kam das? Verliebtheit? Begierde? Es wäre anmaßend, das zu glauben.

»Ich war ein ganz schön wilder Feger.«

Sie schloß die Augen und legte die Hände auf ihren Schamhügel.

»Wenn ich was getrunken hatte, stieg ich mit dem Erstbesten ins Bett. Mit neunzehn ging's schief. Ich traute mich nicht, meinen Vater um Geld zu bitten, und ließ mir von einer zwielichtigen Person helfen. Die hat gründlich gepfuscht. Später bin ich noch einmal operiert worden, aber da war nichts mehr zu retten. Irreparable Schäden.«

Ihm war nicht gleich klar, wie er darauf reagieren sollte. Erst als er die letzten Kleidungsstücke abgelegt hatte und neben sie rutschte, sagte er: »Traurig.«

»Eigentlich nicht. Es sei denn, du lebst mit einem Mann zusammen, der die Sache tragisch nimmt.«

»Hat Wimpie das denn getan?«

Darauf gab sie keine Antwort.

»Es belastet dich offenbar nicht.«

»Eigentlich nicht, nein. Mir wird nicht warm ums Herz, wenn ich an Kinder denke. Und außerdem kann man seine mütterlichen Gefühle auch auf andere Weise ausleben.«

Sie drehte sich ein Stück weit zu ihm hin und stützte den Ellbogen ins Kissen. Die eine Hand ballte sie zu einer Faust und drückte sie gegen ihre Wange, die andere legte sie auf ihre linke Brust. Mit Daumen und Zeigefinger kniff sie in die geschwollene Brustwarze. Sie sah ihn mit einem ironischen Lächeln an; er befeuchtete seine Lippen. Sie sagte: »Na los, Junge«, und das Blut schoß wie eine elektrisierende Welle durch seine Adern.

Sie war die Frau, die zu ihm gehörte. Auf irgendeine Weise hatte sie sich von allem gelöst, was in ihrem Leben schiefgegangen war, und sprach darüber in einem Ton, der ihn in einem Augenblick grinsen und im anderen erschauern ließ – vor Begierde.

Die Sonne hatte ihren höchsten Punkt überschritten und schien genau in ihr Zimmer.

Adriana streckte die Zunge raus und suchte mit einem Zipfel des Lakens ein Härchen, das ihr in den Mund geraten war.

»Ich hab's«, sagte sie.

Sie hielt es ins Licht.

»Daran kann man ersticken.«

»Ja«, sagte er, »Strafe muß sein.«

Sie glitt aus dem Bett und ging in Richtung Badezimmer. Vor dem Frisiertisch blieb sie stehen. Maurice richtete sich ein Stück weit auf und sah, daß der Spiegel verzerrte; er machte ihre Pobacken runder. Es war nicht das einzige, das nicht stimmte; sie hatte sich gerade völlig gehenlassen, und dieser Überschwang paßte nicht zu ihrem Sarkasmus – vor wenigen Tagen erst hatte sie ihm vorgehalten, die Liebe sei eine Erfindung von Leuten, die sich nicht allein durchs Leben trauen. Jeder Mensch vereinigt wohl ein paar Widersprüche in sich, sie aber war von einem Extrem ins andere gefallen. Oder kam das durch die Umgebung? Dafür war sie jedenfalls äußerst empfänglich; ihre Stimmung konnte durch das, was um sie herum passierte, völlig umschlagen.

»Weißt du, worauf ich Lust habe?« rief sie, als sie unter der Dusche stand.

»Bummeln. Ein paar Stunden in der Stadt herumbummeln.«

»Langsam kennst du mich, Maurice.«

Doch da war er sich nicht so sicher.

Sie verließen das Hotel. Adriana hatte sich die nassen Haare mit einem Gummiband zusammengebunden. Sie hatte lange unter der Dusche gestanden und sich laut gefragt, ob sie in den Tropen leben könnte. Sie meinte, nein, obwohl sie zugeben mußte, daß es sich gut bumsen ließ, wenn einem der Schweiß nur so vom Leib rann.

»Aha, also darum hast du die Klimaanlage ausgemacht.«

»Ach nee, so vorausschauend bin ich nun doch wieder nicht. Der Strom muß irgendwann ausgefallen sein.«

»Die Freuden der dritten Welt.«

Am Ende der Zufahrt zum Hotel paradierten viele Mädchen. Keine Hautfarbe fehlte; ein Röckchen war kürzer als das andere. Nackte Schultern, nackter Nabel und viel zu dünne Beine. Maurice erinnerte sich an die Nutten vor den Hotels in Leningrad; der Unterschied war, daß die erst am späteren Abend erschienen und davonstoben, sobald sich ein Polizeiauto näherte. Außerdem waren sie dort nicht unterernährt.

»Wie alt schätzt du diese Kinder?« fragte Adriana.

»Fünfzehn. Sechzehn.«

Sie fühlte sich nicht wohl in ihrer Haut, wußte nicht, ob sie die Mädchen anschauen oder ignorieren sollte.

»Das wird denen egal sein«, meinte er. »Obwohl – die kleine Chinesin da, die ist verdammt neidisch auf deine Turnschuhe.«

»Bei Woolworth gekauft. Für zwanzig Gulden.«

»Aber hier müssen sie dafür mit einem Touristen ins Bett.«

»Oder mit einem Seemann.«

Er nickte kurz, es war offenkundig, an wen sie dachte.

»Warm«, sagte sie an einer Ampel.

Sie suchten die Schattenseite der Calzada de Infanta auf. Einst mußte es eine lebhafte Geschäftsstraße gewesen sein, jetzt waren die Schaufenster leer und die meisten Häuser standen kurz vor dem Einsturz. Es waren riesige Kästen, die meisten im spanischen Stil. Die Hauseingänge stanken nach Urin, die Bürgersteige waren überschwemmt; Wasser rann aus geplatzten Leitungen oder quoll aus verstopften Gullys empor. Adriana drückte sich ein Papiertaschentuch gegen die Nase, Maurice atmete durch den Mund. Vor einem Laden stand eine lange Schlange, hier wurde wenigstens noch etwas verkauft. Eier, sahen sie im Vorbeigehen, einige wenige Kartons auf der Theke, das war alles.

Die nächste Straße überquerten sie rennend; ein Autobus näherte sich. Er knatterte, stieß pechschwarze Rauchwolken aus und hatte schwere Schlagseite. Als er anhielt, wurde er von der Menge erstürmt. An jeder Straßenecke standen die Menschen zu Dutzenden und warteten auf Beförderung, und aus ihrer mutlosen Haltung ließ sich schließen, daß sie dort schon seit Stunden standen. Auch hier trugen die Mädchen extrem kurze Röcke, wenngleich in einer anderen Absicht; sie versuchten, die Aufmerksamkeit eines Autofahrers auf sich zu lenken, in der Hoffnung, mitgenommen zu werden.

Ein kleiner Junge bettelte sie um ein Stück Seife an, ein anderer um ein paar Dollar für Shampoo. Schmutzig waren sie alle. Adriana biß sich auf die Unterlippe, Maurice versuchte, die Kinder auf Distanz zu halten. Die Erwachsenen sahen zu, häufiger beschämt oder bedrückt als böse oder rebellisch. Nur ein Mann hob die Faust, und dem rief Adriana zu: *»Shit man, I'm not a Yankee.«*

Havanna sei eine schmuddelige Stadt, und das könne sie schlecht ertragen. Gut, sie habe ein Stück laufen wollen, das bringt einen auf andere Gedanken, aber was sie unterwegs gesehen habe, mache höchstens einen Sozialarbeiter fröhlich.

»Schauen«, murmelte er. »Einfach nur schauen.«

Das war leichter gesagt als getan. Als sie die Treppen vom Kapitol hinuntergingen, das 1929 fertiggestellt und wie sein Vorbild in Washington mit allen möglichen Sorten Marmor überfrachtet worden war, bettelte sie eine Frau mit einem in Lumpen gewickelten Kleinkind auf dem Arm an; zwei Dollar, um eine Hose für das Kind zu kaufen.

»Laß uns was trinken gehen«, seufzte Adriana.

Im Hotel Inglaterra bestellten sie eine Cola.

»Siehst du die Fenster? Reines Art déco.«

»Meinst du das mit Schauen? Ich sehe nur jede Menge Menschen, die was von mir wollen.«

»Sie stehen mit dem Rücken zur Wand. Noch vor zehn Jahren oder so muß es hier besser gewesen sein.«

»Das kannst du mir doch nicht erzählen. Vielleicht konnten sie es besser kaschieren, aber hinter diesen Fassaden müssen die Decken schon damals Risse gehabt haben. Eine Stadt verfällt nicht innerhalb von zwei, drei Jahren.«

Er suchte nach etwas, womit er sie aufheitern könnte.

»Hier schräg gegenüber«, sagte er, »gibt es eine Bar, in der Hemingway regelmäßig seinen Daiquiri trank, als er in Havanna lebte. Hast du Lust?«

Sie schnaubte.

»Und wer geht dahin?«

»Alte Männer natürlich. Alte Männer mit alten Geschichten vom alten Meer.«

»Dann trink ich den Daiquiri lieber im Hotel.«

Sie nahmen ein *Turisttaxi* und fuhren über den Seeboulevard zum Nacional zurück.

»Schon wieder ungerecht.«

Die Touristen konnten sich durch die Stadt befördern lassen, für ein paar Dollar pro Kilometer.

»Übertreibe ich?«

Das konnte er schwer beurteilen. Er hatte drei Jahre in Leningrad gelebt, er wußte, wie es in sozialistischen Paradiesen zuging. Für sie war es neu, für sie war es ein Schock. Trotzdem hätten sie gut noch etwas in der Stadt trinken können.

Die Bar im Nacional bot Blick auf einen Swimmingpool, in dem lediglich eine Pfütze Regenwasser stand. Adriana schlürfte einen Daiquiri nach dem anderen durch einen Strohhalm. Maurice ging nach dem ersten Glas zu Bier über.

Im Büfettrestaurant konnten sie wählen zwischen Weißkohl mit Wurst und Paella. Adriana suchte in der Schüssel mit gelbem Reis vergeblich nach Fisch oder Huhn, Maurice nahm sich vom Kohl, hielt sich den Teller unter die Nase und roch die russische Garküche. Alles war kärglich, doch für die Kubaner war sogar das Dürftigste viel; am Desserttisch wickelte ein Ober ein paar Kuchenstücke in eine Serviette und schob die Beute in die Innentasche seiner Uniformjacke. Adriana sah es und schüttelte den Kopf.

»Wie kann man sich hier wohl fühlen? Wie?«

Durch mich, dachte er. Aber es gelingt mir nicht, dich auf andere Gedanken zu bringen, jedenfalls nicht länger als ein paar Stunden.

Mitten während des Essens stand Adriana auf.

»Ungenießbar«, seufzte sie. »Und ich habe wahnsinnige Kopfschmerzen von diesen Cocktails.«

Sie stützte sich schwer auf ihn, als sie zum Fahrstuhl gingen.

»Heute morgen war ich okay«, sagte sie im Zimmer. »Heute morgen war ich okay, nicht wahr?«

Er versuchte, sie zur Beruhigung zu küssen, aber sie schob ihn weg. Sie kramte in ihrer Tasche herum und ging ins Bad.

Er rauchte eine Zigarette auf dem Stuhl beim Fenster. Unter ihm lag die Stadt, und er schaute darauf wie auf die Leere.

Adriana kroch ins Bett und verbarg ihren Kopf unter dem Kissen.

Es spielte keine Rolle, wo sie war.

Auf dem Schiff hatte sie in einer Stadt sein wollen, und in Havanna fand sie nur unter einem Laken und einem Kissen Ruhe.

»Merkwürdige Haltung«, sagte sie am nächsten Morgen. »Du schläfst genauso wie ich, auf dem Bauch und mit einem Arm über dem Kopf. Als ob du dich vor etwas verkriechen wolltest.«

»Vor dem Licht«, sagte er und drehte sich um. »Und vor dir natürlich. Man kann ja nie wissen, mit so einer widerborstigen Dame neben einem.«

»Stimmt«, rief sie entzückt. »So eine wilde Hummel ist zu allem imstande.«

Sie pikte ihn mit dem Zeigefinger in den Schenkel, und der neue Tag begann wie der vorige mit einer warmen Hand, die untersuchte, wie schnell er eine Erektion bekam.

Er schloß die Augen und sah verschiedene Zimmer vor sich. Das Schubladenzimmer in Paris. Den hohen Raum im Haus von Professor Bertoli. Das Pensionszimmer in Spoleto. Nachdem Judy weggegangen war, war er nur noch selten mit einer Hand auf seinem Bauch wach geworden.

Er streichelte ihren Hals, strich ihr die Haare von den Schultern. Er spürte, wie trocken ihre Lippen waren, und befeuchtete sie mit seiner Zunge. War sie es, die einem einen ganzen Nachmittag und Abend vermiesen konnte? Oder war das ihre böse Schwester? Er sah ihr tief in die Augen und knetete derweil ihre Hüfte, er schmiegte sich an sie und wartete, bis die ironische Falte zwischen ihren Augenbrauen erschien.

»Beeilung«, sagte sie. »Ich hab Hunger.«

Sie frühstückten in ihrem Zimmer. Mit gekreuzten Beinen saßen sie sich gegenüber. Das Tablett lag zwischen ihnen im Bett.

Bevor Nacktheit wirklich zu Nacktheit wird, bedarf es einer gewissen Entfernung. Das grelle Morgenlicht tat ein übriges; nackter hatte er sie nie gesehen. Von Zeit zu Zeit wischte sie sich die Krümel von den Brüsten, nach dem letzten Schluck Kaffee beugte sie sich vor und angelte ein Stückchen Brot aus seinem Schamhaar.

Von jetzt an kann nichts mehr schiefgehen, dachte er. Sie riecht nach mir, ich rieche nach ihr. Gleich gehen wir hinaus, und dann vergessen wir gestern, denn gestern gibt es nicht, wenn neben dir eine Frau geht, die dich soeben liebevoll im Schamhaar gekrault hat.

In einem Taxi ließen sie sich in den ältesten Teil von Havanna fahren. Er sah weniger trostlos aus als die übrigen Viertel; ein Teil von La Habana Vieja war restauriert worden.

Auf dem Hauptplatz kamen die ersten kleinen Jungen mit Zigarrenkisten auf sie zu, echten kubanischen, Montecristos zum Freundschaftspreis; in den schmalen Straßen wurden sie von einer halben Schulklasse umringt. Als einer der Jungen an Adrianas Tasche zu zerren begann, flüchtete sie in eine Kneipe. Dort sagte sie, sie habe sich zweierlei vorgenommen: heute keine Daiquiris zu trinken und sich nicht aus der Ruhe bringen zu lassen, egal wovon. Letzteres war ihr, wie man sah, nicht gelungen. Sie hatte die Nase voll, sie wollte von hier weg.

Er schlug Miramar vor, das Villenviertel.

»Nein, ich will raus aus der Stadt. Wir brauchen erst morgen abend wieder in Havanna zu sein. Laß uns ein Auto mieten.«

Das konnte man in der Eingangshalle vom Nacional, hatte sie gesehen.

»Und dann?«

»Über Cienfuegos nach Trinidad. Eine hübsche kleine Stadt. Kolonialarchitektur aus dem siebzehnten und achtzehnten Jahrhundert. Das liebst du doch. Oder enttäusche ich dich jetzt ernsthaft?«

Das Land. Hügel, Wälder und ein verschlafenes Städtchen an der Südküste. Wenn es das war, was sie beruhigen würde, war er bereit, sich überreden zu lassen. Was spielte es denn auch schon für eine Rolle? Das wichtigste war, daß sie ihm morgen früh wieder gegenübersitzen würde, in einem Bett, mit gekreuzten Beinen, nackter als nackt.

Eine Stunde später nahmen sie die Schlüssel eines Japaners in Empfang, der noch keine zwanzigtausend auf dem Kilometerzähler hatte.

»Und das Benzin?« fragte er.

Kein Problem, mit Dollar bekämen sie an jeder Tankstelle welches.

Die Währung des Feindes. Armes Kuba. Wenn man Dollar hatte, konnte man mit dem Auto fahren. Wenn man keine hatte, mußte man zu Fuß gehen, trampen oder radfahren.

Die Fahrräder kamen aus China; auf der Avenida de la Independencia kamen sie sich vor wie in Peking. Die Anhalter machten aus der Auffahrt zur Schnellstraße einen Bahnsteig, auf dem sich die Reisenden drängten. Sie unternahmen keinerlei Anstrengung, ihre Aufmerksamkeit zu erregen; am Nummernschild sahen sie, daß ihr Auto ein Leihwagen war, und ihnen war klar, daß man nicht unbedingt jemanden mitnehmen wollte, wenn man an die zweihundert Dollar pro Tag für so ein Auto hinblättern mußte.

Maurice vermißte das rote Banner im Straßenbild, Adriana die erhobene Faust von *El Lider Máximo* und den struppigen Bart Che Guevaras. Lediglich ein pompöses Denkmal zu Ehren der Revolution erinnerte an den Glauben der Genossen. Desgleichen die Schnellstraße aus hellgrauen Betonplatten, die von den Russen gebaut worden sein mußte, denn genauso sahen die Autostraßen in der Sowjetunion aus.

Die sechsspurige Straße durchschnitt das hügelige Gebiet rund um Havanna und führte dann über die zentrale Hochebene. Zu beiden Seiten erstreckten sich Obstplantagen und unabsehbar weite Zuckerrohrfelder. Adriana kurbelte die Fensterscheibe herunter und schnupperte den Duft von Orangenblüten. Sie legte ihre Hand auf sein Knie. Endlich sei sie vom Schiff weg, sagte sie. Endlich vergißt sie sich selbst, dachte er.

Nach ungefähr zwanzig Kilometern überholten sie einen Lastwagen. Dann dauerte es wieder eine Viertelstunde, bis sie am nächsten Lastwagen vorbeifuhren. Unter jeder Unterführung warteten eine Menge Anhalter. Nur die Unterführungen boten Schatten; die Sonne brannte unbarmherzig. Sie begegneten drei Personenwagen. Auf den Äckern hatten Wasserbüffel die Traktoren abgelöst; manche Bauern pflügten mit der Hand.

Nach den ersten einhundertfünfzig Kilometern, die sie in anderthalb Stunden zurückgelegt hatten, mußten sie die Schnellstraße verlassen. Sie fuhren die schmale Straße nach Süden entlang. Dann fanden sie, es sei doch ziemlich unsozial, niemanden mitzunehmen. Sie hielten bei einer Kreuzung an, wo ihr Auto sofort bestürmt wurde. Ein Polizist verhinderte eine Prügelei. Er bestimmte, wer einsteigen durfte: eine Frau von Anfang Dreißig und zwei junge Männer.

Die Frau sprach ein Kauderwelsch aus Englisch, Französisch und Spanisch. Sie und ihre beiden Brüder hätten zwei Tage lang auf eine Mitfahrgelegenheit gewartet. Busse führen nicht mehr, eine Bahnkarte müsse man sechs Tage vorher kaufen, und auch mit einer solchen Karte könne man noch lange nicht sicher sein, daß es tatsächlich losgehen würde. Sie seien auf dem Weg zu ihrer Mutter, die plötzlich erkrankt sei.

Maurice beschloß, in der nächsten Stadt zu tanken. Das war Aguada de Pasajeros, eher ein Dorf. Drei Straßen und Bauernhütten, wie van Gogh sie in seiner Drenter Zeit gemalt hatte.

Die Frau auf der Rückbank hieß Gloria. Sie übersetzte die Frage, die ihm der Tankwart stellte. Ob er Gutscheine habe? Ohne Gutscheine könne er ihm keinen einzigen Tropfen geben.

»Aber in Havanna hat man uns gesagt ...«

»Er sagt, alles *hijos de putas* in Havanna. Er sagt, daß sie in Aguada kaum fünfzig Liter haben. Er sagt, daß der Rettungswagen von Aguada nicht mehr fahren kann, wenn er dir Benzin gibt.«

»Für fünf Dollar Trinkgeld«, sagte Adriana.

Es half nichts.

»In Rodas«, sagte Gloria und meinte die nächstgelegene kleine Stadt, siebzig Kilometer weiter.

»Schaffen wir das?« fragte Adriana.

»Wir schaffen es sogar noch bis Cienfuegos. Aber dann?«

»Das ist eine große Stadt.«

Als Optimistin hatte er sie bisher noch nicht erlebt. Sie kurbelte die Scheibe weiter hinunter und legte den Arm auf den Fensterrahmen. Die Sonne schien warm auf ihre Wangen, ihre Nase glänzte. Es war, als werde ihr zum erstenmal bewußt, daß man in ein anderes Land reisen, ein Auto mieten und losfahren kann – dem Unbekannten entgegen. Vielleicht sollte er sie warnen, sagen, daß es nicht so einfach ist. Er trat hart auf die Bremse und lenkte den Wagen halb über den Randstreifen, um einem riesigen Schlagloch auszuweichen.

An einer Gabelung bog er nach links. Gloria zeigte nach rechts.

»Wenn du dort weiterfährst, kommst du zur Schweinebucht.«

Er sah Sümpfe und hörte von Gloria, daß es dort vor Krokodilen nur so wimmele. Genau die richtige Stelle, eine Invasion scheitern zu lassen.

In Rodas bekamen sie das gleiche zu hören: ohne Gutscheine kein Benzin.

Kurz vor Einbruch der Dämmerung erreichten sie Cienfuegos. Ein Platz, ein elegantes Theater mit einem ebenso eleganten Namen, Teatro Tómas Terry, eine Bucht und auf der anderen Seite des Wassers, auf einem Hügel, eine eingerüstete Kuppel, wie eine im Bau befindliche Basilika.

»Das Atomkraftwerk«, erklärte Gloria. »Von einem Tag auf den anderen haben die Russen die Arbeit eingestellt und sind mitten in der Nacht abgehauen; sie haben alles liegen- und stehenlassen.«

Es klang nicht einmal bitter, eher erstaunt.

Gloria hatte in der Oberschule Russisch gelernt. »Ich habe sehr viel von Lenin gelesen.«

Doch das Kraftwerk war in den Gerüsten stehengeblieben, und dieser unnachahmlichen Russen wegen gab es auch keinen Treibstoff mehr.

Sie fuhren von einer Tankstelle zur nächsten. Gutscheine. So funktionierte der Kommunismus, mit Befehlen und Gegenbefehlen, mit Gutscheinen, Stempeln und Formularen, mit Wagenladungen voll Papieren und überängstlichen Funktionären. Es hatte keinen Sinn, sich mit diesen Beamten auf eine Diskussion einzulassen, sie wußten, daß auf das kleinste Versehen Strafe stand, und ihr ganzes Tun und Trachten war darauf ausgerichtet, in ihrer Funktion das Rentenalter zu erreichen, gleichgültig ob sie eine Zapfpistole bedienten oder in irgendeinem Ministerium einen wichtigen Posten bekleideten.

»Zehn Kilometer außerhalb der Stadt ist eine Tankstelle«, tröstete Gloria sie. »Ich denke, da nehmen sie Dollar an. Außerhalb der Stadt werden sie weniger kontrolliert.«

Bevor sie dorthin fuhren, wollte Adriana etwas essen. Unterwegs hätten sie nirgends angehalten, Gloria und ihre Brüder hätten bestimmt auch Hunger, und was das Benzin anbelange, so hätten sie bei Einbruch des Abends wahrscheinlich mehr Chancen; kein Tankwart werde sie mit einem leeren Tank in die Nacht schicken.

Die Brüder. Die hatte er vergessen. Er hatte auf die Tankanzeige geachtet und auf die Straße, und ab und an hatte er sich umgedreht, um Gloria etwas zu fragen. Er schaute in den Innenspiegel und sah, daß die Brüder schliefen. Magere Gesichter, Stoppelbärte; sie ähnelten den *gauchos*, die er kurz vor Cienfuegos überholt hatte, schmächtige Cowboys auf kleinen Pferden, das Lasso in der Hand und den

Strohhut tief ins Gesicht gezogen, die eine Rinderherde die Straße entlangtrieben, Richtung Hügel. Stolz und zugleich scheu; die Konversation überließen sie ihrer älteren Schwester, die hatte das gelernt, die konnte einem mit Lenin die Ohren vollquasseln.

Die kleine, ein wenig gedrungene Gloria zeigte eine uneigennützige Herzlichkeit. Maurice schätzte, daß sie erst die Sorgen aller anderen teilte, bevor sie an ihre eigenen Probleme dachte. Ihretwegen schluckte er den Fluch hinunter, der ihm auf den Lippen lag; ihr Leben mußte unendlich schwieriger sein als das seine, und trotzdem blieb sie hilfsbereit und fröhlich. Als Adriana sie zum Essen einlud, ergriff Gloria ihre Hand und bedankte sich wie für das schönste Geschenk, das sie seit ihrer heiligen Erstkommunion bekommen hatte. Sie rüttelte ihre Brüder wach, und die Männer reagierten ebenso überschwenglich; sie hatten seit zwei Tagen nichts mehr gegessen.

Gloria dirigierte sie zum besten Restaurant der Stadt, einer barocken Villa aus der spanischen Zeit, an der Bucht von Cienfuegos gelegen.

Am Flügel saß eine weiße Frau mit pompösen Hüften. Mit ihrer Statur, dem Samtkleid und den gepuderten Wangen paßte sie wie ein Kronleuchter zum Interieur. Das Essen war wie in Havanna, ranzig und fett. Maurice trank in erster Linie, eine Flasche Bier nach der anderen, während die beiden Brüder unglaubliche Mengen Reis und Krabben vertilgten. Wenn die Frau am Klavier eine Rumba oder einen Cha-Cha-Cha spielte und mit ihren fetten Fingern Funken aus den Tasten schlug, nickten sie beifällig und summten die Melodie mit; danach beugten sie sich wieder hastig vor und löffelten die nächste Portion in sich hinein. Adriana stieß Maurice unter dem Tisch an; sie spendierte dieses Essen, und durch den unersättlichen Appetit der kleinen, schmächtigen Männer und Glorias Ausrufe, die alle Gerichte wunderbar fand, kam sie sich allmählich vor wie Mutter Teresa. Sie rieb ihr Knie an seinem Oberschenkel, und er vermutete, daß sie jetzt wirklich vergessen hatte, daß sie morgen abend die schmale Planke zur Reling hinaufgehen und übermorgen wieder nichts als das Meer sehen würde. Ihre Hand streichelte über die seegrasgrünen Fliesen an der Wand, und als er ihre langen, schmalen Finger die Glasur betasten sah, kribbelte es ihn am Rückgrat.

Nun ließ die Dame am Klavier auch ihre Stimme erklingen, einen rauhen Mezzosopran, der die Brüder wie Schuljungen grinsen ließ. Adriana flüsterte Maurice ins Ohr, sie müsse ihm langsam recht geben: Die Tropen seien tatsächlich hart und gleichzeitig pathetisch.

Gloria erzählte, daß Caruso 1920 im Teatro Tómas Terry gesungen habe. Während derselben Tournee sei er auch in Havanna aufgetreten. Zu Beginn des zweiten Akts der *Aida* brach eine Revolution aus. Caruso hörte, wie die Schüsse näher kamen, sah die Konsternation unter den Machthabern, die in vollem Ornat der Vorstellung beiwohnten, und flüchtete in seinem ägyptischen Gewand auf die Straße. Dort wurde er verhaftet, wegen Verletzung der öffentlichen Moral.

Es war schwer, Kuba zu verabscheuen. Der Lebenswille seiner Bewohner sprang über; sie ließen sich durch kein wie auch immer geartetes Mißgeschick aus der Fassung bringen, und man blieb der trübsinnige Nordländer, wenn man sich nicht von ihrer heiteren Lebenshaltung anstecken ließ. Es war ein unbeugsames Volk, es weigerte sich, Trübsal zu blasen.

Maurice sah auf seine Armbanduhr, und Gloria verstand; sie lehnte dankend den Nachtisch ab. Die Brüder verputzten noch schnell eine gebratene Banane und wischten sich nach dem letzten Bissen den Schweiß vom Hals. Das In-sich-Hineinschlingen hatte sie erschöpft; auf der Rückbank schliefen sie sofort wieder ein.

Gloria dirigierte sie weiter.

Die Tankstelle außerhalb der Stadt war geschlossen.

»Wir fahren jetzt auf Reserve«, sagte Maurice.

Er hielt es für ausgeschlossen, daß Adriana und er nach Havanna zurückkehren konnten. Gloria machte einen Vorschlag. Das Dorf, in dem ihre Mutter wohnte, liege an der Straße nach Trinidad, etwa vierzig Kilometer von Cienfuegos entfernt. Maurice und Adriana könnten die Nacht dort verbringen, und morgen früh würde sie die Nachbarn um Benzin bitten. Das Haus sei zwar klein, aber ihre Brüder könnten in der Hängematte auf der Veranda schlafen.

»Und deine Mutter?« fragte Adriana.

Die wäre glücklich, beide Söhne und die Tochter bei sich zu haben. Sie würde Brot backen, das mache sie immer, wenn sie ihre Söhne in der Hängematte schnarchen höre.

»Wir haben keine andere Wahl«, flüsterte Adriana.

Hätten sie das Dorf erreicht, so wären Maurice viele Erinnerungen erspart geblieben. Doch etwa fünfzehn Kilometer weiter mußten die Brüder den Wagen an den Straßenrand schieben, und das war der Beginn einer langen Nacht.

Die bewohnte Welt versteckte sich hinter den Kämmen der Sierra del Escambray. Das einzige, was sie hörten, war der Wind, der von den Bergen herabfiel und sich mit leisem Pfeifen einen Weg durch die Täler suchte. Maurice legte die Arme auf das Lenkrad und schaute dösig vor sich. Adriana schluckte ihre erste Pille.

Gloria durchbrach die Stille.

»Wartet ihr hier. Dann gehen wir zu Fuß weiter.«

Zwei Minuten später waren Gloria und ihre Brüder in der tropischen Nacht verschwunden. Gloria lief gebeugt, und das war das letzte, was sie von ihr sahen.

Maurice kurbelte die Scheibe hinunter, um frische Luft ins Auto zu lassen. Adriana bat ihn um eine Zigarette. Er hatte das Gefühl, nicht richtig atmen zu können. Nach zwei Zügen sagte sie: »Scheiße, davon wird mir noch schwindliger.« Auf einmal sehnte er sich wieder nach dem Meer. Nach der Sicherheit einer eigenen Kabine, dem ruhigen Stampfen der Maschinen, der Gewißheit, daß das Schiff mit fünfzehn, sechzehn Knoten pro Stunde seinen Weg fortsetzte. Warum war er nur an Land gegangen?

Adriana löste die Schnürsenkel ihrer Turnschuhe. Sie legte die nackten Füße auf das Armaturenbrett und trommelte mit den Fingern auf ihren Knien herum. Warten. Worauf? Auf wen?

»Auf Gloria.«

»Mach dir keine Illusionen. Gloria kommt gegen Mitternacht mit Blasen an den Füßen zu Hause an. Dann sieht sie ihre kranke Mutter und hat andere Sorgen im Kopf.«

»Worauf warten wir dann?«

»Auf das erste Licht und den ersten Autofahrer, der bereit ist, uns abzuschleppen.«

»Die ganze Nacht hier? Siehst du die Berge dahinten? Zum Fürchten. Diese Wildnis.«

Ihre Stimme ging in die Höhe und zitterte.

»Maurice, ich bitte dich, tu was. Ich möchte zu Hause sein. Mein eigenes Zimmer, mein eigenes Bett. Tür zu, Fernseher an, Ton aus.«

Sie kramte in ihrer Tasche. Ein Döschen. Eine Pille. Eine zweite. Eine dritte.

»Was schluckst du da?«

»Minaprin. Oder Rollpram. Oder Nefazodon. Egal.«

Pillen. Er spürte, wie Widerwille in ihm aufkam.

»Ipsapiron ist auch sehr gut. Und Defenfluramin. Hab ich eine ganze Weile geschluckt. Viel besser als Pep.«

Also doch. Solche Dinge ahnte er.

Weitere Namen. Er assoziierte sie mit Reptilien oder Giftpflanzen. Wenn sie schluckte, war sie stark. Sie flüsterte es wie eine Geheimformel: »Ohne Pillen würde ich mich nicht auf die Straße trauen.«

Sie stellte den Sitz ganz zurück in die Liegeposition. Sie drückte ihre verschränkten Arme gegen den Magen und kniff die Augen zu. Einen Moment später öffnete sich ihr Mund, und ein leichtes Röcheln begleitete ihre Atemzüge.

Bizarre Berghänge im gräulichen Mondlicht. Ihre Nervosität war auf ihn übergeschlagen; vom Nacken bis in die Fingerspitzen spürte er eine Verkrampftheit. Weg. Nicht zurückschauen, vergessen. Es war, als sei dies sein einziges Verlangen. Er mußte einen Schalter in seinem Kopf drehen. Mechanisch fuhr seine Hand zu den Tasten des Autoradios. Das hatten Buick und Humphrey im Laderaum getan: Musik gehört. Er drehte den Ton auf minimale Lautstärke. Eine Gitarre. In der Ferne eine knarzende Stimme. Ein Kratzer auf der Platte. Hatte er richtig verstanden? *Lamento cubano*. Er holte tief Luft.

Diesem trägen Rhythmus und dieser verrauchten Stimme könnte er stundenlang zuhören. Die Stimme eines Barkeepers. Nach dem kubanischen Trauergesang kam *Guantanamera*. Der Name einer kleinen Stadt hinter Santiago de Cuba. Südlich von Guantánamo fängt das Niemandsland an. Stacheldraht, ein breiter Graben, noch eine Abzäunung und dahinter die amerikanische Militärbasis. Wo hatte er das gelesen? In Adrianas Reiseführer. Und warum hatte er es behalten? *Guantanamera ... ich bin ein ehrlicher Mann aus dem Land, in dem die Palmen wachsen.* Und gleich dahinter traben die GIs herum.

Adrianas Unterkiefer war noch weiter heruntergefallen. Hatte er mit ihr eine Nacht in einem Hotel verbracht? Hatte er mit ihr in den Regen von Lagos geschaut? Er konnte sie anfassen, sie existierte. Er konnte ihr Hemd aufknöpfen, sie betasten. Er brauchte sich nur ein kleines Stück vorzubeugen, um sie auf den Hals zu küssen. Er konnte ihr Kosenamen ins Ohr flüstern; dann würde sie aufwachen und seinen Namen nennen. Mauriesss ... Und doch saß er neben einer Unbekannten.

Welche Angstträume verfolgten sie? Welche Dämonen sahen sie hinter diesen geschlossenen Augen an? Er würde es nie erfahren. Wenn sie wieder bei sich war, würde sie schnell eine Pille schlucken, um sich das Böse vom Leib zu halten. Auch sie war auf der Flucht, auf ihre Weise. Anstatt sich unentwegt zu fragen, warum sie diese Tasche aufgemacht hatte, müßte er es verstehen. Unsinn. Sie hätten reden können, sie hätten ein Stück spazierengehen können, sie hätten sich lieben können. Es gibt so viele Möglichkeiten, eine Nacht herumzukriegen.

Er zog Adrianas Rock ein Stück hoch. Seine Finger krochen zwischen ihre Schenkel, die warm und klebrig waren. Die feuchte Haut müßte ihn animieren, aber nichts geschah. Er zog die Hand zurück. Pillen, schlechter hätte sie es nicht treffen können. Hätte sie auch nur eine Sekunde gezögert, so hätte er ihr das Döschen weggenommen. Es machte ihn rasend.

Er suchte einen anderen Sender. Die Jungs aus dem Laderaum, die waren zäh, die wußten, wie man sich durchbiß. Bis weit nach Mitternacht lauschte er der Musik. Dann blickte er in ein Lichtbündel.

Das Motorrad knatterte, als wäre das Auspuffrohr abgesägt. Der Fahrer machte ihm Zeichen. Maurice stieg aus und half dem Mann. Gemeinsam hoben sie die beiden Kanister aus dem Beiwagen und gossen das Benzin in den Tank des Autos. Genug, um zur *autopista nacional* zurückzufahren. Ob er verstanden habe? Unter bestimmten Umständen versteht man jede Sprache. An der *autopista* gebe es eine Tankstelle, die um sieben Uhr geöffnet werde. *Siete.* Er nickte, sieben, das konnte man nicht falsch verstehen.

Er startete und drehte um. Der Motorradfahrer winkte und fuhr in die andere Richtung, Richtung Trinidad. Maurice konnte es gar nicht glauben. Er drückte aufs Gaspedal und rauschte mit siebzig Stundenkilometern durch die Nacht. Er gab etwas mehr Gas, und kühler Wind wehte herein. Manchmal werden aus den alltäglichsten Dingen Wunder.

Adriana wachte zwischen Cienfuegos und Rodas nach einer scharfen Biegung auf. Sie stellte die Rückenlehne senkrecht und klagte über Übelkeit. Er fuhr langsamer, und sie suchte in ihrer Tasche, diesmal nach einem Kleenex. In Etappen kehrte sie in die Wirklichkeit zurück.

»Wie spät ist es?« wollte sie als erstes wissen.

»Fünf vor halb drei.«

»Hast du geschlafen?«

»Ganz kurz.«

»Woher kommt das Benzin?«

Das hatte sie also nicht vergessen. Mit Pillen kann man alles auslöschen, einen Tag, eine Woche, einen Teil der Vergangenheit. Sie hatte sich auf eine halbe Nacht beschränkt.

Er erzählte ihr von dem Mann auf dem Motorrad.

»Es ging alles sehr schnell. Er hatte es eilig, wollte ins Bett zurück. Er trug eine blaue Hose und eine blaue Jacke. Ein Monteur, denke ich. Er wollte kein Geld annehmen und schon überhaupt keine Dollar. Das sei gefährlich, hat er gesagt. Er würde es mit Gloria regeln.«

»Gloria?«

»Sie hat sich an ihn gewandt. Sie kannte ihn von früher.«

»Ein Engel.«

»Kann man wohl sagen. Sie mußte den Mann dazu kriegen, zwei Kanister Benzin abzugeben und sich mitten in der Nacht aufs Motorrad zu schwingen. Ich frage mich, wie sie das geschafft hat.«

Adriana drückte sich das Papiertaschentuch an die Augen.

»Was für Leute. Ihre ganze Einstellung ist anders.«

»Vorsicht mit solchen Verallgemeinerungen. Ganz so sanftmütig sind sie hier nicht. Die ersten Konzentrationslager hat es auf kubanischem Territorium gegeben. Das ist keine deutsche Erfindung, das Wort kommt von hier, weil es hier angefangen hat mit den *campos de concentración*. Nach der Abschaffung der Sklaverei haben die weißen Kubaner versucht, die Schwarzen systematisch auszurotten. In Lagern.«

»Woher diese Skepsis?«

Er zuckte mit den Achseln, es war tatsächlich eine Krankheit bei ihm.

»Nicht so bitter, Maurice. Positiv denken. Laß mir doch einfach meine Rührung, dagegen ist doch nichts zu sagen, oder?«

Zwei Seelen in einer Brust. Er kannte das. Sie glich in nichts mehr der Adriana vom Abend zuvor.

Der Motor stotterte und ging aus.

»Schmutz im Vergaser«, sagte er. »Das kommt davon, wenn man den Tank bis zum letzten Tropfen leerfährt.«

An ihrer Haltung änderte sich nichts.

Er startete wieder, drückte das Gaspedal bis zum Anschlag runter, pumpte und wartete, bis der Motor aufheulte. Kurz darauf stotterte er wieder. Adriana kümmerte es nicht, mochte es auch holpernd und stotternd sein, sie ließen die Berge hinter sich, und in wenigen Stunden würden sie Havanna erreichen.

Sie legten die letzten Kilometer bis zur Schnellstraße zurück; er parkte das Auto an der Tankstelle. Noch zwei Stunden warten, dann konnten sie es wieder versuchen, mit Dollar.

Adriana wandte ihm den Kopf zu. Ihre Hand lag auf seinem Knie.

Diesmal schlief sie mit geschlossenem Mund. So war sie unbestreitbar hübsch, ein Gesicht, das aus einem Fresko zu stammen schien, in blassen Farben, brüchig wie Kalk. Aber an ihren Füßen stand ihre Tasche, und er kannte den Inhalt.

Es hätte alles anders laufen können. Eine Bucht bei Trinidad, eine Holzbude am Strand, ein paar wacklige Tische, ein paar klapprige Stühle. Eine dicke Frau mit krausem Haar und einem goldenen Schneidezahn, die auf einem Holzkohlenfeuer Fisch brät, Gläser mit Tee, Fischer, die ihre Holzboote auf den Strand hinaufziehen, Adrianas Stimme, sanft, melodiös; mit einem Wort: Friede.

15

Die Odaliske

Der Horizont flammte wie nach einem Bombardement, die Glut gab der Dunkelheit einen orangefarbenen Schimmer. Maurice zählte fünf Brandherde. Es dauerte lange, bis er dahinterkam, was diese Glut verursachte. Er stieg aus und ging einen Hügel hinauf. Dann sah er, daß Teile der Zuckerrohrplantagen abgebrannt wurden.

Unter der Unterführung lagerten dicht an dicht Anhalter, den Kopf auf einem Koffer, die Hand auf einem verschnürten Karton. Sobald sie einen Dieselmotor hörten, sprangen die vordersten auf und winkten mit einem weißen Tuch. Der Lastwagen verringerte seine Geschwindigkeit, wechselte auf die linke Fahrbahn und fuhr weiter. Dann streckten sich die Anhalter wieder auf den Betonplatten oder dem Randstreifen aus, bis sich der nächste LKW näherte.

Es war schrecklich. In Kriegszeiten konnte es nicht schlimmer sein. Das nackte Leben retten, kurz vor dem endgültigen Untergang. Nirgendwo hatte er den Untergang so unabwendbar näherkommen gefühlt. Er sah auf seine Armbanduhr. Er wollte zurück nach Havanna, zurück aufs Schiff, weiterfahren.

Der Rauch vermischte sich mit den ersten lichten Wolken. Es wurde hell. Der Tankwart war noch nicht ganz wach, er fragte erst nach den Gutscheinen, als der Tank schon voll war. Maurice täuschte Unwissenheit vor, zahlte mit Dollar und fuhr los. Er kämpfte gegen den Schlaf, es war gar nicht so einfach, auf dieser schnurgeraden leeren Straße die Augen offenzuhalten.

Er sprach mit Adriana. Während sie sich in der Dämmerwelt aufhielt, die sie bevorzugte, fand er genau die richtigen Worte. Er erklärte ihr, was ihm auf der Seele lag. Er hatte einen Beruf erlernt, den er nicht mehr ausübte. Wenn er sich verliebte, dann in die falsche Frau. Das einzige, das ihn noch tröstete, war die Leere des Meeres.

Als sie aufwachte, blickte er still vor sich hin. Sie setzte sich auf und deutete auf die Bäume rings um die Zuckerrohrplantagen. Elegante Bäume, hoch, filigran, durchscheinend. Es war, als halte sie ihm vor, wie das Leben sein konnte. Er wandte den Kopf ab und konzentrierte sich auf die Schlaglöcher.

Wieviel Liter im Tank seien, wollte sie wissen. Er antwortete kurz angebunden. Sie setzte sich die Sonnenbrille auf und fragte, was los sei. Ihm war nicht nach langen Ausführungen; später würde er ihr eine Erklärung geben, falls es ein Später gab. Erst mußte sie zeigen, wieviel sie für ihn übrig hatte; in manchen Dingen war er unerbittlich. Er fand es verwirrend, daß sie mal ihre Fassade zeigte und mal, wie sie wirklich war; es erinnerte ihn an frühere Schmerzen.

Er sagte, sie solle das Fenster aufmachen. Das tat sie nach einigem Drängen. Er ging vom Gas, beugte sich vor und griff nach ihrer Tasche. Mit der anderen Hand hielt er das Lenkrad fest. Er knallte ihr die Tasche auf den Schoß. Er war zum Fürchten in seiner Wut – oder war es Kummer? Er fauchte sie an, sie solle die Tasche öffnen.

»Was hast du? Warum denn?«

»Die Döschen mit den Pillen. Schmeiß sie weg.«

Sie seufzte tief; er hörte ihre Bronchien pfeifen. Sie stellte die Tasche auf den Boden und zischte: »Mein Gott, du bist ja wie Wimpie.«

Da fühlte er sich plötzlich hundemüde.

»Ras nicht so idiotisch«, sagte sie kurz darauf.

»Sonst schlaf ich ein.«

»Dann laß mich fahren.«

Er hielt an. Sie tauschten die Plätze. Er stellte die Rückenlehne so weit zurück, wie es ging, und zog die Schuhe aus.

Adriana fuhr genausoschnell.

Er hätte sich beherrschen müssen, die Müdigkeit hatte ihn reizbar gemacht. Oder war er ausnahmsweise einmal ehrlich gewesen?

»Ich hab's mir schon gedacht«, sagte sie nach einigen Kilometern.

»Was?«

»Daß du einem die Ohren vollnölst. Jetzt sag ich dir mal, was ich von Männern halte. Sie lieben dich nie so, wie du bist, sondern versuchen, dich mit allen möglichen Methoden zu ändern, bis du ihren Ansprüchen genügst. Wenn du dich dagegen wehrst, lassen sie dich im Stich.«

Er schloß die Augen.

Hatte er sie im Stich gelassen? Ja, schon. Das Merkwürdige war nur, daß er daran keinen Moment lang gedacht hatte. Er hatte Klarheit gewollt, das war alles. Er hätte vorhersehen müssen, daß sie ihm das übelnehmen würde. Oder hatte er insgeheim gehofft, sie würde die Tasche tatsächlich öffnen? Dann hatte er sich geirrt. Sie ließ sich von niemandem ändern, und das sprach für sie. Es war aus mit Adriana, und kaum war es aus, da verspürte er so etwas wie einen Anflug von Respekt. Seine Wut verflog, und er log nicht, als er sagte, es tue ihm leid, daß er sie enttäuscht habe.

Als Reaktion kam ein Murmeln.

Keine Szenen, keine Tränen.

Wenn man es am wenigsten erwartete, war sie eiskalt.

Was folgte, war genauso eigenartig.

Die Autobahn hörte auf. In Stadtnähe hatte sie sich auf

acht Spuren erweitert und endete jetzt mitten in einem brachliegenden Gelände. Sie bogen nach rechts ab und näherten sich Havanna auf einer kurvenreichen schmalen Straße, die durch die Hügel führte.

Sie fuhren quer durch die Stadt, er mit der Karte auf den Knien. Völlig ruhig, als wäre kein schroffes Wort gefallen, erteilte er Anweisungen. Adriana las ebenso ruhig die Namen der Straßen vor. Es war, als sei etwas zwischen ihnen geklärt, das zu lange im dunkeln geblieben war.

Adriana stellte das Auto vor dem Hotel Nacional ab.

Im Zimmer zog sie die Vorhänge zu. Sie kleidete sich aus und schlüpfte ins Bett. Er kroch neben sie, sie verbarg ihren Kopf im Kissen. Er spürte ihren Hintern an seinem Bauch.

»Dreh dich um«, flüsterte er. »Ich will dein Gesicht sehen.«

Aber sie blieb so liegen.

War das möglich? War es möglich, daß er sich nach allem, was geschehen war, wieder genauso heftig nach ihrem Körper sehnte wie vor zwei Tagen? Er küßte ihre Schultern und wartete auf den Moment, da sie ihn verärgert wegstoßen und »Laß das« sagen würde. Sie sagte es nicht. Sie legte sich flach auf den Bauch und spreizte die Beine. Besteig mich doch, hörte er sie denken, hampel auf meinem Hintern herum, nimm mich wie die erstbeste, ich habe keine Angst mehr. Und er tat es.

Er machte sich keine Illusionen; dies war das letzte Mal, daß er ihren langen nackten Rücken sehen würde, es war das letzte Mal, daß er ihre harte Haut spüren würde. Das schmälerte seinen Genuß nicht. Er wußte, was sie von ihm hielt, und ob er jetzt sanft mit ihr umging oder grob, würde sie nicht von ihrer Meinung abbringen. Er hatte nichts mehr zu gewinnen und nichts mehr zu verlieren, und so enttäuschend das auch war, befreite es ihn doch von allen möglichen Skrupeln. Er ließ alle Hemmungen fallen.

Und sie?

Als es vorbei war, schämte er sich für sein Gekeuche.

»Sag was«, bat er.

»Was willst du hören?«

»Sag in Gottes Namen irgendwas.«

»Okay«, sagte sie schließlich, »es war gut.«

Er schlief ein paar Stunden; sie war wie eine Tote. Sie hörte nicht, daß er aufstand, sie hörte nicht, daß er unter die Dusche ging und eine halbe Stunde unter dem kalten Strahl stehenblieb. Er seifte sich dreimal ein, wusch sich die Haare; er rasierte sich mit einer neuen Klinge und sprenkelte sich After-shave auf die Wangen. Im Zimmer zog er saubere Sachen an und fönte sich die Haare vor dem Spiegel. Sie bewegte sich nicht ein einziges Mal unter dem weißen Laken.

Sie merkte auch nicht, daß er das Zimmer verließ.

Er lief am Meer entlang, überquerte einen schlammigen gelben Fluß und beugte sich über das Brückengeländer. Ihr Gesicht ließ ihn nicht los. Es hatte keinen Ausdruck, war wie eine Maske. Ein Gesicht, das man am liebsten schlagen würde, damit etwas Leben hineinkam.

Er lief. Er lief kilometerweit. Das war seine Manier – wenn er lief, söhnte er sich mit dem Unvermeidlichen aus. Er hatte Adriana im Stich lassen müssen. So empfand er es, als Fatalität, gegen die er sich nicht hatte wehren können. An Verdammung glaubte er nicht, aber eines war sicher: In Adrianas Verhalten erkannte er so vieles von früher wieder, daß er es als Strafe empfand. Um sich dem nicht länger auszusetzen, hatte er das Zimmer verlassen und die Tür hinter sich geschlossen. Je länger er darüber nachdachte, um so logischer fand er seine Reaktion. Es hätte nicht anders kommen können, und das mußte er akzeptieren.

Adriana wartete in der Hotelhalle. Nicht nur ihr eigener Koffer stand neben ihrem Sessel, sondern auch seiner. Er brauche nichts mehr zu erledigen, sie habe die Rechnung bereits bezahlt. Er brauche nicht mehr ins Zimmer zurück, alle seine Sachen seien im Koffer. Sie habe nichts vergessen, darauf könne er sich verlassen. Sie werde jetzt ein Taxi zum Hafen nehmen; er solle noch eine Stunde warten, sonst würden die Augenbrauen auf dem Schiff wieder in die Höhe gehen.

Er trug ihr den Koffer hinaus, hielt ihr die Taxitür auf. Sie rutschte auf die Rückbank.

»Wo warst du heute nachmittag?«

»In Miramar.«

»Schön?«

»Eigenartige Kontraste. Häuser im Bauhausstil, kaputte Fenster, gerade Linien, schmuddelige Mauern.«

Sie öffnete ihre Tasche und suchte nach ihrer Sonnenbrille.

»Ach, übrigens ... Als ich mich vorhin wusch, da hab ich dich gerochen. Das war auch ein eigenartiger Kontrast. Denn du warst verschwunden.«

Sie hielt sich die Sonnenbrille vor den Mund und hauchte auf die Gläser.

Er wußte nicht, was er sagen sollte, außer daß sie die Sonnenbrille nicht brauchte. Es begann bereits dunkel zu werden.

Er verließ Havanna bei völliger Finsternis. Der Taxifahrer schimpfte, daß der Strom jeden Abend früher gesperrt werde. Manche Viertel hätten ab sieben Uhr keinen Strom, und das dauere bis zum nächsten Morgen. Keine Ampel funktioniere mehr, keine Straße sei beleuchtet. Der Fahrer bezeichnete das als *black-out*, und das erinnerte Maurice wieder an den Krieg.

Er meldete sich beim Steward zurück. Zwei Stunden

später sollte der Lotse an Bord kommen. Er beschloß, das nicht abzuwarten, und machte, daß er in seine Koje kam.

Mitten in der Nacht wurde er vom Schaukeln wach. Er brauchte den Vorhang nicht anzuheben, um zu wissen, daß er ringsum von weißem Bugwasser umgeben war. Er war wieder auf See, und das sollte die nächsten Wochen so bleiben. Seine Reise würde nicht auf Curaçao enden, er würde das Schiff erst in Valparaíso verlassen. Ein halber Kontinent wartete noch auf ihn, und allein schon in dieser Aussicht fand er Trost.

Er schlief bis weit in den Vormittag hinein. Nach dem Essen traf er Abraham Sorgdrager auf der Brücke. Das Schiff hatte Kap San Antonio umrundet, hatte die Yucatánstraße durchfahren und befand sich jetzt im Golf von Batabanó, auf der Höhe der Isla de la Juventud.

»Hast du als Junge Stevenson gelesen? Diese Insel hier hatte er vor Augen, als er *Die Schatzinsel* schrieb.«

Es hatte etwas von einer Heimkehr. Er stand wieder auf der Brücke, sog die salzige Luft ein, sah den Bug in ein Tal tauchen und sich mit der nächsten Welle wieder ruhig aufrichten, hörte das Rauschen des Windes und folgte dem Finger des Steuermanns, der auf der Karte auf die Schatzinsel deutete.

»Und dieses Boot da?«

»Der amerikanische Zoll.«

An Bord eines Schiffes gilt ein simples Gesetz. Auf See geht es um die See. Sobald das Land hinter einem verschwunden ist, richtet sich der Blick auf den Horizont. Man schaut und kommentiert, was man sieht. Das ist alles. Auch der Passagier lebt mit der Zeit nach diesem Gesetz. Man greift nach einem Fernglas, nimmt ein Schiff wahr, das rasch näher kommt, und erkundigt sich beim wachhabenden Offizier, was dieses Schiff will.

»Es will wissen, was wir aus Kuba mitgenommen haben. Dieses Boot da hat dermaßen viel Geräte an Bord, daß es bis ins letzte herausfinden kann, was wir befördern. Ein paar Infrarotaufnahmen, und sie können sofort beweisen, daß unsere Reederei Kuba angelaufen hat.«

»Und dann?«

»Kommen wir auf die schwarze Liste. Dann darf kein Schiff mit VR auf dem Schornstein einen amerikanischen Hafen anlaufen. Aber van Rietschoten fährt wenig in die Staaten, und Meester Dirk kennt die Maschen des Netzes.«

Das Kanonenboot umkreiste die *Maria Reygersbergen* dreimal. Dann fuhr es mit hoher Geschwindigkeit zum nächsten Schiff, einem Küstenfrachter, der aus Richtung Kolumbien kam und sich dem Radar zufolge siebzehn Meilen weiter südlich befand.

»Die haben alle Hände voll zu tun in diesen Gewässern. Drogenschmuggel, Bootsflüchtlinge aus Haiti, Waffenschmuggel, das Embargo gegen Kuba, und in der Floridastraße müssen sie sich auch noch um die Kubaner kümmern, die sich auf Gummiflößen unter die Haie gewagt haben. Es wimmelt dort nur so von Haien. Hier übrigens auch.«

Maurice' Hand griff automatisch nach dem Fernglas, der Zeigefinger stellte scharf. Sieben schwarze Flossen schossen mit rasender Geschwindigkeit auf die Essensreste zu, die der Kochsmaat über die Heckreling geworfen hatte.

Er war wieder auf See. Er schaute, hörte zu. Die Tage glichen wieder den bisherigen, die er auf der *Maria Reygersbergen* verbracht hatte, und der einzige Unterschied bestand darin, daß er nicht länger die Decks absuchte, ob er Adriana irgendwo sah.

Buick beobachtete den Flug eines Fischadlers.

Der Vogel tauchte in die Wellen und packte einen Fisch mit seinen Fängen.

»Jetzt kann er die Beine nicht mehr anziehen«, sagte Buick. »Diese Beute erhält ihn am Leben, aber wenn der

Fisch zu groß und zu schwer ist, kann er ihn nicht mehr loslassen. Dann fällt er ins Wasser und ertrinkt.«

Das hatte er vom Bootsmann gelernt.

Er aalte sich in der Sonne, bis Maurice ihm riet, in den Schatten zu gehen. In der Karibik weht ständig Wind, und dadurch spürt man nicht, wie stark die Sonne brennt. Nur wettergegerbten Gesichtern konnte sie nichts anhaben, obwohl Abraham Sorgdrager ihm erzählt hatte, daß in früheren Zeiten genauso viele Seeleute an Sonnenstich starben wie an Skorbut.

Maurice berichtete von Havanna, und Buick schüttelte den Kopf. Er wollte etwas von Amsterdam hören, von Paris, New York, Florenz, Rom.

»Ein Leben, wie du es führst«, seufzte er, »das hätte ich gern. Einen Beruf erlernen. Die Welt sehen.«

Für ihn würden die Grenzen vorläufig geschlossen bleiben. Wenn er wieder in Polen war, würde sein Paß eingezogen, und frühestens nach fünf Jahren würde er einen neuen beantragen können. Diese lange Isolation bedrückte ihn mehr als die Wochen, die er im Gefängnis würde verbringen müssen.

Trotzdem träumte er weiter von Amerika. Es war sein *Nova Atlantis*, mehr Utopie als Wirklichkeit. Ein Land, an dem es nichts auszusetzen gab. Hart? Gewalttätig? Welche Gesellschaft war das nicht? Jedenfalls gab es dort keine Massenmorde, keinen Gulag, keine zwanzig Millionen Tote wie in Rußland unter Stalin.

Maurice versuchte, ihn auf andere Gedanken zu bringen. Buicks Blick schweifte ab zu den Kumuluswolken am blauen Himmel. Es war seine feste Überzeugung, daß Rußland sich nie ändern würde und Polen genausowenig. Die Geschichte beider Länder kannte keine glücklichen Epochen. Warum sollten jetzt plötzlich bessere Zeiten anbrechen? Für einen Zwanzigjährigen blieb nur ein Ideal – die Emigration. Und genau das strebte er an.

Es tat gut, sich mit Buick zu unterhalten. Seine Jugend war schrecklich gewesen, seine Zukunft sah düster aus. Und trotzdem ließ er den Kopf nicht hängen. Selbst wenn es viel länger dauerte, als er gehofft hatte, er würde sein Ziel erreichen. Maurice verstand allmählich, woher es kam, daß er seinen Freund so stark beeinflußt hatte und auch das Mädchen, das sie beide geliebt hatten. Wenn man Buick ein paar Stunden zuhörte, spürte man, wie die eigene Willenskraft wiederkehrte.

Man konnte durchaus anderer Meinung sein als er; er hielt mit seinen Ansichten nicht hinter dem Berg. Manchmal war er ganz schön eigensinnig. Er ging niemandem aus dem Weg, ganz anders als Humphrey, der kam, wenn er einen brauchte, und einen selbst dann noch ansah, als wäre man der soundsovielte lästige Mensch, der ihm das Leben schwermachte.

Ihn traf Maurice am nächsten Nachmittag.

Das Schiff war zwischen der Großen und der Kleinen Caymaninsel durchgefahren und hatte am Morgen die Spitze Jamaikas passiert. Es befand sich jetzt in der Nähe der Pedro Bank, etwa fünfzig Meilen südlich des Leuchtturms von Portland Point.

Humphrey lungerte auf dem Vordeck herum und bemerkte Maurice schon bald. Nach einem kurzen Nicken stellte er ihm eine Frage, die anscheinend in erster Linie seine Aufmerksamkeit ablenken sollte. Er fragte Maurice, ob er sich an die letzte Szene von *Chinatown* erinnere.

Maurice hatte den Film mal mit Judy gesehen, was also mindestens zehn Jahre her war.

»Wird diese Frau nicht in ihrem Auto erschossen?«

»Ja genau. Faye Dunaway fällt vornüber mit dem Kopf auf die Hupe.«

Daraufhin verschwand Humphrey hinter dem Windenhaus.

Maurice hatte nicht die leiseste Ahnung, was den Burschen beschäftigte, wie seine Pläne aussahen, was er trieb. Er gab sich gleichgültig oder spöttisch oder geheimnisvoll; nie sah er einem direkt in die Augen, nie sprach er freiheraus. Er verunsicherte Maurice.

»Was will er denn?« fragte er Buick am nächsten Tag.

Sie saßen wieder im Freien, er auf einem Klappstuhl, Buick auf dem Boden, im Schatten des Schornsteins.

Buick zuckte mit den Achseln.

»Ich werde aus ihm nicht schlau. Was treibt er so?«

»Nichts. Na ja, klönen ... In unserer Kabine ... Mit dieser Frau, Adriana.«

Maurice drehte sich langsam zu Buick um.

»Mit Adriana?«

Seit Kuba hatte er sie erst einmal gesehen, von weitem, am Ende des Quergangs im Deckshaus. Bevor sie den Fahrstuhl betrat, hatte sie grüßend die Hand gehoben.

»Gestern hat er auch schon eine ganze Weile mit ihr geredet. Und ich mußte mich verpissen.«

In der Kabine! Mit Adriana! War das ihre Revanche? Maurice konnte es kaum glauben.

»Du meinst ... sie reden miteinander?«

»Stundenlang. Ich hab Humphrey noch nie so lange mit jemand reden sehen. Er ist ein Ruhiger, weißt du, im Laderaum hat er manchmal einen ganzen Tag lang kein Wort gesagt.«

»Einfach reden?«

»Ja, ganz vertraulich, du weißt schon, nach dem Motto: Keiner darf uns hören. Er behauptet, sie ähnelt meiner Mutter.«

»Deiner Mutter? Aber die ist doch schon seit Jahren tot?«

Buick ließ selten den Mut sinken, es sei denn, er wurde an seine Mutter erinnert. Dann verwandelte er sich in einen zögernden, suchenden Jungen, der sich fragte, wo er wohl je ein Zuhause würde finden können.

Er zog ein Plastikmäppchen aus der Brusttasche seines Overalls. Ein Foto seiner Mutter. Das einzige, wo sie gut drauf sei.

»Tausendmal hat er nach diesem Foto gefragt. Schon früher. Er konnte es sich eine Stunde lang anschauen. Ich hab nie verstanden, warum. Es hat mich total genervt. Er sah meine Mutter an, als ob sie so eine Hollywood-Diva wäre, von denen Iri erzählte. So eine wie Jean Harlow. Eine Schlampe oder ein Flittchen. Aber wenn ich ihm das sagte, dann war er tödlich verletzt.«

Maurice konnte das Foto kaum ruhig halten. Es bebte in seiner Hand.

Er sah keine Ähnlichkeit mit Adriana. Es sei denn der lange Hals. Vielleicht die Augen, die weit auseinander standen. Nur waren die Augen von Buicks Mutter viel größer.

Das Bild könnte vor dem Krieg gemacht worden sein. Mit dem Weichzeichner. Eindeutig das Werk eines altmodischen Fotografen. Es erinnerte ihn an das Foto seiner eigenen Mutter, das kurz vor ihrer Abreise nach Niederländisch-Indien aufgenommen worden war.

Buick wartete ungeduldig darauf, das Foto wieder wegstecken zu können. Er bewahrte es wie eine Reliquie.

»Wie alt ist sie da?«

»Neunundzwanzig. Höchstens dreißig.«

Adrianas Alter.

Hohe Stirn, auch das war eine Übereinstimmung. Ihre Lippen waren jedoch voller und die Nase schmaler. Eine echte Petersburgerin, nicht typisch slawisch, eher nordisch.

Er gab Buick das Foto zurück und seufzte. Auch Adriana hielt man sofort für eine Frau aus dem Norden, darin mußte er Humphrey recht geben. Sie hatte nicht wirklich Ähnlichkeit mit Buicks Mutter, aber manchmal kann ein kleines Detail ein Wiedererkennen auslösen.

»Sie hat meinen Vater geheiratet, um meinen Großvater zu retten.«

Er mußte die Geschichte loswerden; es kam durch dieses Foto.

»Mein Großvater war auf einer Liste gelandet. Damals wurden viele Listen zusammengestellt. Wenn man auf einer stand, konnte man jeden Augenblick mitgenommen werden. Mein Vater bekleidete damals einen Posten, der etwas mit der Zuteilung von Luxusartikeln zu tun hatte. Im Tausch für einen Kühlschrank oder einen Plattenspieler erreichte er eine Menge. Sie hat es schlau eingefädelt, meine Mutter. Nur eine List konnte meinen Großvater retten.«

Aus dieser List wurde Buick geboren.

»Mein Großvater kam mit knapper Not davon, meine Mutter verkümmerte in Polen. Die Übersiedlung empfand sie als Rache meines Vaters. Er hatte sie von ihrer Familie getrennt, nachdem sie mehr oder weniger zugegeben hatte, ihn nie geliebt zu haben. Meine Mutter starb an einer verschleppten Lungenentzündung. Das letzte, was sie zu mir sagte, war, daß wir gemeinsam in ihre Heimatstadt zurückkehren würden.«

»Und das wirst du eines Tages auch tun«, meinte Maurice trübsinnig. »Du wirst reisen und reisen, und eines Tages wirst du mit der Rückreise beginnen. Du kannst vielen Dingen entrinnen, aber die fundamentalen wirst du nie los. Du heißt Grigori, und deine Mutter kommt aus St. Petersburg. Daran kannst du nichts ändern. Nie.«

Gute Nachrichten dringen meist schnell ins Bewußtsein, schlechte brauchen länger. Es dauerte bis zum Ende des Essens, bevor ihm aufging, daß Adriana ihn, zwei Tage nachdem sie Havanna hinter sich gelassen hatten, gegen Humphrey eingetauscht hatte. Er entschuldigte sich bei den Offizieren, erhob sich und ging schnurstracks zum zweiten Deck.

Dort kontrollierte er, ob Adriana sich in der Kammer

des Rudergängers befand. Auch als er heftig gegen die Tür hämmerte, kam keine Antwort. Er überquerte den Flur und blieb vor der anderen Kajüte stehen, Humphreys und Buicks Kammer. Er zögerte nicht lange, sondern drückte die Klinke hinunter. Das einzige, was ihn überraschte, war, daß die Tür nicht verschlossen war. Die wahre Betrügerin vermeidet eine derartige Nachlässigkeit.

Weiter unten im Schiff vibrierten die Wände und Fußböden heftiger als oben. Das konstante Brummen der Maschinen und das Dröhnen der Generatoren übertönten alle anderen Geräusche. Adriana und Humphrey konnten nicht hören, daß er die Tür einen Spaltbreit öffnete.

Adriana lag auf dem Bett, in einer Haltung, die er in seinem zweiten Jahr in Paris auf einem Gemälde unter Flutlicht hatte studieren müssen. Den Rücken dem Betrachter zugewandt, die Beine leicht angezogen. Den rechten Ellbogen im Kissen, den linken Arm ausgestreckt auf der Hüfte, die Hand locker auf der Wade. Daß sie nicht nackt war wie die Odaliske von Ingres, fiel ihm erst später auf. Die enganliegende Kleidung, die sie trug, betonte die Konturen ihres Körpers.

Von Humphrey sah er nur eine Schulter und eine Hand, die eine Bierdose hielt. Er saß am Fußende und mußte die Beine hochgezogen haben. Er redete schnell und leise, Maurice konnte nicht verstehen, was er sagte. Ihm nahm er nichts übel; er jagte einem Schemen nach und erlebte jetzt auf dem Schiff die letzten Stunden in Freiheit. *Ihr* galt sein Haß. Sie hörte Humphrey in einer Haltung zu, die die klassische Pose einer gefallsüchtigen Frau war.

Es war ihr offensichtlich egal, in wessen Gesellschaft sie sich befand, sie streckte sich auf dem Bett aus und genoß die Aufmerksamkeit, die ihr zuteil wurde. Maurice schluckte seine Fassungslosigkeit hinunter, endlich sah er sie, wie sie war, ohne irgendeine Maskerade. Sie wollte bewundert werden, egal wie.

In diesem Augenblick drehte Adriana den Kopf. Sie blickte über ihre Schulter zur Tür, und Maurice fiel wieder ein, wie der Konservator in Paris die Spannung in dem Ingres-Gemälde erklärt hatte: durch den Gegensatz zwischen der sinnlichen Haltung und dem kühlen Blick. Adriana erschrak nicht, Adriana wurde nicht böse. Sie sah ihn fest an und sagte: »Geh da weg, Maurice.«

Es hätte nicht erniedrigender sein können.

Seine Hände umklammerten die Sessellehne. Das Schiff ruckte, als ob es wieder und wieder auf ein Riff aufliefe; er stemmte sich dagegen. Der Wellengang war heftig, was genau zu seiner Stimmung paßte. Es dauerte Stunden, bis sich das Meer einigermaßen beruhigte.

Fast hundert Jahre nachdem Ingres die Haremsfrau gemalt hatte, entdeckte ein Kunsthistoriker, daß die Odaliske drei Wirbel zuviel hatte. Das erklärte die extreme Länge ihres Rückens. Ingres setzte sich intensiv mit den Frauen auseinander, die er porträtierte, mit ihren fließenden Linien, die er mutwillig betonte, indem er den Rücken zu lang malte und die Finger zu schmal. Schließlich heiratete er eine Frau, die er nie gesehen hatte. Der Maler kannte sie nur aus ihren Briefen.

Er hörte Schritte im Gang. Er sagte nichts, als an die Tür geklopft wurde, sein Mund war trocken. Er sah nicht auf, als Adriana hereinkam und sich in den anderen Sessel setzte.

»Maurice ...«

Es war, als schliefe er und sie versuchte, ihn vorsichtig zu wecken. Die Rollen war vertauscht; diesmal saß er wie betäubt da.

»Ich möchte dir etwas sagen.«

Er nickte; es spielte keine Rolle mehr.

»Ich werde dich vermissen.«

Elegant. Keine nachträglichen Erklärungen, keine Vorwürfe. Natürlich log sie.

»Und Humphrey?«

»Es ist nicht, was du denkst. Ich will ihm helfen.«

»Helfen? Womit?«

»Das tut jetzt nichts zur Sache. Ich wollte dir nur sagen, daß ich dich vermissen werde. Manchmal lief's beschissen mit uns, aber manchmal ging's auch unheimlich gut.«

Warum sagte sie das? Um sein Leid zu lindern? Oder um seine Wut zu besänftigen?

»Er hält dich für eine andere. Eigentlich genauso wie ich. Du löst das aus, weil du ein Gesicht nach dem anderen annimmst und eine Haltung nach der anderen.«

»Ich habe in erster Linie Angst, Maurice.«

»Vor was? Vor wem?«

»Vor mir selbst. Das Leben ist an sich nicht schwierig, schwierig ist nur, man selbst zu sein. Ich komme mit mir nicht zu Rande. Ich finde, ich bin zu nichts nütze. Das einzige, was ich hoffe, ist, daß ich endlich mal das Gegenteil beweisen kann.«

Sie stand auf und ging zur Tür.

»Sei noch *ein*mal lieb zu mir. Verpfeif mich nicht.«

Er sah sie an.

»Verpfeifen?«

Sie legte ihre Finger an die Lippen und warf ihm einen Kuß zu. Da mußte er wieder an die Odaliske denken, die sich kühl ihre Chancen ausrechnete.

16

Die Jagd mit den Vorschlaghämmern

Das Schiff näherte sich Aruba. Es sollte südlich der Insel vorbeifahren, um dann Kurs auf das noch etwas südlicher gelegene Curaçao zu nehmen. Für die siebenhundert Seemeilen, die Aruba von Jamaika trennen, hatte es zwei volle Etmale gebraucht. Unterwegs war es einem rostigen Tanker begegnet, der Schlagseite hatte und an allen Seiten leckte, sowie einem Kreuzfahrtschiff – ein Lichterbaum am Horizont. Keine Inseln. Keine Sandbänke.

Der karibische Archipel ist riesig. Er erinnerte Maurice an das indonesische Inselreich, und er hörte seinen Vater sagen: »Wenn ich von Batavia nach Makassar fuhr, dann dauerte das volle vier Tage.«

Vor ihnen lag der letzte kleine Rest der tropischen Niederlande. Curaçao, so befürchtete er, würde sich als große Enttäuschung entpuppen. Er würde die Insel allein erkunden müssen, und diese Aussicht stimmte ihn düster. Der einzige, wenn auch dürftige Trost war, daß er keine heiklen Entscheidungen würde treffen müssen. Von Bord gehen oder weiterfahren, Adriana oder das Meer; das würde er nicht mehr gegeneinander abwägen müssen.

Die Ereignisse der vergangenen Tage hatten einen mutlosen Zug um seinen Mund hinterlassen. Er aß ohne Appetit, hörte lustlos den Gesprächen bei Tisch zu, verzichtete auf den Kaffee im Salon, verkroch sich mit einem Buch ins Bett, schlief fast auf der Stelle ein und wurde mitten in der Nacht wach. Dann sah er sie wieder diese Pose annehmen. Für Humphrey.

Trotz der nebulösen Erklärung, die Adriana ihm für

ihren Flirt gegeben hatte, wurmte es ihn immer noch. Helfen! Wohl dadurch, daß sie ihm über den Kopf streichelte. Armer Junge, komm nur in Mutterns Arme, denn Muttern kann etwas Ablenkung gebrauchen! Sie hatte ein Herz wie eine Artischocke, Adriana, mit vielen Blättern. Kaum hatte er sich von ihr getrennt, da nahm sie sich schon den nächsten Passagier vor. Nein, betrogen hatte sie ihn nicht; es war schmerzlicher. Er gewann immer stärker die Überzeugung, daß sie ein Auge auf ihn geworfen hatte, weil er zu diesem Zeitpunkt zufällig der einzige war, mit dem sie ein Verhältnis anfangen konnte. Mit einem anderen Passagier hätte sie genau das gleiche getan. Wozu er gedient hatte? Wie Humphrey: um sie abzulenken. Oder war alles doch komplizierter?

Gegen Morgen, im ersten nüchternen Licht, dachte er manchmal: ja.

Adriana blieb bei ihrem Entschluß; sie würde das Schiff in Curaçao verlassen. Kurz vor Aruba teilte sie dem Kapitän mit, daß sie genug vom Meer habe. Kurz darauf hörte Maurice diesen dem Ersten Offizier zumurmeln, sie habe ernste Magenbeschwerden vorgetäuscht. »Das wird Wimpie aufmöbeln«, lautete dessen Reaktion.

Sonderlich beliebt hatte sie sich bei der Besatzung nicht gemacht. Die Männer unten, mit denen sie täglich an einem Tisch gesessen hatte, fanden, sie habe sich »wie die Frau eines Offiziers« benommen; die Offiziere, mit denen sie nur selten ein Wort gewechselt hatte, fanden sie nicht weniger arrogant. Nur aus Wimpies unlöschbarem Durst hatten die Leute an Bord abgeleitet, daß zwischen dem Rudergänger und seiner Frau etwas nicht in Ordnung war, hatten sich aber bis zu dem Moment, als Adriana ihren Abschied ankündigte, kaum darüber ausgelassen. Und selbst dann hielten sie mit ihren Kommentaren hinter dem Berg, da sie wußten, daß auf einem Schiff alles weitererzählt wird und daß die läppischste Bemerkung Ärger oder Streit auslösen kann.

Die See war unruhig, als ahne sie, daß sie in Kürze auf ein Hindernis stoßen werde. Von Curaçao tauchte als erstes Erkennungszeichen der Sint Christoffelberg auf, ein Gipfel, der über die anderen Erhebungen hinausragte und wie ein begehrlicher Finger in die sahnigen Wolken stach. Kurz darauf rückten die Tafelberge in Sicht, die auf allen Seiten steil ansteigen und Hunderte von Metern breit sind. Als sie dichter an der Küste entlangfuhren, kam ihnen der Kirchturm von Sint Willibrordus ins Visier. Sein Satteldach erinnerte noch nicht unbedingt an die Niederlande, doch das erste Landhaus, das sie sahen, war mit seinem orangefarbenen Ziegeldach unverkennbar holländisch, obwohl die ockergelben Mauern jegliches Heimweh nach dem düsteren Norden leugneten und der Giebel auf beiden Seiten in einem zierlichen Schnörkel auslief. Possierlich, hätte man in den Niederlanden zu diesen Voluten gesagt, aber hier waren sie am Platze, denn hier war alles intensiv und überschwenglich, das Blau des Himmels, das Grün des Bugwassers und das Rot der Flamboyants, die den Häusern an der Küste Schatten spendeten.

Die *Maria Reygersbergen* konnte nicht gleich in den Hafen von Willemstad einlaufen; am einzigen Containerkran lag ein Schiff der britischen Harrison Line, das zuerst gelöscht werden mußte. Bruining Smit manövrierte die *Maria* in das tiefe Gewässer vor Kap Malmeeuw und suchte einen ruhigen Platz aus, wo das Schiff warten konnte. Gleichzeitig erteilte er Order, die blinden Passagiere in ihrer Kammer einzuschließen. Angesichts des kleinen Dorfes Sint Michiel, das auf Schwimmdistanz vor ihnen lag, hätten sie womöglich auf die Idee kommen können, über Bord zu springen, und hätten die Küste erreicht, noch bevor ein Rettungsboot ausgesetzt war. Douwe Hanedoes schlurfte aufs zweite Deck, um Buick und Humphrey

Handschellen anzulegen und damit ans Heizungsrohr zu fesseln.

Maurice hatte sich an diesem Morgen noch eine halbe Stunde mit Buick unterhalten. Der Junge hatte nervös geraucht. Bis dahin war Maurice nichts Anormales an seinem Verhalten aufgefallen, und daß er sich jetzt plötzlich eine Zigarette nach der anderen anzündete, erklärte er sich mit Buicks Besorgnis. Der Junge hatte sich wahrscheinlich schon auf einer Polizeiwache sitzen sehen oder in einer Zelle. Alles irritierte ihn, das Schlingern des Schiffs in den kurzen Wellen, der Rauch aus dem Schornstein, der auf die Decks schlug, und Maurice' ausweichende Antwort auf seine Frage, wie gut er Adriana kenne. Nachdem Maurice Buick seine Adresse in den Niederlanden gegeben hatte (»Man kann nie wissen, es gibt komische Zufälle«), hatte er das Gespräch beendet. Buick hatte das Stück Papier sorgsam gefaltet und ihm nach einigem Zögern, als könne er sich nicht dazu überwinden, Abschied zu nehmen, wortlos die Hand hingestreckt. Auch Maurice hatte kein Wort gesagt; das Schicksal eines Menschen, der für lange Zeit seine Freiheit verliert, läßt sich auf keinerlei Weise erleichtern. Er hatte ihm so freundlich wie möglich zugenickt, aber Buick war seinem Blick ausgewichen. Er war kopfschüttelnd weggegangen, und da hatte Maurice wieder gemerkt, wie nervös er war; er hatte die falsche Treppe genommen.

Nach dem Essen hatte Maurice seinen Stammplatz hinter dem Schanzkleid der Nock aufgesucht. Während er durch das Fernglas einem Fregattvogel auf seinem Gleitflug folgte, hörte er hinter sich, wie Sorgdrager Wimpie anfuhr, woraufhin dieser eine Serie von Flüchen gegen den Nautischen Offiziersanwärter losließ. Es hatte gut ausgesehen für die Männer; mittags in Curaçao ankommen, nachmittags im Freihafen einkaufen und abends auf Landgang in die Kneipen, die, so erinnerte Maurice sich, dem

Bootsmann schon vor der Küste Afrikas den Mund wäßrig gemacht hatten. Aber sie mußten warten, vor Kap Malmeeuw.

Bruining Smit vertrat in puncto Führungsstil eine simple Philosophie; sobald Gefahr drohte oder Irritationen entstanden, sollte ein Kapitän seine Untergebenen beschäftigen. Alle paar Monate mußte die Deviation des Kompasses ermittelt werden, und dafür hatten sie jetzt wunderbar Zeit. Den Nutzen der Operation brauchte er keinem Besatzungsmitglied zu erläutern; das Eisen an Bord vergrößert den Winkel zwischen der Kompaßnadel und der magnetischen Nordrichtung, und solange das Ausmaß der Abweichung nicht festgestellt ist, landet das Schiff ein Stück weiter im Osten oder im Westen, als es sollte. Wie sich das im einzelnen ermitteln ließ, entging Maurice, und angesichts der gedrückten Stimmung auf der Brücke war dies auch nicht der richtige Zeitpunkt, danach zu fragen; jedenfalls mußte sich das Schiff ein paarmal um die eigene Achse drehen.

Die ersten Befehle ertönten, die Steuerleute wechselten ständig ihren Platz und ließen Maurice deutlich merken, daß er im Weg stand. Bevor die eigentlichen Manöver begannen, zog er sich in seine Kammer zurück.

Als das Schiff zum dritten- oder viertenmal einen Vollkreis gefahren war und er Bruining Smit durch das Megaphon rufen hörte, daß jeder seinen gewohnten Platz wieder einnehmen könne, kehrte er auf die Brücke zurück. An der Tür drängte sich der Bootsmann an ihm vorbei. Douwe Hanedoes war in Eile, und obwohl er vom frühen Morgen bis zum späten Abend beschäftigt war, kannte man das nicht an ihm. Er stiefelte schnurstracks auf den Kapitän zu, klopfte ihm auf die Schulter und sagte: »Käpt'n, die blinden Passagiere sind verschwunden.«

Bruining Smit fluchte selten, und auch jetzt verbot ihm sein Glaube, den Namen des Allmächtigen mißbräuchlich im Munde zu führen, aber als er sich umdrehte, lag ihm ein »Gottver...« auf den Lippen.

Er hatte den Hafenbehörden über Funk gemeldet, daß er außer zweihundert Containern auch noch zwei unerwünschte Passagiere an Land setzen wollte, und es wäre eine Blamage, wenn er die Burschen nicht der Polizei von Curaçao übergeben könnte.

Der Bootsmann hatte sich strikt an die Befehle des Kapitäns gehalten. Er hatte Buick und Humphrey eingeschlossen und die Schlüssel der Handschellen und der Kajüte auf dem Schreibtisch des Kapitäns deponiert. Irgendwann am Nachmittag hatte er Buick und Humphrey etwas zu trinken bringen wollen. Da lagen die Schlüssel nicht mehr an der Stelle, an der er sie hingelegt hatte. Wie ein geölter Blitz war er aufs zweite Deck gerannt; die Tür der Kajüte stand sperrangelweit offen, und das Schloß war nicht aufgebrochen.

»Irgend jemand«, sagte er zum Kapitän, »muß gesehen haben, wo ich die Schlüssel hingelegt habe, und hat sie kurz danach geklaut und die Burschen befreit.«

Auf diese Nachricht hin mußte Maurice sich am Knauf der Glastür festhalten, hinter der die Lämpchen der Sprinkleranlage leuchteten. Denn Douwe Hanedoes hatte noch nicht zu Ende gesprochen, da richteten sich bereits alle Blicke auf ihn. Logisch, er hatte zu Beginn des Nachmittags die Brücke verlassen, um erst Stunden danach wieder dorthin zurückzukehren, und während seiner Abwesenheit waren Buick und Humphrey entwischt.

Ihm war sofort klar, wer die Schlüssel aus der Kapitänskajüte entwendet hatte. Adriana mußte dem Bootsmann gefolgt sein. Im selben Moment verstand er, warum Adriana ihn bei ihrem letzten Gespräch so nachdrücklich gebeten hatte, sie nicht zu verpfeifen.

Als Humphrey sie in seine Pläne einbezog, mußte sie

ihn, Maurice, als Unsicherheitsfaktor angesehen haben. Er konnte ihr aus reiner Eifersucht übelwollen; er konnte durchdrehen, weil der Verdacht rasch auf ihn fallen würde. Keinem Besatzungsmitglied war entgangen, daß er sich jeden Nachmittag mit Buick unterhalten hatte, und was immer sie besprochen haben mochten, sein anhaltendes Interesse zeigte, daß er Sympathie für ihn entwickelt hatte. Er würde sich gleich nach dem Verschwinden der beiden verantworten müssen, und darauf hatte Adriana ihn vorbereiten wollen. Das war schlau von ihr gewesen, denn überrumpelt, wie er von den Ereignissen war, hätte er in der Tat ihren Namen nennen können, und zwar nicht, um sie willentlich und wissentlich zu verraten, sondern um sich in einer Panikreaktion von jeglichem Verdacht zu befreien. Alle Männer auf der Brücke, inklusive Sorgdrager und Bruining Smit, blickten plötzlich auf ihn herab, wobei er in den Augen mancher sogar tiefe Verachtung las, als sei er der lebende Beweis dafür, daß Landratten von einer Hinterfotzigkeit sind, die einem Seemann fremd ist. Ihm brach der kalte Schweiß aus. Er mußte das Mißtrauen ausräumen, und zwar schnell, sonst würde er keine Tausende von Meilen mehr mit diesen Männern zurücklegen können.

Er sah Bruining Smit fest in die Augen und sagte: »Wenn Sie mich verdächtigen, Käpt'n, dann packe ich jetzt meine Koffer.«

Maurice wurde erst böse, als der Kapitän die Augenbrauen hochzog. Bruining Smit mußte wirklich davon überzeugt sein, daß er ein doppeltes Spiel spielte. Das machte ihn rasend.

»Ich habe mich nicht zu meinem Vergnügen mit diesen Russen unterhalten, ich habe das getan, um Ihnen einen Gefallen zu erweisen, Käpt'n. Vielleicht erinnern Sie sich daran, daß ich zögerte. Ich wußte verdammt gut, daß ich für die Folgen einzustehen hätte, wenn die Sache schiefginge. Heute stellt sich heraus, daß ich recht hatte. Die Herren sind kaum verschwunden, da sitze ich auf der Anklagebank. Ich weiß nicht, wie Seeleute das nennen, aber an Land sagt man dazu: Undank ist der Welt Lohn.«

»Jetzt aber mal langsam, Schotel.«

Der Kapitän trat einen Schritt vor.

»Ich verdächtige dich doch nicht. Du scheinst mir nicht der Typ zu sein, der hinter dem Bootsmann herschleicht. Wo warst du vorhin?«

»In meiner Kammer.«

»Gut, Schotel, du warst in deiner Kammer. Hat irgend jemand daran Zweifel?«

Er sah der Reihe nach den Ersten und den Zweiten Steuermann an, den Rudergänger und den Bootsmann, den Offiziersanwärter und den Funker.

Keiner reagierte.

»Gut, dann reden wir nicht mehr darüber.«

Es tat Maurice natürlich gut, daß Bruining Smit seine Hand über ihn hielt, aber gleichzeitig brachte ihn das in einen Gewissenskonflikt. Es war verständlich, daß er das Vertrauen der Besatzung behalten wollte, offen und ehrlich verhielt er sich aber nicht. Er besaß einige sehr deutliche Hinweise, und die behielt er für sich, um sowohl Adriana als auch die blinden Passagiere zu schonen. Er hoffte, Buick und Humphrey würde es gelingen, versteckt zu bleiben, und wenn der Kapitän das geahnt hätte, dann hätte er ihn nicht so nachdrücklich in Schutz genommen.

Andererseits wäre es eine Blamage für den Kapitän gewesen, wenn er Maurice fallengelassen hätte; immerhin hatte er ihm eine Aufgabe aufgehalst, die er eigentlich selbst hätte erledigen müssen. Maurice war es gelungen, die blinden Passagiere zu einer vernünftigen Haltung zu bewegen, und nach den Gesprächen, die er mit ihnen geführt hatte, hatten sie sich ruhig verhalten. Ihn so kurz nach seiner Vermittlertätigkeit an den Pranger zu stellen, und das nur aufgrund einer vagen Vermutung, ging dem Kapitän offensichtlich zu weit, was die leidige Folge hatte, daß er jetzt fast alle Besatzungsmitglieder der Komplizenschaft verdächtigen mußte.

Während der Manöver hatte es ein emsiges Hin- und Hergelaufe gegeben, jeder war mit seinen eigenen Angelegenheiten beschäftigt gewesen, und keiner hatte auf die Männer geachtet, die aufgrund ihrer Funktion von Arbeiten im Maschinenraum oder auf der Brücke befreit gewesen waren. Wo hatte der Steward gesteckt, während sich das Schiff um die eigene Achse drehte? Oder Pedro, der Koch, der so gut wie jeden Desperado als Märtyrer verehrte? Oder der Kochsmaat?

Von nun an würde Bruining Smit das Kommando über vierundzwanzig Männer führen, die nicht mehr wußten, was sie voneinander zu halten hatten, und wieder war Maurice versucht, den Kapitän darauf hinzuweisen, daß sich auch noch eine Frau an Bord befand, was jeder vergessen zu haben schien.

Bruining Smit führte es auf das schwarze Schiff zurück. Er war überzeugt davon, daß es Haß und Verderben unter seinen Leuten gesät hatte. Es konnte kein Zufall sein, daß es die Farbe der Pest trug.

Er rief alle Männer auf die Brücke und zählte sie durch. Dann hielt er ihnen eine Strafpredigt, fuchsteufelswild. Er fragte nicht, wer die blinden Passagiere aus ihrer Kammer befreit habe, sondern bestimmte acht Männer, die unter der Leitung von Douwe Hanedoes in die Laderäume hinabsteigen sollten. Er riet ihnen, die Flüchtlinge so schnell wie möglich beim Schlafittchen zu packen, sonst könnten sie sich auf etwas gefaßt machen.

Zu den acht Männern gehörten auch Wimpie und der Koch Pedro. Sie krochen durch alle Gänge und Schneisen und kehrten zwei Stunden später ans Tageslicht zurück, dreckig bis hinter die Ohren und schweißdurchtränkt bis in die Schuhe. Die Suchaktion war erfolglos geblieben.

Daraufhin rief Bruining Smit noch einmal alle Männer zusammen.

»Wir laufen heute abend um sieben Uhr in den Hafen von Willemstad ein, und wenn die Kerle bis dahin nicht gefunden sind, streiche ich jedem den Landgang.«

Die Offiziere bissen sich auf die Lippe oder wandten verärgert den Kopf ab, die Matrosen brüllten.

Nicht von Bord? Nicht in die Stadt? Nicht in die Kneipe und zu den Mädchen im La Tasca? Genausogut hätte der Alte ihnen mit der Kastration drohen können.

Aber Bruining Smit tat, als hätte er die Proteste nicht gehört.

»Gibt es Freiwillige?« fragte er.

»Wofür?«

»Das versuche ich euch doch schon die ganze Zeit klarzumachen. Um die Burschen aufzuspüren.«

Wimpie meldete sich als erster. Ein alter Schmierer folgte. Ein Reiniger schrie: »Mit'm Hammer, Käpt'n. Wir gehen jeder mit seinem Hammer in den Laderaum. Das halten diese Typen keine fünf Minuten aus.«

Sieben Mann zogen ab in den Laderaum, jeder mit einem Vorschlaghammer, mit dem sie gegen die Container schlugen.

Ein Höllenlärm erfüllte das Schiff. Er war ohrenbetäubend, dröhnte durch alle Wände. Selbst wenn man sich die Finger in die Ohren gesteckt hatte, mußten einem im Laderaum die Trommelfelle platzen; der Lärm schwoll an, donnerte, echote durch das ganze Schiff. Maurice wollte ihm entfliehen, er war schlimmer als von Dämonen verursacht – entfesselt von Menschen, die sich zu einer Art Razzia hatten aufhetzen lassen. Dies war Mordgier, und man mußte schon ein ungewöhnlich starkes Nervenkostüm besitzen, um das auszuhalten; es schien nie mehr aufzuhören, ein tödlicher Haß schwang darin mit.

Bruining Smit schaute düster vor sich hin, Sorgdrager schüttelte den Kopf; Maurice konnte nicht länger an sich halten.

»Beenden Sie das, Käpt'n.«

Es nutzte nichts.

Willemstad schimmerte am Horizont, und Bruining Smit konnte an nichts anderes denken als an die Blamage, die ihn dort erwartete.

»Riskier hier keine große Lippe, Schotel, das geht dich einen Dreck an.«

Das Gedröhn ging weiter.

Humphrey hatte sich alles gut überlegt. Je früher Buick und er verschwinden würden, desto länger hätte die Besatzung Gelegenheit, sie aufzustöbern. Also mußten sie es kurz vor der Ankunft in Curaçao tun. Ohne Hilfe würde ihnen das allerdings nicht gelingen. Sie konnten wohl davon ausgehen, daß sie, wie kurz vor Kuba, in ihrer Kammer eingeschlossen würden. Er mußte sich auf einen Dritten verlassen.

Er bändelte mit Adriana an. Dafür hätte er sich keinen besseren Zeitpunkt aussuchen können. Vor Havanna hätte sie ihn ausgelacht, nach Havanna konnte sie eine kleine Ablenkung gebrauchen. Er bewunderte sie, verglich sie mit Stars aus amerikanischen Filmen. Zu einem anderen Zeitpunkt hätte sie das reichlich pubertär gefunden, jetzt linderte es den Schmerz. Mochte sie auch alles mögliche schlucken, zur Überwindung ihrer Enttäuschung bedurfte es eines adäquateren Mittels, und das lieferte Humphrey. Er fragte, ob sie ihm helfen wolle, ganz konkret und praktisch. Das schmeichelte ihrem Ego. Er betrachtete sie nicht als launisch und panisch, sondern teilte ihr eine entscheidende Rolle zu. Sie könne sich nützlich machen, etwas für die Flüchtlinge tun. Sie versprach Humphrey, es zu versuchen, um sich selbst zu beweisen, daß sie weniger wehrlos war, als sie selbst glaubte.

Humphreys Plan war nicht perfekt, doch wieder war das Glück auf seiner Seite. Hätte der Kapitän nicht beschlossen, die Deviation des Kompasses zu ermitteln, dann wäre die Chance weitaus größer gewesen, daß Humphrey und Buick auf dem Weg zum Vordeck einem Besatzungsmitglied in die Arme gelaufen wären.

Zum Vordeck?

Während Maurice sämtliche Ereignisse im Geiste noch einmal durchging, war er sich plötzlich sicher, daß Humphrey sich das Vordeck als Versteck ausgesucht hatte. Dort hatte er ihn schließlich regelmäßig herumlungern sehen, dort hatte er ihn an Türen rütteln und sich zu Lukendeckeln hinunterbücken sehen. Buick und Humphrey mußten sich irgendwo unter der Back befinden und nicht im Laderaum. Clever. Er hoffte, irgendwann einmal zu Humphrey sagen zu können: »Gut gemacht, mein Junge, verdammt clever.«

Der Himmel färbte sich über und über rot, durch den flammenden Sonnenuntergang, durch die Glut der Ölraffinerie. Das Schiff, das in den Hafen dampfte, fuhr durch Wasser, das die Farbe von Feuer hatte.

Wimpie stand am Ruder. Eine Stunde zuvor war er auf die Brücke zurückgekehrt. »Nirgends zu finden, Käpten, nirgends.« Er hatte gegessen und stand jetzt wieder an seinem angestammten Platz. Egal was auf einem Schiff passiert, nichts kann den normalen Ablauf stören.

Der Lotse kam an Bord, der Kapitän postierte sich auf der Nock neben ihm, und Maurice suchte die Gesellschaft von Abraham Sorgdrager, dem einzigen, der inmitten dieses Wahnsinns ruhig geblieben war. Der Steuermann ließ alles an sich abgleiten, er fuhr zur See, weil er die Seefahrt liebte, und ob es nun gut oder schlecht lief, minderte die Freude nicht, die er am Meer und an den fernen Küsten empfand.

Curaçao kannte er wie seinen Heimathafen. Sorgdrager war jahrelang für die KNSM gefahren, eine Reederei, die einen Liniendienst zu den Antillen unterhielt. Er schätzte, daß er den Hafen von Willemstad an die zwanzig Mal angelaufen hatte.

Das Schiff näherte sich der Einfahrt in die Sint Anna Baai, die Pontonbrücke wurde zur Seite gedreht, das Treiben in der Stadt kam zum Erliegen. Es gab einem ein gutes Gefühl, in diesen Hafen einzulaufen.

»Alle schauen. Was ist das für ein Dampfer? Wo kommt der her? Ein Holländer? Ein Norweger? Wenn es ein Norweger war, riefen die Mütter früher: ›Alle Mädels ins Haus und die Tür zugesperrt.‹ Die hatten einen schlechten Ruf, die Norweger, aber auf See waren es Aristokraten.«

Das Schiff nahm Fahrt auf, was kurz vor einem Hafen Befremden erregte. Die Maschinen liefen auf voller Kraft.

»Das muß sein«, sagte Sorgdrager, »sonst treibt das Schiff nach Lee ab. Auf Curaçao weht ein starker ablandiger Passat aus Nordnordost. Der Wind kommt schräg von vorn, und so eine dicke Tante wie die *Maria* bekommt dann die volle Ladung ab. Wenn wir nicht genügend Fahrt machen, werden wir ans Ufer gedrückt.«

Voraus ragten die Verteidigungsmauern auf, und das Schiff dampfte auf die Stadt zu, als wolle es die Festung im Sturm nehmen. Mit so vielen Containern an Deck schien das ein riskantes Unterfangen, denn die *Maria* war nicht nur dick, sondern auch ziemlich schwerfällig.

»Kapitäne, die diesen Hafen nicht kennen, scheißen sich vor Angst in die Hose; frag den Lotsen. Diese Angst ist durchaus verständlich, steuer du mal mit sechzigtausend Tonnen Rohöl an Bord auf diese Häuser zu. Es kann natürlich immer passieren, daß ein Schiff aus dem Ruder läuft oder daß die Maschinen im letzten Moment streiken. Darum bekommen wir jetzt Assistenz von diesem Schlepper da. Der fährt die ganze Zeit an Backbord dicht neben uns her. Wenn's schiefgeht, kann er uns auffangen.«

Das Schiff fuhr an Fort Amsterdam vorbei. Die *Maria Reygersbergen* ragte hoch über die Stadt hinaus. Von der Brücke aus sah man auf die Festungskirche hinunter, die zwar protestantisch schlicht war, mit ihren zylinderförmigen Türmen aber nicht kalvinistisch streng. Das Schiff fuhr so dicht am Kai entlang, daß man glaubte, die Häuser berühren zu können. Grachtenhäuser, so holländisch wie in Delft, und trotzdem muteten sie durch die dottergelben oder auberginenroten oder bonbonrosa Mauern tropisch an. Es war, als hätten die Erbauer dieser Stadt die Neuankömmlinge mit all diesen Farben warnen wollen, daß Lateinamerika um die Ecke lag und sie ihre nordländischen Prinzipien fallenlassen sollten.

Alles, was sie sahen, war von einer tiefen Stille erfüllt. Nach dem Gedröhne der Vorschlaghämmer schuf das eine Ruhe, die die erhitzten Gemüter an Bord beruhigte. Die Raffinerie, die sie als nächstes passierten, wirkte mit ihren Tausenden von Lichtern wie ein geschlossener Vergnügungspark – nichts regte sich mehr oder lärmte. In dieser völligen Stille legte das Schiff beim Containerkran an; dabei stieß es eine kleine Rußwolke aus dem Schornstein und einen leisen Seufzer aus.

Die Trossen waren jedoch noch nicht festgemacht und der Lotse hatte das Schiff noch nicht verlassen, da erhob der Kapitän seine Stimme wieder.

»So, nirgends zu finden? Nirgends zu finden! Na schön, dann streiche ich hiermit den Landgang für jeden einzelnen an Bord.«

Bruining Smit gab keinen Millimeter nach. Solange die blinden Passagiere nicht gefunden waren, durfte keiner das Schiff verlassen. Lediglich für Adriana, die sich klugerweise nicht mehr an Deck hatte blicken lassen und für die jede weitere Minute an Bord eine zuviel sein mußte, machte er eine Ausnahme.

»Sagt ihr Bescheid, daß sie sich mit dem Zoll in Verbindung setzen kann. Und du, Wimpie, trägst ihr die Koffer runter. Aber dann kommst du sofort wieder rauf. Es bleibt dabei, keiner geht von Bord. Auch du nicht, Schotel.«

Er stellte eine Doppelwache am Fallreep auf und versuchte noch einmal, Freiwillige für eine Suchaktion zu gewinnen, doch diesmal reagierte die Besatzung kaltblütiger.

Die beiden Vertrauensleute der Gewerkschaft riefen alle Matrosen zusammen. Auch einige der niedrigeren Offiziere nahmen an der Beratung teil. Die Männer waren sich rasch einig. Der Kapitän habe keinerlei konkreten Hinweis darauf, daß einer der Besatzungsmitglieder den blinden Passagieren geholfen habe; er strafe aufgrund einer vagen Vermutung, und die Strafe sei unangemessen hart. Der Vorschlag eines der Männer, die Arbeit sofort für achtundvierzig Stunden niederzulegen, fand die Unterstützung aller Anwesenden.

Das brachte Bruining Smit in eine mißliche Lage. Das Schiff würde wesentlich später weiterfahren, und jede Stunde, die es am Kai lag, kostete Tausende von Gulden an Hafengebühren. Der Reeder würde also tief in die Tasche greifen müssen, und Bruining Smit würde ihm per Telex erklären müssen, warum er die Probleme nicht taktischer gelöst hatte.

Starrköpfig wie er war, gab er nicht sofort nach. Dazu mußte Sorgdrager erst den letzten Anstoß geben. Er riet seinem Boß, jetzt, wo es noch möglich war, »die Zügel etwas lockerer zu lassen«.

Nachdem Bruining Smit sich in seiner Kajüte alles noch einmal durch den Kopf hatte gehen lassen, hob er die

Strafmaßnahme auf. Lediglich die Doppelwache am Fallreep sollte bleiben, bis die Flüchtigen gefunden waren.

Durch dieses ganze Hin und Her hatte die Aufmerksamkeit auf den Decks deutlich nachgelassen. Das machten Humphrey und Buick sich zunutze. In einem unbewachten Augenblick mußten sie durch eine Ankerklüse entwischt sein und sich an den Trossen hinuntergelassen haben. Wieder hatten sie das Glück auf ihrer Seite; der Kai stand voll von Containern, und nach wenigen Sätzen waren sie außer Sicht. Es hatte sie wohl nicht viel Mühe gekostet, das Gelände zu verlassen; hinter den Containern war ein Gitterzaun, den sie mühelos überklettern konnten, und dahinter lag eine vierspurige Straße. Dort mußten sie das erstbeste Taxi angehalten und mit einem Lächeln voller Genugtuung gesagt haben: »Ins Zentrum, *plea-ze.*«

So hatten es diese beiden Halunken schließlich doch geschafft.

17

Koraal Specht

Buick und Humphrey stand der Schrecken der Rückkehr vor Augen. Sie waren nicht gerade scharf darauf, Iri zu erklären, warum sich ihre Träume als zu groß für ihre Taten erwiesen hatten. Mit ihrem russischen Gefühl für Ehre riskierten sie lieber, einmal zu fallen, als ihr Leben lang zu schwanken. Fünfzehn Tage, nachdem sie mehr tot als lebendig aus dem Laderaum hervorgekrochen waren, unternahmen sie einen erneuten Versuch, an einen Ort zu gelangen, wo sie frei wären. Im Grunde demonstrierten sie den Seeleuten mit deren traditioneller Verachtung für blinde Passagiere, was Durchsetzungsvermögen ist. Was folgte, war daher um so unbegreiflicher.

Die Zöllner stempelten die Pässe ab; die ersten Männer gingen von Bord. Wie in jedem Hafen wurde den Leuten aus der Maschine der Vortritt gelassen, sie hatten zu lange die Hitze und den Gestank von Öl und Schmiere ertragen müssen und mußten, wie die Offiziere auf der Brücke spöttelten, dringendst gelüftet werden. Auf dem Fallreep gerieten sie bereits außer Rand und Band. Erst ordentlich einen saufen und dann zu den Weibern.

In vier Taxis fuhren die Männer zu einer Kneipe am Kai von Otrabanda. Und wen fanden sie dort, im Rum Runners, eine Bierflasche in der Hand und ein Grinsen im Gesicht?

Humphrey und Buick.

Sie versuchten nicht abzuhauen, weit gefehlt, sie gingen auf die Männer von der *Maria* zu und fragten höhnisch, ob sie sich nicht schon mal begegnet seien.

Als erstes wollten die total verblüfften Besatzungsmitglieder natürlich wissen, wie es Humphrey und Buick gelungen war, von Bord zu kommen. Daraus machten die beiden auch kein Geheimnis. Sie hätten sich im Kühlraum unter der Back versteckt. Denn was stehe in diesem Kühlraum? Ein Sarg. Sie hätten zu zweit genau hineingepaßt, Kopf an Fuß, wie Sardinen in einer Büchse. Den Deckel ein Stückchen auf, wegen des Sauerstoffs, und den Deckel zu, sobald das Gedröhne der Hämmer näher kam. Der Lärm sei zwar entsetzlich gewesen, aber er habe ihnen immer gesagt, wo sich ihre Verfolger gerade befanden. Und niemand sei auf die Idee gekommen, einen Blick in den Kühlraum zu werfen.

Sie lachten, sie fanden, es sei ein guter Scherz. Die Besatzungsmitglieder hielten es für einen üblen Scherz. Die Doppelwache war noch nicht aufgehoben, sie würden es mit Kollegen zu tun bekommen, die vom Herumstehen am Fallreep die Nase gestrichen voll hatten, und während Buick und Humphrey noch einmal haarklein erzählten, wie sie das alles hingekriegt hatten (wobei sie nur eines verschwiegen: wer die Schlüssel aus der Kapitänskajüte geklaut hatte), entfernte sich einer der Männer unbemerkt von der Gruppe. Er nahm ein Taxi, raste zum Schiff und berichtete dem Kapitän, wo er die blinden Passagiere finden könne. Das kam Bruining Smit wie gerufen, durch einen kurzen Anruf konnte er seine Blamage ungeschehen machen; er unterrichtete sofort die Polizei, und keine halbe Stunde später waren die Straßen rund um das Rum Runners abgeriegelt.

Buick und Humphrey hätten sich ein paar Tage lang auf Curaçao verstecken können. Die Insel ist zwar nicht groß, mißt aber doch immerhin sechzig Kilometer in der Länge. Sie hätten ein paar Tage in den Hügeln rings um den Christoffelberg oder in der Nähe einer der Buchten kampieren können, um sich danach mit einem Fischerboot nach Venezuela abzusetzen. Sie verfügten über genügend Geld, um sich eine Weile über Wasser zu halten, und in Lateinamerika ist es nicht übermäßig schwer, sich falsche Papiere zu beschaffen. Auch auf Curaçao wäre ihnen das bestimmt gelungen; die Insel steht nicht gerade im Ruf, der Inbegriff von Redlichkeit zu sein.

Eigentlich hätten sie es hier gar nicht besser treffen können; wer ein bißchen pfiffig ist, wird auf den Antillen nicht gleich erwischt. Sie hätten in aller Ruhe die letzte Etappe ihrer Flucht vorbereiten können, notfalls hätten sie sich noch einmal in den Laderaum eines Schiffs wagen können, immerhin besaßen sie dafür die nötige Erfahrung. Vier Tage bis in den Süden der Vereinigten Staaten, sehr lange hätte es diesmal nicht zu dauern brauchen. Doch sie fühlten sich in ihrem Siegesrausch unschlagbar; keiner konnte ihnen mehr etwas anhaben. Sie führten sich ein Bier nach dem anderen zu Gemüte, verabschiedeten sich förmlich von den Seeleuten – jeder bekam einen festen Händedruck – und verließen das Lokal.

»Sind Sie Polen?« fragte ein Mann auf englisch.

»Russen«, rief einer der beiden, reichlich angesäuselt. »Wir sind Russen.«

»Dann sind Sie hiermit festgenommen.«

Der Zivilfahnder wies sich aus, und sechs Polizisten in Uniform sprangen hinter einem Mäuerchen hervor auf sie zu.

Die beiden kämpften sich frei, schrien sich etwas auf russisch oder polnisch zu. Sie saßen in der Falle.

Im Gefangenenwagen mußten sie wieder zu sich gekommen sein. Oder schoben sie die Schuld auf diesen Kesselreiniger, der den Kapitän informiert hatte? Eine Dummheit zu begehen ist *eine* Sache, eine andere ist es, Opfer der eigenen Großspurigkeit zu werden.

Maurice konnte es einfach nicht verstehen.

Zuerst erfuhr er aus dem Munde von Bruining Smit, was passiert war, später hörte er noch die Version der Männer aus der Maschine.

Er hatte sich von einem Taxi zum Rum Runners fahren lassen, keine Minute hatte er warten können, sondern hatte genau wissen wollen, was sich dort abgespielt hatte. Daß Humphrey das Schicksal herausgefordert hatte, konnte er sich ja noch vorstellen, das war ein merkwürdiger Vogel. Aber Buick?

»Hat der Blonde den Mund auch so weit aufgerissen?«

»Ja, ja, genauso wie der Kahle.«

Was war es gewesen? Die Angst, die sich plötzlich entladen hatte? Zuviel Alkohol auf nüchternen Magen? Oder konnten sie beide nicht mit der Freiheit umgehen?

Unausstehlich, sagten die Männer, unausstehlich hätten sie sich benommen. Wenn sie sich noch halbwegs normal aufgeführt hätten, dann würden sie jetzt noch frei herumlaufen. Niemand möchte es auf seinem Gewissen haben, zwei Burschen ins Gefängnis gebracht zu haben. Daß sie sich aber über die beiden armen Tröpfe lustig gemacht hatten, die ihnen am Fallreep auflauerten, hatte für böses Blut gesorgt.

»Du bist jetzt doch selbst schon eine ganze Weile auf See, Schotel. Wie würdest du es finden, wenn du im Hafen an Bord bleiben müßtest?«

Viel Worte wollten sie nicht mehr darüber verlieren, die Burschen hatten ihnen schon den halben Abend versaut und den ganzen Nachmittag auf dem Schiff. Sie schleppten Maurice mit ins La Tasca.

»Da kannst du was erleben, Schotel.«

Die roten Lampions stimmten ihn nicht fröhlicher. Mit starrem Lächeln lauschte er dem Blödsinn, den Männer von sich geben, wenn die Geilheit sie überkommt. Als auch der letzte mit einer Puppe zum Hotel gegenüber abgezogen war, setzte er sich an die Bar. Entgegen seiner Gewohnheit sprach er dem Alkohol tüchtig zu und fragte sich nach dem soundsovielten Bier, ob er Adriana über die jüngsten Entwicklungen informieren solle. Sie würde wohl noch irgendwo auf dem Flughafen herumhängen und auf die nächste Maschine nach Amsterdam warten. Er vermißte sie, nur sie würde seine Bestürzung verstehen. Gleichzeitig überlegte er sich, was er ihr würde sagen müssen: daß ihr Wagemut sich nicht ausgezahlt hatte. »Durch ihre eigene Blödheit sind sie geschnappt worden.« Das würde ihre Rückreise nicht angenehmer machen. Er sollte sie besser in dem Wahn lassen, sie habe Buick und Humphrey einen riesigen Gefallen erwiesen.

Er drehte sich um. Ein bizarrer Schuppen, das La Tasca. Rotlackierte Säulen, an den Wänden Lampions. In der Eingangshalle rutschten die Mädchen, auf Freier wartend, auf gußeisernen Stühlen mit Kunstlederkissen herum. Barockstühle, die eigens für die zu stark geschminkten Mädchen entworfen schienen.

Eines von ihnen kam auf ihn zu. Sie war genauso groß wie er, dazu breit und schwarz, kohlrabenschwarz wie die Afrikanerin, die Albert Eckhout um 1640 in Brasilien gemalt hatte. Es war schon eine Krankheit, auch unter diesen Umständen an ein Gemälde zu denken, doch es war ein bemerkenswertes Bild, weil es ganz und gar nicht ins siebzehnte Jahrhundert paßte; es spielte bereits auf die exotischen Gemälde Gauguins an.

Sie hatte lockiges Haar, das nach allen Seiten hin abstand. Eine gewaltige Mähne, die ihr bis auf die Schultern fiel und den Hals sowie Stirn und einen Teil der Wangen verdeckte. Dieser Wust dunklen, blauglänzenden Haars verbarg einen großen Teil ihres Gesichts.

»Tanzen?«

Ach, warum auch nicht; wenn er ablehnte, würde ihm das niemand danken. Es würde seine düstere Stimmung vertreiben. Er folgte ihr die Treppe zur Tanzfläche hinauf, die wie ein Boxring durch Seile abgetrennt war. Sie legte ihm die Arme auf die Schultern, er seine auf ihre stattlichen Hüften. Er spürte ihre Brüste und ihren Bauch und außerdem, daß ihr warm war, sehr warm. Sie roch nach süßem Parfüm und einem billigen Deodorant, und das war vielleicht etwas zuviel des Guten, Einsamkeit hat keinen Geruch.

An ihrem Lockenwust vorbei schaute er zu den Mädchen in der Eingangshalle. Mit unverhohlenem Neid beobachteten sie das Mädchen, mit dem er tanzte. Unter diesen Lampions blitzte die Eifersucht, doch wenn man nur auf die Musik achtete, wurde aus der Rivalität eine Form von Amüsement.

Nach dem Salsa, der mit kleinen schnellen Schritten getanzt werden muß und mit einem Schwung, den er nicht besaß, durfte er während eines ruhigen Boleros kurz zu Atem kommen. Er tapste irgendwie herum. Ihr machte das nichts aus; sie hatte wahrscheinlich allein schon am Tanzen Spaß und führte ihn mit spielerischer Leichtigkeit von der einen Seite des Rings zur anderen. Das tat sie so gewandt, daß sie ihm, während sie ihn zwischen den anderen Paaren hindurchbugsierte, nicht ein einziges Mal auf die Zehen trat. Das erforderte Virtuosität; sie mußte nicht nur versuchen, seinen schwerfälligen Gliedmaßen ein wenig Rhythmus zu entlocken, sondern dabei auch seinen Schuhsohlen ausweichen. Trotz ihrer pumpenden Hüften fand er sie nicht wirklich aufdringlich; sie schien vor allem beweisen zu wollen, wie grandios sie auf der Tanzfläche war, und dafür nahm sie sich Zeit.

Viel sagten sie nicht zueinander, dafür dröhnte die Musik zu laut, und das Ziel, das man in diesem Schuppen anstrebte, bedurfte nicht vieler Worte. Die meisten Mädchen, die im La Tasca arbeiteten, kamen aus Venezuela oder Kolumbien; sie selbst war auf einer fernen Insel geboren, deren Namen sie nicht nannte. Sie hatte lange in den Niederlanden gelebt und konnte ihm daher in unverfälschtem Amsterdamer Dialekt sagen: »Super Musik, nicht? Pap Seck is schwer in Ordnung.« An Pap Seck war tatsächlich nichts auszusetzen, jedes Stück, das er sang, dauerte bestimmt zehn Minuten.

Er drückte seine Wange gegen ihre krausen Locken. Er fand, was er suchte, Ablenkung und Trost. Natürlich war es Nepp, aber er konnte sich vorstellen, warum Seeleute diese Tanzbar den sterilen Eros-Centern des Nordens oder den schwülen Bordellen des Ostens vorzogen; hier konnten sie sich auf gemütliche Weise vergnügen. Erst einmal Alkohol, erst Musik, erst ein Salsa oder eine Merengue; der Sünder fühlte sich hier nicht sofort sündig, der Schein galt hier nicht als Betrug.

Nach dem dritten Tanz machte sie ihm klar, daß er sich jetzt entscheiden müsse: entweder mit ins Hotel Carlos gegenüber oder zurück an die Bar. Da konnte er sich nicht länger etwas vormachen. Was ihn erwartete, war ein tristes Zimmer in einem Stundenhotel – ohne Lampions, ohne Musik. Also ging er zur Theke, wo die Bordellwirtin ihm die Rechnung präsentierte: sechs Bier und sieben Cocktails, die das Mädchen angeblich getrunken hatte. Die Hälfte des Erlöses sei für sie, fügte sie beschönigend hinzu. Bevor er sein Portemonnaie wieder eingesteckt hatte, versuchte seine Freundin von eben bereits unter vollem Einsatz, die Aufmerksamkeit des nächsten Seemannes auf sich zu lenken. Krude ging es überall zu, doch als er wieder draußen war, roch er noch immer ihr Parfüm, und dieser übersüße Duft vertrieb seine Bitterkeit.

Er kam an einem Hotel namens El Horizonte vorbei. Auf der Rückseite sah man auf das Krankenhaus, vorn auf eine Brandmauer. Alle Fensterläden waren geschlossen, offenbar war es vor kurzem pleite gegangen. Das ganz in der

Nähe gelegene Hotel Pietersz war voll. Schließlich fand er ein Zimmer im Hotel Pelikaan, einem Gebäude, das an ein Lagerhaus erinnerte und in der auf der Insel vorherrschenden Farbe gestrichen war – ockergelb.

Er hatte keinen Moment lang in Erwägung gezogen, zum Schiff zurückzukehren. Das Löschen der Container würde in aller Frühe wiederaufgenommen werden, und er hatte den ganzen Nachmittag über genügend Krach gehört. Das Beste, was das Land ihm bieten konnte, waren einige Stunden Ruhe.

Autolärm weckte ihn. Er mußte sehr müde gewesen sein; als er die Augen aufschlug, schien die Sonne ins Zimmer. Er drehte sich halb um und streckte die Hand nach Adrianas Rücken aus. Als Gewohnheit konnte er es schwerlich bezeichnen, aber nach Lagos und Havanna assoziierte er sie mittlerweile unbewußt mit dem Festland.

Er erinnerte sich an den zweiten Morgen auf Kuba. Sie hatten miteinander geschlafen, sie hatten gefrühstückt, und er hatte wieder alle möglichen Pläne geschmiedet; eine Reise entlang den größten Inseln der Antillen, eine Tour durch Lateinamerika. Sie hatte ihn kopfschüttelnd unterbrochen.

»Bleib doch mal eine Weile zu Hause.«

Wenn man ständig unterwegs ist, gelangt man immer mehr zu der Überzeugung, daß Zufall den Lauf des Lebens lenkt. Dem ist nicht so. Das Leben folgt einer bestimmten Route. Wenn er nicht an Bord der *Maria Reygersbergen* gegangen wäre, hätte er Adriana nicht kennengelernt. Zufall. Schon bald stellte sich heraus, daß ihr die Rastlosigkeit fehlte, die ihn bei Judy so angezogen hatte, und mit Judy hatte er mehr als zehn Jahre zusammengelebt.

Er zog die Vorhänge auf. Das Hotel Pelikaan lag, wie er jetzt sah, an der Auffahrt zu der hohen Stahlbrücke über der Sint Anna Baai. Unter der Dusche spülte er sich den Schweiß vom Körper; er hatte am Abend vergessen, die Klimaanlage einzuschalten. Nach der Treibjagd hatte er wirklich auf nichts mehr geachtet. Er trocknete sich ab und erschlug einen Kakerlak. Das Leben an Bord hatte schon seine Vorteile; zumindest war seine Kammer sauber. Auch das stellte sich mit einer gewissen Regelmäßigkeit wieder ein: Wenn er einige Stunden an Land verbracht hatte, zog es ihn wieder zurück aufs Schiff. Für eine Weile noch war es sein Zuhause, obwohl er es leerer vorfinden würde. Von nun an würde er der einzige Passagier sein und der einzige Außenstehende.

Er trank Kaffee in einer Bar, die seine Aufmerksamkeit durch ihren Namen erregt hatte. »Netto«. Der Besitzer war vor vierzig Jahren von Java nach Curaçao gekommen, und bei ihm gab's Ware nur gegen Bares: Jede Bestellung mußte sofort bezahlt werden. Auf diese Weise war es ihm auf dieser Insel, auf der das Schuldenmachen gang und gäbe war, gelungen, den Kopf über Wasser zu halten.

An den wackligen Tischen kippten alte schwarze Männer ein Glas Rum nach dem anderen – in den Tropen war der Tag offenbar zu kurz, um erst am Nachmittag mit dem Trinken zu beginnen. Einige spielten Domino und fuhrwerkten mit den Steinen herum, als wollten sie sich für alle Niederlagen in ihrem langen Leben rächen. An der Tür verkaufte ein verschrumpeltes Frauchen Lotterielose, und wer wirklich eines kaufen wollte, der mußte ihr schon einen kleinen Schubs geben; sie döste unter ihrem Strohhut vor sich hin. In einem Hauseingang, schräg gegenüber der Bar, erhitzten Rastas mit einem Feuerzeug *base* in einem Löffel, während auf dem daneben gelegenen Basar kugelrunde schwarze Frauen nach Stoffen suchten, wobei sie die größte Mühe hatten, ihre Fettmassen zwischen der ausliegenden Ware hindurchzuzwängen. Alles war viel westindischer, als er erwartet hatte.

Durch ein paar Gassen ging er zur Sint Anna Baai hinunter. Dabei kam er wieder an der Stelle vorbei, an der Buick und Humphrey festgenommen worden waren. Dort war die Treppe, dort das Mäuerchen. Ganz in der Nähe fragte ein Taxifahrer, der an seinem Auto herumpolierte, ob er ihn irgendwo hinbringen könne. Maurice zögerte, dann nickte er.

»Bringen Sie mich ins Gefängnis.«

»Koraal Specht?«

»Gibt es hier mehrere?«

»Nein, wir haben nur ein Koraal Specht.«

Wenn es nach den Namen ging, dann gehörte Curaçao zu den glücklichen Inseln. Das Taxi fuhr an den Vierteln Hof en Berg, Paradijs, Welgelegen, Fleur de Marie, Cher Asile, Steenrijk und Marie Pompoen vorbei. Koraal Specht dagegen hatte das Grimmige eines Straflagers. Die auf einem kahlen Hügel gelegenen Baracken flimmerten in der Sonne, und die hohe Mauer rund um die Gebäude hielt allen Wind ab. Vielleicht hatten die Gefangenen von Koraal Specht manchmal Hofgang, doch er konnte sich nicht vorstellen, daß er ihnen Kühlung verschaffte.

Am Eingangstor bellten ihn Schäferhunde an. Die Uniformierten taten anfangs so, als verstünden sie keine andere Sprache als Papiamento. Maurice konnte sagen, was er wollte, er wurde nicht eingelassen, und die einzigen Worte, die er verstand, waren: »Hopi lästig.« Schließlich fragte er nach dem Direktor. In wessen Namen?

»Ich fahre auf einem Handelsschiff.«

Das half.

Der Direktor sprach Niederländisch mit dem starken Akzent eines Friesen. Er mußte die sumpfigen Wiesen seiner Heimat gegen ein ungewisses Abenteuer in den Tropen eingetauscht haben, und die Tränensäcke unter seinen Augen bewiesen, daß ihn das schon bald gereut hatte. Er begrüßte Maurice als waschechten Landsmann und gab sich wohlwollend. Obwohl das Ermittlungsverfahren noch nicht abgeschlossen sei und die Herren aus Polen noch kein Recht auf Besuch hätten, wolle er für einen Offizier der Handelsmarine eine Ausnahme machen.

Offizier?

Maurice widersprach nicht.

Der Direktor erkundigte sich nach dem Grund des Besuches, und Maurice sagte, er habe sich um die beiden blinden Passagiere gekümmert, seit man sie im Laderaum aufgegriffen habe. Er zauderte, sprach ungewöhnlich leise, fummelte an den Knöpfen seines Oberhemdes herum, tat mit einem Wort alles, um nicht wie ein Offizier zu wirken, und gerade dadurch war er überzeugend.

»Wann läuft Ihr Schiff aus?«

»Heute nachmittag. Spätestens heute abend.«

»Verstehe.«

Er wurde ins Besuchszimmer geführt. Dort war es glühend heiß, und es roch wie in den Gassen von Otrabanda: Jemandem mußte es hier vor kurzem schlecht geworden sein.

Nach einer Viertelstunde fühlte er sich elend. Nach einer halben fragte er sich, wie Häftlinge es hier aushalten konnten. Die Vorstellung, nicht schnell mal ins Freie gehen zu können. Die Hitze. Die Geräusche in der Ferne. War das ein Schrei?

Endlich hörte er Schritte. Er wischte sich den Schweiß von der Stirn, holte tief Luft; die Tür ging auf.

Es tat Humphrey sichtlich gut, ihn wiederzusehen. Das war die erste Überraschung. Bei der zweiten mußte er schlucken: Buick erkannte ihn nicht gleich wieder. Er war verwirrt. Humphrey mußte ihm den Stuhl unter den Hintern schieben und ihm mit einem kurzen Schulterklopfen klarmachen, daß er sich setzen könne. Als er apathisch stehen blieb, mußte Humphrey ihn auf den Stuhl drücken.

Danach nahm er sich selbst einen Stuhl und bat um eine Zigarette.

»Kann ich das ganze Päckchen haben? Das Zahlungsmittel sind hier Zigaretten. Mit Zigaretten schafft man hier alles.«

Er war nicht kleinzukriegen, dieser Bursche. Innerhalb eines halben Tages hatte er raus, wie die Gefangenen miteinander umgingen, und innerhalb eines weiteren halben Tages hatte er sich darauf eingestellt.

Es sei grauenhaft in Koraal Specht.

»Ein Dreck ist das hier. Wir hocken mit zwanzig Mann in einer Zelle.«

»Zwanzig?«

»Drogenkuriere aus Kolumbien. Mafiosi aus Venezuela. Hitzige Typen, die sofort zuschlagen. Pack von der übelsten Sorte. Für diese zwanzig Mann gibt es eine Toilette, und die ist verstopft. Kein Toilettenpapier. Ein Höllengestank, und außerdem wimmelt es nur so von Ungeziefer. Genau wie im Laderaum, aber da waren wir nur zu zweit. Hier mußt du aufpassen, daß sie dir nicht die Hose runterziehen und an dir rummachen. Die sind scharf auf jeden Knackarsch.«

»Das alles wäre nicht nötig gewesen, Humphrey.«

»Weiß ich. Weiß ich.«

»Ihr hättet frei sein können.«

»Frei wie ein Vogel. Ja, ja.«

»Was war's denn? Der Alkohol? Die Euphorie?«

»Bist du verrückt, Mann? Mein Plan war gar nicht schlecht. Es lief ungefähr so, wie ich erwartet hatte. Ich habe nur *einen* Fehler gemacht. Wie gut kennt man seine Freunde? Nie gut genug. Ich hätte Buick viel früher einweihen müssen. Er bekam Angst, als ich ihm die Pistole auf die Brust setzte, er bekam wahnsinnige Angst. Du hattest doch zu ihm gesagt, daß er nie davon loskommen würde, von seiner Mutter und von seinem Land. Über so was darf man mit Buick nicht reden. Darüber denkt er nach, und dann sieht er keinen Ausweg mehr. Er ist unsicher, weißt du, er weiß nicht, was er will. Als wir vom Schiff runter waren, bekam er Bammel. Wo sollten wir hin? Auf ein anderes Schiff? Wieder in einen Laderaum? Er hatte keinen Mumm mehr, er wollte nach Hause. Weißt du, diesen ganzen Plan habe ich mir für ihn ausgedacht. Mir war es ziemlich egal, ich schlag mich überall durch, das haben die letzten Wochen bewiesen. Er hat an Amerika festgehalten. Nur dort würde er es schaffen. Aber als er den Mut verlor, da hab ich gedacht: Schluß aus.«

Ob es wirklich so gelaufen war? Oder war das nur eine nachträgliche Erklärung? Maurice hätte gern Buicks Version gehört, aber der schüttelte nur den Kopf.

»Die haben mir das Foto geklaut.«

»Das bekommst du zurück, Buick.«

»Das Foto und die Kassetten und den Walkman.«

»Bekommst du alles zurück.«

Es drang nicht zu ihm durch. Er schaute auf den Boden und schüttelte den Kopf, er sprach mit sich selbst, auf russisch oder polnisch. Es mußte eine Nachwirkung der beklemmenden Erlebnisse im Laderaum sein, und jetzt war er wieder eingeschlossen, und zwar im selben Dreck.

»Mach dir keine Sorgen«, sagte Humphrey. »Ich bring ihn da schon durch. Danke, daß du gekommen bist. Ich hab dir nicht getraut, das kannst du ruhig wissen. Du hast zwei Seiten, du bist für die da oben und du bist gegen sie. Gut, jetzt traue ich dir. Besser spät als nie.«

Darauf reagierte Maurice nicht. Ihn beschäftigten andere Fragen. Wer im Rum Runners als erster auf die Männer von der *Maria Reygersbergen* zugegangen sei. Und warum eigentlich?

Humphrey grinste. Er zeigte keine Spur von Reue. Für ihn spielte das alles schon keine Rolle mehr.

»Ich hab dir doch mal von Iri erzählt, nicht?«

Das hatte er, an dem einzigen Abend, an dem er, um an Stoff zu kommen, offenherzig gewesen war.

»'ne Sahneschnitte, sag ich dir. Bald sind wir wieder bei ihr. Ja, Mann, und dann fängt alles wieder von vorn an.«

»Und Adriana?«

Hump zuckte mit den Achseln.

»Langer Hals. Wow ... ein Klasseweib.«

Ja, ja, und als er dieses Klasseweib berühren konnte, da sehnte er sich nach dem Mädchen zurück.

Im Grunde unterschied er sich gar nicht so sehr von Buick. Auch er hatte sich nicht von dem lösen können, was er zurückgelassen hatte.

Und wer kann das schon, dachte Maurice, als er in den Hafen zurückkehrte. Wer kann das schon?

TEIL DREI

18

Der Lockruf der Tropen

Alles begann wieder von vorn.

Das Schiff löste sich vom Kai und lief aus dem Hafen aus. Es fuhr an den Lagerhallen nahe dem Waaigat vorbei und an den Gebäuden in der sanften Biegung der St. Anna Baai.

Dort, am Kai, sah Maurice einen Jungen mit seinem Vater. Einen Jungen mit Kraushaar; er stand neben seinem Vater und schaute auf das Schiff, als wäre es ein Bild aus einem Lesebuch. Er überlegte sich, was das wohl bedeutete, ein Schiff, er überlegte sich, welche Geschichte es erzählte. Und dann sah er vom Schiff fragend zu seinem Vater.

Manchmal wird man auf seine Vergangenheit gestoßen, egal, wo.

Während das Schiff an der Festungskirche vorbeiglitt, sagte er es laut: *Schiffe anschauen.* Bestimmte Wörter verlieren nie ihren vertrauten Klang, sogar wenn man sie ein Vierteljahrhundert lang nicht mehr ausgesprochen hat. Er beugte sich über das Schanzkleid und sagte noch einmal. *Schiffe anschauen.* Es war ein Begriff, der zum Samstagnachmittag gehörte.

»Kommst du mit, Schiffe anschauen?«

Der rauhe Wind, den er an anderen Tagen für eine biblische Plage hielt, konnte seinem Vater nichts mehr anhaben. Er schlüpfte in seinen dicksten Mantel, setzte den Hut auf, zog seine Wildlederhandschuhe an, startete das Moped und sagte: »Steig auf, Ries, und bind dir den Schal gut zu, sonst verfängt er sich in den Speichen, und dann bekommst du von deiner Mutter was zu hören.«

Wie alt war er damals? Sechs? Sieben? Es mußte schon früh begonnen haben, kurz nachdem sie in das Dorf gezogen waren, nahe genug bei den Häfen, um, wenn der Wind von Norden blies, das dumpfe Tuten der Schiffe hören zu können.

Sie fuhren über verschiedene Deiche, langsam, im zweiten Gang. Sein Vater lenkte mit einer Hand, in der anderen hielt er eine Zigarette. Er rauchte immer, auch auf dem Moped, und nach jedem Zug drehte er sich um. Er deutete auf ein näher rückendes Gewitter oder auf den Schnee, der in der Luft lag, oder auf die wäßrige Sonne, die kurz vor dem Durchbruch stand. Gelegentlich bemerkte er eine Biegung zu spät, und dann holperten sie vom Deich herunter, aber er fuhr so langsam, daß sie sich selten etwas taten. Kurz darauf zeigte er wieder auf eine Wolke, während Maurice den Weg im Auge behielt und ihn rechtzeitig vor der nächsten Biegung warnte.

Das letzte Stück führte über einen geraden Weg aus Betonplatten, wo die Flammen über den Destilliertürmen seine Aufmerksamkeit erregten. Er verglich sie mit lodernden Zungen. Sie fuhren zum Eerste Petroleumhaven, der gleich hinter der Erdölraffinerie lag.

Wegen des Gestanks kam dort selten jemand hin. Die Stelle hatte noch einen weiteren Vorteil: An der Hafeneinfahrt ragte ein Steg etwa sechs Meter weit in die Nieuwe Maas. An keiner Stelle des Flusses kam man näher an die vorbeifahrenden Schiffe heran; es war der ideale Ausguck.

Sein Vater setzte sich auf einen Poller; er selbst rutschte neben ihn auf die rauhen Holzplanken, die nach Teer rochen.

»Du schaust.«

Das war seine Rolle; er spähte den Fluß hinunter, und sobald ein Schiff auftauchte, fixierte er seinen Blick auf den Bug.

»Kannst du den Namen schon lesen?«

»Nur den ersten Buchstaben.«

Kurz darauf buchstabierte er den Namen, woraufhin sein Vater wieder einmal seine Brillengläser polierte. Es irritierte ihn, daß er kurzsichtig war, wo er doch so gerne schaute.

»Was für eine Farbe hat der Schornstein?«

»Orange.«

»Mit einem blauen Querbalken?«

»Ich glaub schon.«

»Das ist ein HAPAG-Schiff. Fährt nach Nord- oder Südamerika und hat Hamburg als Heimathafen.«

Das Schiff fuhr vorbei, und er las den Ortsnamen am Heck.

Es gab solche und solche Väter. Seiner konnte einen Bananendampfer von einem Holzschiff unterscheiden und ein Getreideschiff von einem Erztanker. Er kannte längst nicht alle Reedereien, aber die großen kannte er und er wußte, wo sie ihren Sitz hatten. Ob er Unsinn erzählte, konnte man kontrollieren; das Schiff fuhr vorbei, und man las den Heimathafen am Heck. HAPAG, Hamburg, ja, stimmt.

Daheim forschten sie in der Zeitung nach den Zielhäfen der Schiffe. Der HAPAG-Dampfer, den sie hatten vorbeigleiten sehen, befand sich den Schiffsmeldungen zufolge am Beginn einer zwölf Tage dauernden Reise nach Cristóbal, und dann suchten sie im Atlas, wo das lag. Nach einer Weile brauchten sie nur noch die kleineren Hafenstädte nachzuschlagen; daß Cristóbal ein größerer Hafen am Ausgang des Panamakanals auf der Atlantikseite war, gehörte da schon zu ihren Elementarkenntnissen.

Sie blieben auf dem Steg sitzen, bis die Sonne unterging oder bis sie völlig durchgefroren waren. An guten Tagen kamen sie auf ungefähr zwanzig Schiffe, die Hafenschlepper und Bumboote nicht mitgerechnet. Der Rotterdamer Hafen wuchs und wuchs, bis er alle anderen Häfen überrundet hatte. Da sonntags nicht gearbeitet wurde, versuchten die Befrachter, vor dem Wochenende noch möglichst viele Schiffe abzufertigen. Das sparte einen Tag Zeit und einen Haufen Geld. Schiffe, die flußaufwärts fuhren, sahen sie selten; fast alle verließen den Hafen. Folglich assoziierte Maurice diese Samstagnachmittage mit Aufbruch.

Wenn sie lange warten mußten, bis wieder ein Schiff kam, erzählte ihm sein Vater von den Seereisen, die er gemacht hatte. Von Genua nach Batavia, durch den Suezkanal, an Bord der *Johan van Oldenbarnevelt*. Von Batavia nach Rotterdam, auf einem Repatriierungsschiff, nach dem Krieg. Von Batavia nach Makassar, sechsmal, an Bord eines Frachters mit Passagierkabinen. Von Makassar nach Surabaja und zurück, viermal. Von Makassar nach Selayar und zurück, an Bord eines Postschiffs der Koninklijke Paketvaart Maatschappij, achtzehnmal. Und zu jeder Reise gehörte eine Geschichte. Maurice hörte zu und fand es nur merkwürdig, daß der halbe Seemann, der sein Vater war, am nächsten Morgen wieder auf der Kanzel stehen und mit frommer Miene aus der Bibel vorlesen würde. Das paßte einfach nicht zusammen.

Er hatte zwei Väter oder vielleicht sogar drei: den Vater, der sagte, es sei Zeit, ins Bett zu gehen, den predigenden Vater, den er mit der gesamten Gemeinde teilen mußte, und den, der über ein vorbeifahrendes Schiff sagte: »Mensch, das ist aber ein alter Kasten, der hat bestimmt noch den Postdienst von und nach Surabaja versehen.« Der dritte Vater war ihm der liebste, das war ja klar, und zwar nicht nur, weil er lieber Geschichten vom Meer lauschte als den wahren Absichten des Paulus, sondern auch, weil dieser Vater ihm gehörte, ihm ganz allein.

Nie nahm sein Vater jemand anderen mit zum Eerste Petroleumhaven, und wenn Maurice mal nicht mitwollte, sagte sein Vater mit gekränkter Miene: »Also, dann fahr ich auch nicht.« Maurice' beide Brüder waren inzwischen zu alt, um sich hinter ihrem Vater aufs Moped zu setzen, und seine Mutter hatte wenig Lust, sich Wind und Regen auszusetzen. Nein, was das wirklich bedeutete, *Schiffe anzuschauen*, wußten nur sein Vater und er, und manchmal taten sie ein wenig geheimnisvoll, als sei es ein kompliziertes Spiel, das viel Übung erforderte, bis man es richtig verstand.

Kurz nach der Abfahrt aus Curaçao, wo die *Maria Reygersbergen* bis oben hin mit Containern beladen worden war, die von einem anderen Schiff der Reederei bis dorthin befördert worden waren, gab der Kapitän bekannt, daß sich ihr Fahrplan geändert habe. Buenos Aires entfalle, das Schiff werde Grenada anlaufen, Belém, Puerto Deseado und zum Schluß Valparaíso.

Die Männer von der Trampschiffahrt waren einiges gewöhnt. Solange der Hafen nicht in Sicht war, stand das Ziel nie ganz fest. Trotzdem brachte diese Mitteilung so manchen zum Fluchen. Es gab noch immer Mythen, und der Hafen an der Mündung des Río de la Plata war einer davon. Nicht in die Tangobars und Cafés von *Mi Buenos Aires Querido*, meinem geliebten Buenos Aires. Nicht nach *Puerta de Nuestra Señora Santa Maria del Buen Aire*, wie der volle Name der Stadt einst gelautet hatte – Hafen der heiligen Maria von den guten Winden. Was ihnen bevorstand, würde eine harte Tour werden; Maurice hörte von den tosenden Stürmen in den patagonischen Gewässern und der beißenden Kälte in der Magellanstraße und schloß daraus, daß man, auch wenn man schon zwanzig oder dreißig Jahre zur See gefahren ist, die Angst vor der Wut des Meeres behält.

Doch es gab noch mehr, worüber sich die Besatzung Sorgen machte.

Um einigermaßen über die Runden zu kommen, bot Meester Dirk die *Maria* immer öfter in der Trampschifffahrt an. Damit konnte die Reederei kaum noch Gewinne erzielen. Als die *Maria* noch jung war und zu den modernsten Schiffen Europas gehörte, hatte sie fast ausschließlich die Antillen, Montevideo und Buenos Aires angelaufen; in letzter Zeit pendelte sie, nach Fracht schielend, zwischen Afrika und den entlegensten Winkeln Lateinamerikas hin und her und machte Umwege von Tausenden von Meilen.

Am Heck des Schiffes stand schon lange nicht mehr ROTTERDAM, die *Maria Reygersbergen* war in Liberia registriert, in Monrovia. Dadurch konnte in Valparaíso eine Besatzung an Bord gehen, die sich bis auf den Kapitän und den Leitenden Ingenieur ausschließlich aus Filipinos zusammensetzen würde. Wäre das Schiff weiterhin unter niederländischer Flagge gefahren, dann hätten lediglich Seeleute mit niederländischem Paß auf ihr anheuern dürfen.

Der Niedergang der Handelsschiffahrt in Westeuropa hatte Mitte der sechziger Jahre eingesetzt; fünf Jahre später fuhren bereits die meisten Schiffe unter einer Billigflagge. Von diesem Zeitpunkt an mußte alles billig sein. Billige Schiffe, billiges Personal und eine billige Beförderungsart – der Container. Den meisten europäischen Reedereien gelang es erst zu spät, die Kosten zu drücken; die asiatischen drängten vor.

Meester Dirk hatte sich im Konkurrenzkampf mit den »Schlitzaugen«, wie es an Bord hieß, lange behaupten können. Die geringe Größe seines Betriebs ermöglichte es ihm, die Kosten scharf im Auge zu behalten; jeder Cent zählte. Sobald eines seiner Schiffe im Heimathafen angelegt hatte, eilte er an Bord und zählte in der Kombüse die Kaffeelöffel nach. Das fahrende Personal konnte mit seinem Wohlwollen rechnen, sofern es jede Ausgabe bis auf den letzten Cent belegen konnte; so bewahrte der Bootsmann beispielsweise die Glühbirnen auf, die er unterwegs ausgewechselt hatte, um Meester Dirk beweisen zu können, daß sie wirklich durchgebrannt waren. Meester Dirk war ein Pfennigfuchser, aber die Männer, die auf seinen Schiffen fuhren, akzeptierten das, weil er selbst die gleiche Sparsamkeit an den Tag legte.

Der Reeder lud nie einen Kunden zum Essen ein, und wenn er seinen Gästen einen Kaffee anbot, lag auf der Untertasse ein einziger Zuckerwürfel. Besucher, die ihren Kaffee gern etwas süßer tranken, mußten ausdrücklich um ein zweites Stück bitten, und das, so erzählte Meester Dirk seinen Kapitänen unter schallendem Gelächter, trauten sie sich meist nicht. Er verließ selten sein Büro; das Telefon war nicht umsonst erfunden, und so saß er mitten in der Nacht noch da und sprach mit Hongkong oder Rio de Janeiro, Städten, die er nur vom Namen her kannte – Fliegen war teuer. Er hatte ein feinmaschiges Netz von Informanten aufgebaut und wußte genau, wo er Ladung ergattern konnte. Die Reederei van Rietschoten beförderte in erster Linie Nahrungsmittel; sogar die älteren Schiffe der Flotte waren makellos sauber. Die asiatischen Schiffe waren ausnahmslos schmutzig. Das gab er seinen Kunden zu bedenken; möglicherweise ging es billiger, aber auf keinen Fall hygienischer. Er warb mit der holländischen Sauberkeit und hatte damit in Lateinamerika oder Westafrika recht guten Erfolg.

Mit unermüdlichem Eifer kämpfte Meester Dirk darum, seiner Tochter, der einzigen Erbin, einen finanziell gesunden Betrieb zu hinterlassen. Er hatte dem Mädchen eine spartanische Erziehung angedeihen lassen; sie sollte die Leitung der väterlichen Firma übernehmen. Das konnte er nach Ansicht seiner Kollegen vergessen; die meisten Reedereien waren pleite gegangen, andere von internationalen Konzernen aufgekauft worden; Rotterdam besaß gerade noch zwei Familienreedereien. Man begegnete ihm zwar mit einigem Respekt, der Art von Achtung, die man einem eigensinnigen Menschen oder einem wandelnden Anachronismus entgegenbringt. Doch über kurz oder lang mußte Meester Dirk einen Schlag abbekommen, der ihm den Garaus machen würde; sein Privatvermögen schmolz dahin, und seine Flotte veraltete zusehends.

Er verkaufte ein Schiff nach dem anderen. Immer häufiger trug er Filipinos in die Musterrolle ein, immer häufiger nahm er Fracht an für Häfen wie Puerto Deseado, ein gottverlassenes Kaff in Patagonien, das nur nach einer langen, mühseligen Fahrt zu erreichen war. Er verlor seine Ausstrahlung, seine Pfiffigkeit, seine Unverfrorenheit, seinen unerschütterlichen Glauben an die Zukunft seines Betriebs, Eigenschaften, die ihn jahrelang über Wasser gehalten hatten. Meester Dirk wurde alt.

Die Besatzung sah also schwarz für die Zukunft. Was sich auf Curaçao zugetragen hatte, war rasch vergessen, außer dem Kapitän wollte niemand mehr wissen, wer die blinden Passagiere aus ihrer Kammer befreit hatte; in der Offiziersmesse wie auf den unteren Decks fragte man sich, wie lange die Initialen von van Rietschoten wohl noch auf dem Schornstein des Schiffes stehen würden. Ein Jahr? Zwei? Und was dann? Verkauf? Schließung? Bei Fusionen flogen immer Hunderte auf die Straße.

Am nächsten Nachmittag stand Maurice neben Abraham Sorgdrager auf der Brücke. Südlich der venezolanischen Inselgruppe La Blanquilla, ein paar Hügel, die wie die gewölbten Rücken von Meeresschildkröten aus dem Wasser ragten, näherte sich die *Maria Reygersbergen* einem Schiff, das seinem Fahrplan offenbar voraus war und daher nicht mehr als dreizehn Knoten lief.

»Ein niederländisches Schiff«, schnaubte der Erste Steuermann. »Heißt *Singapore*, und hintendrauf steht Nassau. Hat monatelang keinen Tropfen Farbe mehr gesehen und ist bis zum Mast hinauf verrostet. Es wird sich wohl über Wasser halten, klar, von den achtzigtausend

Handelsschiffen, die in Fahrt sind, saufen schließlich pro Jahr kaum zweihundert ab. Daß es wie ein Hongkongchinese aussieht, heißt noch nicht unbedingt, daß es Wasser macht. Aber das ist dann auch schon alles.«

In der Zeit, als Maurice sich mit seinem Vater Schiffe ansah, war alles viel einfacher. Ein Schiff mit schwarzem Schornstein gehörte dem Rotterdamsche Lloyd und hatte daher ROTTERDAM am Heck stehen. Meist gab es eine Reihe von Schwesterschiffen, was im Namen zum Ausdruck kam.

Nicht einen Samstagnachmittag ließen sie aus. Nachdem sie etwa drei Jahre lang geduldig Schiffe beobachtet hatten, konnten sie schon von weitem ein On-Schiff der Koninklijke Nederlandsche Stoomboot Maatschappij von einem Es-Schiff unterscheiden und ein Is-Schiff von einem Us-Schiff. Am besten gefielen ihnen die Es-Schiffe (die *Archimedes, Diogenes, Pericles, Socrates, Ulysses, Sophocles, Aristoteles, Ganymedes*), sie waren lang und besaßen durch das völlig weiße Deckshaus auf dem Achterdeck eine elegante Silhouette. Die On-Schiffe landeten auf dem zweiten Platz. Die *Jason* hatten sie einmal gesehen und die *Solon* und die *Maron*; die übrigen zehn kannten sie nur dem Namen nach – *Medon, Memmon, Ammon, Chiron, Kreon, Ladon, Marathon, Parthenon, Sinon, Theron.*

Die KNSM mit ihren mythologischen Schiffen fuhr nach Westindien, und ihre Hauptkonkurrenten in der Amerikafahrt waren die Hamburg-Amerikanische Packetfahrt-Actien-Gesellschaft, die Royal Mail Steam Packet Company, die Compagnie Générale Transatlantique sowie die Compañía Transatlántica de Barcelona. Das wußten sie aus der Zeitung, aus der Rubrik *Im und um den Hafen*, die sie täglich eifrig studierten. So verfeinerten sie ihr Wissen.

Anfangs hatte sein Vater einen gewaltigen Vorsprung gehabt; er konnte auf zahllose Seereisen zurückblicken, er war auf Frachtschiffen gefahren, die noch mit Kohle befeuert wurden, und einmal war er von Selayar an Bord eines *pinissis* nach Makassar zurückgekehrt, eines Segelschiffs mit hohen weißen Masten, das von Bugi, halbnackten Männern im Sarong und mit einer Schmucktätowierung am Handgelenk, geführt wurde. Abendelang hatte er sich mit Kapitänen und Steuerleuten unter dem Sonnensegel auf der Poop unterhalten; er wußte also viel über die See, doch nach wenigen Jahren waren sie ebenbürtige Partner und tauschten kleinere und größere Informationen aus, wie Briefmarkensammler es tun. Ein Dyk-Schiff war ein Frachter der Holland Amerika Lijn, und sobald sie ein Dyk-Schiff auftauchen sahen, dessen Name mit A begann *(Aalsdyk, Averdyk, Abbedyk, Axeldyk)*, wußten sie, daß es sich um ein stattliches Victory-Schiff handelte, das kurz nach dem Krieg in Amerika gebaut worden war. Und ein Dam-Schiff war natürlich ein Passagierdampfer derselben Gesellschaft.

Sie hatten eine Schwäche für die Holland Amerika Lijn. Ihre Schiffe waren immer tipptopp gestrichen, sogar die alten. Kein Schornstein war schöner als der gelbe der HAL-Schiffe mit dem grün-weiß-grünen Band. Manchmal, bei klarem Himmel, fuhren sie einzig und allein der HAL-Schiffe wegen zum Wilhelmina-Kai im Herzen von Rotterdam, wo die *Rijndam* vertäut lag oder die *Maasdam* oder die *Nieuw Amsterdam*, die noch vor dem Krieg gebaut worden war und mit ihren wuchtigen Schornsteinen einen unerschrockenen Eindruck machte. Natürlich verschlug es ihnen die Sprache, wenn die *Willem Ruys* vom Rotterdamsche Lloyd an ihrem Steg vorbeiglitt; sie hatte fließende Linien mit einem schönen Decksprung, vielleicht das schönste von allen Schiffen und das letzte Passagierschiff, das von Rotterdam aus den Liniendienst nach

Java unterhielt – Grund genug für seinen Vater, sich jedesmal die Nase zu putzen, wenn es vorbeifuhr. Der absolute Höhepunkt war aber doch, wenn das Flaggschiff der Holland Amerika Lijn aus dem Hafen auslief, die grauweiße *Rotterdam* mit ihren zwölf Decks und den dünnen Schornsteinen, die wie Torpfosten auf dem Schiff standen.

Alles war elegant an diesem schnellen Schiff, der schlanke Vormast, die schräg nach achtern verlaufende Linie der Decks, die Mahagonirelings, der perlgraue Rumpf und die Passagiere, die den Zurückbleibenden leutselig zuwinkten und sich bereits ihrem Endziel New York entsprechend gekleidet hatten: die Männer mit einem Borsalino auf dem Kopf und die Frauen in graziös wehenden Röcken. Maurice betrachtete die *Rotterdam* ein wenig als sein eigenes Schiff, und auch sein Vater schaute auf sie wie auf eine alte Bekannte, waren sie doch beide beim Stapellauf dabeigewesen.

An jenen Septembertag erinnerte er sich besser als an seine Geburtstage. Sie hatten am gegenüberliegenden Flußufer unter Tausenden Schaulustiger gestanden; es war warm, vielleicht aber war ihm auch nur vor lauter Aufregung heiß. Das Schiff setzte sich langsam in Bewegung, es lief ohne das geringste Rucken oder Stocken von der Helling, alle Schiffe im Hafen tuteten, alle Sirenen heulten, das Schiff tauchte tief ins Wasser ein und löste, bevor es von den Schleppbooten aufgefangen werden konnte, eine Flutwelle aus, die über den ganzen Fluß schwappte. Ein kollektives »Aaaah« erhob sich, gefolgt von einem kollektiven Seufzer der Erleichterung. Es hätte, das war die einhellige Meinung, nur wenig gefehlt, und das Schiff wäre ans andere Ufer gestoßen; es war zu groß, es sollte eintausendvierhundertfünfzig Passagieren und siebenhundert Besatzungsmitgliedern Platz bieten, es hatte die Ausmaße der *Titanic*, und solche schwimmenden Paläste erregten den Zorn der Elemente. Maurice machten diese Unheilsprophezeiungen ein wenig angst, doch sein Vater, der ja von der Kanzel herunter oft von Hölle und Verdammnis sprach, verscheuchte seine Besorgnis mit einem Lachen. »Das wird ein Prachtschiff, Maurice. Wetten?«

Eine Woche später saßen sie wieder wie immer an ihrem Steg im Eerste Petroleumhaven und schauten den vorbeifahrenden kleinen Küstenmotorschiffen und Getreidekähnen zu. So imposant die Passagierschiffe auch waren, ihre Sympathie galt doch in erster Linie den Arbeitspferden, die, von kaum jemandem beachtet, ohne großes Aufheben den Hafen verließen. Manchmal zeichnete Maurice eines dieser Küstenschiffe zwischen die Namen der von ihnen beobachteten Schiffe, die er in einem Heft notierte, und wenn er seinem Vater die Zeichnung zeigte, war ihm dessen Beifall sicher. »Du hast es gut wiedergegeben ... unscheinbar ... einsam ... auf dem Weg zu einem unbekannten Ort hinter gefährlichen Klippen und unsichtbaren Riffen. Ja, Ries, dieser kleine Kahn da wird bald den ersten heißen Atem des Ostens spüren.«

Er widersprach nicht. Für seinen Vater fuhren alle Schiffe in die Tropen, auch wenn sie Oslo am Heck stehen hatten und Helsinki als Zielhafen.

Godson Joseph ließ ihn Grenada riechen.

Kurz nach Sonnenaufgang war die *Maria* in die St. George's Bay eingelaufen, die die Form eines Amphitheaters hat. Das runde Gewässer ist zu Dreiviertel von Land umschlossen, von recht steilen Hügeln, an die sich die Häuser der Stadt dicht an dicht schmiegen.

Am Kai wartete Godson Joseph.

Um seine langen, mageren Beine schlotterte eine ausgeblichene Hose; er trug ein kanariengelbes Oberhemd und eine Tweedmütze. Seine Haut hatte die Farbe von Kakao, dunkelbraun, mit einer roten Glut; die Nase war platt. Er hatte eine tiefe, wohlklingende Stimme und schmückte sein Englisch hie und da mit einem französischen Wort aus. Bevor die Insel englisch wurde, hatte sie hundert Jahre lang den Franzosen gehört, und die Schwarzen sprachen immer noch ihren kreolischen Dialekt. Er sagte: »Well yes, oui« oder »Bun Jay«, was »Bon Dieu« heißen sollte.

Godson Joseph arbeitete für den Agenten der Reederei. Er brachte einen Offizier zum Postamt oder einen Matrosen zum Zahnarzt, und weil diesmal keiner von der Crew an Land ging, fuhr er Maurice zu den Plantagen, die in die Falten der Hügel eingebettet liegen. Er fuhr nie schneller als fünfzehn Meilen, was ihm die Gelegenheit gab, Maurice auf die verschiedenen Bäume aufmerksam zu machen – Mango, Avocado, Flamboyant, Frangipani, Kakao sowie einen, der auf dem Wege über die Niederländischen Antillen aus dem ehemaligen Niederländisch-Indien eingeführt worden war, den Muskatnußbaum. Er strahlte eine große Ruhe aus, die sich schon bald auf Maurice übertrug.

Seit Curaçao hatte er schlecht geschlafen. Durch eine beiläufige Bemerkung hatte er Buick zum Nachdenken gebracht. Man vergißt, ohne zu vergessen, das hatte er ihm klarmachen wollen, man verbirgt manche Dinge, wird sie aber nicht los. Das hätte er nicht tun sollen; Buick wäre schon von allein dahintergekommen. Er hatte ihm einen Anstoß in die falsche Richtung gegeben, wodurch der Junge seine mühsam erlangte Freiheit kaum hatte auskosten können. Durch Godson Joseph, der ihn zu einem Vulkansee auf dem Gipfel eines Berges fuhr und bei jeder Kurve »langsam« sagte, »sonst gibt es ein Unglück«, gewann er allmählich einen realistischeren Blick. Jeder schöpft aus seinen eigenen Erfahrungen, und darauf hat ein anderer kaum Einfluß. Buick mußte schon sehr lange gezweifelt haben, vielleicht schon seit er daheim aufgebrochen war.

Rings um den Vulkansee drängte sich Mangrovenwald. Die untersten Wolkenschichten schoben sich dicht über das Wasser; der Unterschied zwischen Oben und Unten war aufgehoben, Himmel und Erde gingen ineinander über. Außer Vogelgezwitscher war kein Laut zu hören.

Godson fuhr zum nächsten Hügel. Er stellte das Auto am Straßenrand ab, und sie stiegen aus. Plantagen, so weit das Auge reichte, und blühende Mangobäume. Godson atmete tief ein, und Maurice tat das gleiche.

Nie hatte er sie stärker gerochen, die Tropen. Sie rochen nach Safran, nach Lorbeer, nach Ingwer, Nelken, Zimt und Muskat. Und Godson sagte: »Bun Jay, ist dies nicht das Land, in dem Adam und Eva lebten?«

Merkwürdig, dachte Maurice. Die Herbstwälder im Norden, die Täler der Pyrenäen, die Hochebenen mit vereinzelten Olivenbäumen und Zypressen, sie können atemberaubend sein. Und trotzdem werden sie nie mit dem Land assoziiert, in dem Adam und Eva lebten. Dafür braucht es grellere Farben und blauere Himmel und stärkere Düfte, dafür muß das Rot flammen und das Grün ins Smaragd spielen, dafür muß es heiß sein, so daß man nackt herumlaufen kann, dafür muß die Luft flimmern.

Es deckte sich mit dem, was er früher immer gehört hatte. Verglichen mit den Tropen verblasse alles andere. Er hatte das eigenartig gefunden, denn für die in die holländische Heimat Zurückgekehrten, die er ringsum erlebte, hatte in den Tropen das Elend begonnen. Trotzdem hatte der bittere Nachgeschmack die Düfte nicht gemildert, die Farben nicht abgeschwächt.

Hier verstand er es. Hier war alles von einer derartigen Üppigkeit, daß man es unmöglich wieder vergessen konnte.

Sein Vater war fünfundzwanzig gewesen, als er nach Niederländisch-Indien ging, seine Mutter noch nicht einmal dreiundzwanzig.

Sie erlebten dort die sieben besten Jahre ihres Lebens und die sieben schlimmsten.

Ihr ältester Sohn kam 1939 auf die Welt, der zweite 1941. Im ersten Monat des Jahres 1942 brach der Krieg aus, was den Beginn einer jahrelangen Trennung bedeutete. Sein Vater wurde im Männerlager in Zentral-Celebes eingesperrt, seine Mutter mit den Kindern im Frauenlager in Süd-Celebes. Erst Ende 1945 sahen sie sich wieder. Der ältere Junge war fast sieben, der jüngere vier. Die Rotznasen stießen sich gegenseitig an und fragten ihre Mutter: »Wer ist denn dieser fremde Mann?« Das hatte sein Vater nie verwunden.

Das erzählte er Maurice eines Samstagnachmittags, als sie zu einem ziemlich ramponierten Victory-Schiff hinüberschauten: Wenn damals ruhigere Zeiten angebrochen wären, dann wäre er wieder ihr Vater geworden. Aber in Makassar loderten gleich nach Kriegsende die Kämpfe um die Unabhängigkeit auf, und keine Straße und keine Gegend war mehr sicher. Kampongs gingen in Flammen auf, ganze Stadtviertel wurden kaputtgeschossen. Sie zogen von einem Haus ins nächste, und diese Häuser mußten sie mit zwei oder drei anderen Familien teilen. Schließlich entflohen sie dem Chaos ohne Hab und Gut, ohne einen roten Heller. In die Niederlande zurückgekehrt, fanden seine Mutter und seine Brüder Unterschlupf bei Verwandten im Westen, während sein Vater im Osten des Landes eine Arbeit bekam. Sie sahen sich nur samstags. Erst Anfang der fünfziger Jahre war die Familie wieder vereint, und da war es zu spät.

Bei kleinen wie bei großen Dingen fragten Anton und Guus ihre Mutter um Erlaubnis, so waren sie es nun mal gewöhnt. Ihr Geschimpfe akzeptierten sie, das ihres Vaters nicht. Wenn sie jemanden ins Vertrauen zogen, dann sie; er blieb von allem ausgeschlossen. Ihre Mutter versuchte das zu ändern, »Fragt euren Vater«, »Besprecht es mit ihm«, aber Kindern kann man bestimmte Gewohnheiten nur schwer wieder abgewöhnen. Sie hatte die Jungs durch den Krieg gebracht, sie hatte im Lager ihre spärliche Reisration den Kindern gegeben; es war deren spontane Reaktion, sich auf sie zu verlassen.

Er blieb weiterhin der merkwürdige Mann für sie mit dem roten, strähnigen Bart, den er nach seiner Befreiung nicht gleich hatte abrasieren können, weil er an Krätze litt. In Niederländisch-Indien duschte er sich dreimal am Tag in der Hoffnung, daß seine Söhne ihn weniger eklig fänden, und diese Angewohnheit behielt er auch später in Holland bei. »Schnell mal *mandiën*«, sagte er, wenn er morgens, mittags und kurz vor dem Schlafengehen unter die Dusche ging. Doch die Jungen änderten ihre Meinung nicht.

Der dritte Junge sollte die Sehnsucht nach einem richtigen Sohn erfüllen. Maurice wurde im letzten jener mutlosen vierziger Jahre geboren, und seine Mutter hatte ihm später oft erzählt: Bereits wenige Monate nach seiner Geburt wirkte sein Vater um Jahre jünger.

»Du verziehst ihn«, murrten seine Brüder.

War das so?

Er nahm Maurice oft auf den Schoß, weil Anton und Guus nie auf seinen Knien hatten sitzen wollen; er spielte Hoppe, hoppe Reiter, zauberte Münzen aus dem Ohr des Kleinen hervor, las ihm Geschichten von Goldsuchern und Seeräubern vor, ließ Fußrasten an seinem Moped anbringen, und als Maurice etwas älter war, nahm er ihn mit in den Hafen, um Schiffe anzuschauen.

Diese Samstagnachmittage waren ihm heilig. Sogar wenn seine Anwesenheit bei dieser oder jener Feierlichkeit dringend erforderlich war, erfand er eine Ausrede, und daß sein Sohn den Hafen bald jedem Wald oder Spielplatz vorzog, verdoppelte seine Freude.

Am Wasser stiegen Erinnerungen in ihm auf, und er nahm Maurice mit, vorbei an jungfräulichen Küsten und in der Sonne flimmernden Inseln, etwas, das er mit seinen beiden anderen Söhnen nicht machen konnte, da sie fast nur schlechte Erinnerungen an die Tropen hatten – das Lager, die brennenden Kampongs, den Mangel an Nahrung und später den Mangel an Kleidung. Für ihn dagegen ging dieser harten Zeit eine lange Odyssee voran, die ihn durch Gebiete geführt hatte, die er noch immer mit Mythen assoziierte. Während dieser sieben Jahre war jeder Tag neu für ihn gewesen, während dieser sieben Jahre hatte er *gelebt*.

Indem er davon erzählte, konnte er diese Jahre noch einmal erleben, und so schärfte er Maurice ein: Der Rückblick auf eine Reise ist oft schöner als die Reise selbst, weil dann alle Beschwerlichkeiten und Mißgeschicke vergessen sind. Er erinnerte sich vor allem an die Schiffe, waren sie doch die Essenz seiner Streifzüge durch das Inselreich. Ein Schiff war für ihn weit mehr als nur ein Fahrzeug, ein Schiff war für ihn die Gangway zu einer anderen Welt. Er vermißte die Seefahrt, wie er Asien vermißte oder, mehr noch, das Unbekannte. Aber die Dinge verschwinden erst wirklich hinter dem Horizont, wenn sie verschwiegen werden, und an ihrem Steg konnte er noch einmal über sie sprechen – zu einem Jungen, der ihn imposanter fand als einen Seehelden und mindestens genauso interessant wie einen Entdeckungsreisenden. Er weidete sich an seiner Bewunderung, hatte seine helle Freude daran, verlor jegliche Scheu.

So erlebte er die letzten glücklichen Augenblicke seines Lebens.

19

Das schwere Wogen nach dem Sturm

Das Büro in San Francisco, das die Routenberatung für die *Maria Reygersbergen* vornahm, riet dem Kapitän per Telex, hinter Barbados einen Umweg nach Belém zu machen. Sollte das Schiff auf direkter Linie die Nordostküste Brasiliens ansteuern, so würde es mitten durch das Auge eines Orkans fahren. Das würde die Reederei sicherlich Ladung kosten.

Für die Schiffahrt gilt allmählich das gleiche wie für die Malerei: je moderner, um so empfindlicher. Von einer modernen Leinwand blättert die Farbe genauso leicht ab, wie Container während eines Sturms von hochbeladenen Frachtern stürzen. Im Stedelijk Museum in Amsterdam müssen die Putzfrauen jeden Abend Farbsplitter unter den Bildern von Kiefer zusammenfegen – imposante Gemälde, aber schlampig gemalt; bei Windstärke zwölf verschwinden Dutzende von Containern in der Tiefe, weil sie lediglich mit einigen hastig festgeschraubten Bolzen gelascht sind. Die meisten Schiffe lassen sich die Fahrtroute daher von einem Büro errechnen, das sämtliche Informationen über das Wetter sammelt und stündlich die Satellitenaufnahmen unter die Lupe nimmt. Anhand dieser Daten können die Kapitäne dann entscheiden, ob sie es wagen oder den schweren Tiefdruckgebieten ausweichen.

Bruining Smit ging selten ein Risiko ein, folglich fuhr die *Maria* zunächst ein Stück nach Norden an kleinen Inseln mit verträumten Namen entlang – Caille Island, Diamond Island, Frigate Island, Saline Island und Carriacou. Sie blieben Flecke am Horizont. Erst hinter St. Vincent nahm das Schiff Kurs nach Osten und geriet dann auf der Höhe von Barbados in eine aufgewühlte See.

Ein richtiger Orkan war es nicht geworden, die Windgeschwindigkeit hatte die eines tropischen Sturms nicht überschritten. Mittlerweile war das Tief bereits in die Nähe der Insel Tobago abgezogen, doch nach einem Sturm dauert es Tage, bis sich das Meer beruhigt, und Maurice mußte an eine Gedichtzeile denken, die sich sein Vater für windige Novembertage aufgehoben hatte: »O schwerwogender Ozean.« Das Wasser schoß am Vordeck in die Höhe und ergoß sich über die Decks; der Zutritt zum äußeren Laufgang wurde verboten. Der Bug tauchte in tiefe, dunkle Abgründe ein, und im selben Moment hoben sich am Heck die Schrauben aus dem Wasser und drehten sich ein paarmal in der Luft. Das verursachte ein Heulen wie von einer Bohrmaschine. Unmittelbar darauf folgte das klatschende Geräusch, mit dem die Schraubenblätter die Wogen wieder berührten, Türen flogen auf, und die Stahlwände bebten.

Das Schiff tanzte, als wäre es federleicht und könnte der erzürnten See keinerlei Widerstand leisten. Während es sich aus den Wellen erhob, drehte es schräg nach Backbord oder schräg nach Steuerbord, und durch diese Schlingerbewegung rollte Maurice die ganze Nacht in seinem Bett herum. Er hielt sich mit beiden Händen an den Matratzenrändern fest und flog trotzdem dreimal auf den Fußboden. Er tat kein Auge zu und fragte sich, warum er nicht in Curaçao oder Grenada von Bord gegangen war. Schließlich war dies nur ein kleiner Vorgeschmack auf das, was ihn in den Gewässern vor Patagonien erwartete, und so schwer er es sich selbst manchmal auch machte, für Selbstkasteiungen war er doch eine Spur zu nüchtern veranlagt. Denn es war eine Qual, nirgends festen Halt zu spüren und immer wieder mit einem hohen Pfeifton im Ohr wegzusausen. Obwohl ihm der Magen gegen die

Kehle drückte und er kaum schlucken konnte, funktionierte sein Gedächtnis bestens. Er irrte von Lagos nach Havanna und vom Vordeck zu den mörderisch heißen Baracken auf dem kahlen Hügel von Koraal Specht. Als er gegen Morgen seine Matratze für einen Moment losließ und sich seine Hand ansah, merkte er, daß seine Finger zitterten.

Was hatte es letztlich gebracht? Nichts.

»Essen, Schotel«, hörte er einen alten Maschinisten am Frühstückstisch sagen, während der Tee aus seiner Tasse schwappte. »Immer weiteressen.«

Er aß, erhob sich und schaffte es noch gerade rechtzeitig bis in seine Kammer.

Liegen, dachte er, liegenbleiben.

Er blieb den ganzen Vormittag im Bett, ihm war übel, schwindlig, verkrampft lag er da. Wie stirbt man? Nicht auf *ein*mal, fürchtete er. In Etappen, in Wellen.

Das erste Mal, als sein Vater starb, war an einem Mittwochnachmittag.

Seine Mutter war in die Stadt gegangen, um Kleider zu kaufen, seine Brüder gingen in die letzte beziehungsweise vorletzte Klasse der Oberschule und waren folglich auch in der Stadt.

Er besuchte noch die Grundschule und hatte mittwochs nachmittags frei.

Was ihm gleich merkwürdig vorkam, war, daß die hintere Tür abgeschlossen war. Er drückte auf die Klingel neben der vorderen Haustür und wartete vergeblich auf die leicht schlurfenden Schritte, die er unter Tausenden erkannte. Er ging um das Haus herum, spähte durch ein Fenster und sah seinen Vater mit umgebundener Serviette unter dem Eßtisch liegen.

Zehn Minuten später stand er vor dem Arzt, der am anderen Ende des Dorfes wohnte.

»Unter dem Tisch«, keuchte er. »Mausetot.«

Im Auto versuchte der Arzt ihn zu beruhigen, aber er schüttelte wild den Kopf.

»Ich hab's doch selber gesehen. Er bewegt sich nicht. Wenn man sich nicht bewegt, dann ist man tot.«

Auch der Arzt ging um das Haus herum.

Er sah sich die Situation in aller Ruhe an und deutete dann auf das offenstehende Badezimmerfenster.

»Du bist gelenkig«, sagte er. »Kletter am Fensterladen rauf und zieh dich am Balkon hoch.«

Das tat er, schneller als eine Katze.

Er zwängte sich durch das Fenster, rannte die Treppe hinunter und öffnete die Hintertür.

Der Arzt kniete sich neben seinen Vater, legte das Ohr an dessen Brust, zog ein Augenlid hoch und nickte.

Dann inspizierte er den Eßtisch und griff nach einer Schachtel, die neben dem Teller lag. Er hielt sie ans Licht, in Augenhöhe, und zerdrückte sie sichtlich verärgert in seiner Hand.

»Was hat er?«

»Nichts Ernstes.«

Maurice solle neben ihm sitzen bleiben und ihm einen Becher warme Milch geben, sobald er zu Bewußtsein kam. Der Arzt sah sich die Sache noch einen Augenblick an, konstatierte, daß die Atemzüge regelmäßig seien, und verließ das Haus.

Es dauerte vielleicht nur zehn Minuten, bis er ein leichtes Stöhnen hörte, in seiner Erinnerung blieben es Stunden. Er kochte die Milch, sein Vater rappelte sich mühsam auf, nahm ein paar Schlucke und schlurfte die Treppe hinauf, wobei Maurice ihn stützen mußte. Er ließ sich aufs Bett fallen und schlief weiter.

Als er aufwachte, wußte er nicht mehr, was vorgefallen war.

Das erklärte ihm Maurice haarklein, und dabei verschwieg er seine Heldenrolle nicht, er habe den Arzt geholt, »du hast dich nämlich nicht mehr bewegt, Pa, du warst mausetot«.

»Den Arzt?«

Das gefiel ihm nicht, obwohl er zu lächeln versuchte.

»Erzähl deiner Mutter nichts davon. Und auch deinen Brüdern nicht.«

Am darauffolgenden Samstag nahm ihn sein Vater bis zum Pier in Hoek van Holland mit. Bis dahin waren es gute anderthalb Stunden, und deshalb fuhren sie nur manchmal an einem warmen Sommertag hin oder an dem Samstag nach seinem Geburtstag.

Sein Vater setzte sich auf ein Steinmäuerchen, und als sich der erste Frachter näherte, fragte er, ob Maurice den Namen schon lesen könne.

Das beruhigte ihn. Es war nichts los, alles war wie immer; Name des Schiffs, Farbe des Schornsteins.

Doch ein paar Wochen später fand er seinen Vater wieder unter dem Eßtisch.

Er wurde wach und hielt sich an der Matratze fest.

Es war nicht mehr nötig.

Achtzehn Stunden waren vergangen, und das Schiff befand sich am Schnittpunkt des zehnten Breiten- und fünfundfünfzigsten Längengrads, auf der Höhe von Paramaribo, knapp dreihundert Meilen vor dem, was jahrhundertelang den Namen Wilde Küste getragen hatte. Der Himmel war verschleiert, das Meer spiegelglatt.

»Ich kann wieder schlucken«, sagte er, als er frisch gewaschen und mit vollem Magen zur Brücke hinaufging.

Bruining Smit nickte müde.

Jeder reagiert anders auf einen Sturm, niemand reagiert wirklich gut darauf. Wenn man dazu auch noch ganz normal seine Arbeit tun muß, kostet das sehr viel Energie. Auf der Brücke herrschte eine matte Stimmung, keinem der Offiziere war nach einem kleinen Schwatz zumute. Außerdem wurde es hinter den Glasscheiben allmählich sehr warm, und obwohl beide Schiebetüren geöffnet waren, drang kaum ein Lüftchen herein.

Maurice ging die Treppen hinunter, nahm den Klappstuhl und setzte sich in den Schatten eines Rettungsboots.

Das Meer verhielt sich jetzt nicht nur auffällig ruhig, sondern schlummerte geradezu. Eine solche See mußte sein Vater oft gesehen haben, wenn er von Selayar nach Makassar zurückfuhr. In Äquatornähe scheint die See manchmal zu schlafen, und Celebes liegt, von hier aus gesehen, genau unterhalb des Äquators auf der anderen Seite des Globus.

Maurice hatte sich oft gefragt, weshalb sein Vater auf einmal den Mut verloren und als letztem Rettungsanker zu Tabletten gegriffen hatte. Von einem Tag auf den anderen hatte er nicht mehr schlafen können, und im gleichen Moment war die Vergangenheit zurückgekehrt, ohne erkennbaren Grund. Maurice hatte rasch heraus, daß sein Vater ein Gemisch aus Schlaftabletten und Beruhigungsmitteln in so großer Menge schluckte, daß er innerhalb weniger Minuten das Bewußtsein verlor. Doch warum er das tat, wußte er nicht.

Einmal, an einem Samstagnachmittag, an ihrem Steg im Eerste Petroleumhaven, hatte er vorsichtig danach gefragt. Es schien ihm der richtige Ort, nur hier wurde sein Vater mitteilsam.

Eine direkte Antwort hatte Maurice nicht bekommen. Der eine Vater war nicht derselbe wie der andere; der Vater, der Schiffe mit ihm anschaute, wollte nichts von dem Vater wissen, der Pillen schluckte; er stritt sogar ab, daß es diesen Vater gab. Es ging viel weiter als Scham; sobald sich sein Vater den Mund mit Tabletten vollgestopft hatte, trat er in eine andere Welt, und wenn er Stunden danach wieder aufwachte, trat er wieder aus ihr heraus. Dann konnte er sich nicht einmal daran erinnern, Tabletten geschluckt zu haben, und murmelte etwas von »Schwindelanfällen«, unter denen er immer häufiger leide.

Als die Schwindelanfälle fast jede Woche wiederkehrten, mochte Maurice ihm nicht mehr glauben. Mit seinen elf Jahren war er kein kleiner Junge mehr; er griff wie der Arzt nach der Schachtel auf dem Tisch und entdeckte, daß sein Vater in der obersten Schreibtischschublade einen ganzen Vorrat davon aufbewahrte. Er unterrichtete seine Mutter davon, die die Schwindelanfälle in malaiischen Wörtern erklärte. Davon wurde er nicht sehr viel schlauer; unter *susah* konnte er sich ja noch etwas vorstellen, aber was bedeutete *latah*?

Es bedrückte ihn. Er hatte seinen Vater auf einen Sockel gestellt, und von diesem fiel der Beinahe-Seeheld plötzlich herunter, fast wörtlich, denn es war ein bestürzender, ja entwürdigender Anblick, ihn mit umgebundener Serviette unter dem Eßtisch liegen zu sehen. An den darauffolgenden Samstagnachmittagen achtete er weniger auf die Schiffe als vielmehr auf den Mann neben sich, den einzigen Erwachsenen, den er gut kannte, mit dem er so manches beredet hatte und der von einem Tag auf den anderen ein Fremder für ihn geworden war.

Was machte ihm so zu schaffen?

Maurice mochte den Namen des sich nähernden Schiffes nicht mehr nennen, und zur Farbe des Schornsteins sagte er nur: »Ach, schwarz, glaube ich.« So hatte sein Vater keinen Spaß mehr daran, und zu diesem Druckmittel griff er viele Wochen.

»Na sag schon, Ries.«

Er verdarb ihm absichtlich das Spiel.

Freiheraus bekennen, was ihn quälte, konnte sein Vater nicht, gerade deshalb griff er ja zu den Tabletten, er wollte es beiseite drängen, auslöschen, verscheuchen, doch am

Wasser kehrte er schließlich dorthin zurück, wo es begonnen hatte, was ihm, zwanzig Jahre später, entweder makabre Träume oder schlaflose Nächte bescherte.

Er erzählte in Bruchstücken. Maurice konnte ihn nur schwer verstehen, sein Vater beendete seine Sätze nicht, und manchmal stockte seine Stimme mitten in einer Erinnerung. Es dauerte Monate, bis Maurice einigermaßen durchblickte.

Er war mittlerweile zwölf, fuhr jeden Tag mit dem Fahrrad zur Oberschule in der Stadt, fand dort neue Freunde, mit denen er sich besser verstand als mit den Dorfjungen, weil sie ihn nicht sofort als den Sohn-vom-Pfarrer stigmatisierten; samstags nachmittags hatte er langsam etwas anderes im Sinn, als Schiffe anzuschauen. Trotzdem zog er seinen Mantel an, wenn sein Vater das Moped startete, trotzdem rutschte er hinter ihn auf den Sattel und sagte: »Fahr los«, denn er suchte nach der Ursache der »Schwindelanfälle«, die ihn das Schlimmste befürchten ließen. Irgendwann einmal würde sein Vater zwangsläufig die tödliche Dosis überschreiten, und dann würden sie nie mehr gemeinsam an ihrem Steg im Eerste Petroleumhaven sitzen.

»Je besser es einem geht«, sagte sein Vater an einem unfreundlichen Tag im Januar, »um so stärker muß man sich gegen Neid wappnen.«

Er deutete auf ein Schiff.

»Ich durfte zur See fahren. Ich war frei. Die anderen waren das nicht.«

»Wie kam das?«

»Durch mein Interesse. Durch meine Arbeit.«

Mit siebzehn war er in die Dienste einer Handelsfirma getreten. Das Büro gefiel ihm nicht. Dort drehte sich alles nur um Geld, und das Leben mußte aus mehr bestehen. Er lernte Latein und Griechisch, legte die staatliche Abschlußprüfung ab und schrieb sich an der Universität Leiden ein. Seine Entscheidung stand fest, er wollte Theologie studieren, allerdings weniger aus Überzeugung oder Berufung, sondern weil ihn das Phänomen Religion faszinierte. Er fand es angenehm nebulös und zugleich nachvollziehbar, und er wollte genausoviel über den Hinduismus oder den Islam erfahren wie über das Christentum. Daß er sich nach einigen Jahren fast ausschließlich mit der zweitgenannten Religion beschäftigte, kam durch einen Wissenschaftler, der in ganz Europa als größter Kenner des Islam galt, diese Religion selbst praktizierte und keine Studenten um sich scharte, sondern Jünger.

»Wenn er Buddhismus gelehrt hätte, dann hätte ich mich in den Buddhismus vertieft. Es ging mir in erster Linie um den Mann.«

Dieser Mann stand damals bereits mit einem Bein im Grab, doch wenn er zu sprechen begann, führte er seine Studenten mühelos in eine andere Welt. Diese erstreckte sich von Arabien bis weit nach Niederländisch-Indien hinein, und wenn der alte, weitgereiste Lehrmeister Erinnerungen an Dschidda oder Java ausgrub, dann fragten sich seine Adepten, was sie eigentlich noch in so einem öden Nest wie Leiden taten. Auch Maurice' Vater kam zu dem Schluß, seine Zukunft liege in Niederländisch-Indien.

Er hatte immer schon weggewollt. Seine Jugend war sorgenbeladen gewesen; seine Mutter hatte ein chronisches Herzleiden und mußte jahrelang das Bett hüten; sein Vater suchte Ablenkung außer Hause und wurde ein notorischer Trinker. Er kümmerte sich kaum mehr um seine Familie, mied die Kirche, und wenn ihn jemand daran erinnerte, daß er einem alten Hugenottengeschlecht entstammte, sang er anrüchige Lieder – auf französisch. Er konnte fluchen wie ein Droschkenkutscher oder einen Stuhl durchs Fenster schmeißen, wenn er seine Frau wieder einmal seufzen hörte; jeder hatte Angst vor ihm. Die Töchter heirateten noch vor ihrem zwanzigsten Lebensjahr, die Söhne verließen schon sehr früh das Elternhaus; die beiden älteren verschwanden bei Nacht und Nebel, und der jüngste – Maurice' Vater – wandte den Blick nach Osten.

Er mußte ein stiller Junge gewesen sein. Er streifte am Wasser umher oder verbrachte ganze Nachmittage in der Bibliothek; er las, und das sollte er seine ganze Jugend hindurch tun, wie ein Besessener lesen, um die Leere daheim zu vergessen. Also ein ziemlich bedauernswerter Junge, vermutete Maurice, doch das stritt sein Vater ab; er habe die Bücher oft beiseite gelegt, um Fußball zu spielen, und dabei war er gut genug, um sich einen festen Platz in der Leidener Studentenmannschaft zu erkämpfen.

Er hielt seine Kondition in Schuß, indem er weder rauchte noch trank, und das sollte er bis zum Beginn des Krieges durchhalten. Als vergnügungssüchtig konnte man ihn nicht gerade bezeichnen; im Verbindungshaus ließ er sich selten blicken, und das erste Mädchen, dem er tief in die Augen sah, wurde seine Frau. Ein flottes Ding, o ja, mit einem starken Charakter. Obwohl sie viel nüchterner war als er, spielte sie die *Mondscheinsonate* auf dem Klavier und schrieb Gedichte, was er, der Bücherwurm, nie getan hatte. Sie führte Tagebuch, in dem sie ihre Antworten auf fundamentale Fragen zu formulieren versuchte – Was ist Liebe? Gibt es einen Gott? –, und auch später, als sie nur noch Briefe an die Familie schrieb, stellte sie ähnliche Fragen. Diese befaßten sich damals in erster Linie mit der Haltung der Weißen gegenüber den Asiaten; nach der Bemerkung eines Toradja (»Ach wirklich? Gibt es Menschen, die nicht glauben? Aber das ist doch äußerst unvernünftig!«) versah sie die Missionsarbeit der Kolonialherren mit einem großen Fragezeichen. Sie besaß Abenteurergeist, und wenn sie den etwas schüchternen jungen

Mann nicht kennengelernt hätte, der sich im Koran ebenso gut auskannte wie in der Bibel, dann wäre sie allein in die Welt gezogen.

Was er mit seinem ganzen Islamwissen anfangen sollte, diese Frage hatte sich sein Vater nie gestellt, doch noch bevor er sein Studium ganz abgeschlossen hatte, zeigte sich, daß er sein Interesse nutzbringend einsetzen konnte.

Er wurde entsandt, mit einem Auftrag.

In den dreißiger Jahren hatte sich der Nationalismus in Niederländisch-Indien zu einer Massenbewegung entwickelt, deren glühendste Aktivisten häufig nach Mekka pilgerten, um dort ihre aufrührerischen Pläne zu schmieden. Im eigenen Land wurden sie vom weißen Herrscher beschattet und belauscht, an dieser Pilgerstätte dagegen konnten sie sich ungestört beraten und ihre Aktionen vorbereiten, da Christen das Betreten Mekkas verboten war.

Daher erregte es Befremden, daß auf der Insel Selayar, südöstlich von Celebes, Hunderte von Pilgern bei ihrer Rückkehr aus Mekka den christlichen Glauben annahmen. Sie behaupteten, auf dem Rückweg »das Licht« gesehen zu haben, und wollten sich, in die Heimat zurückgekehrt, taufen lassen. Die Frage war, was sich hinter dieser Bekehrungswelle verbarg.

Das Gouvernement suchte jemanden mit fundierten Islamkenntnissen, der als Missionspfarrer unter den Bewohnern von Selayar wirken und das Vertrauen der zurückgekehrten Pilger gewinnen könne, um hinter deren wahre Absichten zu kommen.

»Ein Infiltrant also«, sagte Maurice, der die Geschichte höchst spannend fand.

»Offiziell war es ein Forschungsauftrag, und ich war fest entschlossen, mich daran zu halten.«

Er lernte Makassarisch, zusammen mit seiner Frau. Sie war noch sehr jung, hatte blonde Haare und eine Haut, die in den Tropen verbrennen mußte, aber diese Mission reizte sie, und das räumte seine letzten Zweifel aus. Mit so einer Frau an seiner Seite würde er es schon schaffen, auch wenn es sechs Jahre dauern würde, bis er – im August 1941 – Europa bei seinem ersten Heimaturlaub wiedersehen würde.

Nach einigen Monaten in Batavia, wo er sich bei dortigen einheimischen Islamspezialisten Rat holte und sich über die äußerst vagen Instruktionen der Kolonialbeamten wunderte, fuhren sie mit dem Schiff zu ihrem vorläufigen Standort Makassar. Binnen Jahresfrist sollten sie, so war es geplant, nach Selayar übersiedeln.

»Und«, sagte sein Vater, »diese Zusage wurde in jedem offiziellen Brief wiederholt.«

Es dauerte lange, bevor er merkte, daß das Gouvernement nie auch nur in Erwägung gezogen hatte, ihn auf der Insel zu stationieren. Es fürchtete, er könnte Sympathien für die Selayaren entwickeln und seine Beobachtungen würden nach und nach an Objektivität verlieren. Länger als acht Wochen durfte er dort nie bleiben.

So begann das Hin- und Herreisen per Schiff, das sieben Jahre dauern sollte.

Ein Leben wie Gott in Frankreich, fanden die Pastoren in Makassar und die Missionare auf den Außenposten. Studieren, Fakten sammeln, Berichte schreiben; das hätten sie auch gern gemacht. Er brauchte nicht das ganze Jahr hindurch unter primitiven Verhältnissen zu leben, nach acht Wochen auf Selayar, wo es tatsächlich wenig Komfort gab, konnte er in die Stadt zurückkehren; dort, zu Hause, konnte er sich wieder für Wochen in sein Studierzimmer zurückziehen; außerdem durfte er Konferenzen über den Islam in Denpasar und Surabaja beiwohnen, und er durfte auch andere Teile von Celebes aufsuchen, um Vergleichsmaterial zu sammeln. Er war wirklich ein Glückspilz: Als zweites Arbeitsgebiet wurden ihm die hochgelegenen, herrlich kühlen Toradja-Gebiete zugewiesen, deren noch überwiegend animistische Bevölkerung schwankte, ob sie den Islam oder das Christentum als Religion annehmen sollte. Wer wäre dort nicht liebend gern hingegangen? Maurice' Vater war knapp sechsundzwanzig Jahre alt, und wenn sein Name irgendwo fiel, wurde sofort hinzugefügt: »Ach ja, unser kleiner Glückspilz.«

Das störte ihn weniger als seine junge Frau, die, wenn er nach Selayar fuhr, in der Stadt bleiben mußte. Sie fühlte sich ausgeschlossen, doch als Ausgleich für die neidischen Blicke nahm er sie mit ins Toradja-Hochland. Sie erkundete das Gebiet auf dem Rücken eines Araberhengstes, und wenn sie in ihrem Fiat Victory, dessen Leinenverdeck zurückgeklappt werden konnte, in die Stadt zurückkehrten, dann sagte sie: »So, davon kann ich jetzt wieder ein paar Monate zehren.« An den einsamen Abenden in Makassar spielte sie Klavier oder vervollkommnete ihre Malaiisch- und Makassarischkenntnisse. Sie lernte sogar die komplizierte makassarische Schrift, was eine große Leistung war; nur wenige Weiße konnten diese Sprache lesen.

Währenddessen setzte Maurice' Vater seine Untersuchungen fort. Leicht war es nicht. Die Inselbewohner mochten keine Fremden, zumal solche nicht, die nicht auf Selayar wohnten, und gerade, wenn er ihr Mißtrauen besiegt hatte, mußte er wieder nach Makassar zurück. Das erste, was er zu Hause tat, war, einen geharnischten Brief an das Gouvernement zu schreiben – so würde es ihm nie gelingen, die Beziehung zu den Menschen auf Selayar enger zu knüpfen. Es nutzte nichts.

Erst bei seinem sechsten oder siebten Aufenthalt wurde ihm klar, daß die Bekehrungsbewegung nichts mit Politik zu tun hatte, sondern einzig und allein auf das Phänomen des geistigen Führers zurückzuführen war. Der

Morgenländer, sagte er, sei dafür empfänglicher als der Abendländer, und die Umstände konnten kaum günstiger sein.

Die Pilger, achthundertsechzig an der Zahl, waren auf einem morschen Kahn gen Mekka gefahren. Dicht gedrängt hatten sie in den stickigheißen Laderäumen geschlafen, in denselben Laderäumen Fische und Hühner gebraten und ihre Notdurft verrichtet. Während der zweiten Woche auf See war die Ruhr ausgebrochen und hatte vor allem viele Ältere hinweggerafft. Das war der erste Schlag gewesen.

Bald darauf folgte die Enttäuschung von Mekka. Den Pilgern wurde das Geld aus den Taschen gezogen, einige mußten ihre Töchter an die Bordelle von Dschidda verkaufen, um nicht Hungers zu sterben. Inmitten eines tumultuarischen Gedränges berührten sie den Stein von Mekka – einige wurden dabei niedergetrampelt und brachen sich das Genick –, und als sie die heilige Stadt wieder verlassen hatten, wurden sie von bewaffneten Räubern überfallen. Für diese Pilgerfahrt hatten die frommen Fischer von Selayar ihr ganzes Leben lang gespart.

Auf dem Rückweg geriet ihr Schiff in ein Unwetter. Mindestens zehn Pilger wurden über Bord gespült. Durch die Grundsee barst der Stahl, als wäre es Holz, das Wasser schoß tosend in die Laderäume, Blitze zuckten über den Himmel.

»In der Nacht«, sagte Maurice' Vater, »erhob sich ein Mann, der so redegewandt war wie Paulus.«

Ein Mann aus einer bekannten Familie der Insel, der in jugendlichem Alter nach Makassar geschickt worden war, um dort auf einer christlichen Schule unterrichtet zu werden. Er hielt den Pilgern vor Augen, daß sie irregegangen seien. Ihr Prophet heiße nicht Mohammed, sondern Jesus Christus, und das Feuer, das sie am Himmel sähen, sei nichts anderes als der Zorn des Herrn aus der Bibel. Die einfachen Fischer von Selayar waren gern bereit, das zu glauben; die Blitze am Himmel wurden von Donnerschlägen begleitet, wie man sie auf See selten hört. Ihr letztes Stündlein hatte geschlagen, daran zweifelte keiner mehr, und als der Seher sie zum Gebet aufrief und in ihrer aller Namen dem Gott aus der Bibel gelobte, auf den rechten Pfad zurückzukehren, da falteten sie einträchtig die Hände und schlossen die Augen. Am Morgen darauf war das Meer spiegelglatt.

Für einen Menschen des Morgenlands konnte das kein Zufall sein.

Sein Vater lernte diesen Mann kennen, einen Wirrkopf mit dem Auftreten eines Heiligen. Er taufte ihn. In den darauffolgenden Jahren taufte er achthundert ehemalige Muslime.

Doch das Gouvernement blieb mißtrauisch. Um die Staatsdiener zu überzeugen, begann Maurice' Vater mit einem Bericht, der so dick wie ein Buch werden sollte und den er eines Tages auch zu veröffentlichen hoffte. Eine Studie über den geistigen Führer, über den Seher mit den prophetischen Gaben, über Charisma und Glaube. Er machte sich Hunderte von Notizen, ließ sich Kisten voller Bücher aus Holland schicken und verfolgte die Entwicklungen auf Selayar weiter – die Möglichkeit, daß die Bekehrten schließlich doch wieder zu ihrem ursprünglichen Glauben zurückkehren könnten, schien ihm nicht ausgeschlossen.

Da brach der Krieg aus.

Die Japaner rückten näher, der Ortskommandant der niederländisch-indischen Armee beschloß, seine Truppen in die Berge zurückzuziehen, ein Seelsorger mußte mit, um die Toten zu begraben und den Verwundeten beizustehen. Wer? Ein Missionar? Ein Pastor? Der Entschluß stand rasch fest: der kleine Glückspilz.

Er sei der Jüngste, hieß es offiziell, er habe eine robuste

Konstitution und habe seit Kriegsausbruch nichts mehr zu tun gehabt; der Schiffsverkehr nach Selayar war eingestellt worden.

In der Zwischenzeit war er Vater zweier Kinder geworden. Sein jüngster Sohn war noch keine drei Monate alt, und seine Frau hatte sich von der schwierigen Geburt noch nicht wieder ganz erholt. Er hätte sich weigern können. Und dann? Dann hätte er in der Stadt und überall sonst auf der Insel als Feigling gegolten.

Er ging. Die Kämpfe dauerten nur wenige Tage, waren jedoch ungemein heftig. Dutzende von Soldaten fielen, und da keine Zeit war, sie zu begraben, wurden sie einstweilen in eine Scheune gelegt. Bald schon lagen dort Berge von Leichen.

Die Japaner überrannten das ganze Gebiet. Alle Militärangehörigen wurden gefangengenommen. Mit *einem* Weißen wußten sie jedoch nichts anzufangen. Wer war dieser Mann? Er trug keine Uniform. Ein Geistlicher? Aber nicht im Dienste der Armee! Nach dem Verhör wurde er im Leichenhaus eingesperrt.

Dort ließ man ihn zwei Tage und zwei Nächte hocken. Sein Vater ersparte ihm die Details, aber Maurice konnte es sich vorstellen. Leichen verwesen – und unter der Tropensonne geht das doppelt so schnell.

Er bat um Zigaretten. Zum erstenmal in seinem Leben schmeckte er Tabak. Er blies den Rauch durch die Nase, um den Gestank zu vertreiben. Es half, doch zu Beginn der zweiten Nacht war die Schachtel leer, und es dauerte bis zum nächsten Morgen, bevor ein Soldat ihn fragte, ob er etwas brauche.

Schließlich wurde er nach Makassar geschafft. Ein japanisches Militärauto brachte ihn zu seinem Haus, wo er ein paar Kleidungsstücke zusammensuchen durfte. Dabei sah er gerade noch den Lastwagen um die Ecke biegen, der seine Frau und die beiden Söhne abtransportierte.

Er ging ins Haus und fand sein Arbeitszimmer leer vor. Die Japaner hatten seine Bücher und Aufzeichnungen im Garten verbrannt. Er bückte sich unter der alten Tamarinde, fegte mit der Hand etwas Asche beisammen und rieb sie sich ins Gesicht. So ließ er sich wegführen, mit Asche auf den Wangen.

Eine Woche später mußte er sich zusammen mit Hunderten anderer weißer Männer im Internierungslager vor der japanischen Fahne verbeugen. Das sollte er in den folgenden dreieinhalb Jahren jeden Morgen beim Appell tun müssen: sich vor der feuerroten Sonne verbeugen.

Das Meer nahm eine schlammig-gelbe Farbe an.

»Das Wasser des Amazonas«, sagte Wimpie. »Wußtest du, daß dreißig Prozent von allem Wasser auf der Erde aus dem Amazonasgebiet stammen?«

Seit Adrianas Abreise war er besser drauf. Er trank weniger und stand auch nicht mehr wie ein Zombie am Ruder. Er gab wieder alles mögliche Wissenswerte zum besten, was er wochenlang nicht mehr getan hatte.

Ich bin also der einzige, der sie vermißt, dachte Maurice. Vor allem in den letzten Tagen hätte er gerne mit ihr geredet. Sie hätte ihm vielleicht klarmachen können, warum ein einigermaßen stabiler Mensch plötzlich zu Tabletten greift.

Er hatte seinem Vater vieles verziehen. Gleichgültige Soldaten hatten ihn in einem Leichenhaus eingesperrt. Er hatte die Arbeit von Jahren in Rauch aufgehen sehen. Er hatte von Februar 1942 bis September 1945 im Lager gesessen. Er hatte an Ruhr gelitten und an Hungerödemen. Jedesmal, wenn Maurice gezögert hatte, ob er samstags nachmittags mitfahren sollte, waren diese Ereignisse seinem Vater durch den Kopf gegangen. Aber er hatte nicht verstanden, warum sich diese Vergangenheit von einem Tag auf den anderen mit derart zerstörerischer Kraft wieder gemeldet hatte. Sie hatten doch schöne Stunden erlebt, sie beide, auf ihrem Steg.

»Ein Is-Schiff.«

»Ach wo, Junge, das ist ein Es-Schiff.«

»Die *Willem Ruys*, Pa.«

»Ein Pastorensohn, wie du. Willem Ruys, der Begründer des Rotterdamsche Lloyd, war ein Pastorensohn.«

Nach dem Krieg hatten sie ihn zum Hilfsprediger gemacht. Ein Abstieg für einen ambitionierten Forscher. Wieder in Holland, hatte er jahrelang in Krankenhäusern gearbeitet. Beten an Betten, auch kein aufmunternder Job. Erst 1952 wurde er in ein wohlhabendes Dorf in den südholländischen Poldern berufen, nicht weit von der Stadt. Pastor! Unter den gegebenen Umständen eine Beförderung.

Ein großes, neues Pastorat mit Blick auf die Kornfelder. Geräumige Zimmer mit tiefen Schränken, die schon bald mit Kleidungsstücken gefüllt waren. Essen auf dem Tisch und manchmal sogar Nasi-goreng, wenn Leute zu Besuch kamen, die früher in Niederländisch-Indien gelebt hatten. Ein richtiges Arbeitszimmer und an zwei Wänden Bücherschränke, deren Regale sich unter dem Gewicht von Nachschlagewerken bogen. Und der Kleinste war mittlerweile groß genug, hinter ihm aufs Moped zu klettern. War das nicht ideal? Nach Beendigung des Kolonialzeitalters waren bessere Verhältnisse kaum denkbar.

Im Dorf habe man ihn nicht strenggläubig genug gefunden, behauptete er. Das habe ihn nervös gemacht, *latah*. Immer häufiger sei zu hören gewesen, er predige nicht wie ein »normaler« Pastor und streiche stets das typisch Östliche an der Bibel heraus. Warum er nicht ganz normal über Hölle und Verdammnis wettere?

Er bekam böse Anrufe, beschuldigende Briefe. Doch diese Beschwerden kamen vor allem, als er nicht nur zu Tabletten griff, sondern auch zur Flasche.

Maurice nahm es persönlich. Ablehnung war vielleicht ein großes Wort, aber ihm fiel kein besseres ein. Er sah Parallelen zwischen seinem eigenen Leben und dem seines Vaters. Sieben Jahre auf Selayar, sieben auf ihrem Steg. Danach waren die düsteren Jahre gekommen und die trüben.

20

Piano piano. Pianissimo

Unmittelbar nach der Überquerung des Äquators lief das Schiff in die südliche Amazonas-Mündung ein. Stundenlang kämpfte sich die *Maria* gegen die Strömung flußaufwärts. Wimpie hielt den Blick unverwandt auf den Ruderlagenanzeiger gerichtet, Sorgdrager starrte durch das, was er sein drittes Auge nannte, ein kreisförmig geschliffenes Glasstück im mittleren Fenster, das sein Blickfeld um einiges erweiterte, und Bruining Smit beugte sich über den Kartentisch oder den Gummitrichter auf dem Radarschirm oder das Echolot.

An diesem Morgen hatte der Kapitän den *Pilot* studiert, jedenfalls den Teil, der die Nordostküste Lateinamerikas beschreibt. Die Passage über die Flußmündung bei Belém hatte er mehrmals gelesen, und als er das marineblaue Buch in den Schrank zurückstellte, hatte Maurice an die Exegesebücher seines Vaters denken müssen. Jedem sein Nachschlagewerk; Bruining Smit näherte sich keiner Küste, ohne den *Pilot* zu Rate zu ziehen. »Wenn ich mir den richtig ansehe, dann könnte ich ohne Karte fahren.«

Wie die meisten Seeleute beklagte auch er den Fortschritt. Am liebsten hätte er sämtliche Computer über Bord geworfen, um wieder mal einen Stern zu schießen. Nach etwa zehn Meilen postierte er einen Matrosen auf dem Vordeck, als Ausguck, denn daß der Ausguck verschwunden war, war auch eine dieser idiotischen Neuerungen. Von ein paar vorbeitreibenden Baumstämmen wurde die Haut der *Maria* lediglich leicht angekratzt, doch hier schwammen sie gleich zu Dutzenden flußabwärts, und da der Fluß an dieser Stelle noch breit genug war, um ein Ausweichen zu erlauben, sah er nicht ein, warum man den Schaden nicht dadurch begrenzen sollte, daß man einen Wachposten aufs Vordeck stellte, der über Walkie-talkie melden konnte, was alles auf sie zutrieb. Auf einem Fluß wie dem Rio Pará konnte man gar nicht genug Augen haben, lautete seine Theorie, und der *Pilot*, der gleichfalls zur Vorsicht mahnte, gab ihm darin recht.

Unten, im Maschinenraum, hieß es ebenso aufgepaßt. Die Gegenströmung verlangte den Maschinen viel ab, und durch die Hitze konnte alles mögliche passieren; die Temperatur im »Keller« war auf nahezu fünfundfünfzig Grad gestiegen. Doch die Leute klagten nicht. Dies war Seefahrt auf die gute, alte Art; ständigen Blickkontakt zum Wasser halten, auf das Schiff hören, hier Hand anlegen, dort etwas korrigieren. Und wer seine acht Glasen Wache geschoben hatte, machte, daß er in seine Kajüte kam, um zu duschen und sich aufs Ohr zu hauen, denn viel länger als acht Glasen, das heißt acht halbe Stunden, konnte man in diesem Klima nicht auf den Beinen sein.

Maurice schaute. Über die Nock waren Sonnensegel gespannt, er stand im Schatten und schaute zu den Mangroven, die die Ufer säumten. Er sah den Urwald näher rücken und schluckte bei dem Gedanken, daß er den Fluß hinauffuhr, der ihn, wenn er auf immer kleineren Schiffen weiterführe, mitten ins Herz Lateinamerikas brächte.

Er hatte sein ganzes Leben lang geschaut. Schiffe betrachtet, zusammen mit seinem Vater; Gemälde, Fresken. Nach all den Jahren des Beobachtens freute er sich noch immer wie ein kleiner Junge an Dingen, die neu für ihn waren. »Reisender, was willst du?« hatte sein Vater früher Victor Hugo zitiert. »Je veux voir …« Diese Mentalität – denn das war es eher als eine Auffassung – hatte sein Denken bestimmt.

Er sah Belém. Keine Siedlung, an deren Hütten Schlamm klebte, wie er erwartet hatte, kein Kaff, in dem Indianer in verfallenen Kolonialläden ihre Einkäufe erledigten, sondern eine Stadt, eine stattliche Stadt mit hohen Gebäuden und breiten Straßen. Nur der Hafen hatte das Ameisenhaft-Wuselnde eines Urwaldorts; Praue stürzten sich wie Blutsauger auf die *Maria*, kleine Fischerboote schwärmten um ihr Heck.

Um vier Uhr kam der Zoll an Bord. Das Schiff sollte am selben Abend schon wieder weiterfahren, nachdem vierzig Container mit Konserven gelöscht und dreißig mit tropischen Früchten an Bord genommen waren. Er würde lediglich einen flüchtigen Eindruck von der Stadt gewinnen können, die die Portugiesen Bethlehem genannt hatten, weil sie hier wenige Tage nach dem Weihnachtsfest 1616 den ersten Pfahl in den Boden gerammt hatten, aber er ging trotzdem an Land, mit der Ungeduld, die ihn sein Leben lang getrieben hatte, seit sein Vater ihm mit Bedauern in der Stimme gesagt hatte, er hätte Makassar sehen müssen und Surabaja und Selayar und das Rote Meer und Port Said.

Er war die Gangway erst halb hinuntergegangen, da mußte er kurz haltmachen. Mochte Belém auch eine halbe Metropole sein, er spürte sofort, daß unmittelbar hinter der Stadt der von Hunderten von Flüssen durchäderte Urwald begann. Als er in das Taxi stieg, war er klatschnaß. Der Fahrer erklärte ihm, daß die Regenzeit noch nicht einmal angefangen habe.

Trotzdem wollte er zu Fuß gehen. Die Sonne brannte nicht mehr so stark, und so ließ er sich auf der Avenida Presidente Vargas absetzen. Von dort aus ging er den Weg, den der Taxifahrer ihm beschrieben hatte: geradeaus zur Praça da República, dem zentralen Platz der Stadt.

Er kam an Palais und Villen vorbei, die um die Jahrhundertwende emporgeschossen waren, als die Nachfrage nach Gummi explosionsartig zugenommen hatte und die Kautschukballen, die in Kanus nach Belém gebracht wurden, plötzlich Gold wert waren. Die *Hevea* wuchs anfänglich nur im Amazonasgebiet, und Belém stellte sich bereits auf eine grandiose Zukunft ein, doch kaum zehn Jahre später wurde in jedem schwülheißen Winkel der Erde Kautschukmilch gezapft, und noch bevor Belém sich zu einer hellwachen Metropole gemausert hatte, war es bereits wieder eingeschlafen – eine Provinzstadt.

In den Tropen blüht alles nur kurz, Pflanzen, Sträucher und auch die Städte. Aber immerhin blühen sie in voller Pracht. Das Theater war ganz aus weißem Marmor erbaut.

Er betrat ein italienisches Restaurant. Die Tische standen unter den Arkaden eines Patios. Mosaikfußböden, verputzte Wände. An einer hingen zwei Reproduktionen. Zwei Stilleben, zwei Vasen von Morandi. Er schaute lange darauf und dachte: Das ist Kunst.

Zum erstenmal seit Wochen verspürte er Lust, wieder eine Leinwand aus dem Rahmen zu nehmen. Ein kleines Bild, mit dem man rasch vertraut wird und dessen Geheimnisse sich wie die eines Briefes entschlüsseln lassen. Die Opazität, die etwas über das Alter des Firnisses aussagt, die Krakelüren, die Blasenbildung, die Retuschen … Alles steht da: was der Maler übermalt hat, was mit dem Bild passiert ist, seit es die Staffelei verließ, und man kann es lesen, sei es im Tageslicht oder unter Infrarotstrahlen.

Wann ist ein Gemälde fertig? Eigentlich nie. Die Farbe benötigt Jahrzehnte, um richtig durchzutrocknen, und dann beginnt sie Risse und Sprünge zu bekommen. Die Farben verändern sich, Weiß wird mit der Zeit gelb, Grün durch das Kupferresinat braun. Über die Wälder von Hobbema ist der Abend hereingebrochen, die milchweißen Leiber aller Dianas und Bathsebas haben eine fahle Tönung bekommen. Unter die Vergangenheit läßt sich kein Schlußstrich ziehen; alles arbeitet weiter, verzieht sich, bekommt Risse, brodelt.

»Hübsche Stadt?« fragte Sorgdrager, der den Hafen von Belém schon viermal angelaufen hatte, ohne je einen Fuß an Land gesetzt zu haben.

»Wenn man im Schatten bleibt, schon. Na ja, immerhin kann man überall duschen.«

»Also schmuddelig. Hab ich mir schon gedacht.«

»Im Gegenteil. Überall gibt es Duschkabinen, bei den Büros, beim Busbahnhof, damit man sich nach einer langen Reise frisch machen kann. Ich kenne keine Stadt, die so auf Hitze eingestellt ist. Viel Schatten, überall Mangobäume.«

»Und überall das Klamme des Urwalds.«

Für Sorgdrager blieben die meisten Häfen ein vager Schemen; er konnte das Schiff nur selten verlassen, als Erster Offizier war er für das Löschen und Laden verantwortlich.

Nachdem die letzten Container festgelascht waren, glitt das Schiff wieder flußabwärts. Jetzt fuhr es mit der Strömung, so daß die Maschinen nur mit halber Kraft tuckerten. Erst an der Flußmündung legte der Kapitän den Maschinentelegrafen auf voll voraus, und innerhalb einer Viertelstunde hatte das Schiff die alte, vertraute Reisegeschwindigkeit von fünfzehn bis sechzehn Knoten erreicht.

Maurice wünschte Sorgdrager, der für die Hundewache eingeteilt war, eine ruhige Nacht und kroch ins Bett. Selbst bei weit geöffneten Lüftungsschlitzen blieb es stickig in seiner Kammer; die Stahlwände hielten die Hitze des Amazonasgebiets fest.

Es dauerte lange, bevor er einschlief. Eines nach dem

anderen kehrten die Gemälde zurück, die seine Aufmerksamkeit jahrelang in Anspruch genommen hatten. Sie schenkten ihm die gleiche Ruhe wie damals. Mitten in der Nacht schrak er jedoch in Panik auf. Er fuhr in eine Hose, ein Hemd und floh, hinaus aufs Achterdeck.

Das einzige, was in der Tropennacht leuchtete, war das Kielwasser. Bis zum ersten Morgengrauen blieb er dort stehen und schaute auf die weiße Spur, die schnurgerade bis zum Horizont lief.

Das Restaurant in Belém. Er hatte Pasta gegessen, was ihn natürlich wieder an Judy denken ließ. Er hatte die Rechnung verlangt und die Toilette aufgesucht. Auf dem Weg dorthin war er an einem Klavier vorbeigekommen, einem alten Bechstein. Das Instrument stand da wohl nur zur Dekoration, das Holz war gequollen, und er hatte kräftig zerren müssen, bis er den Deckel aufklappen konnte. Er hatte zwei, drei Akkorde angeschlagen und eine Stimme gehört.

»Piano piano. Pianissimo.«

Da hatte er den Deckel schnell wieder zugeklappt.

Sie richteten ihn ein Stück weit auf. Er war schwer, wenn er tot war. Sie legten ihn anders hin oder schleppten ihn ins Schlafzimmer. Jetzt mußten sie alles gemeinsam machen.

Er kannte sie nicht gut. Er kannte sie genauso schlecht wie seine Brüder, die mittlerweile studierten und nur noch selten nach Hause kamen. Sie hatte seinen Kram aufgeräumt, seine Hosen geflickt. Sie war seine Mutter, sie nörgelte an ihm herum, zwang ihn, Lebertran zu schlucken oder Grießbrei zu essen; sie war streng und erwachsen. Seinen Vater sah er noch manchmal heimlich in einem Buch lesen, das er für ihn gekauft hatte, ein Buch über das Meer oder über eine Schatzinsel, aber bei derlei Dingen ertappte er sie nie.

Daß ihre Eltern von weit her gekommen waren, erfuhr er erst, als er schon etwa dreizehn war, von seinem Vater. Wenn sie eine Erinnerung hervorkramte, so spielte sie in der holländischen Kleinstadt, in der sie den größten Teil ihrer Jugend verbracht hatte. Sie verlor kaum ein Wort über ihre Vergangenheit, da sie befürchtete, die vielen Geschichten über die Tropen seien schon verwirrend genug für ihn. Und sie hatte andere Dinge im Kopf, ihre größte Sorge betraf die Gegenwart.

Es ging schlechter mit seinem Vater. Sie fanden ihn unter dem Eßtisch oder in seinem Arbeitszimmer, den Kopf auf dem Schreibtisch, oder auf dem Badezimmerboden ausgestreckt. Dann begann die Schlepperei, mit dem Bett als Endziel. Maurice stöhnte manchmal, aber nicht zu laut. Er konnte viel einstecken; er weinte wegen Kleinigkeiten, nicht wegen großer Dinge. So registrierte er und tat, was von ihm erwartet wurde; er mußte seiner Mutter helfen.

Im Dorf durfte er davon nichts erzählen, darum hatte seine Mutter ihn ausdrücklich gebeten. Sein Vater wußte genau, wann er sich senkrecht zu halten hatte und wann er sich gehenlassen konnte; sosehr sich sein Geist auch getrübt hatte, seine Pflicht versäumte er nicht. Doch wer ihm übelwollte, der hatte etwas in der Hand, um ihn zu Fall zu bringen. Er schluckte Tabletten, er trank; er war nicht länger ohne Fehl und Tadel, und als Pastor einer kleinen Gemeinde hatte er das zu sein.

Eines Abends klingelte es, vor der Tür standen ein paar Obst- und Gemüsebauern in langen Motorradledermänteln. Seine Mutter öffnete. Was sie sagten, konnte er nicht verstehen, aber er sah, wie sich der nervöse Fleck an ihrem Hals bis hinter ihr Ohr ausbreitete. An einem anderen Abend fand er einen anonymen Drohbrief im Briefkasten. Drei, vier weitere folgten, aus der Zeitung ausgeschnittene Buchstaben, auf ein Blatt Papier geklebt. Es machte ihn genauso nervös wie seine Mutter.

Er hörte seinen Vater darüber klagen, daß er verfolgt werde. Kam er bei Wind und Wetter von einem Hausbesuch zurück, so lief auf den dunklen Deichen jemand hinter ihm her, um festzustellen, ob er gerade ging. Er wußte genau, warum der Unbekannte das tat. Im Dorf war ein Richtungsstreit zwischen Liberalen und Strenggläubigen entflammt. Sein Vater versuchte den Mittelweg zu gehen, und das trug ihm Beschimpfungen von beiden Seiten ein.

An Winterabenden wurde vor ihrem Haus gesungen, etwa vierzig Dorfbewohner, die Gottes Botschaft öffentlich verkünden wollten und mit salbungsvollen Liedern auf die Straße gingen, um Heiden zu bekehren. Der erste Heide, auf den sie es abgesehen hatten, war sein Vater. Der lachte darüber, aber wenn sie vor dem Pastorat ihre Lieder schmetterten, dann brüllte er: »Alle Lichter aus.«

Er wurde mißtrauisch. Er zog die Vorhänge zu, wenn er einen Roman aufschlug. Er versteckte seine Bücher über den Islam hinter den Büchern über das Christentum. In seinen Predigten rührte er das typisch Östliche der Bibel nicht mehr an. Er schluckte doppelt so viele Tabletten.

Einmal hielt sich Maurice nicht an die mit seiner Mutter getroffene Abmachung. Er sagte zu einem Jungen aus dem Dorf: »Mein Vater leidet noch unter dem Krieg.« Doch niemand im Dorf verstand, wie man unter etwas leiden konnte, das längst vorbei war. Der Krieg? Deutsche hin oder her, die Bauern hatten weiter gesät, um ein halbes Jahr später ernten zu können. Folglich zuckte der Junge auch nur mit den Achseln und sagte: »Meiner Meinung nach leidet dein Vater hauptsächlich unter einem Kater.«

Maurice suchte Trost bei seiner Mutter. Sie wurde seine Vertraute, genauso wie sie es früher für seine Brüder gewesen war. Sie sprach nicht viel, hörte zu. Sie saß vor der Frisierkommode, zog eine Bürste durch ihr feines blondes

Haar und nickte. Sie ließ ihn reden und reden, und er traute sich, offenherzig zu sein, da sie, in ihrem seidenen Unterkleid vor dem Spiegel, selber so wehrlos schien.

Er sagte: »Ich will hier weg.«

Und sie: »In ein paar Jahren, dann kannst du gehen.«

Sie wußte, daß es keine Großsprecherei war, daß er eines Tages seine Sachen packen würde, und fand sich damit ab.

»Ich muß dir aber noch beibringen, wie man Klavier spielt.«

Sie brachte es ihm auf unorthodoxe Weise bei. Sie spielte eine Melodie, und er spielte sie nach. Manchmal deutete sie auf eine Zeile in dem Notenbuch, und manchmal erklärte sie ihm die Funktion der Schlüssel, wenn er danach fragte. Es war eher Ablenkung denn Übung; meist setzten sie sich gemeinsam ans Klavier, wenn sie wieder einmal seinen Vater ins Bett geschleppt hatten.

»Du bist musikalisch«, sagte sie. »Du haust nur zu fest auf die Tasten. Das hat dein Großvater auch gemacht. Der hat am liebsten Militärmärsche gespielt.«

Er hatte seinen Opa nicht gekannt. Er fragte, wie er gewesen sei. Woraufhin sie »nett« oder »lieb« sagte und unbestimmt lächelte. Mund halten, hörte er sie denken, bring ihm einen der Ungarischen Tänze von Brahms bei, der klingt wenigstens fröhlich.

Später fand er, sie habe viel mehr durchstehen müssen als sein Vater, und er nahm das Angebot aus Leningrad einzig und allein aus dem Grund an, weil ihre Familie aus dem Osten gekommen war; damals jedoch fand er sie gefaßt, nüchtern, energisch und irgendwie erhaben. Sie kümmerte sich um alles, sie munterte seinen Vater auf, wenn dieser wieder einmal vor Angst gelähmt war, und sie fragte Maurice, ob er nicht doch wieder mal mit seinem Vater losziehen wolle, Schiffe anschauen.

»Ach nee.«

»Na komm schon, es ist das einzige, was ihm noch Spaß macht.«

Es war wie beim Klavierunterricht, sie ließ nicht locker.

»Viel zu laut. Dröhnen kann jeder. Piano piano. Pianissimo.«

Das waren für sie die Schlüsselbegriffe.

21

Der Orden des Weißen Elefanten

Hast du was, Schotel?«

Bruining Smit ließ drei Eiswürfel in sein Glas fallen und gab zu dem Whisky noch einen Schuß Soda dazu.

Einen »Verlängerten« nannte man das früher in den Tropen.

»Du bist in letzter Zeit so schweigsam.«

Er ging von der Bar zu einem Sessel im Salon und bedeutete Maurice, neben ihm Platz zu nehmen.

In den vergangenen Tagen hatte er tatsächlich wenig mit dem Kapitän gesprochen, auch beim Aperitif. Die anderen Besatzungsmitglieder hatten kein Wort mehr über die Ereignisse auf Curaçao verloren und schienen sogar die Namen der blinden Passagiere vergessen zu haben; Bruining Smit dagegen war es nach wie vor ein Rätsel, wer Buick und Humphrey bei ihrer Flucht geholfen hatte, und das fuchste ihn noch immer. Er hatte Maurice zwar öffentlich von jeglichem Verdacht freigesprochen, doch später waren ihm Zweifel gekommen. Jedenfalls hatte Maurice diesen Eindruck; er hatte Skepsis im Blick des Kapitäns gesehen und keine Lust gehabt, diese auszuräumen.

Bei Tisch war er ein Stück weiter nach links gerutscht. Der Steward, der jeden Tag nach Rücksprache mit dem Kapitän die Tischordnung festlegte, hatte ihn jedesmal zwischen den Ersten Offizier und den Chief gesetzt und nicht mehr neben den Kapitän. »Ich bin degradiert«, hatte er einmal gemurmelt, zur Erheiterung seiner beiden Tischnachbarn, die keine ausgesprochene Abneigung gegen den Kapitän hegten, ihn jedoch mit dem leicht spöttischen Blick des Untergebenen betrachteten. Maurice litt nicht darunter; Sorgdrager ging bereitwillig auf jedes Thema ein, und Akersloot motzte gern, während die Gespräche mit Bruining Smit immer zäh liefen. Dem fiel es schwer, Essen und Sprechen zu kombinieren (er legte meist Messer und Gabel hin, wenn er etwas zur Sprache brachte), und sein Interesse beschränkte sich auf die Navigation. Er erinnerte Maurice immer häufiger an die sturen Obst- und Gemüsebauern aus seinem Dorf, die selten mit ihrer Meinung herausrückten, bis sie sich ihre langen Ledermäntel anzogen und zum Hause des Pastors marschierten, um ihren Drohungen Nachdruck zu verleihen.

»Gefällt dir die See nicht mehr?«

Maurice nahm einen Schluck Bier und wischte sich den Schaum von den Lippen.

»Was tun Sie, wenn Sie lange von zu Hause weg sind, Käpt'n?«

»Grübeln.«

»Genau. Außerdem ist auf dieser Reise viel passiert, was einen nachdenklich macht. Ich habe diese Jungs aus dem Laderaum nicht vergessen. Sie haben die Freiheit gesucht, und wer tut das mit zwanzig nicht?«

Bruining Smit warf ihm von der Seite her einen Blick zu und schwieg. Am nächsten Tag saß Maurice wieder zwischen Sorgdrager und Akersloot, woraus er ableitete, daß der Kapitän sich über seine Antwort geärgert hatte. Er hätte, wie jeder an Bord, über die blinden Passagiere schweigen sollen.

Es kam durch die Hetzjagd. Von dem Moment an hatte er Abneigung verspürt, gegen Führung im allgemeinen und gegen den Schiffsführer im besonderen. Daher hatte er ihm auch nicht berichtet, daß er Buick und Humphrey im Gefängnis besucht hatte – wie auch sonst keinem an

Bord. Da hatte er schon mehr oder weniger erwartet, daß sich der Verdacht früher oder später erneut auf ihn richten würde.

»Nörgelt der Alte rum?« erkundigte sich Sorgdrager am nächsten Nachmittag, als sie zusammen auf der Brücke standen.

»Ach, er fragt sich noch immer, wer die Schlüssel aus seiner Kabine geklaut hat. An seiner Stelle würde ich mich das auch fragen. Er nimmt es persönlich, er will wissen, wer ihm ein Bein gestellt hat ...«

»Wimpies Alte natürlich.«

Maurice schwieg lange. Er öffnete den Mund erst wieder, nachdem er ein paarmal geschluckt hatte.

»Wie kommst du darauf?«

»Ich hab sie mal mit diesem kahlköpfigen Russen zusammen gesehen. Meiner Meinung nach hatten die beiden was miteinander.«

Ihm entging nichts, Sorgdrager, und das nicht nur in der Ferne. Er hatte alles genau im Blick, auch wenn man das nicht meinen würde, wenn er sich über das Schanzkleid beugte und die Augen halb zukniff. Er wußte, was an jenem Nachmittag vorgefallen war, und es fragte sich nur, was er mit diesem Wissen gemacht hatte.

»Hast du das dem Kapitän gemeldet?«

Nun war Sorgdrager an der Reihe zu zögern. Er war Erster Offizier, die rechte Hand des Kapitäns, er hatte ihn über alles zu unterrichten, was auf dem Schiff vor sich ging.

»Ich mag Wimpie. Hab bestimmt schon fünfzehn Reisen mit ihm zusammen gemacht. Er hätte schon längst mit der Seefahrt aufhören müssen; wenn man Angst bekommt vor dem Meer, dann muß man aufhören. Ich hab aber trotzdem lieber ihn auf der Brücke als irgend jemand sonst. Angst macht wachsam. Ich kann mit ihm reden, ich kann mit ihm lachen. Soll ich ihn dann in Schwierigkeiten bringen? Er konnte schließlich nicht das geringste dafür. Es war seine Frau.«

»Schon möglich.«

»Na, komm schon, Schotel. Du weißt genau, was Sache ist; du hattest auch was mit ihr.«

Maurice schluckte, schluckte noch einmal, wollte etwas sagen, aber Sorgdrager winkte ab.

»Laß gut sein. Was ich dir hoch anrechne, ist, daß du den Mund gehalten hast. Schwamm drüber.«

Maurice holte tief Luft und verspürte eine ungeheure Erleichterung. Es war ein beruhigender Gedanke, daß zumindest einer auf dem Schiff herumlief, der ihn nicht der Komplizenschaft verdächtigte. Seit frühester Jugend war er ein Außenseiter gewesen, eine Rolle, mit der er sich nie ganz abgefunden hatte. Niemand kommt ohne ein Mindestmaß an Verständnis aus, und beim Steuermann fand er wenigstens etwas, das dem glich.

Es gab noch mehr, das ihn mit Abraham Sorgdrager verband. Er paßte in eine Tradition, die genauso holländisch war wie die kalvinistische Engstirnigkeit, sich aber himmelweit von ihr unterschied. Seine Welt, das war die See, und die See, das waren drei Viertel der Welt.

Er kannte die Abenteuer, die Abel Tasman und Willem Barentsz, Cornelis de Houtman und Jacob Roggeveen, der Entdecker der Osterinsel, erlebt hatten. Mochte seine Arbeit auch in erster Linie aus Kontrollieren bestehen – wenn er stundenlang auf den leeren Horizont starrte, dann kamen ihm die Irrfahrten von Sir Francis Drake in den Sinn oder die entbehrungsreiche Fahrt von Mahu und de Cordes. Auf dem Meer holte er die Vergangenheit zu sich heran, genauso wie Maurice sie mit Händen greifen konnte, wenn er ein verputztes Gemälde aus dem siebzehnten Jahrhundert restaurierte.

»Ist das die Küste von Neu-Holland?« fragte er, nachdem sie abgemacht hatten, nicht mehr auf den schrecklichsten Nachmittag dieser Reise zurückzukommen.

Sorgdrager schüttelte den Kopf.

»Das ist eine Luftspiegelung.«

Von der Mündung des Amazonas bis zum fünfunddreißigsten Breitengrad, den sie gerade überquerten, war das Meer glatt gewesen. Kein Lüftchen ging, wie so oft direkt unterhalb der »Linie«. Der Himmel war gräulich, und am Horizont türmten sich die Wolken. Diese Wolken hatte Maurice für verschwommene Hügel gehalten, eine optische Täuschung.

Doch er hatte Neu-Holland erwähnt, und dieses Stichwort griff Sorgdrager bereitwillig auf. Mitte des siebzehnten Jahrhunderts hatte sich der Herrschaftsbereich der Westindischen Kompanie über nahezu zweitausend Kilometer hinweg entlang der Küste Brasiliens erstreckt und auf der anderen Seite des Ozeans vom Senegal bis nach Angola.

»Wenn ich in der Zeit gelebt hätte«, sagte Sorgdrager, »dann hätte ich Pernambuco angelaufen mit einer Ladung Zucker an Bord oder mit einer Ladung Sklaven.«

Neben Recife hatte Mauritsstad gelegen, so benannt nach Prinz Johan Maurits, dem Gouverneur der Kolonie Neu-Holland, der nach seiner Rückkehr in Den Haag das Mauritshuis erbauen ließ, in dem er seine brasilianische Sammlung unterbrachte.

Während seines Aufenthalts in Brasilien hatte Johan Maurits sechzig Gelehrte und Forscher berufen, die die Flora, Fauna, Bodenbeschaffenheit und die Klimabedingungen der Kolonie erforschen sollten, sowie sechs Maler, darunter Frans Post und Albert Eckhout, die den Auftrag erhielten, alles, was in ihren Augen fremdländisch oder exotisch war, zu zeichnen oder zu malen.

»Ich habe mich immer über die Bilder von Post und Eckhout gewundert«, sagte Maurice zum Steuermann.

»Vor allem über den Eckhout, der im dänischen Nationalmuseum hängt. *Afrikanerin mit Kind*. Die Farben sind von einer beispiellosen Intensität für das siebzehnte Jahrhundert. Es hat bis zu van Gogh gedauert, ehe derartig grelle Farben wieder verwendet wurden.«

»Woher kommt das?«

»Einer der Wissenschaftler schrieb, daß es ›unterhalb des Äquators keine Sünden gibt‹, und ebendiese Unbefangenheit findet man auch auf den Bildern wieder. Johan Maurits war wie ein moderner Anthropologe zunehmend fasziniert von den Indianern, und als er die Kolonie verließ, kletterten die Tupaja zu Hunderten an Bord seiner Schiffe. Sechs nahm er schließlich mit, die Monate später auf einer Soiree, die der Prinz in Den Haag gab, pudelnackt einen Kriegstanz aufführten. So etwas hatte es bis dahin in Holland noch nie gegeben.«

Wieder in Europa, verstreute Johan Maurits jedoch seine erlesene brasilianische Sammlung, da er versessen war auf Titel und Auszeichnungen. So bot er dem dänischen König die schönsten Gemälde von Eckhout im Tausch gegen den Orden des Weißen Elefanten an.

»Die werden alle ein bißchen verrückt«, sagte Maurice, »Weiße, die aus den Tropen zurückkehren. Ihr ganzes weiteres Leben lang vermissen sie etwas, an erster Stelle Ansehen, einen bestimmten Lebensstandard, Abenteuer, und Ausgleich muß dann der Orden des Weißen Elefanten bieten, oder rauhe Mengen an Alkohol.«

»Man könnte meinen, du sprichst aus Erfahrung.«

Daraufhin schwieg Maurice wieder. Denn sosehr er den Steuermann auch mochte, allzu vertraulich wollte er nicht werden. Das hatte daheim im Dorf angefangen, wo seine Mutter ihm befohlen hatte, den Mund zu halten, und es hatte nie aufgehört. Auch heute noch verbarg er die Geschehnisse, die seine Kindheit und Jugend geprägt hatten.

Sein Vater sprach noch immer von einem »Verlängerten«, weil das genauso harmlos klang wie ein Glas Limonade. Er wechselte zwischen Hochprozentigem und Sherry, den er wie Wasser trank. Noch immer schrieb er Briefe nach Makassar und Selayar und ärgerte sich, daß die Antworten immer länger auf sich warten ließen. Manchmal kamen in die Niederlande emigrierte Molukker oder Toradja zu Besuch, und dann war er entzückt, wenn die Frauen einen Sarong trugen.

Was machte ihm eigentlich so zu schaffen?

An ihrem Steg erzählte er von den Schiffen, die er während seiner Lagerjahre hatte beladen müssen. Er war in der Nähe von Parepare interniert, einer kleinen Hafenstadt in Zentral-Celebes. Vierzig Ballen Reis pro Tag, und im Laderaum gab ein japanischer Korporal den Zwangsarbeitern für jeden abgelieferten Ballen ein Stöckchen. Am Ende des Tages wurden die Stöckchen gezählt, und wer weniger als vierzig vorweisen konnte, bekam für jedes fehlende einen Schlag mit der Peitsche über den nackten Rücken. Im ersten Kriegsjahr hatte er die vierzig ohne große Probleme geschafft. Da kämpfte er nur gegen die Hitze. Als aber sein Körper infolge der Unterernährung an Kraft verlor und er nach wiederholten Ruhranfällen klapperdürr geworden war, da sank sein Durchschnitt auf fünfunddreißig pro Tag, vierunddreißig, dreiunddreißig, zweiunddreißig.

Verfolgt einen so etwas das ganze Leben lang, auch wenn man sich inzwischen längst von allen Verletzungen erholt hat? Oder spürt man die Peitschenhiebe erst dann so richtig, wenn man sein Leben als gescheitert betrachtet?

Da mußte mehr passiert sein, viel mehr. Er hatte in aller Öffentlichkeit Prügel bezogen, weil er jeden Abend in seiner Baracke ein Gebet sprach. Dann stellten sich die anderen Gefangenen um ihn herum und falteten die Hände, während er an die Frauen und Kinder erinnerte, die Hunderte von Kilometern von ihnen entfernt unter genauso schwierigen Bedingungen auf das Ende des Krieges warteten. Das ließen sich die Japsen nicht bieten, und es setzte erbarmungslos Schläge. Er hörte, wie der Lagerkommandant ihn in langen Tiraden als »Christenhund« beschimpfte, was für jemanden, der jahrelang östliche Religionen studiert hatte, mehr als eine Beleidigung gewesen sein mußte. Er konnte nicht mit dem Respekt rechnen, den er selbst anderen Religionen stets entgegengebracht hatte, und im nachhinein mußte er sich wie ein Narr vorgekommen sein – die Welt war sehr viel härter, als er in seinem Dachkämmerchen in Leiden hatte ahnen können; jede Religion führte letztendlich zu Intoleranz. Das mußte er gemeint haben, als er einmal behauptete, im Lager sei »sein Weltbild verstümmelt worden«.

Aber mein Gott, das waren solche großen Worte. Was will man, wenn man vierzehn ist? Einen Vater, der einem nicht ständig mit irgendwas in den Ohren liegt, und schon gar nicht mit seinem »Weltbild«. Sollte er doch seiner Gemeinde mit seinem verstümmelten Weltbild in den Ohren liegen.

»Jetzt hör doch endlich auf damit«, sagte Maurice manchmal.

»Womit?« fragte er dann verwundert.

»Mit dem Krieg. Und den Tropen.«

Er gab sich Mühe. Er deutete auf die *Maasdam* oder die *Rijndam* oder auf ein anderes Schiff, das nach Amerika fuhr. Derweil sog er heftig an seiner Zigarette. Er konnte die Aufmerksamkeit und Konzentration, die die Voraussetzung für stillen Genuß waren, nicht mehr aufbringen. Am nächsten Samstagnachmittag war er wieder an Bord des Repatriierungsschiffs und haderte mit den Beamten, die ihn betrogen hatten.

Nach nahezu vierzehn Jahren in den Tropen hatte er ein

volles Jahr Urlaub nehmen dürfen. Er war in der Überzeugung in die Niederlande zurückgekehrt, nach diesen zwölf Monaten seine Arbeit auf Celebes wiederaufnehmen zu können, und zwar in einer besseren Position als kurz nach Kriegsende. Aufgrund des letzten Gesprächs im Gouvernement glaubte er gute Aussichten zu haben, in die Toradja-Gebiete entsandt zu werden, nach Rantepao, hoch in den Bergen. Der erste Brief, den er in Holland erhalten hatte, war das Entlassungsschreiben gewesen, und ein Jahr später war Indonesien unabhängig.

Mit einem tiefen Seufzer gestand er: »Ohne die Tropen bin ich nichts.«

Das Bizarre daran war, daß Maurice dieses Gefühl von ihm übernommen hatte: nichts und niemand gewesen zu sein, wenn er nicht viele Jahre in der Fremde verbracht hatte.

Es wurde täglich heißer. Wegen eines erneuten Defekts an einer der Hauptmaschinen lief das Schiff mit halber Kraft; auch die Luftkühlung funktionierte nicht richtig. Eigentlich war die *Maria* noch gar nicht so alt, aber trotzdem hatte sie ihre beste Zeit bereits hinter sich. Die Rostflecken ließen sich beseitigen, doch die Maschinen bedurften einer gründlicheren Inspektion. Der Leitende Ingenieur empfahl dem Reeder in einem Telex, einen Platz im Dock zu reservieren; das Schiff war reif für eine Überholung.

Wenn die Sonne endlich tief am Himmel stand, ging der Alarm los. Nicht weniger als dreimal ließ der Kapitän eine Brandschutzübung durchführen. Vor Curaçao war Maurice von derlei freigestellt gewesen; seit den Antillen hatte auch er daran teilnehmen müssen. Heftig schwitzend quälte er sich in den Überlebensanzug aus Gummi und fluchte dabei genauso laut wie die Crewmitglieder, die zu den Pumpen eilten. *Eine* Übung, das ging ja noch; nach der dritten fragten sie sich laut, ob der Kapitän noch ganz richtig im Kopf sei.

Aber Bruining Smit setzte die Übungen fort.

Solange eine der Maschinen muckte, bestand das Risiko eines Brandes, und da die Männer bei jeder Übung grobe Fehler machten, forderten sie dem Kapitän zufolge eine Wiederholung geradezu heraus. Maurice glaubte eher, der Alte verspüre das starke Bedürfnis zu demonstrieren, wer auf dem Schiff das Sagen habe, und tippte sich jedesmal, wenn die Sirene aufheulte, an die Stirn. Langsam kam ihm auch der letzte Respekt vor Bruining Smit abhanden, und er war nicht der einzige; »Verreck« war noch so ungefähr das Freundlichste, was er über den Kapitän vernahm.

Um etwas gegen die gereizte Stimmung an Bord zu tun, trug Bruining Smit dem Steward auf, einen bunten Abend an Deck auf die Beine zu stellen. Dafür fand er auch einen geeigneten Anlaß; für einen der Schmierer war dies die letzte Reise, und von ihm mußte Abschied genommen werden – an einer reich gedeckten Tafel.

Jedes Fest an Bord kam einem Gelage gleich. Zwischen dem Deckshaus und dem Schornstein wurden Kabel mit Glühbirnen aufgehängt, der Koch grillte Steaks auf einem Holzkohlenfeuer, und ausnahmsweise setzten sich die Offiziere und die restliche Besatzung der *Maria* an *einen* Tisch.

Es wurde unglaublich viel gesoffen an diesem Abend. Als erstes der klassische Kurze, ein Glas Genever; danach Bier. Maurice saß neben Wimpie, und der goß sich eine ganze Batterie Bügelflaschen hinter die Binde.

»Das kommt von der Scheißhitze im Maschinenraum«, entschuldigte er sich.

Seit kurzem mußten der Rudergänger und der Dritte Steuermann mehrere Stunden pro Tag unten, im zentralen Kontrollraum, bei den Maschinen Wache halten; dort war es auszuhalten, solange die Kühlung funktionierte. Diese

Arbeit mißfiel Wimpie. »Auf Lämpchen stieren. Wenn eins rot aufleuchtet, muß man einem Maschinisten Bescheid sagen oder einem Elektriker – hängt vom Lämpchen ab.« Er empfand es als Strafe, zwischen den ungehobelten Kerlen da unten arbeiten zu müssen; wieder war ein Gegensatz aufgehoben, früher hielten sich die »Ölfüße« im Maschinenraum auf und die »Sternkieker« auf der Brücke.

Sorgdrager hielt eine Rede auf den Schmierer. Er begann seine Ansprache mit dem Satz: »Jeder Wasservogel kehrt letztendlich an Land zurück.« Ein Reiniger überreichte den gefüllten Umschlag (»Haben wir uns aus den Rippen geleiert, aber für dich tun wir alles, alter Kämpe!«), worauf der Schmierer – dicker Wanst, gelbe Augen, trüber Blick, röchelnder Husten – brummelte: »Die auf den oberen Decks haben sich freiwillig für die See entschieden, die von den unteren sind hingeprügelt worden. Von ihrem Vater, ja genau, von ihrem Vater, der nicht mehr blechen wollte.«

Wie viele Reisen er gemacht hatte, wußte er nicht auswendig, jedenfalls hatte er immer im »Keller« gestanden. In den letzten Jahren hatte er gut verdient; er hatte sich daheim in Zeeland ein Häuschen gekauft mit etwas Grund darum herum. Dort wollte er jetzt für den Rest seines Lebens Salat anbauen und Kartoffeln ernten – an der frischen Luft.

Für einen Moment wurde es still bei diesen Worten, doch danach wurde wieder ordentlich gebechert. Bruining Smit schaute den lallenden Fahrensleuten mit abwesendem Blick zu und schrak nur auf, wenn sich der Schmierer den Schleim aus den Lungen hustete. »Jeder Wasservogel kehrt letztendlich an Land zurück«, wiederholte Sorgdrager am nächsten Morgen auf der Brücke, »um dort zu sterben.«

Nachdem sie den Wendekreis des Steinbocks überquert

hatten, briste der Wind auf. An den darauffolgenden Tagen wurde es rasch frischer. Auf der Höhe von Porto Alegre zeigte das Thermometer zwanzig Grad, auf der Höhe von Río de la Plata vierzehn. Die kurzärmligen Hemden verschwanden im Wäschekorb, und die marineblauen Uniformen wurden aus dem Schrank geholt. Maurice ging der Übergang zu schnell, und als er sich Pullover und Jackett anzog, hörte er seinen Vater über die Rückreise sagen: »In Port Said bekamen wir vom amerikanischen Roten Kreuz Winterklamotten; in der Nähe von Gibraltar mußten wir sie anziehen. Wir hatten vergessen, wie schwer sich das anfühlt, so viel Kleider am Leib.«

Eines Morgens waren die Bullaugen beschlagen. Sie hatten die Tropen nun endgültig hinter sich gelassen und fuhren dem Winter entgegen, der auf der Südhalbkugel im Juli beginnt.

Sorgdrager deutete auf das Vordeck, wo es Schmetterlinge schneite. Ein Phänomen, das in diesen Breiten regelmäßig auftritt: Auf der patagonischen Hochebene wachsen keine Bäume; wenn Schmetterlinge über diesem kahlen Landstrich in einen kräftigen ablandigen Wind geraten, werden sie aufs Meer hinausgetragen, und dann lassen sie sich auf vorbeifahrenden Schiffen nieder. Die Schmetterlinge blieben stundenlang an und auf den Containern; dann trauten sie sich wieder weiter und verschwanden zwischen den Wellen.

Obwohl die Küste hinter dem Horizont blieb, war deutlich zu merken, daß sie an einem Landstrich entlangfuhren, in dem es wenig Grün gab. Sie bekamen Durst und mußten doppelt soviel trinken wie in Äquatornähe. Sogar Meilen vor der Küste ist die Luft Patagoniens trocken, und der Himmel färbte sich strahlend blau wie über einer Eisfläche.

Nach Einbruch des Abends leuchtete das Meer auf. Es war, als führe das Schiff durch flüssigen Phosphor. Sorgdrager sah die Ursache für das bleiche Leuchten des Wassers in einer außergewöhnlich hohen Mikrobenkonzentration. Die Phosphoreszenz könne die Folge der Zersetzung organischer Teilchen sein. Während Maurice aufs Meer schaute, hatte er sich nicht oft klargemacht, daß er über Berge und Täler fuhr, über Pflanzen und Korallen, über Millionen von Fischen und Schalentieren. Hier wurde es ihm bewußt.

In der darauffolgenden Nacht trat ein anderes Phänomen in Erscheinung. Das Wetter war umgeschlagen, Mond und Sterne verbargen sich hinter schweren Wolken, die ein Tief ankündigten. Plötzlich erschien ein helles Licht, strahlend wie eine Sonne. Wimpie ging gerade Wache; er rief Sorgdrager, der seinerseits Maurice wecken ließ. Das Licht war nicht mit einer Serie von Blitzen zu verwechseln; es war grell, gleichmäßig und flammte minutenlang auf.

Der Rudergänger und der Steuermann suchten nach einer Erklärung, fanden aber keine. Informationen flogen hin und her, ein halbes Wort war genug. Trotz des Alters- und Rangunterschieds verstanden sie sich tatsächlich sehr gut; der eine hatte Angst vor dem Meer, der andere eine Schwäche dafür, und daraus ergaben sich keine Konflikte, im Gegenteil, beide waren fasziniert von dem, was sie wahrnahmen.

Wimpie erwog, dem Kapitän Bescheid zu sagen, aber Sorgdrager seufzte: »Oh, bloß nicht … der zieht die Bibel raus, das Ende der Zeiten …« Woraufhin Wimpie bekannte, auch er habe an die Heilige Schrift denken müssen: Die Erde war wüst und leer, aber Gott sprach: »Es werde Licht!«, und es ward Licht.

Er blieb der Sohn eines gottesfürchtigen Fischers, genauso wie Maurice der Sohn eines verzweifelten Pastors blieb.

Dann kamen die Stürme.

Das Meer wurde schmutzig, die Wellen bekamen fahle Kämme, deren Schaumkronen der Wind wegblies, so daß sich Wasserschleier bildeten, die Rauchschwaden glichen. Die Wolken jagten dahin, und weil sie von Norden kamen, hatten sie das Schiff bald eingeholt. Bei Windstärke acht pfiff es nur so um das Deckshaus, bei Windstärke neun schwappten die Wellen über das Vordeck, bei Windstärke zehn bildeten sich Grundseen, und bei Windstärke elf färbten sich Himmel und Wasser am hellichten Tag schwarz.

Diesmal konnte das Schiff dem Tief nicht ausweichen. Die Routenberatung meldete, es tobe entlang der gesamten Küste Patagoniens, von Buenos Aires bis zum Feuerland, über eine Entfernung von dreitausenddreihundert Kilometern. Um ruhigeres Wasser zu finden, müßte die *Maria* Kurs auf die Falklandinseln nehmen, aber dann käme sie nie in Puerto Deseado an. Der Kapitän hatte keine andere Wahl; das Schiff mußte mittendurch.

Mal hagelte es, mal klatschte nasser Schnee gegen die Bullaugen. Das Schiff ächzte und wimmerte, und nach jeder Grundsee krängte es, wodurch es bereits am ersten Tag sieben Container verlor.

Maurice wurde mehrmals aus seinem Bett geschleudert. Sorgdrager vermißte die Kojenborde der früheren Schiffe, gegen die man sich stemmen konnte. Er kannte nur ein Mittel gegen das Rollen: auf dem Fußboden schlafen, zwischen dem Bett und etwas, was nicht nachgab. Maurice befolgte seinen Rat; er legte die Kissen auf den Boden, wickelte sich in eine Decke ein und verkeilte sich zwischen dem Bett und der Stahlwand. So blieb er zwei Tage und Nächte liegen, bis das Schiff in den Hafen einlief.

Puerto Deseado; es gab keinen besseren Namen. Er hatte sich zu jeder Stunde und jeder Minute nach dem Hafen gesehnt, um von dieser besessenen See erlöst zu sein und von jenem anderen Wahnsinn, der Erinnerung heißt.

22

Zweimal Gnade

Was er verdrängt hatte, was er mehr als zwanzig Jahre lang unter den Teppich gekehrt hatte, indem er in den Süden ging, indem er zweitausendsiebenhundert Kilometer ostwärts zog und weiter, immer weiter, kehrte zurück.

Oder hatte er es wissentlich wieder ausgegraben?

Jemand, den eine Schuld trifft, möchte zu gegebener Zeit das Büßergewand anlegen. Er will sich verantworten, will sich in irgendeiner Weise einer Strafe unterziehen.

Warum sonst hätte er sich eingeschifft?

Es klang gut: aus Sehnsucht nach Verlassenheit, nach Abgeschiedenheit, Isolation und einer angenehmen Art von Einsamkeit, denn wirklich einsam ist man mit vierundzwanzig Mann auf einem Schiff natürlich nicht. All das hätte er aber auch in einer Wüstenoase finden können oder in einem kleinen Dorf am Amazonas. An dem Tag, an dem er beschlossen hatte, bei einem Reeder anzuklopfen, hatte er das Unheil heraufbeschworen. Ein Frachtschiff.

»Ein Is- oder ein Es-Schiff, Pa?«

»Mach die Augen auf, mein Junge.«

Auf See hatte er natürlich wieder versucht, seiner Vergangenheit zu entrinnen, schließlich hatte er das sein Leben lang versucht. Mit Buick und Humphrey hatte er allerdings eines gemein: Er saß auf dem falschen Dampfer. An Bord hatte er Adriana kennengelernt und die blinden Passagiere. Schlechter hätte er es nicht treffen können, und trotzdem hatte er ihre Gesellschaft nicht gemieden.

Er hatte von Anfang an vermutet, daß Adriana sniffte oder schluckte, so ungewöhnlich war das schließlich nicht – wer greift, wenn es ihm dreckig geht, nicht zu einer Schlaftablette oder einer Valium? Er hatte bewußt daran Anstoß nehmen wollen. Mit Buick und Humphrey war es im Grunde nicht anders gewesen – an wen hatte er gedacht, als diese ausgemergelten Burschen seine Kajüte betraten? Dennoch hatte er nicht zum Kapitän gesagt: »Hören Sie, Bruining Smit, das wird mir zuviel, soll sich doch der Steuermann mit den Burschen abgeben.« Er hatte sich mit Buick angefreundet und hatte gegrinst, als der in den abfälligsten Worten über seinen Vater hergezogen hatte, denn Wiedererkennen verursacht das gleiche freudige Kribbeln in den Adern wie gemeinsame Schuld.

Er hatte es wieder ausgegraben, ja, aber nicht alles. Eines hatte er weiterhin peinlichst vor sich selbst verborgen; zu ungemütlich sollte es da, auf See, schließlich nicht werden.

Aber die See war nicht gemütlich.

Als er hin und her geschleudert wurde zwischen seinem Bett und der Wand, als er wie ein Häufchen Elend in einer Ecke seiner Kammer lag, da sah er es wieder, und es löste das gleiche Gefühl bei ihm aus wie damals.

Es erleichterte.

Lange Zeit hatte er seinen Vater entschuldigt. Sein Vater schleppte einen Krieg mit sich herum, und ein Krieg war etwas Satanisches. Logisch, daß er noch immer daran zurückdachte, Krieg, das war Leid, das jahrelang anhielt, Krieg, das war ein einziges Elend.

Seine Brüder erinnerten sich an andere Dinge. Im Krieg kann man auch lachen. Ein kleiner Jux im Lager, ja, das gab es durchaus, und es war wesentlich spannender, einem Japsen mit einem Maschinengewehr über der Schulter zu entwischen als einem Feldhüter auf dem Fahrrad. Also wurde gekichert, um die Langeweile zu vertreiben. Ein Krieg besteht nicht nur aus Heldentaten; manchmal passiert wochenlang nichts, so daß auch die kleinsten Dinge Glanz bekommen. So dachte seine Mutter beispielsweise gern an die Chorproben im Lager zurück, 1944, die »unheimlich Spaß« machten, und sogar sein Vater seufzte manchmal, nie habe er solche guten Gespräche geführt wie im letzten Kriegsjahr, vor allem mit Mitgefangenen, die als mürrisch und schweigsam bekannt waren.

Trotzdem spürte Maurice intuitiv, daß die Opfer das Bild nuancieren durften, Außenstehende jedoch nicht, was ihm seine Brüder ohnehin unmißverständlich klarmachten.

»Was weißt du denn schon davon? Du bist erst nach dem Krieg geboren.«

Nach-dem-Krieg-geboren bedeutete: nie etwas durchgemacht, nie wirklich Angst gehabt, immer mit gefülltem Bauch ins Bett gegangen, immer verwöhnt worden. Er verurteilte Antons und Guus' Haltung nicht, im Gegenteil: Er stellte Fragen, damit ihm kein Detail entging. Je mehr er vom Hunger hörte und von dem despotischen Auftreten der Japaner, um so weniger Mühe kostete es ihn, Entschuldigungen für das Verhalten seines Vaters zu finden.

Daß er das eines Tages nicht mehr tat, kam durch seine Mutter. Sie hatte in etwa das gleiche mitgemacht wie sein Vater – und litt sie darunter? Jedenfalls nicht sichtbar. Auch sie erwähnte das Lager, am fünfzehnten August natürlich, dem Tag der japanischen Kapitulation, oder während eines Festessens, wenn ihr plötzlich wieder bewußt wurde, welche Lagergefährten den Krieg nicht überlebt hatten. Und trotzdem fand er sie nie unter dem Tisch, denn sie schluckte nie Tabletten.

Tat sie aber doch. Siebzehn Jahre später, nach ihrem plötzlichen Tod, hörte er von ihrem Hausarzt, daß sie wegen eines Herzleidens, das sie sich während des Krieges zugezogen haben mußte, schon sehr lange Tabletten nahm.

Doch als Halbwüchsiger setzte sich in ihm die Überzeugung fest, sein Vater stelle sich an, und als er ihn zum soundsovielten Mal auf dem Fußboden vorfand, konnte er sich nicht länger beherrschen. Er trat ihn in den Rücken, gegen die Schultern, in den Bauch. Alle aufgestaute Wut kam heraus, alle Angst und insbesondere alle Enttäuschung.

Es erleichterte. Zumindest kurzfristig.

Am darauffolgenden Samstag bat er seinen Vater, zum Schiffeanschauen mitzukommen.

Er setzte sich wieder brav neben ihn auf den Steg, übermannt von Schuld. Auf die Schiffe achtete er kaum mehr, ein Schiff hatte seinen Vater nach Niederländisch-Indien gebracht, und damit hatte das ganze Elend angefangen. Aber er schämte sich. Er hatte sich dreist gegen das biblische Gebot versündigt, das schlicht vorschreibt, seinen Vater zu ehren, gleichgültig wie dieser Vater sich benimmt, und außerdem hatte er einen Vater getreten, der am Lagersyndrom litt. Im Grunde hatte er diesem ganzen Krieg einen Tritt verpaßt, und das war eine Sünde, für die es keine Vergebung gab. Seinem Gefühl nach gehörte er jetzt zu den Leuten, die sich, während ihr Land besetzt ist, auf die Seite des Feindes schlagen.

Außerdem beging er seine Sünde nicht nur einmal. Er trat seinen Vater ein zweites, ein drittes Mal; er schlug ihm hart gegen die Brille, wodurch sich eine violette Beule auf seiner Nase bildete. Am Tag danach bat er seinen Vater wieder mit dünner Stimme mitzukommen, Schiffe anzuschauen. Er verriet sich selbst; sein Vater mußte sich gefragt haben, wie er zu diesen blauen Flecken kam und zu dieser Beule auf der Nase, und auf dem Steg kam ihm eine leise Ahnung. Nicht einmal wenn ein von drei Schleppern gezogenes Passagierschiff vorbeiglitt, hielt sich Maurice die Hand über die Augen, und trotzdem begleitete er seinen Vater weiterhin treu und brav zum Hafen. Das erweckte Argwohn.

Eines Samstagnachmittags sagte sein Vater: »Weißt du, mit welchem Wort der Koran beginnt?«

Maurice zuckte mit den Achseln. Spielte das irgendeine Rolle?

»Gnade. Der Koran beginnt mit *Gnade*.«

Sein Vater blickte vor sich, vielleicht ein wenig traurig.

»Am Anfang steht zweimal das Wort Gnade.«

Dann sah er Maurice an und zwinkerte ihm kurz zu.

Wenn sein Vater nüchtern war, war er feinsinnig, unbestreitbar. Doch wenn Alkohol seinen Geist trübte, konnte er bösartig sein oder rundweg renitent. Alkohol machte ihn aggressiv, und da Maurice sich selbst nicht mehr richtig im Zaum halten konnte, fing er an, seinem Vater aus dem Weg zu gehen.

Sobald er mit seinen Hausaufgaben fertig war, rannte er die Treppe hinunter, schlüpfte in eine Jacke und schwang sich auf sein Fahrrad. Er fuhr zu einem Freund in der Stadt oder auch nur ziellos in der Gegend herum, über die Deiche. An freien Nachmittagen radelte er zum Waalhaven oder zum Maashaven. Er wollte weg – weg aus dem Dorf, weg von Zuhause. Manchmal starrte er stundenlang auf ein Schiff – nicht länger auf den Namen am Bug oder die Form des Rumpfes; er fragte sich, ob es wohl möglich war, auf so einem Schiff mitzufahren, zum Beispiel als Moses.

Wenn er wieder zu Hause war, schloß er sich in seinem Zimmer ein, schob einen Stuhl ans Fenster, legte die Beine auf die Fensterbank und hörte Platten. Es hatte auch Vorteile, der Sohn eines Pastors zu sein; Pastoren wohnen in einem Pastorat, und das sind meist halbe Schlösser. Das

Pastorat, in dem er aufwuchs, war ein elegantes weißes Haus, das dank der zahlreichen Fenster sehr sonnig war und mit seinen Fensterläden und den Flügeltüren auf der Rückseite entfernt an ein englisches Landhaus erinnerte. Es hatte etwas Stattliches, und das kam von dem Satteldach, den drei kräftigen Schornsteinen und der breiten Steintreppe, die zur Haustür hinaufführte. Die Wände waren so dick, daß sie kaum Geräusche durchließen, und die Türen so schwer, daß man Kraft anwenden mußte, um sie aufzustoßen. Das Haus war ringsum von einem Garten umgeben, der es gegen die Straße und die Nachbarn abschirmte, und auch dieser Garten hatte durch die vielen Sträucher und langgezogenen Rasenflächen etwas Englisches.

Ein paar Wochen nachdem er auf einer Tour durch die Stadt ins Museum Boymans-van Beuningen gegangen und vor *Diana im Bade* stehengeblieben war, maß er sein Zimmer. Sechs Meter lang, sieben Meter breit, fast so groß wie ein Atelier. Ein richtiger Maler wäre mit so einem Zimmer zufrieden, da standen ein altes Sofa und ein alter Sessel, ein Radio und ein Plattenspieler, ein Tisch neben dem Schreibtisch, und es bot auch noch genug Platz, eine Staffelei aufzustellen. Das Licht, das hereinfiel, kam von Norden. An die Wände ließen sich gut und gern zwanzig Studien der badenden Diana heften, während an der Wäscheleine neben dem Waschbecken die Aquarelle trocknen konnten. Es war schwer, ein solches Reich zu verlassen.

Er ging zur nächstgelegenen Schnellstraße und hob den Daumen. Ein Autofahrer nahm ihn bis Breda mit, wo er vergeblich auf den nächsten wartete, der ihn nach Paris bringen sollte. So fuhr er schließlich mit dem Bus zum Bahnhof und stieg in den Zug nach Basel, ohne Fahrkarte. In Utrecht stieg er wieder aus. Wenn er von solchen Streifzügen zurückkam und in sein eigenes Bett kroch, hätte er vor Glück heulen können. Trotzdem unternahm er noch verschiedene Versuche abzuhauen, und die einzige, die es merkte, war seine Mutter. Sie wußte nicht genau, was er trieb, aber sie kam aus einer Emigrantenfamilie und besaß einen siebten Sinn, der die geringste Ruhelosigkeit registrierte. Ohne den leisesten Anlaß sagte sie einmal: »Tu's nicht.« Kein Wort mehr, kein Wort weniger. Er sah sie lange an und schüttelte den Kopf. Er tat es nicht, obgleich es nicht seine Mutter war, die ihn hielt.

Er zeichnete sie ungefähr siebzigmal.

Nel auf dem Sofa. Nel am Fenster. Nellie auf dem Bauch. Nel am Waschbecken. Nel im Sommer. Nel am Strand. Nellie beim Baden. Nel vor dem Spiegel. Nel mit einem Foto von John Lennon. Nel in Stöckelschuhen.

Sein Vater mochte sie von Anfang an nicht; seine Mutter zögerte. Eigentlich war nicht viel an ihr auszusetzen. Gut, sie trug Lederjacken, das gehörte sich nicht. Sie kam aus einer streng christlichen Familie und, was vor allem seiner Mutter sehr lieb war, aus einem Nachbardorf. Sie schminkte sich nie. Sie hatte wunderschöne graugrüne Augen, eine klassische gerade Nase und einen ziemlich breiten Mund mit vollen Lippen; sie galt als eines der hübschesten Mädchen der Schule, gab damit aber nicht an. Sie trug ihr schwarzes Haar kurz und versteckte den üppigen Busen unter hochgeschlossenen Pullis. Nein, es war ihre Haltung, die seinen Vater reizte, und nicht nur ihn. Sie stand mit den meisten Lehrern auf dem Kriegsfuß, die sich über die Unbeugsamkeit ärgerten, die sie ausstrahlte. Autorität forderte ihren Widerstand heraus, und gerade dadurch fühlte Maurice sich zu ihr hingezogen. Sie hatte eine tiefe Stimme und ein tiefes, volles Lachen, aus dem Erwachsene Schadenfreude heraushörten. Diese Waffe setzte sie ein, sobald ein strenger Blick sie traf; Maurice freute sich jedesmal königlich über die Wirkung. Sie stiftete Verwirrung, ohne wirklich aufsässig zu sein.

Sie mußte von einer anderen Schule geflogen sein, jedenfalls hatte er sie vorher nie bemerkt. Auf einmal war sie da, und von diesem Moment an konnte er die Augen nicht mehr von ihr lassen. Sie ging etwas merkwürdig, federte bei jedem Schritt. Dieser leicht wippende Gang verlieh ihrem Körper einen gewissen Schwung, wodurch sie Aufmerksamkeit erregte. Er war gewiß nicht der einzige, der ihr nachschaute, aber ihr tiefes, volles Lachen verunsicherte auch Jungs ihres Alters. Sie hatte keine Pickel; ihr Körper wirkte so gut wie ausgewachsen.

Wie jeder andere Junge, der ihr nachschaute, fürchtete auch er eine hochmütige Abfuhr. Eines Abends tat er, was er für unmöglich gehalten hatte; er kramte in der Schreibtischschublade seines Vaters und schluckte eine Tablette. Sie machte ihn seltsam ruhig, fast schon dösig. Dann rief er sie an. Ihre Stimme ging drei Oktaven in die Höhe; natürlich habe sie Lust, mit ihm auf eine Fete zu gehen. In dieser Nacht schlief er wie auf Rosen.

Sie erschien fünf Minuten zu früh, in einem engen weißen Kleid. Sie tanzte genauso, wie sie ging: schwungvoll. Sie küßten sich noch am selben Abend, und von diesem Moment an sprach er täglich mit ihr, am Telefon, in der Schule oder in seinem Zimmer. Wenn es irgendwie ging, kam sie bei ihm vorbei und ließ sich aufs Sofa plumpsen. Ihr eigenes Zimmer bezeichnete sie als Kabuff, seines dagegen erinnerte sie an die Suite eines altmodischen Hotels. »Ich fühl mich hier total okay«, sagte sie, und in ihrer tiefen Stimme klang das noch mal so ehrlich.

Er zeichnete sie in allen möglichen Haltungen. Sie hatte absolut nichts dagegen, sich auszuziehen; sie war doch sein Modell, oder? Na also, und dafür mußte man schließlich was tun. Wenn seine Eltern nicht zu Hause waren, brauchte er ihr nur einen kleinen Wink zu geben; sie schlüpfte genauso unbedenklich aus den Kleidern wie in sie. Sie bat ihn nur, die Zeichnungen gut zu verwahren und ihr ein anderes Gesicht zu geben, und dabei deutete sie auf die nachgezeichnete Diana an der Wand. So entlehnte er dem Rubens-Gemälde die Gesichtszüge, was ihr immer wieder ein Grinsen entlockte: Durch den anderen Kopf fand sie, daß der dargestellte Körper nicht mehr dem ihren glich. Viele Jahre später las er, daß Helene Fourment Modell für die Diana gestanden hatte und daß Rubens mit diesem Bild der keuschen Schönheit seiner jungen Frau hatte huldigen wollen; dieser Kopf gehörte also tatsächlich nicht auf ihren Körper. Oder vielleicht doch. Trotz ihrer kessen Art kam sie nicht gleich jedem Wunsch nach. Sie wollte alles entdecken, aber nicht auf einmal.

Nellie studierte seinen Körper wie im Anatomieunterricht. Sie streichelte ihn stundenlang und legte ihren Kopf auf seinen Bauch, um sein Geschlecht aus der Nähe zu betrachten. Für ihren eigenen Körper interessierte sie sich auf die gleiche intensive Weise. Sie bat ihn, bestimmte Details zu zeichnen, zum Beispiel nur die Brüste, nur den Hintern. Das Resultat hielt sie mit gerunzelter Stirn unters Licht. Hatte sie nicht die Brustwarzen einer Schwangeren? Waren ihre Oberschenkel nicht zu schmal?

Sie wollte echte Gemälde sehen, in einem Museum. Sie schwirrte durch die Säle des Boymans-van Beuningen und blieb nur vor den Akten stehen. Er verstand nicht recht, woher diese Faszination kam, bis ihre beste Freundin ihm einen Wink gab. Sie verriet ihm, daß Nellie ein wollenes Leibchen tragen und sich jeden Morgen am Frühstückstisch vorbeugen mußte, damit ihr Vater kontrollieren konnte, ob ihre Haut auch bis zum Hals bedeckt war. Nach dieser Inspektion begann ihr Vater dann, aus der Bibel vorzulesen.

Er hatte etwas Ähnliches vermutet, obwohl er Nel nie danach gefragt hatte. Sie wollte kein böses Wort über ihren Vater hören; ihren Unmut reagierte sie an Lehrern oder anderen Erwachsenen ab.

Wenn sie beim Schmusen in Erregung geriet, dann verlangte sie ein gewisses Maß an Grimmigkeit. Er mußte sie beißen, und wenn er das nicht von sich aus tat, stachelte sie ihn dazu auf. Bei Zärtlichkeit konnte sie sich kaum vorstellen, daß es etwas Sündiges war; schlug er dagegen die Zähne in ihre Brust, so erbrachte er damit den Beweis, daß sich in Begierde etwas Diabolisches verbarg. Sex durfte für sie auf keinen Fall lieb und nett sein, es war toll und gleichzeitig schmutzig. Als er einmal durch das ganze Gefummel und Gestreichel kam, sprang sie vom Bett und sah ihn entsetzt an. Es dauerte Wochen, bis sie sich wieder an ihn schmiegte, und das hätte ihn zur Verzweiflung getrieben, hätte er sie in diesen Wochen nicht in allen möglichen Haltungen zeichnen müssen – nackt.

Jeder hielt sie für ein Mädchen, das keine Hemmungen kannte, und in mancherlei Hinsicht war sie das auch. Sie wollte genießen, nur dauerte es lange, bis sie dazu wirklich imstande war. Manchmal fragte sie, ob er es nicht falsch finde, was sie taten, und dann nickte er, obwohl er dachte: Ach wo, ich habe schon gegen ein anderes Gebot verstoßen, ich bin verdammt und verworfen, bei mir ist ohnehin Hopfen und Malz verloren. Und davon war er felsenfest überzeugt.

Mochte er sich auch schlecht gegen seinen Vater benommen haben, so verlor er dadurch doch seine Schüchternheit. Ihn erwartete die Hölle, also warf er sich ins Leben. Er liebte Nel, liebte sogar ihre Ängste, denn die räumten seine eigenen aus. Er brauchte sich nicht sofort zu beweisen; sie ließ ihm Zeit. Als sie schließlich die Beine breit machte, kannte er jede noch so kleine Stelle ihres Körpers.

Sein Vater rückte in den Hintergrund, was ihn bitter stimmte. »Was macht dieses Luder in deinem Zimmer?« Am liebsten hätte er sie eigenhändig aus dem Haus geworfen. Seine Mutter schüttelte den Kopf, wenn sie Nel mit hochroten Wangen wieder gehen sah. »Paßt ihr denn auch auf?« fragte sie, als ob die beiden dort oben in seinem Zimmer Bomben bastelten. Viel mehr sagte sie nicht dazu; in ihrer praktischen Art sah sie, daß Nel ihn noch eine Weile zu Hause halten konnte, und so war es auch; er schlug sich die Pläne abzuhauen aus dem Kopf.

Nel besaß einen deutlich ausgeprägten Gemeinschaftssinn. Seine Freunde wurden ihre Freunde, und mit deren Freundinnen schnatterte sie stundenlang am Telefon. Innerhalb ihres Kreises – meist waren sie zu sechst – entpuppte sie sich als die große Versöhnerin; sie schlichtete Streit und lachte Irritationen weg. Maurice blieb der Außenseiter. Am Strand schleppte er sich mit Baumstrünken ab – er zeichnete gern totes Holz –, und in seinem Zimmer hantierte er mit Farbe herum. Unter anderen Bedingungen hätte er als Eigenbrötler gegolten; innerhalb ihrer Gruppe war ihm jedoch ein leiser Respekt sicher. Er gehörte dazu, auch wenn er ein komischer Kauz war; er mußte mit auf die Feten, und wenn er keine Lust hatte, dann holten die anderen ihn ab. Später am Abend mußten sie ihn noch einmal überreden; war er erst einmal auf einem Fest, dann wollte er nicht mehr weg.

Manchmal war er nahe daran, Nel zu sagen, daß er fünf-, sechs-, siebenmal auf seinen Vater eingeschlagen hatte. Er wollte ihr erklären, daß der Krieg für manche Menschen nie zu Ende ist und daß sie dadurch einen neuen Krieg entfesseln – mit ihrer Umgebung. Aber irgendwie war ihm das Thema zu groß, um es mit ein paar Worten anzusprechen, und dann schraubte er eben wieder eine Tube auf.

Das war ihr nur recht. Wenn sie irgendwas nicht ausstehen konnte, so war es »Sichanstellen«. Sie kam in sein Zimmer, drückte ihn aufs Sofa und sagte mit ihrer tiefen Stimme: »Ergib dich.« Mir, meinte sie damit, mir ganz allein. Er fuhr mit den Fingern durch ihr störrisches schwarzes Haar, und wenn er das mit einem düsteren Blick tat, dann schaute sie prüfend zum Himmel. Eigentlich kannte sie nur ein Mittel gegen Sorgen: eine tüchtige Brise.

Sie war vernarrt in Wind. Sobald der Frühling anfing, tauschte sie ihre Leder- gegen eine Segeljacke und die Jeans gegen einen kurzen Rock. Ihre Haut bräunte schnell, Gesicht und Beine verloren die bleiche Wintertönung. Nach den Osterferien hatte sie etwas von Gesundheit Strotzendes. »Wind, Wind«, rief sie, während sie auf ihrem Mofa an den Strand fuhr. Sie ließ die Segeljacke offen, um das Flattern zu hören.

Es rührte ihn, wie sie die alltäglichsten Dinge genoß. Deshalb verstand er auch nicht recht, weshalb sie jeden Monat unruhiger wurde. Er fragte nach der Ursache, und sie schüttelte den Kopf; es sei nichts, sie wolle von der Schule runter, habe keine Lust mehr … na ja, wer hatte das schon? Wenn der Sommer kam und die Ferien anfingen, würde sich das schon wieder geben.

Es gab sich nicht.

»Wie lange sind wir eigentlich schon zusammen?« fragte sie kurz vor dem Abitur. Er rechnete es ihr vor – ein Jahr und sieben Monate. Woraufhin sie in Tränen ausbrach. Zwei Tage später gab sie ihm die Bücher zurück, die sie von ihm bekommen hatte, am Tag darauf die Zeichnungen, da, wie sie behauptete, ihre Mutter in ihrem Zimmer herumschnüffele. Er war gewarnt, aber ausgerechnet da warf sie alle Scheu über Bord und sagte, als sie zusammen ins Bett krochen, daß jetzt endlich Schluß sein müsse mit diesem pubertären Getue.

Sie verschwand. Sie verschwand, wie Maurice hatte verschwinden wollen, spurlos, für immer.

Es sollte Jahre dauern, bis sie ein Lebenszeichen von sich gab, und da war Maurice ihrem Beispiel bereits gefolgt und war abgehauen, ohne viel mitzunehmen.

Mit wem sie nun eigentlich gebrochen hatte, blieb ihm ein Rätsel. Vielleicht eher mit ihrer Umgebung als mit ihm.

Um in seinem Zimmer ungestört tun und lassen zu können, was er wollte, war er dem schwelenden Konflikt mit seinem Vater stets aus dem Weg gegangen. Als aber Nel bei Nacht und Nebel verschwand und er sich kurz darauf an der Kunstakademie einschreiben wollte, da brach der Konflikt offen aus.

Als Bilderstürmer kannte er seinen Vater nicht. Über dessen Schreibtisch hing ein Schotel, und dieses kleine Bild war ihm ans Herz gewachsen. Wenn Maurice die Flußansicht seines Ururgroßvaters betrachtete, fragte er sich manchmal, ob manche Vorlieben erblich sind; er war nun schon der dritte oder vierte Schotel, der das Malen zum Beruf machen wollte. Die ganze Familie konnte ihm langsam gestohlen bleiben, und trotzdem setzte er eine Familientradition fort. Daher erwartete er auch keinerlei Widerstand.

Trotz aller bösartigen Anwandlungen kannte Maurice seinen Vater auch nicht als starr oder engstirnig. Hinter den Deichen lag für ihn das Meer und hinter dem Meer der Ferne Osten; er brüstete sich damit, daß die Tropen seinen Horizont erweitert hätten. Der Geist ist allerdings nach zwei Seiten hin beweglich, er kann auch schrumpfen. Jahrelang hatte sein Vater es mit kalvinistischen Glaubensbrüdern zu tun gehabt, die das Tanzen in dem kleinen Saal gegenüber der Kirche verbieten wollten, und dadurch hatte er schließlich jegliche Flexibilität verloren.

Gegen das Malen an sich hatte er nicht das geringste einzuwenden, das könne man in seiner Freizeit tun, aber das Künstlerdasein führe zu Müßiggang, und daher verweigerte er jegliche Unterstützung. Konkret bedeutete das, daß Maurice in Zukunft eben zusehen müsse, wie er zurechtkomme, »und dann wird sich schon zeigen, ob er wirklich unbedingt Künstler werden will«.

Wieder verspürte er die Neigung, ihn zu schlagen.

Er zog in ein kleines Dachzimmer in Rotterdam und

hielt sich mit Jobs über Wasser. Es war eine elende Zeit, in der er sich an die Hoffnung klammerte, Nels volles Lachen irgendwann wieder zu hören, und in der gleichzeitig die Zweifel an seinen wahren Ambitionen wuchsen. Durch die plötzliche Freiheit geriet er aus dem Gleichgewicht; er führte ein ungeregeltes Leben, das ihm nachts gefiel und morgens zu schaffen machte. Auch er war von der Geisteshaltung seines Dorfes beeinflußt und räumte Selbstdisziplin und Fleiß einen hohen Stellenwert ein. Nach langem Zögern ging er nach Paris.

Wenn er Judy nicht kennengelernt hätte, dann hätte er seine Ausbildung nie beenden können. Judy, die von ihren Eltern großzügig unterstützt wurde, kam für die Miete und das Essen auf. Das störte ihn mehr als sie; er empfand es als Demütigung, sich aushalten lassen zu müssen. Um seinen guten Willen zu demonstrieren, arbeitete er an den Wochenenden als Barpianist. Es war ein ruhiger Job; niemand hörte zu.

Seine Mutter schrieb ihm jede Woche, sein Vater nie. Seine Mutter schickte ab und an etwas Geld, was sein Vater nicht wissen durfte. Seine Mutter besuchte ihn in Paris und in Florenz; sein Vater blieb daheim. Maurice stellte ihr Judy vor, und sie sagte: »Sogar dein Vater wird sie mögen.« Doch als dieser Judy endlich mit eigenen Augen sah, in dem Schweizer Hotel, in dem er seinen Urlaub verbrachte, da erkundigte er sich nur nach ihren Zeugnissen.

Maurice redete schnell darüber hinweg, in der Hoffnung, Judy verstehe das unbeholfene Englisch seines Vaters nicht richtig. Er erzählte von den Lippi-Fresken und dem gewaltigen Projekt im Dom von Spoleto, an dem Judy und er in den kommenden Jahren arbeiten würden. Das stimmte seinen Vater nicht milder, im Gegenteil; sein Gesicht verriet, daß er es als persönliche Beleidigung auffaßte, daß sein jüngster Sohn inmitten von Weihrauchschwaden Zellulosegel auf eine lebensgroße Maria schmieren würde, auf daß diese wieder zum strahlenden Mittelpunkt der römischen Götzenverehrung würde.

Es machte Maurice nicht länger böse. Was war von seinem Vater noch übrig, dem Vater, mit dem er Schiffe angeschaut und nach Osten geblickt hatte? Nichts. Der Krieg hatte ihm übel zugesetzt, Alkohol und Tabletten hatten ihm den Rest gegeben. Er lebte noch, aber das war auch alles; sein sprühender Geist war stumpf geworden, und in dem wenigen, das er sagte, schwang Engstirnigkeit mit.

»Dein Vater kommt mir sehr müde vor«, sagte Judy im Zug gen Süden.

»Ja«, sagte er, »ja.«

»War er früher auch so?«

»Nein, er hat sich sehr verändert. Du wirst es nicht glauben, aber früher war er … nett.«

»Einfach nett.«

»Nein, mehr. Er war, wie soll ich das sagen, er war …«

»Wie Professor Bertoli.«

»Ja, genau, so jemand. Durch ihn habe ich die Welt entdeckt … durch ihn habe ich gelernt, mit welchen Worten der Koran beginnt.«

Sie sah ihn fragend an und auch ein wenig traurig.

»Gnade, Judy. Zweimal Gnade.«

23

Dreißigtausend tote Pinguine

Über Puerto Deseado hing ein ekelerregender Geruch. Er roch es, als das Schiff in den Ästuar einbog, der sich dreißig Kilometer weit ins Land hineinzog. Er roch es wieder, als die *Maria Reygersbergen* nach einigen Meilen am Kai festmachte. Lag es an ihm? Durch die Stürme hatte er zwei Tage lang nichts gegessen; seine Zunge war belegt, er hatte einen schlechten Geschmack im Mund. Aber als er an Land gegangen war, roch er es noch immer.

Es war neun Uhr früh; die Morgenröte kündigte sich mit drei dünnen rosa Streifen am Himmel an. Er schwankte ein paar Straßen entlang, als könne er jeden Moment vom Asphalt rutschen. Er hielt sich an einem Zaun fest und ließ ihn erst wieder los, als er sich davon überzeugt hatte, daß das Land nicht länger unter seinen Füßen wogte.

Puerto Deseado schlief. Die Pamperos hielten die Bewohner in den Häusern. Diese aus den Pampas kommenden böigen Winde ließen es wesentlich kälter erscheinen, als es in Wirklichkeit war – ungefähr sechs Grad. Maurice' Augen tränten, der rauhe Wind biß ihm in die Wangen.

Nach einigen hundert Metern fand er eine Cafeteria, ein flaches kleines Gebäude mit einem Aluminiumdach. Innen war sie so kahl wie die letzte Haltestelle vor der Leere. Neonlicht vertrieb die Dunkelheit, die am siebenundvierzigsten Breitengrad herrscht. Von hier aus waren es noch ungefähr viertausend Kilometer bis nach Valparaíso. Trotzdem hatte er den Eindruck, daß die Reise zu Ende ging. Er hatte sich nach der erlösenden Ruhe dieses Ortes gesehnt, und nun bedauerte er es, daß Deseado die letzte Station vor ihrem Zielhafen war. Er hing hier an der Unterseite des Globus, und das einzige, was er noch tun konnte, war: langsam wieder nach oben zu kriechen.

Er fühlte sich ungewöhnlich leicht, als habe der Sturm ihn von einer Last befreit. Während er zwischen den Bettfüßen und der Stahlwand hin und her geschleudert wurde, hatte er sich an viel mehr erinnert als an einige schmerzliche Augenblicke aus längst vergangenen Jahren. Alles war zurückgekehrt, auch die Heftigkeit und die Scham von damals. Darin hatte der Unterschied zu Amsterdam bestanden; wenn ihm dort eine bestimmte Begebenheit in den Sinn gekommen war, hatte er schnell etwas anderes tun können – den Fernseher einschalten, eine Stunde lang zappen, in die Stadt gehen, sich einen Film ansehen oder Annet anrufen, seine Kollegin aus dem Rijksmuseum, mit der er bestimmt zweimal in der Woche frische Pasta beim Italiener essen ging. Nach so einem Schlemmerabend war das Schlimmste wieder vergessen. Anfangs hatte das Meer ihm genausoviel Ablenkung geboten. Manchmal sagte er zu Sorgdrager: In meiner Generation ist die See die große Unbekannte geworden, abgesehen von ein paar Seglern starrt niemand mehr fünfzig oder sechzig Tage lang auf den leeren Horizont. Doch während der Stürme hatte er sich nicht mehr auf den Beinen halten können. Es war eine Läuterung gewesen, die ihn außer Gefecht gesetzt, ihn schwindlig, krank und zugleich wundersam leicht im Kopf gemacht hatte. Er hatte einen Bewußtlosen getreten, und es tat ihm gut, wenigstens einmal völlig ehrlich konstatiert zu haben, wie feige das gewesen war.

Trotzdem mußte der rätselhafte Prozeß, bei dem eine Erinnerung die nächste auslöst, schon viel früher begonnen haben, im Atelier. Dort war es so gut wie unmöglich gewesen, nicht ins Grübeln zu verfallen. Wenn man sein Fach versteht, wenn man es durch jahrelange Übung sozusagen in den Fingern hat, kann man äußerst gewissenhaft arbeiten und trotzdem gleichzeitig an etwas anderes denken. Zur Routine war ihm seine Arbeit nie geworden; nur hatte ihn die Erfahrung gelehrt, daß sogar die verheerendsten Beschädigungen repariert werden können – mal besser, mal weniger gut. Die verzweifelte Stimme – ich pfusche, ich pfusche, ich verpfusche einen alten Meister – war verschwunden und damit die allesbeherrschende, fast fiebrige Konzentration. Er hatte ein Transistorradio ins Atelier mitgenommen. Er war viel öfter als früher zum Kaffeeautomaten gegangen. Er hatte sich für jede Kleinigkeit Rat bei einem Kollegen geholt. Es hatte nicht geholfen; in seinem Kopf wurde es nicht mehr still.

Schließlich hatte er nach der wahren Prüfung gesucht. Der harte Stahlboden auf einem in den Wellen tanzenden Schiff. Gelöst hatte es nichts, natürlich nicht, man löst in seinem Leben zwar eine Menge Probleme, doch nie die wesentlichen. Immerhin hatte es ihm den Kreislauf aller Dinge bewußt gemacht. Alles kehrt irgendwann wieder, und zwar auf fast analoge Weise. Wie sein Vater hatte er einen Teil seiner Vergangenheit bannen wollen, und obwohl er dazu keine Tabletten geschluckt hatte, war er nach anderen Dingen süchtig geworden. Nach Ruhelosigkeit zum Beispiel und nach dem Glücksgefühl, das ihm jeder Aufbruch schenkte. Der Apfel fällt nicht weit vom Stamm. Das Schwierige am Weggehen ist die Rückkehr, behauptete er oft, und dieser eine kleine Satz beinhaltete den gesamten Werdegang seines Vaters.

Das Mädchen, das ihn bediente, hatte karottenrotes Haar. Sie strahlte die Herzlichkeit eines Menschen aus, der lange Winter an verlassenen Orten ausharren muß. Ob er mit dem Schiff gekommen sei? Puerto Deseado werde nur noch von sehr wenig Schiffen angelaufen, von fünf oder sechs pro Jahr … Sie habe sein Schiff an diesem Morgen auf der Reede gesehen, als sie den Hügel hinunterfuhr in Richtung Stadt. Ein grünes Licht an Backbord, ein rotes an Steuerbord. Oder sei es andersherum? Sie fand, ein in den Hafen einlaufendes Schiff sei ein friedvoller Anblick, und er versicherte ihr, es sei auch ein friedvolles Gefühl, endlich wieder den Schutz des Landes zu spüren. Nur der Geruch, der in der Stadt und auch noch in ihrem Umkreis in der Luft liege, gefalle ihm nicht.

Nachdem sie ihm die zweite Tasse Mate gebracht hatte, starken grünen Tee, der ihn munter machte, schüttelte sie den Kopf. *An oil spill*, das sei der Grund, *an oil spill*. Jeder verbinde Patagonien mit Schafen und mit den saftigen Weiden der *estancias*, doch schon seit Anfang dieses Jahrhunderts brodele Öl aus der Erde. Es sei schon öfter vorgekommen, daß eine Pipeline geborsten und die teerartige Brühe ins Meer geströmt sei. Doch so schlimm wie vor ein paar Wochen sei es noch nie gewesen. Fast dreißigtausend Pinguine hätten die Katastrophe nicht überlebt; die Küste sei über eine Länge von Dutzenden von Kilometern mit Kadavern übersät.

Maurice bestellte sich noch einen Matetee.

Als er die Cafeteria verließ, schlug ihm der Geruch der toten Pinguine entgegen.

Es war derselbe Geruch wie in dem Altersheim, in dem sein Vater die letzten Jahre seines Lebens fristete. Süßlich. Wie mit Eau de Cologne gesättigt. Sein Vater blies diesen Geruch mit Wolken von Zigarettenrauch weg. Männer, sagte er, sterben wenigstens zur rechten Zeit. Auf seinem Flur wohnten nur steinalte Frauen, die sich mit dem Geruch des Todes schon mal vertraut machten, indem sie sich den lieben langen Tag Eau de Cologne aufs Taschentuch träufelten. Er läge lieber auf dem Friedhof als hier in diesem Seniorenheim. Aber er starb nicht.

Aus Pflichtgefühl besuchte Maurice ihn alle zwei Wochen, meist am Samstag. Sein Vater war alt geworden, sehr alt. Er saß in einer Ecke der Couch, umgeben von Büchern, und paßte gerade noch zwischen die Lehne und die Lektürestapel. Abends erhob er sich, um in sein Bett zu tappen, und am nächsten Morgen nistete er sich wieder zwischen der weichen Lehne und den harten Buchdeckeln ein.

»Wer war Lippi?«

Das fragte sein Vater an einem schummrigen Herbstnachmittag. Maurice sah ihn lange an. Sein Vater fragte in demselben leicht gebieterischen Ton, in dem er früher am Wasser nach dem Namen eines Schiffes oder der Farbe des Schornsteins gefragt hatte.

»Bring mir mal ein Buch über Lippi mit. Und über Fra Angelico.«

Es mußte durch den plötzlichen Tod seiner Mutter gekommen sein. Sein Vater war stets davon ausgegangen, daß er als erster das Zeitliche segnen würde; schließlich hatte er immer an fünfzig Krankheiten gleichzeitig gelitten. Er empfand es als Strafe Gottes, daß er allein zurückbleiben mußte. Ganze Nachmittage lang starrte er auf das Foto seiner Frau auf dem Büfett. Es war, als frage er sich dann, warum er ihr soviel *susah* beschert habe, es war, als ob er langsam, aber sicher aus seiner jahrelangen Betäubung erwache.

Er wollte von Lippi hören und Fra Angelico und Florenz und Spoleto. Er wollte etwas nachholen, etwas gutmachen. Dafür war es zu spät. Obwohl, er tat sein Bestes. Er hörte zu. Er verschloß sich nicht länger vor der Welt. Das Haus verließ er nur noch selten, aber er las, über Maler, über die Renaissance, über den Buddhismus und schließlich sogar über Japan.

Er sprach nur noch wenig vom Krieg. Er ging weiter zurück in die Zeit, erinnerte sich an die Vorlesungen seines Lehrmeisters Snouck Hurgronje und die ersten Reisen, die er nach Selayar gemacht hatte. Dann trat ein Hauch von Wehmut in seine Augen. Es sei schade, daß er, Maurice, seine Mutter nie auf einem Araber in den Bergen bei Rantepao gesehen habe. Sie habe so hübsch ausgesehen in ihrem langen weißen Kleid und dem weißen Tuch über den feinen blonden Haaren.

Manchmal deutete er auf den Bücherstapel hinter der Glastür des Büfetts. Diese Bücher sollte Maurice bekommen, nach seinem Tod. Das Buch mit den makassarischen Märchen habe seine Mutter dazu benutzt, sich mit der makassarischen Schrift vertraut zu machen. Die gesammelten Werke seines Lehrmeisters. Ein Buch über die Toradja-Gebiete. Eine alte deutsche Übersetzung des Korans.

»Du brauchst sie nicht zu lesen, hörst du«, fügte er begütigend hinzu. »Solange du sie bloß nicht wegwirfst.«

Etwas von dem kehrte zurück, was es früher am Steg gegeben hatte. Sie konnten wieder zusammen kichern.

»Komischen Traum gehabt«, sagte er Monate später, mitten im Winter. »Ich war wieder mit einem Schiff unterwegs.«

Genua. Port Said. Suezkanal. Rotes Meer. Indischer Ozean.

»Die alte Route?«

Sein Vater schüttelte den Kopf.

»Ich fuhr durch völlig verlassene Gegenden. Ohne Sonne.«

Er stellte den Kragen seines Mantels auf und schob sich den Schal vor die Nase. Ein kleiner Fußmarsch würde ihn auf andere Gedanken bringen. Eine Karte brauchte er nicht; von Puerto Deseado aus schlängelte sich lediglich eine Straße landeinwärts, eine Asphaltstraße über die leicht hügeligen Grasflächen.

Ein Landrover stoppte. Der Fahrer, ein Bauer mit auffallend hellen Augen und einer riesigen Narbe am Hals, fragte, ob er mitfahren wolle. Maurice bedankte sich für das Angebot und ging weiter. Gelbliches Gras und in der Ferne die Felsenküste, viel mehr gab es nicht zu sehen. Mit bloßem Auge konnte er die toten Pinguine nicht erkennen, der Verwesungsgeruch dagegen wurde keinen Moment lang schwächer. Er atmete durch die Wolle seines Schals.

Der Wind pfiff. Im nächsten Tal bellte ein Hund herzzerreißend. Auf dem höchsten Punkt des Hügels mußte er umdrehen; die Pamperos bliesen ihm die Ohren vom Kopf. Er ging schneller, um nicht zu frieren. Genau rechtzeitig zum Mittagessen war er wieder an Bord.

Das Schiff legte drei Stunden später ab. Beim letzten Tageslicht lief es aus dem Hafen aus und fuhr an einer kleinen Insel im Fluß vorbei. Da sah er sie, Königspinguine, zu Tausenden, lebend. Die Vögel winkten.

Sie standen dicht nebeneinander, drehten die Köpfe etwas zur Seite, um das Schiff noch aufmerksamer verfolgen zu können, und schaukelten dabei von einem Bein auf das andere, wie Schulkinder, die sich gegenseitig anschubsen. Sie reckten sich. Sie flappten mit ihren kurzen Flügeln. Von weitem sah es so aus, als winkten sie. Es war ein würdiger Abschied, das schönste Lebewohl, das sich ein über das Schanzkleid der Nock beugender Seemann vorstellen konnte.

Draußen auf dem Meer bekam die *Maria* Gesellschaft von einem weißen Wal. Keinem sehr großen, nur vier, fünf Meter lang. Er schwamm den ganzen nächsten Vormittag neben dem Schiff her und verschwand erst, als die Crewmitglieder zum Himmel hochschauten anstatt zu der spritzenden Fontäne im Wasser.

Drei Vögel kamen näher. Waren das Albatrosse?

»Ja«, sagte Sorgdrager. »Riesensturmvögel. Mollymauks.«

Sie schlugen ruhig mit den Flügeln, trotz des kräftigen

Windes. Mit ihrer Spannweite von drei bis vier Metern konnten sie mühelos mit dem Schiff mithalten. Sie schwebten neben dem Steuerhaus, warfen einen Blick hinein. Das Wasser war dunkel, der Himmel fahlgrau, wodurch die Vögel weißer wirkten als das Weiß, mit dem die Maler der Frührenaissance ihre Engel schmückten. Es war vor allem ihre unergründliche Art zu schauen, die Maurice beklemmte. Er begriff sofort, woher der alte Aberglaube kam, dem zufolge die Seele eines ertrunkenen Seemanns in einem Albatros wiederkehrt; die Vögel starrten ihn an, als suchten sie einen Bekannten. Er traute sich nicht aus dem Steuerhaus heraus; sowohl der Kapitän wie der Steuermann behaupteten, daß sich Sturmvögel auf Menschen mit schlechtem Gewissen stürzten, und er war zu feige, um die Probe aufs Exempel zu machen.

Es dämmerte bereits, als die Vögel Kurs aufs Land nahmen; sie breiteten ihre riesigen Flügel aus und ließen sich vom stürmischen Nordostwind tragen.

Gegen Mitternacht erreichte das Schiff Cabo Vírgenes auf 52,25 Grad südlicher Breite. Dort wartete es auf den Lotsen.

Die Magellanstraße gilt auch heute noch als eine der schwierigsten Schiffahrtsrouten der Welt. Das einzige Instrument, das Schiffe sicher durch die Meerenge lotsen kann, ist das menschliche Auge; daher wagen sich Seeleute nach Einbruch der Dunkelheit selten in das Labyrinth aus Baien, Buchten, Kanälen, Inseln, Sandbänken und Klippen.

Schwärzer konnte der Himmel nicht sein. Unter den Unheilswolken ein weißes Zickzackband, die Kreidefelsen, die Cabo Vírgenes seinen jungfräulichen Namen verliehen.

Im ersten Morgengrauen kletterte der chilenische Lotse an Bord. Seine Gesichtszüge waren indianisch. Gleich hinter dem atlantischen Eingang der Magellanstraße beginnt Chile, wohingegen das Land südlich der Meerenge teilweise wieder zu Argentinien gehört. Oder wie Sorgdrager es ausdrückte: »Alles hier ist verwirrend.« Sogar der Name ihres Entdeckers gibt Anlaß zu Mißverständnissen. Magelhães, Magallanes, Magellaan, Magellani, Magellan, man könnte meinen, jeder Kartograph habe seine eigene Variante ersonnen.

Nachdem die *Maria* die Fähre nach Feuerland hatte vorbeifahren lassen, setzte auch sie sich in Bewegung. Wimpie stand am Ruder, der Zweite Steuermann behielt ihn im Auge, während der Kapitän den Rat des Lotsen einholte. Der Chilene stand dicht vor der Fensterscheibe, bereit für das, was er jeden Tag tat – Schiffe durch die Straße zu dirigieren –, was jedoch durch die unberechenbaren Winde und die rasch wechselnden Strömungen eine nervenaufreibende Sache blieb.

Maurice stellte sich ans linke Fenster, neben Sorgdrager, der die letzten Stunden der Nacht Wache gehabt hatte und fahlgrau vor Übermüdung aussah. Mit einer Thermosflasche voll Kaffee war er auf die Brücke zurückgekehrt; er wollte keine einzige Meile der Straße verpassen.

Es herrschte ein starker Wind, wenngleich nicht so schlimm wie damals, als die ersten holländischen Schiffe in die Meerenge einfuhren. Die fünf Schiffe, die unter dem Kommando von Mahu und de Cordes standen, wurden 1598 mit gestrichenen Segeln zurückgeblasen.

»Und trotzdem«, lächelte Sorgdrager.

Hochbeladene Containerschiffe haben mit Segelschiffen gemein, daß sie sehr windempfindlich sind. Um nicht auf eine Sandbank gedrückt zu werden, mußte die *Maria* ein ordentliches Tempo vorlegen. Der Lotse empfahl eine Geschwindigkeit von etwa zehn Knoten, was alle auf der Brücke ziemlich viel fanden für ein schmales Fahrwasser, das außerdem im Zickzackkurs verlief.

Der Kapitän ermahnte alle zur Ruhe. Die Durchfahrt zum Stillen Ozean war noch immer ein feierlicher Moment, und Bruining Smit wollte ihn wie einen Bittgottesdienst erleben. Es durfte geredet werden, aber nur in gedämpftem Ton. Der Nautische Offiziersanwärter faltete daraufhin ergeben die Hände.

Hinter der Possession Bay kam die erste Enge. Die Wolken reichten bis zu den untersten Hängen herunter. Der Koch Pedro filmte die Grashügel vom Vordeck aus mit einer Videokamera, der Elektriker tat vom Achterdeck aus das gleiche. Aber ließ sich diese Landschaft wirklich auf Zelluloid bannen? Das Besondere an Patagonien ist das, was man nicht sieht. Maurice spürte, daß sich hinter den Nebelschwaden ein gespenstisches Gebiet verbarg, er vermutete, daß auf einer nebligen Hügelkuppe ein Guanako die Nase in den Wind streckte oder sich das braune Fell leckte, aber er sah es nicht. Die schwache Glut am Himmel hielt er für das Lagerfeuer in der Nähe eines Indiodorfs, obgleich es die Flamme über einer Bohrplattform war. Graues Land, schwarzes Wasser; es war eine schemenhafte Welt, still, beklemmend.

»Ein Wort wie einsam klingt viel zu harmlos für diese Gegend«, sagte Sorgdrager. »Gottverlassen ist ein besseres Wort, vorausgesetzt, man glaubt an Gott. Falls nicht, dann gibt es kein Wort dafür.«

Der Steuermann fragte sich, ob Magellan auch dann durch diesen engen Durchlaß gefahren wäre, wenn er gewußt hätte, daß er die letzten Regionen der bewohnten Welt passierte. Der Portugiese glaubte, was alle Seeleute und Gelehrten 1520 annahmen: daß sich südlich von Amerika ein ganzer Kontinent befand, das vermeintliche Südland. Es sollte noch neunundneunzig Jahre dauern, bis diese Theorie endgültig widerlegt wurde, und zwar durch die holländischen Kapitäne Schouten und Le Maire, die 1619 das südlichste Kap umrundeten und ihm den Namen ihres Heimathafens gaben: Hoorn. Sie lieferten den Beweis dafür, daß der Atlantische und der Stille Ozean ineinander übergingen, was Magellan auch nicht im entferntesten vermutet hatte.

An der zweiten Engstelle stampften die Maschinen schwer. Mochte das Wasser an der Oberfläche auch ruhig kabbeln, der starke Gezeitenstrom gab ihm einen gewaltigen Sog.

Das Schiff passierte die Pinguininseln Elisabeth, Santa Marta und Santa Magdalena, auf denen nur Möwen herumliefen. Das Fahrwasser verbreiterte sich, eine große Bucht kam in Sicht, Useless Bay. Grashügel und Lagunen, leeres Land. Die Wolken wichen für kurze Zeit, in der Ferne kamen die verschneiten Gipfel Feuerlands in Sicht.

Das Schiff bog um den südlichsten Punkt des südamerikanischen Festlands, Kap Froward. Die Biegung nach Nordwesten nahm die *Maria* sehr langsam, und sofort steuerten ein paar Kanus auf sie zu.

Die Indios waren in Häute gehüllt, die Fellseite nach außen. Sie mußten es bitterkalt haben, saßen zusammengekauert in ihren Booten. Bruining Smit erteilte dem Bootsmann den Auftrag, den armen Schluckern etwas zu essen zu geben, Brot, Käse und einen kleinen Vorrat an Konserven. Aber sie wollten Alkohol. Obwohl der Kapitän es ihm ausdrücklich verboten hatte, konnte Douwe Hanedoes es nicht lassen, ihnen eine Flasche Whisky zuzustecken. Die Rücken der Indios waren aufrechter, als sie zum Ufer zurückpaddelten.

Hinter Kap Froward kommen drei Kanäle, die hinter hohen Bergen versteckt liegen. Vor allem in diesem Abschnitt rauften sich die Steuerleute früher die Haare, weil sie nicht wußten, welchen der drei Kanäle sie nehmen sollten. Erst Mitte des zwanzigsten Jahrhunderts erschien eine Karte der achtzig Meilen langen Magellanstraße, die bis in alle Einzelheiten stimmte.

Bruining Smit warf zum x-tenmal einen Blick darauf, mit einem Gesicht, als müsse er eine Prüfung ablegen. Ohne Lotsen, gestand er abends, wäre er hier verzweifelt. Der Chilene erwies sich jedoch als zuverlässig und rief seine Anweisungen, als stünde er auf dem erhöhten Achterdeck einer Karavelle, das heißt im Freien. Der Kapitän wiederholte sie leise, Wimpie dagegen schmetterte die Bestätigung jeweils ebenso laut heraus wie der Lotse. Er hatte sichtlich seinen Spaß dabei, obwohl er sich regelmäßig den Schädel kratzte. Es war das erste Mal, daß er die Straße durchfuhr, und ihm stand die Frage ins Gesicht geschrieben, ob das Schiff je wieder aus diesem Labyrinth herausfinden würde. Wegen des schwarzen Wassers und der nebligen Ufer wird der Durchgang oft mit dem Styx verglichen, dem Fluß, der, aus dem Okeanos kommend, die Unterwelt neunmal umfließt und auf seinem Lauf den Kokytos aufnimmt, den Strom des Wehklagens.

Das Schiff fuhr an Kap Holland vorbei und an der nach Simon de Cordes benannten Bucht. Hinter der Cordes Bay erhaschten sie einen kurzen Blick auf den Mount Three Peaks, einen der höchsten Berge dieser Region. Als die ersten Seefahrer der drei Gipfel durch das Fernrohr ansichtig wurden, mußten sie es mit der Angst zu tun bekommen haben. Das Land wurde mit jeder zurückgelegten Meile wilder, die Wolken bekamen fransige Ränder. Wie lang war die Straße noch? Und mündete sie tatsächlich in die offene See? Die meisten Entdeckungen ergeben sich aus einem Irrtum; die von Magellan zu Rate gezogenen Geographen gingen davon aus, daß es irgendwo einen Durchgang geben müsse, lokalisierten ihn jedoch viel weiter nördlich.

Die fünf Schiffe von Mahu und de Cordes überwinterten hinter Kap Gallant – Caep de Quaede auf den ältesten Karten. Sturm und Gegenwind hielten die Fahrzeuge vier Monate lang zwischen Patagonien und Feuerland fest. Als die letzten Nahrungsvorräte zu Ende gegangen waren, sammelten die ausgehungerten Seeleute, bis zur Brust durch das eiskalte Wasser watend, das einzig Eßbare, das sich in dieser Gegend finden läßt: Muscheln. Viele konnten es nicht erwarten, bis sie an Bord gekocht waren, und verschlangen die Schalentiere roh, wodurch sie sich unheilbare Darmerkrankungen zuzogen. Hinter Caep de Quaede, an den Ufern der Fortescue Bay, liegen einhundertzwanzig Männer begraben, »in der kalten Erde«, sagte Sorgdrager, »ihre Gebeine müssen noch intakt sein«.

Vorbei an der stattlichen Insel Carlos lief das Schiff in den Crookes Reach ein. Obwohl es bereits Mittag war, ging niemand in die Messe. Über die Verpflegung brauchten die Leute auf der *Maria* sich wenigstens keine Sorgen zu machen, sie konnten durchaus eine Mahlzeit auslassen, die nächste würde wieder überreichlich sein.

Es ging jetzt schnell, ein weiterer Grund, weshalb niemand die Brücke verließ. In den letzten Buchten hüllte Nebel das Schiff in Schleier. Maurice wußte, daß er sich vor allem an diese beiden Buchten erinnern würde. Auf den ältesten holländischen Karten hießen sie Ongheluckige Bay, Unglückliche Bucht, und Sorcklycke Reede, Sorgenreiche Reede. Hier stürmte es – manchmal zwanzig Tage lang, sagte der Lotse –, oder es herrschte dichter Nebel. Selbst unverbesserliche Optimisten mußten sich in diesen Gewässern von Unheil umringt fühlen.

Der letzte gerade Abschnitt war ungefähr vier Meilen breit, und auf diesem Stück kam ihnen das erste Schiff entgegen, ein japanischer Walfänger. Nach der Eröffnung des Panamakanals im Jahr 1914 verlor die Magellanstraße an Bedeutung und wird seitdem nur noch von Schiffen benutzt, die den Süden Lateinamerikas anlaufen. Die Route über die offene See, vorbei an Kap Hoorn, ist wegen der unaufhörlichen Stürme und des schweren Eisgangs in den Wintermonaten auch heute noch gefährlich.

Sorgdrager schüttelte den Kopf, als er auf die kahlen Hügel, die Dutzende, Hunderte von kleinen Inseln und unzähligen Granitbrocken blickte. Desolat war alles in der Meerenge, aber nirgends so desolat wie auf dem letzten Stück. Er pries sich glücklich, daß er diese Strecke nie an Bord einer Brigg oder eines Schoners hatte zurücklegen müssen, so gern er auch mal den Geruch von Holz oder Labsal in der Nase gehabt hätte. Er verglich es mit dem Gefühl, am Rand einer Schlucht zu gehen.

Derweil überlegte sich Maurice, ob sein Vater jemals etwas über die Magellanstraße gelesen hatte. Wie sonst hätte er zu diesem merkwürdigen Traum kommen können, in dem er durch völlig verlassene Gegenden ohne Sonne fuhr?

Die Nähe des offenen Meeres kündigte sich durch weiße Schaumköpfe an; die letzten Meilen tragen hier den Namen Milchstraße.

Bei Kap Pillar ging der Lotse von Bord, nachdem er allen Offizieren die Hand gedrückt und viele gemurmelte Dankesworte entgegengenommen hatte.

Der Endpunkt der Straße war erreicht.

Das Schiff fuhr auf den Ozean hinaus, den Magellan die Stille Südsee getauft hatte, weil er dort nach all den Stürmen ruhiges Wetter vorfand. Der Ozean sollte auch weiterhin Pazifik heißen oder, auf holländischen Karten, Vredelicke Zee, Friedliche See. Der Abend brach herein, der Wind blies stetig mit Stärke fünf, und die *Maria* nahm Kurs nach Norden. Nach einem Winter von sieben Tagen fuhren sie jetzt dem Spätherbst entgegen; innerhalb eines Monats hatten sie vier Jahreszeiten durchlaufen.

Bruining Smit lud alle Offiziere zu einem Drink ein. An diesem Abend wurde gut gegessen, die Klippen waren umschifft, die Sorgen vergessen. Der Steward hatte Maurice neben den Kapitän gesetzt, und das war seit Curaçao nur einmal vorgekommen.

Bruining Smit trank Wein, nicht zu knapp, und das machte ihn gesprächig. Vielleicht wollte er nur zeigen, daß er, wenn es um die Geschichte der Navigation ging, auch etwas zur Diskussion beitragen konnte.

»Zu Beginn des Mittelalters«, sagte er, »fegten die Mönche alle von den Seeleuten zusammengetragenen Kenntnisse beiseite und brachten die Karten in Übereinstimmung mit der Heiligen Schrift. Die bekannteste wurde die T- oder Kreiskarte, auf der Jerusalem als Mittelpunkt der Erdscheibe eingezeichnet ist gemäß Psalm 74, Vers 12: ›Du aber, Gott, bist König mir aus Urzeit, Sieg schaffend in des Landes Mitte.‹ Das Mittelmeer wurde zur westlichen Speiche des Kreises oder Rads, der Nil zur südlichen und der Don zur nördlichen. Die Erdscheibe war von Ozeanen umspült, im Osten lag das Paradies, im hohen Norden und im tiefen Süden herrschte ewige Finsternis. Das findet man auf allen mittelalterlichen Karten: Die Berge des finsteren Südlands sind von Ungeheuern und Teufeln bewohnt. Diese Hölle haben wir jetzt also gerade hinter uns gelassen.«

Er sagte das, als hätte er seine Leute höchstpersönlich vor dem Untergang gerettet, was Maurice nun doch ein klein wenig übertrieben fand.

24

Er war einer von uns

Die Luft wurde mild, der Himmel blau, das Meer ruhig. Genau das Wetter, das man erwartet, wenn man sich auf dem Weg zu einem Hafen namens »Tal des Paradieses« befindet. Die Küste blieb außer Sichtweite oder, wie Seeleute das ausdrücken: hinter der Kimm.

Maurice verbrachte den ganzen Vormittag an Deck in dem Bewußtsein, daß er seine letzten Stunden an Bord der *Maria* erlebte. Das einzige Schiff, an das man sein Herz wirklich hängt, scheint das erste zu sein, auf dem man gefahren ist; man sucht sein Leben lang danach, in jedem Hafen, auf jedem Meer. Bevor man ihm das erzählte, wußte er es im Grunde bereits; sein Vater hatte sein Leben lang jedes Passagierschiff mit der *Johan van Oldenbarnevelt* verglichen und jeden Frachter mit dem ersten Postschiff, das ihn nach Selayar gebracht hatte.

Nur damals, als ihnen ein Pirat auf den Fersen gewesen war, war die *Maria Reygersbergen* schneller gefahren. Das Schiff hatte den Wind jetzt schräg von hinten und schaffte, mit allen Maschinen voll voraus, satte siebzehn Knoten. Wenn es diese Geschwindigkeit halten konnte, würde es Valparaíso noch vor dem Wochenende erreichen.

Sobald es gelöscht war, konnte die Besatzung in die Heimat zurückkehren. Binnen einer knappen Woche würden die Männer ihre Frauen und ihre Kinder wiedersehen, und zwar genau zu Beginn der Sommerferien. Meist fiel ihr Urlaub auf einen ungünstigen Zeitpunkt, diesmal würden sie daheim entspannte Gesichter vorfinden. Zumindest hofften sie das, denn mit der Familie war es wie mit der Küste, sie befand sich meist »hinter der Kimm«. Während der Mahlzeiten wurden Pläne geschmiedet, ein Ausflug in einen Vergnügungspark oder ein paar Tage in die Ardennen. So kurz nach dem Passieren der Magellanstraße hörte sich das für Maurice reichlich spießig an. Sogar Sorgdrager sprach nicht mehr von Simon de Cordes oder Schouten und Le Maire, sondern überlegte laut, welche Computerspiele er für seinen ältesten Sohn im Flughafen kaufen sollte.

Nur Wimpie wurde zusehends düsterer. Gleich nach seiner Rückkehr würde er sich mit Adriana auseinandersetzen müssen, und dann würde das Theater beginnen, wer welches Buch mitnahm und welchen Stuhl und welche Grünpflanze. Mit etwas Glück würde er in der ersten Nacht im Gästezimmer schlafen dürfen, und das brachte zum Ausdruck, was er immer gewesen war: ein Fremder im eigenen Haus. Am späten Nachmittag suchte Maurice seine Gesellschaft auf, weil er zumindest nicht darauf brannte, an Land zu gehen.

Wimpie meinte warnend, Maurice solle sich nicht zuviel unter Valparaíso vorstellen; je schöner der Name, desto elender der Ort – darauf könne man in Lateinamerika beinahe Gift nehmen. Trotzdem wollte Maurice ein paar Tage dort bleiben; zu Hause wartete niemand auf ihn, weshalb sollte er sich also beeilen? Er hatte sich vorgenommen, Anfang August wieder an die Arbeit zu gehen; seinetwegen konnte die Reise noch ein paar Wochen dauern.

Er fürchtete den Moment, in dem er seine Kammer würde verlassen müssen – denn es war *seine* geworden. Hier hatte er Adrianas harte Haut betastet, hier hatte er die ersten vorsichtigen Kontakte mit den Geistern aus dem Laderaum geknüpft. Es war, als hätten die Möbel und Wände etwas davon festgehalten; wenn er aufs Bett blickte, sah er Adriana im Schneidersitz dasitzen; wenn er die Tür öffnete, erwartete er, über Humphrey zu stolpern;

wenn er seine Füße auf den niedrigen Tisch legte, hörte er Buick von Ellis Island phantasieren oder von einem Boulevard mit Häusern für einen Film. In mehr als einer Hinsicht waren sie Schicksalsgefährten gewesen, alle drei, und es fiel ihm schwer, sie loszulassen. Hier begegnete er ihnen noch regelmäßig, in einer anderen Umgebung würden sie langsam, aber sicher verschwinden.

An diesem Abend hielt er sich nicht lange im Salon auf, sondern kehrte in seine Kammer zurück und fragte sich, warum man sein Herz viel mehr an Menschen hängt, die man unter ungewöhnlichen Bedingungen kennengelernt hat, als an die, mit denen man täglich bei der Arbeit oder im eigenen Umfeld zu tun hat. Gegen zwölf kroch er ins Bett, ohne eine überzeugende Antwort darauf gefunden zu haben. Vielleicht sind Menschen, denen man jeden Tag begegnet, vorsichtiger, vielleicht versuchen sie unbewußt, ihre Schwächen zu verbergen und damit auch alle Besonderheiten oder Empfindlichkeiten ihres Charakters.

Der Alarm weckte ihn. Wegen der Uhrzeit – es war halb zwei – vermutete er, daß der diensthabende Offizier versehentlich auf den falschen Knopf gedrückt hatte; als er auf den Gang hinaustrat, biß ihm Rauch in die Augen.

Die Maschine, die während der ganzen Reise Probleme gemacht hatte, brannte. Nach einem Funkenregen war sie in Flammen geraten. Maurice hörte das, als er seinen Überlebensanzug aus dem Sicherheitsstore holte; der Bootsmann dirigierte ihn zu den Rettungsbooten auf der Steuerbordseite. Dort fand er fast die gesamte Besatzung vor; nur die drei höchsten Offiziere waren auf der Brücke geblieben.

Die Männer im Maschinenraum hatten versucht, das Feuer zu löschen. Infolge der starken Rauchentwicklung hatten sie den Einsatz der Schaumlöschgeräte rasch beenden müssen. Bruining Smit, der noch keine Minute nach der ersten Meldung auf der Brücke erschienen war, hatte befohlen, da unten alles dichtzumachen. Er hoffte, daß das Feuer ersticken würde, wenn alle Türen und Luken des Maschinenraums verschlossen waren.

Die Generatoren hatten den Geist aufgegeben, der Strom war ausgefallen, das Funkgerät funktionierte nicht mehr. Der Funker hatte auf dem Notsender einen SOS-Ruf abgesetzt; da keine Reaktion kam, konnte man mit an Sicherheit grenzender Wahrscheinlichkeit davon ausgehen, daß sich in der näheren Umgebung keine Schiffe aufhielten. Sie befanden sich vor einer Küste, die aus Hunderten von kleinen, zumeist unbewohnten Inseln bestand. Der nächste Hafen lag mehrere hundert Meilen weiter nördlich.

Maurice zog den Reißverschluß an seinem Überlebensanzug hoch. Er blieb so dicht wie möglich beim vordersten Rettungsboot. Seinen Platz kannte er, in der Mitte. Als einziger Passagier würde er gleich nach dem Zweiten Steuermann einsteigen müssen. Er hatte es viele Male geübt während der Rettungsübungen, aber eine Notsituation gleicht selten einer anderen. Was würde passieren, wenn das Feuer die Treibstofftanks erreichte? Eine Explosion? Sie mußten abwarten.

Niemand sagte etwas. Die Männer starrten auf die Schweißnähte auf dem Deck, lehnten sich mit dem Rükken an die Reling, drehten sich eine Zigarette und hielten ihrem Nachbarn das Tabakspäckchen hin. Das war der einzige Kontakt, ein kurzes Nicken, eine Handbewegung ... Maurice hatte vergessen, wie Shag schmeckte; seit der Kunstakademie hatte er keinen mehr geraucht.

Die Nacht war klar und kühl. Nicht kalt. Genau die richtige Temperatur, damit man in dem Gummianzug nicht schwitzte. Maurice spürte eine Welle, die mehr drehte als rollte. So still er war, auch dieser Ozean steckte voller Bewegung. Er würde nicht gern in einem Rettungsboot auf ihm herumschaukeln. Mit Seeleuten hatte er gemein, daß er das Meer nur aus sicherer Höhe liebte.

Eine Stunde verging. In der darauffolgenden kamen die ersten Flachmänner zum Vorschein. Mit ein paar kräftigen Schlucken tranken die Männer sich Mut an. Nach etwa zweieinhalb Stunden tauchten die Topplichter eines Frachters am Horizont auf. Ein großes Schiff, wenn man die Entfernung zwischen dem vorderen und dem hinteren Licht betrachtete. Es befand sich gut zwanzig Meilen weiter östlich als die *Maria*, wodurch das Steuerbordlicht unter dem Horizont blieb. Es setzte achterlicher als querab, wie Seeleute von einem vorbeifahrenden Schiff sagen, seinen Weg in nördlicher Richtung fort, ohne seine Fahrt zu verringern. Offensichtlich hatte es die über den Notsender abgesetzte Nachricht nicht empfangen.

Der Bootsmann eilte zur Nock, um eine Leuchtrakete abzuschießen. Der kleine Fallschirm mit dem bengalischen Feuer flog dreihundert Meter weit in die Höhe. Das Feuer, das nur eines bedeuten konnte, nämlich Schiff in Not, leuchtete grell. Es sprang ins Auge, durchschnitt den matten Himmel mit violetten Strahlen. Doch das Schiff verschwand hinter der Kimm.

Die Männer von der *Maria* konnten es einfach nicht fassen. In ihrer Bestürzung verfluchten sie die halbe Welt und sannen auf Rache. Das mußte ein japanisches Schiff sein oder ein koreanisches oder ein philippinisches ... diese Schlitzaugen gingen ja über Leichen. Das einzige, woran die dachten, war die Prämie, die sie einstreichen konnten, wenn sie ohne Verspätung in den nächsten Hafen einliefen. Für dieses bißchen Extraknete warfen die sämtliche Prinzipien über Bord und ließen anständige Seeleute über ihrer brennenden Maschine krepieren. Eine Sauerei, so was. Bruining Smit müsse den Kapitän dieses Frachters vor den Kadi zerren, Bruining Smit müsse die Schiffahrtsinspektion einschalten, damit der Schuft, der das Notsignal ignoriert hatte, nie wieder die Chance bekam, irgendwo anzuheuern, Bruin müsse … Gott ja, was noch alles? Vorläufig mußte er alles daransetzen, das Schiff zu retten. Als den Männern das aufging, nahmen sie lieber noch einen Schluck, es konnte schließlich der letzte sein.

Alle Mann waren an Deck. *All hands*. Aber es passierte nichts. Manchmal knarrte das Schiff, wenn die Wellen ihm zusetzten, und das war ein schwaches Geräusch, verglichen mit dem charakteristischen Stampfen. Von der Strömung und dem Wind vorwärts geschoben, glitt es wie ein Leichter übers Meer. Es war den Elementen ausgeliefert, den Launen des Wassers, der Kraft des Windes und der Geschwindigkeit, mit der sich das Feuer im Maschinenraum ausbreitete.

Maurice dachte an niemanden im besonderen. Sein Vater? Judy? Ihre Gesichter wollten nicht vor seinem geistigen Auge erscheinen. Er streckte seine Finger aus und sagte sich immer wieder, daß er während der gesamten Rettungsaktion seine Hände schützen müsse, sonst würde er nie wieder eine Retusche anbringen können. Dabei blieb es.

Das Warten war enervierend. Warten worauf, das war die Frage. Was trieben der Alte, der Erste und der Chief auf der Brücke? Warum ließen sie nichts von sich hören? Weil sie nicht mehr weiterwußten? Aber warum gaben sie dann nicht Order, das Schiff zu verlassen? Oder würden sie das erst nach dem fatalen Knall tun?

Gegen Morgen drohte Panik auszubrechen. Einige der Männer begannen, aus lauter Bockigkeit an den Rettungsbooten zu rütteln, andere beschwerten sich bei Douwe Hanedoes. Sie hätten schon fast in Valparaíso sein können, verdammt noch mal, warum mußte auf dieser Reise aber auch alles schiefgehen? Sie hatten sich auf die Heimkehr eingestellt, wodurch sie den Realitätssinn verloren, den sie mitten auf dem Ozean besessen hatten.

Der Zweite Steuermann unterrichtete den Kapitän. Die Leute könnten nicht länger tatenlos zuschauen; wenn er keinen Ärger wolle, dann solle er ihnen jetzt klarmachen, was er vorhabe. Trotzdem dauerte es noch eine gute Viertelstunde, bis Bruining Smit die Außentreppen herunterkam.

Dem Anschein nach hatte er seine Nerven gut unter Kontrolle. Er unterschied sich in nichts von dem Bruining Smit, der auf der Brücke die Karten studierte oder dem, der vor jeder Mahlzeit die Hände faltete und die Augen schloß. Er mußte wohl auf den Herrn vertrauen. Oder setzte er in dieser Stunde mehr auf den gesunden Menschenverstand? Er gab offen zu, daß die Lage besorgniserregend sei, und gerade daraus schöpfte Maurice eine gewisse Hoffnung; der Kapitän unterschätzte die Gefahren nicht, und ebensowenig verschwieg er sie.

Das Schiff, sagte er, treibe auf die Südspitze der Insel Chiloé zu. Innerhalb der nächsten ein bis zwei Stunden werde die Küste in Sicht kommen, und wenn der Wind weiterhin aus derselben Richtung wehe, werde das Schiff an den Felsen zerschellen. Er habe sich überlegt, wie das zu verhindern sei. Durch Schlepperassistenz. Keine Chance; dem Funkoffizier sei es nicht gelungen, Kontakt zur Küstenwache aufzunehmen. Indem sie andere Schiffe auf ihre Lage aufmerksam machten. Das habe wenig Sinn, kein Schiff werde sich in die Nähe eines brennenden Potts wagen. Sie müßten schon selbst zusehen, wie sie mit ihrem Problem klarkamen. Wie? Tja, damit habe er sich die ganze Nacht herumgeschlagen.

Beim ersten Tageslicht habe er eine Persenning auf dem Deck liegen sehen. Kurz darauf sei sein Blick auf den Ladebaum gefallen. Was wäre, wenn wir diese Persenning an den Ladebaum binden, habe er sich gefragt. Platt vor dem Wind getakelt. Der Ladebaum lasse sich ausschwenken. Es herrsche schwacher Wind, so um drei, aus Südsüdwest.

Wenn es ihnen gelänge, diesen Wind in ihrem provisorischen Segel zu fangen, dann könnten sie den Kurs vielleicht um ein paar Grad ändern. Zugegeben, die *Maria* sei ein schwerer Kahn. Daher müßten die Motorrettungsboote mithelfen. Wenn alle vier Boote ausgebracht worden seien, könnten sie das Schiff steuerbord vorne drücken. Jedes habe einen 24-PS-Motor. Auch Kleinvieh mache Mist.

Über die Erfolgsaussichten kein Wort; das wichtigste war, daß die Männer endlich wieder etwas zu tun hatten. Wenn sie die Ärmel hochkrempelten, würden sie ihre Angst vergessen. Die Jüngeren wurden zum Ladebaum dirigiert, die anderen machten sich über die Rettungsboote her. Um nicht als einziger tatenlos herumzustehen, folgte Maurice dem Kapitän.

Die Persenning wurde zum Ladebaum geschleift. Bruining Smit erteilte Anweisungen, wie die Stropps zu befestigen seien. Es hatte Vorteile, unter einem Kapitän zu fahren, der »vor dem Mast« angefangen hatte und als Leichtmatrose sämtliche Knoten auf einem Brett hatte lernen müssen: Binnen einer Stunde konnte die Persenning gehißt werden.

Die Leinen standen jetzt unter schwerer Spannung. Mehrere Männer holten die Schoten dicht, was nur unter Einsatz von Händen und Füßen möglich war. Unterdessen waren die Rettungsboote zu Wasser gelassen. Knatternd fuhren sie zum Bug vor. Bruining Smit rief seine letzten Befehle ins Megaphon. Die Motoren gingen voll voraus, und während die Boote gegen den Bug drückten, wurde der Ladebaum langsam nach außen geschwenkt.

Es war unrealistisch: ein mehr als halbvoll beladenes Containerschiff, das mit Hilfe einer Persenning und vier mühsam tuckernder Rettungsboote vor dem Stranden bewahrt werden sollte. Es war surrealistisch. Aber Bruining Smit blieb dabei, daß auch Kleinvieh Mist mache.

Als er auf die Brücke zurückkam, reichte Sorgdrager ihm das Fernglas. Die gezackte Küste der Insel Chiloé kam in Sicht.

»Klippen«, sagte er.

Sehr viele Klippen, sah Maurice durch ein anderes Fernglas.

»Klippen und Fjorde.«

Der Kapitän legte seine wettergegerbten Hände auf das Ruder und schauderte. So lange es ihm auch gelungen war, den Schein zu wahren – in diesem Moment befürchtete er das Schlimmste.

»Was meinst du?« fragte er Sorgdrager.

»Wir haben alles getan, was wir konnten.«

»Danach hab ich nicht gefragt. Ich habe gefragt, welche Dummheiten ich begangen habe.«

Dicht vor der Felsenküste verlor er seine Sicherheit. Er tat, was er noch nie getan hatte: Er zweifelte an sich selbst. Ihm schoß wohl gerade der Gedanke durch den Kopf, daß er sein Schiff zu verlieren drohte, und vielleicht deshalb, weil er alles etwas zu sorglos angegangen war mit dieser platt vor dem Wind getakelten Persenning am Ladebaum. Alles Blut wich aus seinem Gesicht; er hatte keine Angst zu sterben, er hatte Angst, versagt zu haben.

»Eines hast du nicht bedacht«, sagte Sorgdrager.

»Was?«

Der Steuermann ging zum Kartentisch und deutete auf die kleinen Pfeile knapp oberhalb der Südspitze Chiloés.

»Wir bekommen gleich Unterstützung von der Strömung.«

»Der Strömung?«

Bruining Smit rieb sich die Augen und seufzte, als werde er endlich von einem schmerzhaften Krampf in der Brust erlöst.

»Himmelherrgott, du hast mir vielleicht einen Schreck eingejagt. Ich habe immer Manschetten vor deinem Urteil gehabt. Was die anderen von mir dachten, war mir wurschtegal. Aber du kennst das Meer.«

Sorgdrager ging zum Fenster zurück und griff nach dem Fernglas.

»Was ist wichtiger? Das Meer zu kennen oder sein Schiff? Ich hab keinen Pfifferling auf deinen irrsinnigen Plan gegeben. Egal, wie sehr du dich bemüht hast, mich zu überzeugen, ich habe dich für verrückt erklärt. Und – wer hat jetzt recht bekommen?«

Der Bug der *Maria* drehte sich von den Klippen weg. Zuerst ungefähr fünf Grad. Dann zehn, fünfzehn, zwanzig. Bruining Smit verbarg seine Augen hinter dem Fernglas. Er konnte es nicht glauben.

»Das kommt natürlich durch diese ablandige Strömung. Die bringt den letzten Rest.«

Ohne die Schubkraft der Strömung hätten sie es wahrscheinlich nicht geschafft. Ohne das Behelfssegel und die Pferdestärken der Motorboote genausowenig. Eine simple Theorie trug hier den Sieg davon, es stellte sich tatsächlich heraus, daß Kleinvieh auch Mist macht.

Die schlimmste Gefahr war gebannt. Das machte den Männern Mut. Der Leitende Ingenieur wagte es, eine der Luken zu öffnen und in den Maschinenraum hinunterzusteigen. Eine halbe Stunde später meldete er, das Feuer sei vollständig erloschen. Im nachhinein betrachtet war die allererste Entscheidung des Kapitäns die beste gewesen. Dadurch, daß er da unten alles hatte dichtmachen lassen, war das Feuer erstickt.

Die Maschinisten schlüpften in ihre Arbeitsanzüge. Das erste, was sie zusammen mit den Schmierern und den Reinigern reparierten, war ein Generator, damit das Funkgerät wieder Strom hatte und der Funker um Schlepperassistenz bitten konnte.

Das Feuer hatte aus der zweiten Maschine einen gewundenen Stahlklumpen gemacht; der Schaden an der

Hauptmaschine war weniger schlimm als befürchtet. Irgendwann am Nachmittag verspürten alle an Bord der *Maria* einen Ruck. Die Schraube drehte sich wieder.

Das Segel konnte eingeholt werden, die Rettungsboote wurden an Bord gehievt. Langsam drehte das Schiff ein Stück von der Küste ab. Nach etwa zwanzig Meilen änderte der Kapitän den Kurs nach Norden. Der Schlepper würde in etwa sechs Stunden eintreffen.

Bruining Smit rief alle Männer auf die Brücke. Er dankte ihnen für ihren Einsatz, versprach ihnen ein einfaches, aber deftiges Essen und ließ die Anwesenden durchzählen.

Da erst stellte sich heraus, daß ein Mann fehlte.

Sie wußten fast im selben Moment, wer es war.

Seine Abwesenheit war niemandem aufgefallen, bis sie nach überstandener Gefahr alle im Kreis um den Kapitän herumstanden.

Drei, vier riefen seinen Namen.

»Wimpie.«

Er war zuletzt im Maschinenraum gesehen worden. Als das Feuer ausgebrochen war, hatte er vor den Schalttafeln im Maschinenkontrollraum gesessen; sein Dienst hatte um Mitternacht begonnen. Er hatte den Chief informiert, der sofort Generalalarm ausgelöst hatte. Er hatte beim Löschen geholfen. Plötzlich sei er weggerannt.

»In welche Richtung?«

»Wir waren alle am Schuften«, erinnerte sich ein Schmierer. »Mit den Schaumlöschgeräten. Wir konnten nur unsere Hände sehen, das war so ungefähr alles. Von weitem hörten wir die Stimme vom Chief. Abhauen. Wimpie kam nicht mit, der ging in die andere Richtung. Zum Schornsteinschott.«

Sorgdrager schlug die Hände vor die Augen.

»Die Treppe. Dieses Rindvieh!«

Im Schornstein führte eine Treppe nach oben. Wimpie hatte diesen Fluchtweg gewählt, weil es der kürzeste Weg zum Deck war. Er mußte sich genau überlegt haben, wie er möglichst schnell bei den Rettungsbooten sein konnte, falls es darauf ankam. Und tatsächlich hätte er als erster frische Luft atmen können, wenn er die nächste Tür aufbekommen hätte. Diese, eine Stahltür, hatte sich jedoch durch die Hitze verzogen. Wimpie hatte in den Maschinenraum zurückkehren müssen, aber das Feuer hatte die Treppe zum Schornstein bereits erreicht. Er mußte fassungslos erkannt haben, daß er nirgends mehr hinkonnte, daß er in der Falle saß, obwohl er den kürzesten Fluchtweg genommen hatte. Stufe um Stufe mußte er vor dem Feuer zurückgewichen sein, bis ihn der Rauch aus seiner Todesangst erlöste.

Seine verkohlte Leiche wurde auf halber Treppe gefunden.

Maurice sah, wie er von vier Matrosen weggetragen wurde, zum Sarg unter der Back. Seine Augäpfel waren durch die Hitze geplatzt. Unter den Brauen war eine Substanz, die aussah wie Popcorn.

Bruining Smit rief die Männer erneut auf der Brücke zusammen.

Er brauchte nicht um Ruhe zu bitten, jeder schwieg.

Der Kapitän stellte sich vor eines der Fenster und wandte den Kopf ab, in Richtung Horizont.

»Was soll ich sagen? Willem Schouten sollte hier stehen, beim Steuerhaus, am Ruder. Daß die Vorsehung etwas anderes beschlossen hat, macht mich sprachlos. Warum? Ich weiß keine Antwort darauf. Laßt uns beten.«

Alle Männer falteten die Hände und beteten laut das Vaterunser.

Nach dem Amen kniff der Kapitän die Augen noch fester zu.

»Die See gibt«, sagte er schließlich, »die See nimmt. Du warst einer von uns, Willem. Ohne dich wird immer einer fehlen, auf welchem Schiff wir auch fahren. Gott nehme deine Seele zu sich.«

Es waren alte Worte, die See gibt, die See nimmt, doch zu dieser abendlichen Stunde, als jeder auf dem knapp den Klippen entronnenen Schiff sich fragte, warum er noch am Leben war und Wimpie nicht mehr, klangen sie, als würden sie zum erstenmal gesprochen.

In die wettergegerbten Gesichter gruben sich tiefe Furchen. Willem Schouten, wie er auf einmal hieß, hatte wenig von sich verborgen. Jeder kannte seine guten Seiten, jeder seine Macken. Es war niemandem entgangen, wie querköpfig er manchmal sein konnte, und auch niemandem, wovor er Angst hatte. Die meisten Seeleute führen ein anonymes Dasein, der Rudergänger dagegen hatte sich immer nachdrücklich bemerkbar gemacht. Gerade deshalb trauerten die Männer von der *Maria* um ihn als fast den einzigen, mit dem sie auf vertrautem Fuß gestanden hatten.

Dann gab es Essen. Die letzte Mahlzeit war vor vierundzwanzig Stunden auf den Tisch gekommen, doch keiner ließ sich ein zweites Mal auflegen. Innerhalb einer Viertelstunde hatten die meisten Offiziere den Tisch verlassen. In dieser Nacht wurde die Wache im Maschinenraum und auf der Brücke doppelt besetzt; wer keinen Dienst hatte, zog sich in seine Kammer zurück.

Auf der Treppe holte Maurice den Ersten Steuermann ein.

»Wenn er noch leben würde«, sagte Sorgdrager, »dann hätte Willem uns erzählt, daß dicht oberhalb des zweiundvierzigsten Grads südlicher Breite, wo die *Maria* in Brand geriet, 1961 oder 1962 oder 1963 ein anderes holländisches Schiff sich festgelaufen hatte und in schwere Bedrängnis geraten war, in der Nähe von Puerto Montt. Und zwar die *Pericles*.«

Ein Es-Schiff, dachte Maurice.

»Nach einer Notreparatur fuhr es ohne Ladung nach Norden und erreichte schließlich, obwohl schwer angeschlagen, einen Hafen. Nur mit dem Unterschied, daß bei denen kein Toter zu beklagen war.«

Der Steuermann ging in seine Kammer, hielt den Kopf unter den Wasserhahn und fuhr sich unsanft übers Gesicht.

»Ich meine ... er muß es vorausgeahnt haben. Gut ... was ihn als Spukbild verfolgte, war ein spurlos verschwundenes Schiff, aber es hat mehr als zwölf Stunden gedauert, bevor wir entdeckten, daß er nicht mehr lebte. Niemand war in seiner Nähe, niemand war da, der ihm hätte helfen können ... das läuft auf das gleiche hinaus.«

Er zog sich ein sauberes Oberhemd an und zerrte an den Knöpfen.

»Am schlimmsten finde ich, daß ihm die Einsamkeit nicht erspart geblieben ist. Diese schreckliche Einsamkeit kurz vor dem Tod. Jeder fährt für sich, hat er oft behauptet, nun, darin hat er weiß Gott recht bekommen. So grausam ist es auf See.«

Er zog seine Uniformjacke an.

»Ein normaler Mensch würde sich nach einem Tag wie diesem mit einem ordentlichen Schnaps ins Bett verkrümeln. Das kann ich nicht. Ich muß auf die Brücke, ich muß auf den Schlepper warten, muß einfach meine Arbeit tun und jede Stunde unsere genaue Position durchgeben. Es gilt noch immer: *navigare necesse est, vivere non est necesse.*«

Die Ereignisse hatten es bewiesen. Ein Schiff muß gesteuert werden – und ständig überwacht.

In wenigen Stunden würde ein Auto von der Reederei vor Adrianas Haus halten. Wenn sie Meester Dirk aussteigen sähe, würde sie wohl in etwa wissen, welche Nachricht sie erwartete. Sie kannte ihn aus Erzählungen, er war klein, mager, und wenn auf See ein Unglück passiert war, dann überbrachte er der Familie des Betreffenden persönlich die Nachricht.

Er würde dasselbe sagen wie der Kapitän: Die See gibt, die See nimmt. Er würde sich lobend über den Rudergänger äußern, stets gute Arbeit geleistet, fünfzehn Jahre für ein und dieselbe Reederei gefahren, nie krank gewesen, nie eine Reise ausgelassen. Er würde ihr seine Unterstützung zusagen, für jetzt, für später; er würde eine Reihe von Formalitäten mit ihr besprechen und sich nach einem letzten Schluck lauwarmem Tee wieder verabschieden.

Adrianas Reaktion ließ sich vorhersagen. Alle Vorhänge zu, Schlafzimmertür zu, Gesicht ins Kissen, den Geschmack eines Beruhigungsmittels auf der Zunge – und trotzdem eine Menge Selbstvorwürfe.

Natürlich hätte sie sich kompromißbereiter gezeigt, wenn sie gewußt hätte, daß es Wimpies letzte Reise war. Natürlich hätte sie dann das Hotel in Lagos gemieden, natürlich hätte sie dann den Passagier, der sich an Bord der *Maria* verirrt hatte und mit dem sie so gut reden konnte, nie berührt. Natürlich wäre sie dann mitgefahren nach Grenada, Belém, Puerto Deseado, und sosehr die See auch getobt hätte, sie hätte Wimpie verschwiegen, daß sie eigentlich die Nase voll von ihm hatte.

Sollte er sie von Valparaíso aus anrufen? Das konnte er sich sparen, sie würde sofort auflegen. Sie würde auf gar keine Weise mehr an ihn erinnert werden wollen, sie würde alles, was zwischen Kap Finisterre und der Reede von Curaçao vorgefallen war, aus ihrer Erinnerung löschen wollen.

Bevor er in seine Koje kroch, schraubte Maurice die Bullaugen zu. Er sah drei klare Sterne und hätte gern Wimpie gefragt, ob das tatsächlich der Oriongürtel war. Diese ungeheure Leere ringsum hatte den Rudergänger erschauern lassen, und zugleich hatte sie ihn fasziniert. Vielleicht paßt das ja zusammen, dachte Maurice, vielleicht möchte man nur die Geheimnisse der Dinge entwirren, die man am meisten fürchtet.

Knapp zwei Tage später wurde die *Maria Reygersbergen* in den Hafen von Valparaíso geschleppt.

Am Kai wartete ein Leichenwagen.

Alle Männer stellten sich an der Gangway auf, als der Sarg von Bord gehievt wurde. Sie falteten die Hände und senkten den Kopf.

Gleich darauf wurde mit dem Löschen begonnen.

Währenddessen hatte der Kapitän eine Besprechung mit dem Agenten der Reederei in dessen Büro, einen Steinwurf vom Kai entfernt.

Als er zum Schiff zurückkehrte, war er sichtlich gealtert, ohne Stolz.

Wieder rief Bruining Smit die Besatzung auf der Brücke zusammen.

Den letzten Schlag, sagte er, habe ihnen jetzt der Reeder verpaßt. Er schluckte. Er schluckte noch einmal. Dann sprach er es aus.

Der Reeder hatte das Schiff verkauft.

25

Wintereinbruch auf See

Vor Valparaíso liegen an die dreihundert Wracks von Segel- und Dampfschiffen, die, den Hafen vor Augen, in rasenden Stürmen untergegangen sind. Es war gar nicht so einfach, bei schwerem Wetter in die von vierzig Hügeln umschlossene Bucht hineinzukommen, und der Seemann, der endlich an Land ging, konnte dann wirklich sagen, er habe das Tal des Paradieses betreten. Nachdem er Kap Hoorn umrundet oder die Magellanstraße durchfahren hatte, glaubte er, endlich in Sicherheit zu sein, doch dann erwartete ihn noch diese Bucht am Fuße der Anden, wo die Elemente ein teuflisches Vergnügen daran fanden, die Brandung in eine Hölle zu verwandeln. In jeder Bar von Valparaíso hängt ein Foto von einem Schiff mit schwerer Schlagseite oder von der Besatzung eines Rettungsboots, die den haushohen Wellen trotzt. Es waren Freiwillige, die den in Not befindlichen Schiffen zu Hilfe eilten, und sie wurden wie Stierkämpfer verehrt.

Die Angst noch in den Beinen, suchten die Seeleute Amüsement in den Bars und Bordellen. Sie sind nicht verschwunden, die schmuddeligen Lokale, in denen die Spiegel an der Wand die Hüften der Serviererinnen schlanker machen; nur kommen seit der Eröffnung des Panamakanals nur noch wenige Seeleute her. Diese Lokale werden von notorischen Säufern besucht, die einem genau erklären können, wodurch der Niedergang der Stadt begann: durch das Erdbeben von 1906, das einen großen Teil des Zentrums verwüstete, und durch die Amerikaner, die das Weltwunder von Panama finanzierten. Das erzählen sie einem mit einem bitteren Zug um den Mund, während sie gleichzeitig eine aufdringliche kleine Nutte wegschieben, denn aufgrund der Zahl der Prostituierten könnte man vermuten, daß noch täglich ein Ozeandampfer in die Bucht einläuft oder ein Kriegsschiff mit Hunderten von Matrosen.

Im Umkreis des Kais riecht es nach Brackwasser, verfaultem Fisch und nach Urin, und wenn man diesen Gerüchen entrinnen will, muß man einen der fünfzehn Lifte in die Oberstadt nehmen, wo eine kräftige Meeresbrise weht. Die gußeisernen Fahrkörbe stammen vom Ende des neunzehnten Jahrhunderts, als die Stadt ihre letzten guten Jahre erlebte. Man steigt in die Reine Victoria oder die Florida-de-Villaseca oder den Polanco, der durch einen Schacht in einen Hügel führt. Auf der Avenida Argentina spaziert man zwischen den Standbildern von Christoph Kolumbus, Lord Cochrane und Admiral Blanco Encalada umher, der während des Unabhängigkeitskrieges die chilenische Flotte befehligte. Steigt man in ein Taxi, so heißt der Fahrer Iwan oder Horst. Er ist auf einem russischen Frachter gefahren und eines Mädchens wegen hiergeblieben, oder auf einem U-Boot der deutschen Kriegsmarine, was er, ohne mit der Wimper zu zucken, erzählt. Vorbei an halbverfallenen spanischen Kolonialhäusern fährt man zum nahe gelegenen Badeort Viña del Mar, wo man ein kleines Schloß im Tudorstil besucht: das Museo de la Cultura del Mar. Alles erinnert ans Meer in Valparaíso, aber der Hafen stinkt, und am Kai machen jedes Jahr weniger Schiffe fest.

Man läßt sich wieder abwärts tragen, diesmal im San-Augustin. Man kehrt in sein Hotel zurück, das auch schon bessere Zeiten gekannt hat. Die Risse im Putz der Eingangshalle werden von einer meterlangen Zeichnung des ersten Dampfschiffs verborgen, das Valparaíso anlief. Das war im Jahr 1822. Der Mann an der Rezeption warnt einen vor dem Heer von Taschendieben, das sich in den dunklen Gassen des Hafenviertels auf einen stürzt, und vor den chinesischen Mädchen in den Bars, die dem Kunden ein Schlafmittel ins Bier schütten und ihn mit seiner Unterhose als einzigem Besitz in einem schmutzigen Bordell liegenlassen. Übrigens, die meisten dieser Mädchen sind HIV-positiv, und um bloß nicht an die näherrückende Krankheit denken zu müssen, rauchen sie Opium.

Mit einem Wort, eine dahinsiechende Stadt, geplündert von Piraten, verschlungen von Flutwellen, drei-, vier-, fünfmal neu aufgebaut und schließlich gemieden wie die meisten berühmten Häfen von einst. Doch nach einer Reise, die seine letzte hätte sein können, und nach der Hiobsbotschaft, mit der sich der Kapitän von der Besatzung hatte verabschieden müssen, war es für Maurice genau das richtige Endziel. Blühende Hafenstädte lügen, wohingegen dieser trübselige Ort zumindest ehrlich zeigte, was auf See und darum herum alles schiefgehen kann.

Wenn er die Fensterläden in seinem Zimmer öffnete, sah er die *Maria* daliegen, hoch im Dock. Tagelang war ihre Haut gesandstrahlt worden, bis sie eine rostbraune Farbe angenommen hatte. Eines Morgens stellte er fest, daß ihr Name vom Bug verschwunden war.

Die erste *Maria Reygersbergen* hatte den Beginn einer neuen und glücklichen Epoche erlebt. Nach der Besetzung Hollands durch die Franzosen war die Fregatte im Auftrag des holländischen Königs nach Westindien gesegelt, um die niederländische Herrschaft auf den Antillen und in Guyana wieder neu zu etablieren. Seitdem war immer eine *Maria Reygersbergen* auf den Meeren gefahren, sei es für die Marine, sei es für die Handelsschiffahrt. Diese *Maria* war nun die letzte, ein Containerschiff mit ausgebranntem Maschinenraum.

Meester Dirk van Rietschoten hatte das Schiff an einen chilenischen Reeder verkauft. Der Vertrag war unterschrieben worden, als der Frachter den patagonischen Stürmen trotzte und Kurs auf Puerto Deseado nahm. Der Brand war dem Käufer sehr gelegen gekommen, konnten die Wartungs- und Instandsetzungskosten doch zum großen Teil auf den Versicherer abgewälzt werden.

Als Maurice van Rietschoten in dessen Büro in Rotterdam aufgesucht hatte, mußte der Reeder bereits gewußt haben, daß die *Maria Reygersbergen* auf dem Weg in ein Dock war, in dem sie ihren Namen verlieren würde. Ein etwas zu großer Zufall, daß das Schiff an eine chilenische Reederei verkauft worden war, während es auf dem Weg nach Valparaíso war. Außerdem hatte Meester Dirk ihm nachdrücklich gesagt, er könne mit diesem Schiff nicht wieder nach Europa zurückfahren. Er hatte einen anderen Grund angegeben … philippinische Besatzung … ja, natürlich, die Verhandlungen waren noch nicht abgeschlossen, und dann läßt man sich als guter Kaufmann nicht in die Karten schauen. Das hätte er im übrigen auch nicht getan, wenn seine Unterschrift bereits unter dem Kaufvertrag gestanden hätte. Das Schiff hatte noch eine lange Reise vor sich, und dann weckt man an Bord besser keine schlafenden Hunde.

Die Crew hatte resigniert auf die Nachricht des Reeders reagiert. Bevor das Schiff in den Hafen geschleppt worden war, war im Maschinenraum hart gearbeitet worden. Ein Generator nach dem anderen war repariert worden, um die Kühlcontainer wieder mit Strom zu versorgen und das Verderben der Ladung zu verhindern. Die meisten Elektriker und Maschinisten waren achtundvierzig Stunden lang nicht aus ihren Kleidern herausgekommen. Als Bruining Smit die Männer auf der Brücke zusammenrief, nahmen sie folglich an, sie bekämen einen Teil des Containergelds als Dank für ihre Leistung. Verkauft? Ja gut, Meester Dirk stand mit dem Rücken gegen die Wand, aber das konnte er ihnen doch nicht antun!

Sie hatten das Schiff gerettet, und jetzt würden sie nie wieder darauf fahren. Wenn sie besser beieinandergewesen wären, hätten sie geschimpft und geflucht, und vielleicht hätten sie sogar wieder zu ihren Vorschlaghämmern gegriffen, um alles kurz und klein zu schlagen. Aber sie waren müde, hundemüde. Sie wollten einmal rund um die Uhr schlafen, sie wollten sich waschen, rasieren, umziehen, und sie wollten nach Hause – so schnell wie möglich.

Die letzten Container waren von Bord gehievt worden, die Maschinen abgestellt, Bruining Smit hatte das Kommando an den Landkapitän übergeben. Die Seesäcke waren bis obenhin vollgestopft, man hatte noch schnell gegessen, und dann waren die Männer in vier Minibusse gestiegen, die sie zum hundert Kilometer landeinwärts gelegenen Flughafen bringen sollten.

Niemand hatte mehr reden wollen, nicht einmal Abraham Sorgdrager. Gleichzeitig mit der *Maria Reygersbergen* hatte der Reeder noch ein weiteres Schiff verkauft; die Flotte schrumpfte, und die Chance, daß der Erste Offizier es je zum Kapitän bringen würde, war damit so gut wie vorbei.

Sorgdrager liebte die *Maria*, alle Männer hatten dieses alte, häßliche Schiff in den letzten paar Tagen in ihr Herz geschlossen, weil es sich in einem prekären Moment tapfer gehalten hatte und weil sie es mit eigenen Händen gerettet hatten.

Die letzte Reise der *Maria* würde als glücklose in die Annalen der Reederei eingehen. In etlichen Jahren würde die Reederei selbst nicht mehr existieren. Die Besatzung würde für eine andere Reederei fahren oder daheim hocken.

Untergangsstimmung machte sich breit, und als sie sich von Maurice verabschiedeten, da taten sie das mit einem kurzen Nicken, einem Händedruck und einem düsteren Gesicht.

»Tschüs.«

Viel mehr sagten sie nicht.

»Tschüs.«

»Adieu.«

Nur Bruining Smit wollte noch etwas wissen.

»Jetzt sag mal ehrlich, Schotel ... jetzt spielt es doch keine Rolle mehr ... Hast du die Schlüssel aus meiner Kammer geklaut?«

Es geschah nicht aus edlen Motiven, Maurice dachte nicht groß nach. Aber er nickte.

Der Kapitän sah ihn lange an.

Dann sagte er: »Nein, Schotel, nein.«

Maurice war die Gangway hinuntergegangen.

Eine tiefe Verlassenheit hatte ihn überkommen.

»Fahr mit nach Santiago«, hatte Douwe Hanedoes gesagt, der merkte, wie heimatlos Maurice sich mit einem Mal fühlte.

Aber er war in ein Hotel in Valparaíso gegangen.

So war er der einzige, der bei der *Maria Reygersbergen* blieb.

Jeden Morgen, wenn er die Fensterläden öffnete, sah er sie daliegen, leer und hoch auf dem Wasser, bis sie von einem Schlepper ins Dock gezogen wurde. Dort lag sie dann noch höher, mit trockenem Kiel über dem Wasser.

Sie wurde geschliffen. Sie wurde gestrichen. Sie bekam einen fahlgrauen Anstrich, der schlecht zu ihr paßte. Schon nach wenigen Tagen war sie nicht mehr seine *Maria.* Alles geht vorbei, mal dauert es länger, mal kürzer.

Er ging den Kai entlang. Es tat gut, endlich wieder ganze Kilometer am Stück laufen zu können. Das Wetter schlug um, auf die Stadt gingen eisige Juliregen herab. Das störte ihn eigentlich nicht, früher hatte er auch im Novemberregen am Steg gesessen. Er sah ein Schiff näher kommen, einen heruntergekommenen Türken oder einen verrosteten Panamaer, und er sah eines auslaufen. Er fragte sich, ob es ein Tanker sei, und eine vertraute Stimme sagte ihm, daß es, zumindest auf den ersten Blick, wie ein Erztanker aussah.

In dieser Stadt war er seinem Vater nahe.

Einmal waren sie noch Schiffe anschauen gegangen, sie beide.

Eines Samstagmorgens rief ihn sein Vater an. Er klagte, was er nur noch selten tat, seit er in einem kleinen Zimmer mit Blick auf einen Park und einen kahlen Deich in der Ferne untergebracht war. Er habe sich in der letzten Woche müde und schlapp gefühlt; wohl weil der Frühling im Kommen sei.

Am selben Tag noch besuchte Maurice ihn.

Mit zittriger Hand goß sein Vater Kaffee ein. Pechschwarzen Kaffee, genauso stark, wie die Toradja ihn tranken. Er ließ sich aufs Sofa fallen und sah zu dem Foto auf dem Büfett. Sie war viel zu früh gestorben, oder er viel zu spät, das las Maurice in seinen Augen.

Wie meistens sprachen sie über Bücher. Seinem Vater war es inzwischen zuwider, Erinnerungen hervorzukramen, besonders wenn es Erinnerungen an die Frau waren, die ihn vom Büfett her ansah. Er wollte nur still zu ihr hinüberblicken, mehr nicht, und im übrigen kannte Maurice ja die meisten seiner Erinnerungen, sogar zu gut. Er war keiner, der auf frühere Konflikte oder Vorwürfe zurückkam, lieber sprach er von einem Buch, das ihn »gepackt« hatte und ihn kurzzeitig das beklemmende Zimmer hatte vergessen lassen, in dem er geduldig auf seinen letzten Atemzug wartete.

Ohne Übergang sagte er, er würde gern noch einmal ein Schiff sehen.

»Und du?«

Ein Vierteljahrhundert war vergangen, seit sie das letzte Mal auf das Moped gestiegen und im zweiten Gang zur Flußbiegung gefahren waren. In diesen fünfundzwanzig Jahren hatte keiner von ihnen mehr ein Wort über den Hafen verloren, aus Angst, damit gleichzeitig eine Vielzahl unerquicklicher Bilder heraufzubeschwören. Reden war okay, die Erinnerung dagegen mußte schweigen.

Sein Vater hatte sich erst noch ein Glas eingegossen, bevor sie losfuhren. In dieser Hinsicht hatte er sich kaum geändert; er trank immer noch, und nach einem ordentlichen Schluck ging er abends mit einer Zigarette ins Bett. Er hatte schon so manchen kleinen Zimmerbrand im Altersheim verursacht und mußte dann zur Strafe ein paar Nächte im Krankensaal schlafen. Meist durfte er bald wieder in sein eigenes Zimmer zurück, weil er bei brennendem Licht bis zum Morgengrauen las. Die wirklich Kranken beschwerten sich darüber bei der Schwester, genau wie er gehofft hatte.

Sie fuhren zum Eerste Petroleumhaven, diesmal im Auto, aber entlang denselben Straßen. Die Zahl der Häuser hatte sich verzehnfacht, wo früher ein Schuppen gestanden hatte, standen jetzt fünf Hallen; nur der Hafen hinter der Raffinerie war der gleiche geblieben. Derselbe Holzsteg, derselbe Poller, derselbe Geruch von Ammoniak und brackigem Wasser.

Aussteigen wollte sein Vater nicht, dazu fehlte ihm die nötige Energie. Durch die Fensterscheibe, unter der Hutkrempe hervor, spähte er aufs Wasser. Er lutschte an einem Pfefferminzbonbon, und als er einen frischen Geschmack im Mund hatte, zündete er sich eine Zigarette an, wovon ihm der Arzt abgeraten hatte. Das war ihm egal; seine Tage waren gezählt, und ein Abschied durfte nicht zu lange dauern.

Der Fluß blieb leer, und er sagte: »Weißt du noch?«

Ja, er wußte es noch, früher zählten sie hier an einem Samstagnachmittag zwanzig bis dreißig Schiffe.

Erst eine ganze Stunde später kam ein Containerschiff in Sicht.

»Das sind keine Schiffe«, sagte er höchst bestimmt. »Das sind Kästen.«

»Schuhkartons.«

»Ja, findest du das auch? Nach dem Krieg glaubten wir, alles würde schöner und besser werden. Na, besser ist es geworden, aber auch ein ganzes Stück häßlicher. Oder sollte ich nicht so nörgeln?«

Er nörgelte, aber recht hatte er. Verglichen mit so einem Containerschiff stellte sogar ein eilig zusammengebautes Victory-Schiff den Gipfel an Eleganz dar, darin waren beide sich völlig einig.

Die Sonne versank hinter den rauchenden Schloten der Raffinerie.

Wie um seinen Vater zu trösten, kam doch noch ein Küstenmotorschiff angefahren, mit zwei Masten und einem dezenten schwarz-rot-schwarzen Schornstein. Er nahm an, daß auch dieses kleine Schiff unter einer Billigflagge fahren würde, aber nein, am Heck stand Oslo.

Sein Vater kniff die Augen halb zusammen, als konzentriere er sich auf etwas. Dann sagte er leise:

»Die Schiffer, die nach südlichen Buchten
die Durchfahrt in den Norden suchten,
den Sommer wärmend noch im Boot,
empfinden, bedroht von des Eises Klingen,
die sie umringen und schneidend durchdringen,
die Kälte plötzlich, als wär's der Tod.«

Er nickte beifällig.

»Slauerhoff. ›Wintereinbruch auf See‹. Klar und rein, findest du nicht?«

Er hatte diese Verszeilen mit siebzehn oder achtzehn gelernt und nie wieder laut gesprochen. Es erstaunte ihn, daß sie auf einmal wieder da waren.

Sie fuhren ins Dorf zurück. Sie sprachen nur noch wenig.

Maurice half ihm beim Aussteigen. Sein Vater tappte den Flur im Altersheim entlang in sein Zimmer. Er hängte seinen Spazierstock an die Garderobe, zog den Mantel aus und setzte den Hut ab. Er sank zwischen den Bücherstapeln auf dem Sofa nieder und knöpfte sich den Hemdkragen auf. Vor Anstrengung keuchte er.

Als er wieder zu Atem gekommen war, sagte er: »Wenn man jung ist, fragt man sich, wie das Leben sein könnte; wenn man alt ist, fragt man sich, wie es hätte sein können.«

Doch gleich darauf rieb er sich wie ein kleiner Junge die Hände.

»Doch noch einen kleinen Kümo gesehen.«

Das waren die letzten Worte, die Maurice aus dem Munde seines Vaters hören sollte.

»Doch noch einen kleinen Kümo gesehen.«

Fünf Tage später schlief er über einem Buch ein, für immer.

Als Maurice die Nachricht von seinem Tod erhielt, sah er ein Schiff vor sich, das, aus einem tropisch blauen Meer kommend, von Schnee und Eis überfallen wurde.

EPILOG

26

Die Kanne und die Hände

Maurice flog über New York nach Amsterdam zurück.

Er hatte wählen können, entweder über Caracas oder über New York.

Auf dem Kennedy Airport rief er Judy an. Er hörte ihre Stimme auf dem Anrufbeantworter. Er nahm einen Bus nach Manhattan und ein Taxi zum Metropolitan. Es war später Vormittag, Arbeitszeit. Ein Pförtner begleitete ihn ins Restaurationsatelier. Er sah sie sofort, am Fenster.

Sie stand nicht auf. Sie schüttelte nur langsam den Kopf, als habe sie schon seit Jahren erwartet, daß er eines Tages in dieses Atelier hereinkäme, mit einem unlösbaren Problem.

Er legte ihr eine Hand auf die Schulter. Sie küßte als erste. Ein vorsichtiger Kuß, auf die Wange.

»Ich weiß«, sagte er, »ich komme ungelegen.«

Sie seufzte tief. Er hätte sich keinen schlechteren Zeitpunkt aussuchen können. Sie konnte nichts mehr daran ändern, morgen würde sie zusammen mit Ted und den Kindern verreisen. Forellen fischen in Montana. Vierzehn Tage durch Flüsse waten und sich an einem Kaminfeuer trocknen. Sie selbst sei nicht so versessen auf die Natur, aber für die Kinder sei es herrlich.

Sie deutete auf das Bild, das vor ihr stand. Zufällig sei es ein holländisches Gemälde, ein Kalf. Müsse sie heute noch fertig haben. Warum er so dumm gewesen sei, nicht vorher anzurufen? Dann hätte sie sich die Zeit anders einteilen können.

Er machte eine entschuldigende Gebärde. Die Idee sei ihm spontan gekommen, als er sein Ticket gekauft habe. Er habe sie kurz sehen wollen, das sei alles. Sie sehe gut aus, sogar sehr gut; das sei eigentlich das einzige, was er habe wissen wollen. Er werde sie nicht länger stören, habe vollstes Verständnis, kurz vor dem Urlaub gebe es immer noch alles mögliche zu erledigen. Er beugte sich zu ihr, zum Abschiedskuß, aber sie stoppte ihn.

»Hier. Ein Hocker mit federnder Rückenlehne. Da kannst du stundenlang drauf sitzen.«

»Also einen Moment. Einen Moment.«

Um sich eine Haltung zu geben, griff sie zum Pinsel. Nicht! dachte er, beim Retuschieren muß man eine sichere Hand haben. Sie kam zum gleichen Schluß, ließ die Leinwand unangerührt. Sie zupfte ein Härchen aus dem Pinsel und suchte nach der Terpentinflasche. Dann fragte sie: »Was ist schiefgegangen, Maurice?«

Eine ganze Menge, bekannte er, und trotzdem sei er mit heiler Haut davongekommen. Er dürfe nicht klagen. Manchmal seien Gefahren nötig, um einen zur Ehrlichkeit zu zwingen. Auf dem Meer seien diese Gefahren wenigstens konkret, man sieht sie, man hört sie, man spürt sie.

Auf See? Eigentlich wundere sie das nicht. Er habe schon früher oft davon gesprochen. Die Wellen bei Turner.

»Mit Gelb, mit Grün. Die Farben des Ärgers.«

Er wiederholte, was ihn sein Vater einst gelehrt hatte: daß in der konfuzianischen Lehre der Himmel für Kraft stehe, die Erde für Bereitwilligkeit, der Berg für Stillstand und das Meer für Verlangen.

»Verlangen?«

Der eine suche Aufregung, der andere ein sagenumwobenes Land hinter dem Horizont. Er selbst habe sich eine Menge Probleme aufgehalst aus einem unbewußten Verlangen nach Mißgeschick. Er habe in jungen Jahren so oft zu hören bekommen, daß er noch nie etwas durchgemacht habe. Wenn man seine Tage in einem Atelier zubringe, dann verfolge einen das irgendwann. Denn was passiere schon in einem Atelier?

»Nichts«, sagte sie, »und darum gehen wir hier auch weg und essen einen Happen.«

Ihr Lieblingsitaliener war zwanzig Minuten zu Fuß vom Museum entfernt. Sie suchten stets die Schattenseite der Straße auf. Es war heiß in New York, und ihm machte der plötzliche Wechsel zu schaffen, der fünfte, seit er losgefahren war. In der Ferne funkelte die Spitze des Chrysler Building. Er erzählte von den beiden jungen Männern, die sich im Laderaum versteckt hatten, um einmal diese Spitze sehen zu können.

»Und?«

»Sie sind im Knast gelandet.«

Judy bestellte eine Flasche Wein für ihn; sie selbst trank Wasser. Es ärgere sie, daß sie ihm kein Dach über dem Kopf anbieten könne, er hätte ein paar Tage früher kommen müssen. Obwohl, dann hätte Ted ihn über Florenz und Paris ausgehorcht. Er könne den Gedanken nur schwer ertragen, daß sie ein anderes Leben geführt habe, bevor sie ihn kennengelernt habe.

Es tat Maurice leid, daß er ihre Wohnung nicht sehen konnte. Sie sei groß, sagte sie, sie sei hell, man sehe aufs Wasser hinaus, und an den Wänden hingen nur Zeichnungen und Schwarzweißfotos von Man Ray und Lee Miller, weil sie zu Hause nicht auch noch Acryl und Ölfarbe vor sich sehen wolle. Ted sei es zu kahl. Wie das Wartezimmer eines Zahnarztes. Mondrianartig, geradlinig.

»Mondrian?«

»Ja, ihr kommt aus demselben Land.«

Er lächelte. Damals, in Italien, hatten sie oft laut von

ihrem Idealhaus geträumt. In einem waren sie einer Meinung gewesen: Es durfte nicht zu voll werden.

Am Central Park entlang gingen sie zum Museum zurück. Judy deutete auf ein großes Hotel an der Ecke der Fifth Avenue.

»Dort hat mein Vater den ganzen Krieg hindurch zur Musik von Glenn Miller getanzt.«

»Und das nimmst du ihm übel.«

»Nein, Maurice. Das ist der Unterschied zwischen dir und mir.«

Am Eingang des Metropolitan wollte er sich noch einmal von ihr verabschieden. Sie schüttelte den Kopf. Normalerweise arbeite sie von zehn bis drei; heute würde sie bestimmt bis sechs bleiben müssen. Vielleicht könne er ihr noch einen Rat geben.

Er setzte sich wieder neben sie, vor den Willem Kalf. Durch den Geruch von Terpentin und Leinöl kehrte er zu dem zurück, was er verlassen hatte. Die See war ein langes Intermezzo gewesen, aber jetzt ging er wirklich an Land.

Judy beugte sich vor. Er erkannte die Haltung wieder, in Paris war sie immer förmlich in sich zusammengekrochen, wenn sie sich vor ein Gemälde gesetzt hatte. Bald schon fiel ihr der Unterkiefer herunter. Niemand konnte so konzentriert arbeiten wie sie. Andere restaurierten ein Bild, sie versuchte, es in den ursprünglichen Zustand zurückzuversetzen, und das erfordert etwas mehr Aufmerksamkeit und Einfühlungsvermögen. Ihre Technik war nach wie vor unübertroffen, und trotzdem stellte sie immer noch Fragen, sich selbst, anderen, ihm.

Um ihr nicht ständig auf die Finger zu schauen, streifte er durch die Säle des Museums. Er blieb lange vor einem Cézanne stehen und gewann die Überzeugung, daß ein auffallendes Gemälde nicht in erster Linie ein bestimmtes Bild einfängt, sondern eine bestimmte Kraft. Worin diese Kraft steckt, läßt sich nicht genau sagen. Man spürt es, auf den ersten Blick. Zumindest spürte er es, schockartig.

Er hatte gut daran getan, Judy zu besuchen. Sie erinnerte ihn an die Ideale von damals. Judy hockte sich vor ein Bild wie vor einen Körper. Es hatte etwas Sinnliches, es zeugte von Hingabe.

Er kehrte ins Atelier zurück. An dem Stilleben von Kalf war nichts mehr zu retuschieren. Judy machte ihn auf die Übereinstimmung mit Vermeer aufmerksam, soweit es die Verwendung von kalten und warmen Tönen betraf; Kalf gab den Gegenständen eine harte Farbe, machte sie jedoch in den Reflexen, an der Innen- oder an der Schattenseite weich und warm.

Anläßlich eines Prunkstillebens von Kalf, sagte sie, habe sich Goethe vor die imaginäre Entscheidung gestellt, was er lieber besäße, die abgebildete goldene Kanne oder das Gemälde selbst. Das Bild sei zu Goethes Zeit etwa zweitausend Gulden wert gewesen, die goldene Kanne das Zehnfache, und trotzdem hätte er sich lieber als Eigentümer des Gemäldes bezeichnet. »Ich auch«, entfuhr es Maurice, woraufhin sie ihn ansah und fragte: »Warum machst du dich dann nicht wieder auf der Stelle an die Arbeit?«

In den darauffolgenden Monaten widmete er sich Mündern, Augen, Nasen, gemalt von Frans Hals, Rembrandt, Gerard van Honthorst, Michiel van Mierevelt, Nicolaes Maes, Caspar Netscher oder Jan Verspronck. Die Bilder sollten nach Japan reisen für die Ausstellung »Das holländische Porträt im siebzehnten Jahrhundert«. Von den sechzig Exponaten mußten zwanzig gründlich restauriert werden. Er arbeitete zusammen mit zwei Kollegen daran, sechs Tage in der Woche.

Erst im Herbst traute er sich, Adriana anzurufen. Er hatte das gleich nach seiner Rückkehr tun wollen und es immer wieder hinausgeschoben, wobei er die viele Arbeit als Entschuldigung nahm. Er mußte seinen Namen zweimal wiederholen, und als sie endlich »Ach so« sagte, hörte er das scharf Abweisende in ihrer Stimme.

Er erklärte, weshalb er nicht auf Wimpies Beerdigung erschienen sei; er habe Valparaíso erst verlassen, als er wieder ganz der alte war. Sie hatte seine Abwesenheit nicht bemerkt. Er sagte, es sei vielleicht auch besser gewesen, daß er sich nicht habe blicken lassen, worauf sie nicht reagierte.

Sie vermisse Wimpie, sagte sie. Es sei schwer, sich damit abzufinden, daß er nicht mehr da sei. Jedesmal, wenn das Telefon klingle, nehme sie an, er rufe sie aus irgendeinem fernen Hafen an. Sie könne sich nicht an den Gedanken gewöhnen, daß er nie mehr nach Hause komme. Glücklicherweise habe sie einen großen Teil seiner letzten Reise mitgemacht; wenn sie jetzt an ihn zurückdenke, könne sie ihn wenigstens am Ruder stehen sehen.

Es war peinlich, das mit anzuhören, denn Adriana hatte sich in all den Wochen an Bord nur ein einziges Mal auf der Brücke blicken lassen, und da hatte Wimpie nicht am Ruder gestanden. Lagos und Havanna würde sie wohl vergessen haben, oder vielleicht hatte sie sich selbst weisgemacht, sie habe zusammen mit Wimpie im Bett gelegen und in den Regen hinausgeschaut. In den meisten Erinnerungen steckt ein Element der Phantasie; sie schien noch einen Schritt weiter gegangen zu sein, er hatte den Eindruck, ihre Erinnerungen waren reine Hirngespinste geworden.

Von den Besatzungsmitgliedern der *Maria* sprach sie wie von guten alten Bekannten. Der Kapitän habe alle möglichen geschäftlichen Dinge für sie geregelt, und Sorgdrager habe sie bereits dreimal besucht. Als Maurice vorsichtig vorschlug, ebenfalls einmal bei ihr vorbeizuschauen, da bat sie um Aufschub. Trauer verarbeite man in Etappen, und sie befinde sich im Moment in einer trübsinnigen Phase. Er wünschte ihr viel Kraft und legte auf. Er hatte schweißnasse Hände und tat an diesem Abend, was Wimpie nach einem solchen Gespräch getan hätte: tief in die Schnapsflasche gucken.

Vier Monate später saß er im Flugzeug nach Japan. Es war üblich, daß ein Restaurator den Transport von Gemälden begleitete, und da sein Chef jede Menge Schwierigkeiten vorhersah, hatte er ihn dazu bestimmt, wegen seiner Erfahrungen in der Fremde. Erst in der Luft fragte er sich, ob er auch gegangen wäre, wenn sein Vater noch gelebt hätte. Für ihn waren Japaner Japsen geblieben, bis er kurz vor seinem Tod ein Buch über Japan aufgeschlagen hatte. Maurice hatte daraus geschlossen, daß sein Vater den aufgestauten Haß nicht mit ins Grab nehmen wollte. Der Krieg hatte sein Leben zerstört, doch sogar nach der großen Explosion hatte sich die Erde einfach weitergedreht. Wenn er zum Schluß eingesehen hatte, daß auch das Hoffnung barg, dann war er friedlich gestorben.

Wieder in den Niederlanden, fand er in der Post einen Brief von Buick. Eine lange Epistel, auf englisch, unterschrieben mit Grigori. Der Brief kam aus Rußland, aus St. Petersburg.

Ein Jahr war vergangen, seit die *Maria* zu ihrer Reise auf die andere Seite des Ozeans aufgebrochen war. In diesem einen Jahr hatte die Geschichte ein ganzes Jahrhundert ausradiert, wodurch es viel länger herzusein schien. Vor dem Fernseher hatte er oft denken müssen: Buicks und Humphreys letzte mutlose Erfahrungen fielen zusammen mit den letzten Zuckungen einer Ideologie. Ihre Verwirrung gehörte zu einer Epoche, die auf ebenso konfuse Weise zu Ende ging.

Es sei ein ziemliches Theater gewesen, schrieb Buick, bis die Justiz von Curaçao mit den polnischen Behörden zu einer Einigung gekommen sei. Sie hätten fünf Wochen in dem Gefängnis auf dem kahlen Felsen verbringen müssen. Als man sie schließlich ins Flugzeug nach Miami gesetzt habe, hätten sie sich in etwa der gleichen Verfassung befunden wie damals, als man sie aus dem Laderaum geholt habe.

Sie hätten es als Schikane empfunden, daß sie – aus der Luft – doch noch einen Blick auf Amerika hätten werfen dürfen. Ein kurzer Blick auf Florida, eine lange Häuserreihe am Meer und breite Autobahnen. »Reich«, habe Humphrey gegrinst, »genau das Richtige für uns.«

Zwei Stunden später hätten sie, mit Handschellen gefesselt, in einem polnischen Flugzeug gesessen.

Verglichen mit Koraal Specht (er schrieb: Coral Spect) sei die Zelle in Warschau ein Hotelzimmer gewesen, kühl, sauber und ziemlich geräumig für vier Insassen. Nachdem ihre Väter für sämtliche Kosten inklusive einer saftigen Geldstrafe aufgekommen seien, habe man sie auf freien Fuß gesetzt. Sie hätten sofort einen Job annehmen müssen, um das Geld zurückzuzahlen; er, Buick, habe in einer Fabrik gearbeitet, am Fließband. Sein Vater habe ihm praktisch alles verboten – Ausgehen, Trinken, Rauchen –, weil er »seine Position weiter gefährdet« habe.

Es habe schlecht ausgesehen für seinen Vater; gegen ihn lief eine Klage, und er drohte im selben Gefängnis zu landen, in dem er seinen Sohn wiedergefunden hatte. Bevor es soweit gekommen sei, habe er sich nach Leningrad abgesetzt, das von jedermann wieder St. Petersburg genannt wurde, als habe die Stadt nie anders geheißen. Er, Buick, und seine Stiefmutter seien mit ihm gegangen.

Lange habe sein Vater nicht auf Arbeit zu warten brauchen. Landwirtschaftliche Maschinen, wie vorher, ein Betrieb, der privatisiert werden sollte. Er war Experte; den Rest seines Sündenregisters habe man in einer Schublade vergraben. Bevor er das Angebot angenommen habe, habe er bereits wieder so große Töne gespuckt, daß er mehr oder weniger verlangt habe, daß sein Sohn die russische Staatsangehörigkeit bekomme. Innerhalb einer Woche habe er die Papiere erhalten, plus einer vorläufigen Befreiung vom Militärdienst.

Seit dem Herbst lebe er nun also zusammen mit seinem Vater und seiner Stiefmutter in der geräumigen Wohnung eines ehemaligen Parteifunktionärs in der Innenstadt, keine dreihundert Meter von dem Haus entfernt, in dem seine Mutter geboren sei. In dieser Hinsicht hätten die Ereignisse eine Fortsetzung gefunden; zwischen den Containern sei ihm erst wirklich klargeworden, wie sehr er sie vermißt habe, und kurz darauf komme er drei- bis viermal am Tag an ihrem alten Haus vorbei, genauso wie an dem schräg gegenüber gelegenen Konservatorium, aus dem manchmal, wenn die Sonne scheine und die Fenster geöffnet seien, Klavierklänge kämen.

Er habe sich an der Universität immatrikuliert; er habe angefangen, Architektur zu studieren. Jeden Abend laufe er durch die Stadt, um die Atmosphäre in sich aufzusaugen und um seinem Vater aus dem Weg zu gehen. Der »verstehe« neuerdings, was seinem Sohn am Westen gefalle. Sosehr er die frühere Überzeugung seines Vaters auch verabscheut habe, er hätte ihn mehr geachtet, wenn dieser seine Prinzipien nicht so schnell über Bord geworfen hätte wie einen alten Mantel. Das einzige, das ihn tröste, sei, daß Humphreys Vater sich kaum anders verhalte, der mache auch die merkwürdigsten Verrenkungen, um seinen Schwenk zu rechtfertigen.

Humphrey sei in Polen geblieben. Er habe ihn zu Ostern wiedergesehen. Er sei kaum noch wiederzuerkennen gewesen; trage teure Anzüge und kutschiere in einem Mordsschlitten herum. Gleich nach seiner Rückkehr habe er sich wieder bei Iri eingeschmeichelt, die ihm schnell verziehen habe, daß er abgehauen war. Die beiden genössen das Leben; äßen in den teuersten Restaurants und fingen jeden Tag mit den köstlichsten Drinks an. Wie er zu so viel Geld gekommen sei, halte er sorgfältig geheim. Er, Buick, habe allerdings eine Vermutung, und zwar, daß Humphrey mit Pornoheften und Pornovideos handle und wahrscheinlich auch mit Drogen. An dem letzten Abend, an dem er mit ihm ausgegangen sei, habe Humphrey deutlich sichtbar eine Waffe an der Hüfte getragen. Das sei notwendig, habe er gesagt, denn überall schlügen die Mafiosi zu.

Hump sei ständig unterwegs, von einer Stadt in die andere, von einem Hotel ins andere. Iri begleite ihn Tag und Nacht, in einem Rausch, den sie für Courage halte. Sie pfeife auf jeden, wie immer, nur sei die Situation inzwischen wesentlich undurchsichtiger geworden. Es sei kein Spiel mehr, auch wenn es in ihrem Mercedes mit dem Leinenverdeck, das sie oft zurückklappten, um schneller braun zu werden, nach einer der Szenen aussehe, von denen sie früher geträumt habe.

Humphrey sei total selbstsicher. Zwischen den Containern sei er das auch gewesen, bis es schiefging, und dann habe er in seiner Ratlosigkeit die größten Blödheiten angestellt. Mochte er seine Ängste auch gut verbergen, so wisse er doch, was ihn erwarte. Die Wochen auf dem Schiff hätten es bewiesen, sie waren so gut wie unauffindbar gewesen, und trotzdem seien sie plötzlich geschnappt worden. So ergehe es *outlaws*, in einem unbewachten Moment stürze man sich auf sie wie auf Freiwild.

Was ihm, Buick, in der Seele weh tue, sei, daß Humphrey sich noch genauso gejagt fühlen müsse wie im Laderaum. Sogar im tiefsten Schlaf müsse er noch auf die näher kommenden Schritte lauschen oder das dumpfe Dröhnen der Vorschlaghämmer. Die Welt ringsum sei feindselig geblieben, und genauso wie auf dem Schiff müsse er sich fieberhaft fragen, wie er unbemerkt durch irgendein Loch entwischen könne.

Am Ostersamstag seien sie zu dritt losgefahren. Die Sonne habe gestrahlt wie im späten Frühling, es sei warm gewesen für die Jahreszeit. Sie seien durch Wälder gefahren, und als sie zu einem Hügel nahe beim Fluß gekommen waren, habe Iri Humphrey gebeten, anzuhalten. Sie hätten ihre Mäntel ausgezogen und sich an einem Hang ins feuchte Gras gesetzt.

Iri habe vom Meer hören wollen, ob sie noch oft daran zurückdächten und woran sie sich dann erinnerten. An einen trockenen Mund, habe er gesagt, und an eine Menge Licht, das einen nach so vielen Tagen im Dunkeln schreckhaft mache, weil es kein Pappenstiel sei, von anderen angestarrt zu werden. Humphrey habe gesagt: an eine Frau, eine Frau mit dunkelblonden Haaren und einem langen Hals. Iri habe das nicht gleich verstanden. Da habe er von der Frau des Rudergängers erzählt. Bevor sie ihm die Handschellen abgenommen habe, habe sie seine beiden Hände gefaßt. Es habe vielleicht eine Sekunde gedauert, aber daran erinnere er sich noch. Diese sanften Hände, die ihn befreiten.

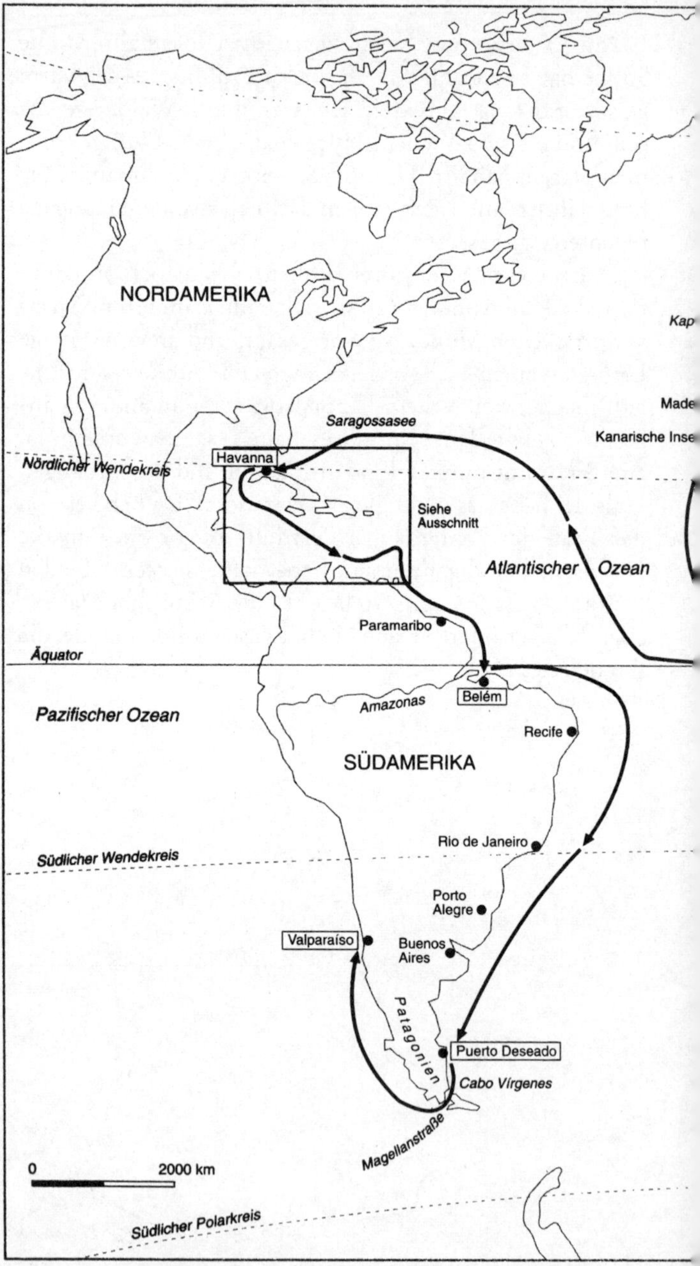

NORDAMERIKA
Kap
Made
Saragossasee
Kanarische Inse
Havanna
Nördlicher Wendekreis
Siehe
Ausschnitt
Atlantischer Ozean
Paramaribo
Äquator
Belém
Amazonas
Pazifischer Ozean
Recife
SÜDAMERIKA
Rio de Janeiro
Südlicher Wendekreis
Porto
Alegre
Valparaíso
Buenos
Aires
Patagonien
Puerto Deseado
Cabo Vírgenes
Magellanstraße
0
2000 km
Südlicher Polarkreis

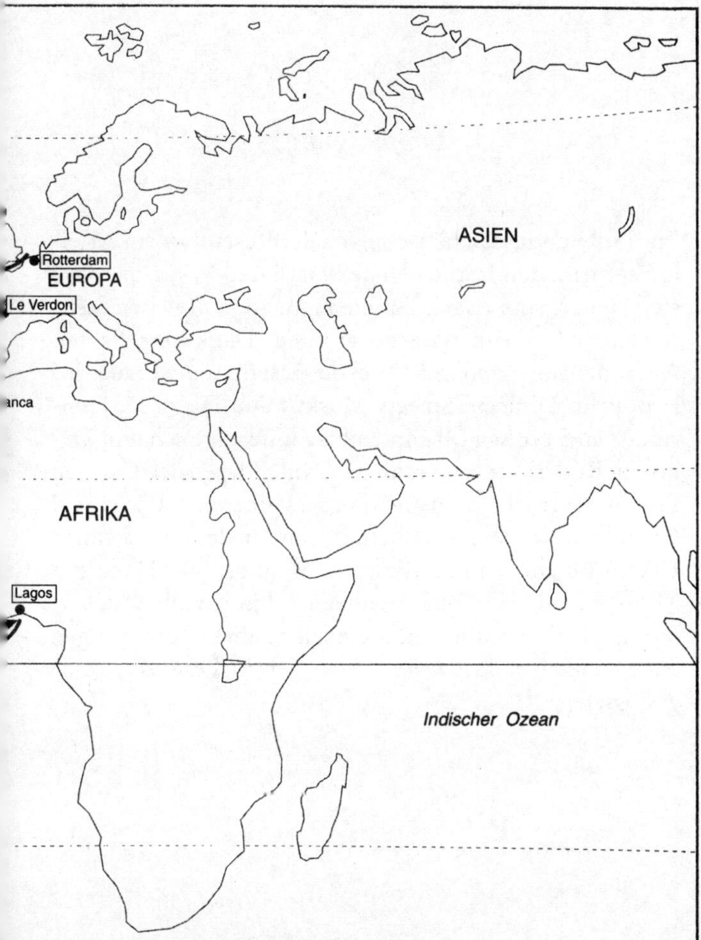

ASIEN
Rotterdam
EUROPA
Le Verdon
anca
AFRIKA
Lagos
Indischer Ozean

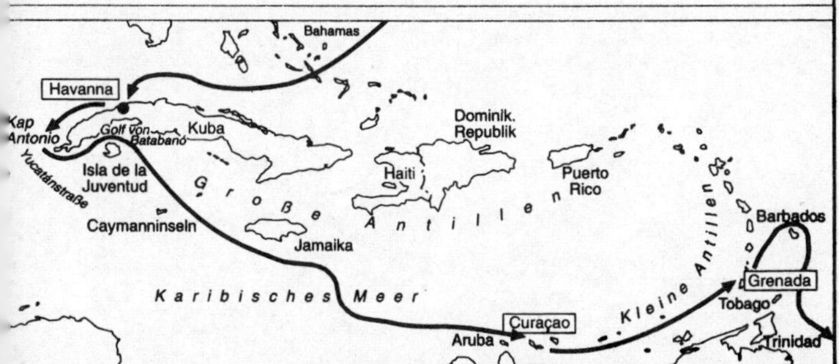

Bahamas
Havanna
Kap Antonio
Golf von Batabanó
Kuba
Dominik. Republik
Yucatánstraße
Isla de la Juventud
Haiti
Puerto Rico
G r o ß e A n t i l l e n
Caymanninseln
Jamaika
Barbados
Kleine Antillen
Grenada
Karibisches Meer
Tobago
Curaçao
Aruba
Trinidad

Danksagung

Für Hilfe und Ratschläge bin ich der Restauratorin Ariëlle Veerman, den Kapitänen de Waard und Vasse, dem Ersten Steuermann Alexis Souliman und dem Zweiten Steuermann a. D. Teun Blok zu größtem Dank verpflichtet. Auf Curaçao waren mir Carel de Haseth, seine Frau Chila Bolivár, Millicent Smeets-Muskus und Diane M. Henriquez eine große Hilfe; in Kuba wußte ich mich von Deborah Rodriguez unterstützt. Dank Maria del Carmen Pradin lernte ich Lateinamerika besser kennen; Peter-Paul Chaudron war so freundlich, in den Niederlanden einige Fakten für mich zu verifizieren. Mein größter Dank gilt Marie-Claude Hamonic. Schließlich bin ich allen Seeleuten zu Dank verpflichtet, die mich an ihren Erfahrungen haben teilhaben lassen, von denen viele in dieses Buch eingeflossen sind.

Inhalt

TEIL EINS

TEIL ZWEI

TEIL DREI

EPILOG